刘醒龙文集

刘醒龙文集

[短篇小说]

女性的战争

刘醒龙　著

GUANGXI NORMAL UNIVERSITY PRESS
广西师范大学出版社
·桂林·

图书在版编目（CIP）数据

女性的战争 / 刘醒龙著. --桂林 ：广西师范大学出版社，2022.7
（刘醒龙文集）
ISBN 978-7-5598-4878-9

Ⅰ. ①女… Ⅱ. ①刘… Ⅲ. ①短篇小说－小说集－中国－当代 Ⅳ. ①I247.7

中国版本图书馆 CIP 数据核字（2022）第 054010 号

广西师范大学出版社出版发行
（广西桂林市五里店路 9 号　邮政编码：541004
网址：http://www.bbtpress.com）
出版人：黄轩庄
全国新华书店经销
湛江南华印务有限公司印刷
（广东省湛江市霞山区绿塘路 61 号　邮政编码：524002）
开本：880 mm × 1 230 mm　1/32
印张：15.75　　字数：280 千
2022 年 7 月第 1 版　　2022 年 7 月第 1 次印刷
印数：0 001~5 000 册　　定价：69.80 元

目 录

翡翠画儿

001

汽车不敢撞人

019

人是一种易碎品

029

第九十八回

034

冒牌城市（三题）

045

女性的战争（二题）

073

麦 芒

089

黑 爹

104

绿 崖

114

黄 龙

124

岔 路

131

我的雪婆婆的黑森林

138

灵 猩

157

人之魂

179

大 水

206

返 祖

229

老 寨

254

光 辉

283

两河口

308

地 火

329

天 雷

353

小小无锡景

380

眩 晕

408

山那边

421

戒 指

436

双卡，双卡

449

谁家姑娘

472

翡翠画儿

——谨此纪念一九九七年七月二十日亲历
大连周水子机场重大航空事故

这座城市的确很美。邓福从出租车里钻出来时，情不自禁地猛吸了一口早晨的空气。他站在车门旁，一边将钱包掏出来，一边多看了几眼那漂亮的女司机。女司机正想从后备厢里拎出邓福的旅行包。邓福赶忙走过去，几乎是抢着将那旅行包拿过来，在脚边放好后，才又开始摆弄钱包。钱包里已没有多少钱，邓福原本计划昨天晚上将它们全部花光，可后来在酒吧里喝醉了，没顾得上去光顾在别处叫卡拉 OK 这儿却叫练歌厅的地方。实际上邓福当时已到了一家练歌厅门口，还没来得及做任何想做的事，就被两个骑着高头大马的女骑警盯上了。女骑警的样子潇洒得惊人，邓福一点反抗的意识也没有。她们问邓福住哪家酒店，邓福一顺舌头就说出来了。女骑警随即就将邓福塞进一辆出租车，自己骑着马在后面跟着。在酒店门口，邓福歪歪倒倒地打了个立正，他本想来个在部队当侦察兵时练就的漂亮军礼，那手臂无论如何也举不起来，反而将自己弄得像是纳粹的党卫军官。眼前的女司机有几分像那醉眼蒙眬时看到的女骑警，邓福在车上同女司机聊天时，女司机说自己本来也考上了，但在做那种检查时被刷了下来，所以她恨死了先前的男朋友，任凭对方怎么忏悔仍旧咬紧牙关离开了。邓福将钱包里的钱拿出五十元后，将还挺饱满的钱包扔进了车内，并对她说了声谢谢，然后拎上旅行包一头钻进机场的候机大厅。

邓福用仅有的五十元钱买了一张机场建设费纸券，接着又办理好各种登机手续，这才不慌不忙地来到安全检查门前。在等待过程中，邓福不时用不屑一顾的眼神看着那些穿着制服的安全检查人员，并在心里形容他们都是“狗屎”做的人模人样的东西。邓福心里提防的是另外两个没穿制服的人。那两个人打扮得像个旅客，一个坐在墙边的那排椅子上打盹，但邓福从那眯着的眼缝里发现一道犀利的光芒。另一个则背着一只普通的黑色皮包，两眼只顾着看电视屏幕上不断出现又不断消失的航班信息，可邓福分明看见那个后脑勺上还有两只眼睛。一九八九年下半年，邓福曾被民航部门借去干过一阵这样的事，对这些人几乎熟悉得不能再熟悉了。心里看明白了，邓福并不慌乱，临到过安检门时，他镇定地将旅行包往输送带一放，取下手表放在一只篮子里，这才走过那门框一样的东西，警报器哼也没哼一声，他还装着好奇地问，这皮带扣是金属的，怎么会检查不出来。还说来这儿时，那边机场的安检门可是报过警的。那个大块头的安检员，不耐烦地向他一挥手，说没你的事快走吧！邓福听那口气，分明是在说，快滚吧！

过了安检门，邓福还是悄悄地长吁了一口气。

就在这时，候机厅里的广播响了。女播音员说，叫邓福的旅客请注意，听到广播后请到问询处来一下，有位姓林的小姐找你有急事。邓福怔了怔后，有些明白那林小姐一定是那位女司机。他记起自己扔在出租车上的钱包，除了差不多三百元钱以外，还有一本作废了的工作证。那是他从部队复员回家后，最早工作过的，也是最喜欢的那家公司发给他的，事隔多年他还舍不得丢掉。邓福不理睬那声音，按照登机牌上的提示，在登机口附近找了个座位坐下来。这以后，关于林小姐找邓福先生的消息不下十次地响彻整个大厅。

从宽敞的玻璃墙向外看，邓福愈发感受到这个城市的美丽。昨晚下了一场大雨，跑道两旁的绿草洗得异常娇嫩，特别是那地平线上的，简直就是堆砌在云彩下边的翡翠，而且还是他用在部队多年的积蓄，外加在公司工作两年后的全部存款所买的送给那个名叫竹子的女孩的那种。邓福的目光盯久了，那翡翠竟变成一团火焰。阳光有了，地上就有了霞光。邓福闭上眼睛，过了一会儿，两只眼角都有一种潮湿的感觉。邓福怎么也去不掉脑海中的那颗翡翠。那翡翠胸坠不知怎么弄的，竟挂在竹子那光洁的脊背上，胸坠下面是一双毛茸茸的大手，大手是属于被竹子叫作老板的公司总经理的。邓福不记得自己是怎么冲上去的，只是后来在法庭上听说总经理那胖得比别人的腿还粗的手臂，被自己弄断了。邓福再也没见过这狗东西，就连法庭开庭判决时，狗东西都可以花钱买到不到庭，只让律师作代理。邓福见过律师出示的照片和X光片，这两样东西让他心里多少有些惬意。

蒙眬中邓福听见有人在远处问：“你是邓福先生吗？”

邓福睁开眼睛一看，一个穿制服的女人正挨个叫醒那些昨晚显然没睡够的人。邓福心里一个咯噔，连忙迎上去说：“我是邓福！”那女人责怪了几声，说这样拼命广播你为什么听不见。邓福不作声，跟在女人身后走进一间屋子。女人在电话上拨了一个号码后，将话筒递给他，然后做了一个诡秘的微笑。

电话里传出女司机的声音，她说：“我不能收你这么贵重的礼物。”

邓福说：“就几张钱，你不必大惊小怪。我昨晚在街心花园里吐得一塌糊涂，就当我交的罚款。”

女司机说：“可你的钱包里还有一只非常漂亮的翡翠胸坠，这可是一般人买不起的。”

邓福一愣，有一阵竟说不出话来，他实在想不起竹子什么时候将翡翠胸坠还给自己了。女司机在那边催问着，邓福镇定下来说：“你别当真，那东西其实一钱不值！”

女司机说：“你别这么说，女孩子对这些比你们内行！因为它贵重我才这么费劲地找你。你是准备送给哪个女孩的吧？”

邓福的眼角又出现了潮湿。

女司机继续说："你是不是失恋了？男人要坚强，天下好女孩不止一个。我有个妹妹叫画儿——"

邓福突然说了声："谢谢！"

邓福放下电话，低着头迅速走出那间屋子，一旁的女人在身后不停地追问他怎么了，并要他别对女孩子这么凶，还说女人就是活到两百岁，也还是需要男人用好听的话去哄！

邓福一直坐到周围的人都拥到登机口前面站着时，也没想起竹子如何将翡翠放进自己的钱包里。这时，邓福似乎想起什么，非常冒昧地走到一个拿着手机的富态男人面前，请他将手机借给自己用一下。邓福一连说了三遍，那男人都佯装不知，将脸扭向一旁不作理睬。邓福有些火，他一伸手，只是微微一动，那手机就换了主人。可邓福没法打开它，因为它被密码锁住了。邓福还在摆弄，两个穿制服的年轻男子被那男人招过来，一左一右地将邓福挟住，问是怎么回事。邓福委屈地说自己想起一件人命关天的事，必须告诉家里，他向这人借手机用用，这人却一点不通人情。接下来又将在钱包里发现翡翠胸坠的事说了一遍。邓福一说完，那男人就用鼻子哼了一声，说像邓福这样的人能拥有上好的翡翠，这种话只能去哄那些没见过世面的乡巴佬。邓福马上回敬道，说这种话的人永远也搞不清真情的价值。邓福的话显然打动了穿制服的年轻男子，他们让那男人将手机打开给邓福用一用，语气中有一种命令。可是，竹子不知干什么去了，电话铃响了许久也没人接。邓福将手机还给那人时，脸上有些木讷。这是事隔多年以后，他第二次使用这个号码。在很长时间里，他一直以为自己不再记得这个电话号码了。但三天前他决定这次行程时，突然想起要给竹子打个电话。他给竹子买了翡翠胸坠以后，身上几乎没有一分钱。竹子很感动当即掏了一百元人民币到银行开了个账户，并说以后每月发工资各自往这个账户上存一百元，他们坚持了几个月，随之就发生了那件事。银行存折一直放在邓福家里，邓福不知道密码，他打算花光自己挣来的每一分钱时，终于忍不住记起了那个电话号码。竹子在那一端说话时，语气先是惊讶，接着又很消沉，说了半天要求同邓福见一面。邓福坚决不同意，一得到那组密码后，就将电话挂上了。

通过廊桥踏上飞机的那一刻，机舱门口的几个空姐同时向邓福发出一阵灿烂的微笑。邓福对此很漠然，从前，竹子工作的那家公司里，做文秘的女孩们一见到他，脸上就笑成了一朵桃花。那年春节公司办联欢晚会，邓福那一套擒敌格斗表演，让那些女孩激动得不断尖叫。后来跳舞时，差不多每个女孩都将脸贴在他那健壮的胸脯上，说没想到邓福脱下了西装，竟是个英雄胚子。邓福在飞机中部找到自己的座位。他在十九排 A 座上坐下来时，习惯地扫了一眼四周的环境，发现紧急出口就在自己左边，打开紧急出口的门闩一样的东西正横在自己的额前。邓福是故意磨蹭着最后一个走上飞机的，行李架上果然如他所料被别人的行李塞满了。于是他似乎是无可奈何地将旅行包放在自己的脚边。

忽然间，邓福心里一动：一股非常熟悉的女孩气息从身后传来。邓福情不自禁地一扭头，正好遇上从机尾走过来的那位空姐的目光。空姐没有冲着他笑，却有比笑还动人的东西在洋溢着。邓福觉得自己在哪儿见过她，这念头一出现，邓福就不是觉得了，而是坚信自己肯定在什么地方见过这女孩。

那气息飘飘然悠悠而过。邓福后来一下子记起来，这正是自己从银行取了那笔存款，毫不犹豫地钻进一家酒馆将自己灌醉后，不知怎的回到住处，醒来后在屋子里闻到的那样的气息。邓福猜测一定是竹子在银行门口盯上了自己的梢，跟到酒馆里将自己弄了回来，这是衣领上那块来历不明的桃红暗示的。邓福懒得去那酒馆追问，他将那件衬衣拎到卫生间里，用一把火烧成了灰。他刚将这事做完，管段警察就在外面敲门，问他在屋里干什么。邓福打开门，恶毒地说，自己在试验如何能烧死那些老在陷害自己的人。警察回敬说，最好是拿你自己先做个试验。

邓福趁飞机上的人还在忙乱时，悄悄打开旅行包，用手在里面摸索了一阵。重新坐好后，邓福看见那个空姐远远地看了自己一眼，同时领口上有只很像翡翠的小东西闪动了一下。邓福在公司里看见竹子时，竹子总是在老远的地方夸张地一甩头，让颈项间的胸坠迸出来，在领口外面一闪一闪地放射着小小的光芒。邓福想不通，竹子为何那么快就倒进全身没有一处显得可爱的粗俗男人的怀抱。当然，他不会拿这个问题去求教别人。在监狱里牢友们只知道邓福将自己的老板打了个半死，这让牢友们有了欢呼的机会，他们都说现在坐高级轿车的人比蹲大牢的人不知要坏多少倍，最坏的人要到最好的宾馆、最好的写字楼里去找。邓福刚到公司时是总经理的助手，实际上就是贴身保镖。他不止一次同总经理一道，乘飞机到北京，然后在那些奢侈之极的场所，将手中的黑皮箱，交给一些面容严肃的男人或女人。通常情况下，那些人只给总经理一只小小的信封。邓福只知道这是一种交易，内容是什么他是无权知道的。只有一次例外，那次的那只信封被总经理在寻欢作乐时弄丢了，总经理让他去找回来，并阴险地吩咐说别留后患。邓福找到那个女人时，那张床上又有一个挺富态的男人，他不声不响地弄开门进屋时，那不堪入目的场面让他不好睁开眼睛。邓福要回那只已经启封的信，没有动一个手指头就离开了。总经理听了汇报后什么话也没说，不久邓福就从助手变成了给公司看大门的普通保安，不过工资没少一分。邓福后来在法庭上陈述了这些，但他拿不出证据，其结果是险些被定为诬告，在宣判前一分钟，这条罪名才被撤销。

机舱里慢慢静下来。邓福忽然看见那个空姐匆匆地走过来，冲着他的身后说："请不要使用手机！"邓福回头一看，那个不肯借手机给自己用的男人正在和谁说着悄悄话。空姐的话让那男人无奈地收起手机。过了一会儿，邓福又听见身后有悄悄话，他一下子站起来冲着那男人吼道：“要打电话就下飞机，别拿我们的生命当儿戏！”邓福一吼，四周的人也纷纷指责起来。那人阴着脸嘟哝一句什么后，讪讪地将手机放进皮包里。邓福在自己的座位上重新坐好后，一阵莫名的沮丧袭了过来。他再一次看了看脚旁的旅行包。

飞机在等待起飞指令。两个空姐一前一后在走道上拿着氧气面罩，演示着紧急情况下氧气面罩的使用方法。邓福不愿看这个，他将目光移到舷窗外，心里在说，这东西顶屁用。左机翼在阳光下闪闪发光，机场上一定在刮风，机翼的顶端有些颤动。除了远处一些低矮的旧房子，什么也看不见。邓福这时特别渴望能看见一片鲜花，就像这座城市到处都能见到的那些鲜花一样，哪怕就生长在马路边，也无人践踏。

这时，有人在身边轻轻叫了声：“不许动！”

邓福吓了一跳，扭转头来，发觉一个小男孩正拿着一支玩具手枪对着自己。旁边的座位本来是空着的，不知何时坐上了这个小男孩。

邓福定了定神说：“飞机上不能玩这个东西！”

小男孩说：“请你保守秘密，我要用它来对付那些可恶的劫机犯！”

邓福被这话说得脸色很不好。

小男孩继续说：“我看你像个英雄，到时你一定得帮我！”

邓福点点头。小男孩下面说的话他一个字也没有听进去，他想了一阵，终于伸手按了一下头顶的呼叫键。不一会儿，那个让邓福感觉很好的空姐走过来，轻轻地问："先生，您有什么不方便吗？"

邓福说："能不能将这小男孩安排到他父母身边去？"

空姐说："为什么？"

邓福差一点要说这小男孩带着玩具手枪，他终于忍住了，只说："如果不方便那就算了！"

空姐盈盈一笑说："先生大概还没成家，对小孩吵闹不习惯。不要紧，这个小男子汉会很乖的。"

小男孩认真地点了一下头。空姐走开时的样子让邓福想到了竹子，接着又想到了那个打电话给他的女司机。一想到那女司机，邓福忽然生出一个念头。他低头同小男孩说起话来。邓福要小男孩去问问刚才那个空姐是不是名叫画儿。小男孩眨眨眼后，要求邓福不要再企图将他送回到爸爸身旁，他不喜欢爸爸那婆婆妈妈的样子，遇到困难只会同妈妈吵架。邓福望着小男孩往飞机尾部一蹦一跳地走动时，忽然觉得生活还有它可爱的地方。他又一次打量了一下自己的旅行包，甚至是狠狠地用目光盯了几下。

小男孩转眼又跑了回来，瞪着眼睛说："你真厉害，一下子就猜对了！她说她是叫画儿。"

叫画儿的空姐也在向这边张望。

这时，飞机微微动了一下。

舷窗外的景物也跟着动了起来。

飞机在跑道上滑行的速度越来越快，邓福将旅行包抱在怀里，有一股力量将他向后推得紧贴在座椅后背上。他闭着双眼，不去想几分钟以后要发生的事，也不管身边的这个可爱的小男孩。凭感觉他知道飞行滑行速度至少到了一百八十公里，只要机长再一加油门，机头就会被拉起来。机头还没开始拉，邓福的心先就悬起来。他有些不解，早就横了的心，居然对死亡与危险又有了担忧。

突然，飞机猛地抽搐了一下，没待大家发出惊呼，飞机又剧烈抽搐一下。接着速度就慢了下来，慢下来的飞机像癫痫病人发作时一样，在一连串的抽筋般地颤动着。舷窗外草地、楼房和围墙扑面而来，飞机顿时胡乱跳起来，机舱里全是砸水桶般的那种空洞的轰鸣声。就像事情发生时一样，癫狂的飞机一点过渡也没有便突然停歇下来。紧接着是机舱内片刻的死寂。

是邓福身边的小男孩第一个叫起来。

小男孩大声喊："救命啦，爸爸，飞机要爆炸了！"

小男孩还没喊完，机舱里就乱成一片，找人的、找东西的，各种喊声几乎将舷窗胀破了。

没有一丝灯光，也听不见空姐那好听的声音。邓福下意识地一伸手，抓住那紧急出口的拉手，还没用劲，那扇门就倒向他的怀里。机身上立即出现一扇包容着蓝天、草地的小门。邓福什么也没想，一手拎着旅行包，一手挟着小男孩，敏捷地钻出安全门。邓福从安全门钻出来正要往下跳，才发现那只长长的机翼被折成两节，一股航空煤油正从一根管子里呼呼往外喷射。邓福在剩下的半节机翼上过渡一下，才跳到草地上。他一点也没松劲，沿着草地一口气跑回远处坚硬的跑道上。三只起落架在草丛中不堪入目地散落着，地上尽是些不知名的金属零件。

邓福想将小男孩放下来。小男孩紧紧搂住他的脖子不肯松手，还一次次地问邓福，这是不是电视里经常说的坏蛋在劫机。

邓福回答不出来。他有点奇怪：这架飞机上怎么会有第二个人有与自己相同的念头。

草地上逃命的人，多数滚成了泥球。

邓福忽然想起了画儿。他在人群中找了一遍没有看见她，再向飞机残骸看去时，发现那几个空姐正在飞机前部的舱门处招呼着最后那几个从飞机里往外逃命的乘客。邓福的心又被提起来。他犹豫了一下后，坚决地放下小男孩，逆着逃命的人群向飞机跑去。画儿她们也在撤离了。

就在这时，泥泞的机场震颤了一下，一团火球冲天而起，巨大的爆炸气浪将画儿她们全部击倒在地。邓福看见画儿爬起来刚跑几步又软绵绵地跌倒在草地上。他疯狂地冲过去，从泥水中抱起画儿，刚跑了十几步，一次更大的爆炸发生了。邓福没让自己倒下，他踉踉跄跄地一溜小跑。草丛中有只被人丢下的手机，邓福来不及躲避，抬起的左脚落下时，正好踏在上面，他感到像块石头样的东西被踩入泥土中。

许多人在冲着邓福叫喊什么，邓福听不清，当一块飞机残骸从天而降，砸进前面几尺远的草地里，像屏障一样挡住他的去路时，他才明白这些人是在提醒。邓福绕过那飞来的屏障后，看见那小男孩迎面跑来，一个成年男人在后面追。他认出这正是不肯借手机给自己用的那个人。

那人几步就追上了小男孩。小男孩挣扎着说：“你是个臭爸爸，你别管我！”

小男孩终于无法挣脱。邓福走近他们时，小男孩冲着他说：“叔叔，你是真英雄！”

邓福没有搭理。画儿在他怀里挣扎了一下。

小男孩又说：“叔叔，这真是劫机吗？不是拍电影吧？”

邓福怔了怔，他绕开小男孩向飞机跑道上的那只孤零零的旅行包走去。

画儿在他怀里开始认真挣扎起来。

邓福放下她时，两个人正好站在旅行包旁边。

画儿看着邓福说：“谢谢你！”

邓福默不作声地望着画儿离去的背影。。

画儿的腿还有些软。邓福想起画儿脸上还有两道泪痕，觉得她一定是吓坏了。

这时，机场交通车过来了。有人大声招呼让大家上车，到宾馆去休息。

邓福一到宾馆，头挨着床就想睡。他同小男孩父子俩住一个三人间，那男人一进房间就打起了电话，邓福看着他拿的手机，知道那被自己踩入泥中的手机不是这人的。邓福睡了一觉，醒来时那人还在打电话。小男孩也睡着了。那人的声音不似先前一惊一乍的，变得柔和多情。一听就能感觉到对方是什么人。见邓福醒来，他关了手机，问邓福想不想给谁打电话，边说边将手机递过来。邓福谢绝了，但他心里想起竹子，他不明白竹子为什么要将翡翠胸坠还给自己，因为他说过，哪怕上街捡垃圾，也不会要回送给竹子的所有东西。

那男人告诉邓福，在他睡着时，有人打电话到房间里，找一个叫邓福的男人。邓福一开始对这话没留意，片刻之后他才警觉，他站起来走了几步，伸手刚要摸着旅行包时，门被敲响了。

邓福盯了盯那门，将牙一咬，伸手拉开门后，惊讶地发现门后站着的是画儿。

画儿一进屋，那男人赶紧知趣地抱着小男孩出去了。

邓福见画儿欲说什么，便抢先说："你不用再谢了！"

画儿说："我没打算再谢你，男子汉嘛，那样的时刻冲上去救救女孩是应该的。"

画儿说完轻轻一笑，邓福也跟着笑了一下。

邓福说："你们吓坏了吧？"

画儿说："开始倒还好，等你们都走了，只剩下我们时，大家才像丢魂似的，只知道哭不知道跑。"

邓福说："其实你们挺英勇！"

画儿说："你是不是想要我说你是英雄！"

邓福突然傻笑了几下。

画儿继续说："我是代人还东西给你的，这是你的吧？"

画儿从脖子上取下那只翡翠胸坠递给邓福。

邓福看也不看就说："我没有这种东西。"

画儿将翡翠胸坠举到眉间，对着阳光看了看。

"这么好的东西居然没人要，它的背后一定有个忧伤的故事。"画儿一转话题说，"你想知道今天飞机为什么出事吗？有个叫竹子的女孩在飞机开始滑行时给民航总局打了个电话，说是有个叫邓福的人，可能在某个机场登机，做出不理智的事来。就在我们的飞机将要拉起时，上面命令停止起飞。飞机惯性太大，没办法了。"

邓福平静地问："那叫竹子的女孩后来怎么了？"

画儿说："不知道。只听说她要总局的人一定要救救邓福，说邓福是侦察兵出身，是个非常好的人！"

邓福站起来，从容地打开旅行包，将一只与茶杯无异的东西亮给画儿看。画儿看不出名堂来。邓福小心地将那盖子打开，画儿才看清是一只电引火的炸弹。

画儿说："你不应该这样。"

邓福说："我现在才明白不该这样。"

画儿说："你一定是受了冤枉！"

邓福将竹子和总经理的事说了一遍，他说："他们为什么判我入狱两年？这倒也罢，服刑时，有一次一名管教喝醉了酒胡乱打人，我就是上前抱住不让他动，也没动他一个指头，可没过多久，他就指使几个女犯人诬陷我，说我调戏她们强奸她们！结果又被加刑四年。熬满六年，好不容易回到家门口，才发现父母亲都死了，自己的家也被居委会租给管段警察的亲戚做了像淫窝一样的咖啡屋。”

画儿说：“你就没碰见过好人？”

邓福说：“我只见过一些假惺惺的人！”

画儿叹了一下说：“等你又有了爱情，你会改变看法的。”

画儿又说：“这翡翠胸坠你就认了吧！”

邓福说：“好，我认了！我现在再将它送给你和你姐姐！”

画儿笑起来说：“一只宝贝却要送两个女孩，你的胃口蛮大呀！”

邓福说：“其实我是想送给你！”

画儿说：“谢谢，可我已有男朋友了，他是踢足球的，是前锋！”

邓福说：“这不要紧，我只是喜欢你！”

这时，房间的门突然被敲响，邓福刚站起来，又坐下。

画儿见邓福神色有些异样，就说自己去开门，这宾馆是机场开的，她很熟。邓福扯住画儿说，门外肯定是一群来抓他的人。画儿问他怎么知道，邓福告诉她，自己听出那敲门的节奏里有些许紧张。

说着话，邓福又站起来，走了几步又回头对画儿说：“谢谢你和你姐姐！”

邓福将门打开，果然有几个人凶狠地冲进来，邓福在候机时见过的那个在一旁装模作样打瞌睡的人，用一只手枪顶着他的下巴！邓福心里说，这个孬种，老子可以不费吹灰之力就将你的枪下了，但他手上没动，甚至连眼珠都懒得挪一下。

邓福听见有人说："画儿，没你的事，你可以走！"

画儿款款地从邓福眼前经过时轻轻地说："你是好人，会没事的！"

画儿的高跟鞋在外面的走廊里留下长串的回音。

邓福感到下巴上的枪管变软了，有种绵软无力的趋势！他动了一下眼睛，看见旅行包里的东西被倒了一地，两个人正趴在那里细细检查。别的人则在满屋子翻箱倒柜，连席梦思床都掀了个底朝天！

邓福忍不住说了句："像你们这样子，一百架飞机也给我炸了！"

邓福又说："别瞎忙了，就在那只瓶子里！"

有人停了停才问："瓶子哩！没有瓶子嘛！"

邓福用下巴压低那支手枪，低下头看了看，果然不见那只瓶子。他一愣，马上脱口叫道："是画儿拿走了！危险！"邓福一动腿就将眼前逼着自己的人摔倒了。他向门口冲去，却被门外站着的两个人一掌推回来。邓福只好回头跳过仍然蹲在地上的人，扑向窗口。邓福看见画儿在楼底的草坪上边走边回头向楼上张望，两只手却在腰间捂着。

邓福大叫一声："画儿，将那东西扔掉，快点！"

邓福清楚地看见画儿回过头来灿烂一笑。

就在这时，楼房猛地一阵震撼，阳光中一团巨大的火球突然迸炸，美丽的画儿一眨眼间就变得无影无踪，片刻后四周的花木上多出许多衣服的碎片。邓福怔了半天，终于发现墙角的绿草中有一枚翡翠在闪光。他几乎没有用手，双脚一蹬，身子就向窗户飞去，这是过去他在部队屡受表扬的一招绝活！

一九九七年九月十七日于汉口花桥市委党校宿舍

汽车不敢撞人

老吴在车棚里放好自行车，拎着一只皮包往办公楼里走时，大家都用一种猜疑的目光看着他。老吴开始没注意，后来发觉了，他心里不明白，也反过来用目光猜测别人，直到同坐一间办公室的老郑对他说破情由，他才讪讪地用手指揩了揩满头的汗珠。

武汉的天气比老吴原来工作的小城常州要热不少，他一直不太适应，出的汗总比别人多。可现在夏天早过，秋天也来了不短的时间，一般骑车上班的人都是整整齐齐地穿着衬衣打好领带，有车接送的人则披上了西装。所以，这无论如何不是个流汗的季节。

老郑一说破后，就有人关切地问他这一大早忙什么去了。

老吴连忙解释说，自己什么也没干，吃完早点就出门往单位赶。

说着话大家进了电梯。老吴还要说，大家忽然都不作声了，一扫眼见单位一把手和他的秘书松松地占着半个电梯间，他也赶忙勒住舌头。电梯升到二楼与三楼之间时，一把手忽然冲着老吴开了个玩笑，说老吴早上一定背着妻子干了件什么坏事。大家都跟着笑，老吴只好也笑一笑。没等大家笑完，一把手就走出电梯。老吴望了望三楼走道上铺的羊毛地毯，正想对老郑说点什么，待望见老郑瞅着那被缓缓合上的电梯门一点点隐去的羊毛地毯的眼神时，他忽然什么也不想说了。

电梯外，不知是谁说了句，如今汽车越来越不敢撞人了。

电梯升到八楼以后，就只剩下老吴和老郑。在向十二层爬升的途中，老郑关切地问老吴到底有什么事，一大早这么匆匆忙忙地赶路，人多车多会出事的。

老吴坚决地说什么事也没有，那汗是想走快又走不快憋出来的。

老郑当即表示怀疑，他认为大城市的路比小地方好走多了，只要揣摩出窍门，几乎是想怎么样就能怎么样，没有可能与不可能。

老吴看着显示板上不断变幻的红色数字说，那路口的红灯谁能躲得过，那手拿红旗牵着根绊马索一样绳子的老太婆又如何能躲过?

老郑不屑地说，如果你连这点都不能应付，还怎么在这个城市里混。

说着话，他俩从电梯里出来，在走廊一侧找到自己的办公室。老吴正要掏钥匙开门，老郑抢前一步，用手一推，门就开了。老吴往里走了几步后，发现有些不对头，以为是自己走错了门，再一看自己的办公桌还在这屋里，只不过被挪了个地方。从窗户边搬到了门口，他勉强在新位置上坐下来，又发现一向放在老郑桌边的开水瓶也被放到自己桌边。

这间办公室坐了四个人，看着另外两个先到的同事，老吴忍不住问这是怎么回事。

那两个人一齐指向老郑，说是他出的主意。

老郑这时拿了一只茶杯走过来，拎起开水瓶，一边往杯子里倒水一边说，自己最近认识了一个气功大师，他将这办公室的四人情况都说了后，那气功大师就算出他们各自的吉祥方位，他认为这对大家都是好事，就趁着下班时，独自将四张桌子挪了挪。老郑只顾说话，将杯子里的水倒多了，冒着白气的水，淌满了半个桌面。老郑哎哟一声，用几个手指掐着杯子走回自己的坐处，之后就嚷着往医务室去了。

老吴用抹布揩着桌上的水，水还很烫，拿抹布的几个指头都有些疼，他闷闷地坐了一会儿后，便起身去隔壁办公室找处长评理。

老吴在处长的办公室里站着，将自己不满意的事说了之后，又说老郑这样的搞法哪像是一个有十几年党龄的干部。老吴补上这句自觉有分量的话，竟让处长开心地笑起来，说老郑就是鬼点子多，笑过之后又劝老吴不妨试试，移桌子是小事，举手之间就能办好的，如觉得不合适，依然搬回去就是。老吴发现处长的办公桌也调了方向，一时无话可说。正要走时，处长叫住他，说处里要提拔一名副处长，问他觉得谁合适。老吴想说只有自己最合适，无论资历、文凭和工作能力，别人都无法比，特别是老郑没法比。但老吴说不出这种话，正犹豫时，处长告诉他，老郑说只有老吴是最合适的人选，老吴听了大吃一惊，他无论如何也没有料到老郑会在背后力荐自己，虽然他知道这不一定是老郑的心里话。

回到办公室不久，老吴就连续接了三个电话，都是找老郑的。

那些人神神秘秘地不肯留话，只说过一会儿再打过来。

老郑一去之后，快十一点钟才回来，一进门脸上就放着油光，问有什么喜事他也不说。直到中午吃工作餐时，一名清洁工冲着老郑点头后，才慢慢弄明白，老郑上午根本没去医务室，他借给清洁工搬东西时，从电梯里进了一般人轻易不去的三楼，还进了一把手那秘书的办公室，聊了一上午。

老吴逮着机会单独问老郑是不是已把那副处长的职务划归自己名下了。

老郑马上反问老吴是不是怕那桃子被别人吃了。

老郑还说桃子只有一个，就看哪只猴子会爬树。

老吴点点头不再说什么了。

下午五点半钟一到，老吴又开始往回赶。在路上走了五十分钟，到家后，他正要打开电视看《新闻联播》，妻子铁青着脸走过来一把抢过那遥控器，隔着房门，扔到卧房的床上。老吴一闻，屋里没有饭菜香，以为妻子又在为她的工作问题没落实而生气，便起身到厨房里忙碌起来。

老吴刚进去，妻子也跟了进来，而且站在他身后很近的地方，像是用鼻子在嗅什么。老吴一下子明白了，他一生气，扔下手中的菜刀，回到客厅重重地坐下。妻子见他如此模样一下子便来劲了，扯开嗓子要他坦白下班后到底干什么去了，别人只需二十分钟的路，他却要走五十分钟。那半个钟头是不是去会相好的情人了，不然不会如此匆忙，满街骑车上班的人就他一个人浑身冒虚汗。

老吴一摔茶杯，张嘴同妻子干上了，他要妻子将狗鼻子再伸长些，仔细嗅一嗅身上哪处有别的女人气味。

妻子则数落老吴一身狐臭将别的气味盖住了，不然她早就发现了。

妻子以前在黄州一家工厂里当化验员，鼻子的确好使，那时他只要同女人站近了说说话，回家后也瞒不过妻子。不过那时他上下班身上都没有出汗。

夫妻俩吵得正起劲时，外面有人敲门。

妻子开门放进来的人竟是老郑。

老郑说他有事从这儿经过，就顺便上来看看。接下来老郑就谈到老吴妻子的工作问题，老郑故作神秘地压低声音，教他先找一家单位办个假接收手续，将人和户口弄进武汉再说。

老吴对老郑的话非常不相信，认为这种事不可能作假。

老郑就说老吴在机关待了十几年，还不知道机关的套路，比如行政待遇，厅级以上管得非常严格，往下就是另一番天地，只要有办法打通关节，连处级待遇都可以作假。

天下的事不可能不认真，也不可以太认真，老郑说了一阵后，看看手表就要走。

老吴的妻子突然问老郑，上班下班在路上要走多少时间。

老郑说，十五到十八分钟，不会少，也不会多。

见妻子的眉毛又竖了起来，老吴叹口气后主动说，自己也不明白，同样的路自己走起来总比别人长那么多。

老郑又一次看了看手表，匆匆地说，待哪天有时间，他亲自来帮老吴会诊一次。

老郑只让老吴送到门口。老吴在窗口看见老郑从门房那里拿出一只包，放在自行车后面，往隔着一条街的那片建筑标准比周围高出一两个档次的小区走去。

两口子在床上头挨头睡了一觉就没事了。

老吴还是像以往那样上下班，只是天越来越冷，身上的汗出得一天比一天少。

老吴约了好几次，要老郑抽空陪他将上下班的线路走一趟，看看自己走路的速度比别人差在哪里。

老郑嘴上答应，却总是不见行动。

办公室的另两位同事劝老吴不要痴心妄想，像老郑这种人怎么可能将自己的看家本领教给别人。

又过了几天，上面发了一个文件下来，老郑真的当了副处长。

别人都替老吴抱不平，特别是办公室的那两位同事，好几次泡茶时，故意将开水瓶里的水泼洒在老郑的桌子上。

老吴心里正不舒服，老郑忽然对他说，自己明早先到老吴家，陪老吴走走那条上班线路。

老吴本想拒绝，可嘴里还是答应下来。

这天，老吴回去得更晚。妻子不知从哪里得知老郑被提升的消息，在家里给老吴备了一份酒菜，并陪着老吴喝酒。老吴没醉妻子先醉了，躺在床上抱着枕头当老吴，一边亲一边说，过去是虎狼当道，现在是黄鼠狼当道。

第二天一早，妻子还没醒，老郑就在外面叫门。

老吴开了门扛着自行车下楼后，老郑让他看看手表现在是多少时间。边说边骑车上路。出了小区一上马路就碰上一盏红灯，老吴一动腿正要下车等候，老郑却叫，没事没事我们照骑不误。说着老郑就往马路中间冲，果然那些大小汽车都忙着为老郑让路。老吴连忙跟上去，转眼间就穿过了那条大马路。走了一阵，又到了一个路口。一个老头正吹着口哨，舞着小旗，让骑车的人绕行。这一次老郑事先提醒了老吴，说别理他，我们假装准备绕，一过他的人就往路口上抢。老吴紧跟着老郑，果然顺利地通过了路口。那老头一点也没有追赶的意思。不过老吴还是忐忑不安。看见前面过街人行道上站着一名警察，老吴说，别硬闯了，警察可不好对付。老郑说，我知道，跟紧点，准保没事。老郑将车速放得很慢，待那警察将头扭到一边时，脚下才突然发力，警察还来不及将头转回来，他连人带车已到了马路中间。老吴反应不及，无法跟上，等了几分钟，直到警察挥了手他才推着车走过马路。老郑在那边已等得不耐烦了，冲着他大声说，你的时间就是这样白白浪费的。说归说，接下来的一些关卡，老吴还是有些跟不上。按老郑说的，就老吴这样拖泥带水的，跨进单位大门时，也比平时少用了二十分钟。

在电梯里他俩又碰见一把手和他的秘书，他们问老吴怎么今天没出汗，是不是思想觉悟提高了，改邪归正了。

老吴回答说是郑副处长的功劳。

下班后，老郑又陪他走了一趟。

分手时，老郑对他说在城市里生活，一切事情都得揣摩透，不然就会吃亏。

老吴走到自己家门口时，见妻子正倚在自家门上同对门那家的男人说话。见老吴这么早回来妻子忽地红了脸。老吴知道妻子不会与别的男人有什么事，他放心地进屋，将上班下班的经过都对她说了。

妻子愣愣地想了半天，说警察和老头都长着眼睛，可那汽车是不长眼睛的。

老吴安慰她，说老郑已摸出一条真理来，汽车绝对不敢撞人。

老吴照老郑的办法试了一阵，就尝出许多甜头：第一是早上可以搂着妻子多睡二十分钟，有这么长的时间，他可以多做几回恩爱之事。第二是不会出汗，身上的狐臭也就没有了，因此他的形象比以前潇洒多了，不时有女同事主动同他说话。第三点最关键，他因此悟出了老郑为什么会比自己升得快的道理，制度是死的，人是活的，规矩绝对不能少，真正运用时一定要三七开。老郑擅长的这些东西，在老吴那里也慢慢有些得心应手的样子了。

这天，老吴正盘算着如何同老郑谈谈自己的体会，处长忽然通知老吴代替老郑去开个会。

处长很不理解，也有些不满，一向不迟到、不早退，只会中途开溜的老郑，有事也不打个招呼，当了副处长后终于起了变化。

老吴去的那个会议，由于事先说好来个副处长，所以老吴一说自己姓吴，主持人就马上带头鼓掌说是欢迎吴处长莅临指导工作。听了几遍后老吴感到这个称呼的确悦耳舒服。

散了会，见时间还早，老吴就先回单位。

一进门就听说老郑在上班的路上让汽车撞死了，样子很惨，脑袋辗得像武钢工人扔在垃圾桶里的破皮鞋。

别人还没说完，老吴身上就出了一身冷汗。

下班回家的路上，老吴不曾犹豫，依然选择了老郑教他的走法。

老吴已经习惯这样了。不只是他，大家都还照样这么走。

回家后，妻子对老吴说，死了个老郑就像死了只蚂蚁，别的蚂蚁照样继续爬。

老吴则说，这是个偶然事件，从根本上看汽车还是不敢撞人的！

一九九七年八月于汉口花桥市委党校宿舍

人是一种易碎品

儿子被送去越南打仗后，老罗伯特就开始向白宫抗议。

第一次去到那片满是玫瑰香的草坪时，老罗伯特的儿子仍在空军基地里与同伙们一起打三人篮球。球赛结束时，儿子还打电话回家，兴高采烈地形容如何赢了朋友二十美元，朋友如何夸奖自己，等到打完仗回家，一定可以进 NBA，然后举家搬到富人区去住。从电话里可以听见那种身躯庞大的大力神运输机，像怪物一样尖叫。老罗伯特因此对儿子说，他必须为儿子和自己做些事情。老罗伯特放下电话就去警察局登记，在相关表格上填写自己示威抗议的地点、时间和内容。老罗伯特顺便将儿子的话对那当值的警官说了。警官差点将表格收了回去，他说老罗伯特不应该儿子还没去越南，便开始责骂总统。

老罗伯特固执地运用着宪法所赋予每个美国公民的权利。

那一阵像他这样的人非常多。有时候，大家各站各的地盘，零零散散地举着各自的抗议牌。有时候很多人相邀到一起，浩浩荡荡地简直要将白宫淹没掉，逼得官方不得不将骑警派出来。

儿子在越南打了三年仗，老罗伯特少说也在白宫一带抗议了一年半。每天早上老罗伯特都会将那只旧篮球打上气，到了傍晚再将儿子的球衣球鞋收拾干净，临睡时还要将闹钟定在儿子每天早起练球的时间上。等到闹钟将自己闹醒了，老罗伯特必定要在自己屋里大声叫着，说儿子又睡过头了，小心去晚了教练又要踢他的屁股。儿子离家三年的最后一天，老罗伯特将他的抗议牌上的文字改写成：总统先生，你让我儿子错过了三个NBA赛季，我可不想让他错过第四个赛季！前年你是混蛋，去年你也是混蛋，今年你还是混蛋，难道明年你仍然要当混蛋吗?！老罗伯特像往日一样在白宫前面站了两个小时，回到家里，还没放下抗议牌，就听见电话铃响。

电话是儿子打来的。儿子用一种平静得让人奇怪的声音说，他在越南的任务完成了，马上要回家了。老罗伯特听出儿子的声音不同以往。早先回来的患有越战综合征的老兵，也是这样说话。老罗伯特又急又喜，他要儿子快回来，军队上的破东西能不带的都不用带，免得耽误回家的时间。儿子也是每时每刻都在盼着回家，在家里睡觉不用怕做梦时被北越军队俘虏了，也不用担心吃晚餐时会受到越共的偷袭。眼看着马上就能到家，儿子却有一件十分紧迫的事要老罗伯特答应。儿子有一位朋友，三年当中从没分开过，在执行回国前的最后一次任务时，被北越军队的地雷炸断了一只手和一条腿。

儿子问老罗伯特："你能让他住到我家里吗？"

老罗伯特问儿子："难道他没有自己的亲人和家？"

儿子说："除了我们这儿，他哪里也去不了。"

老罗伯特说："你的朋友处境真让我遗憾，可我还是觉得他应该去找总统！是总统让他变成这个样子的，所以总统必须对他负责到底！"

儿子说："总统如果能对每个人负责，他就不会自己躲在白宫里，而让我们去万里之外，打一场谁也不想见到的战争！"

老罗伯特说："如果总统不管，就让他学我，天天去白宫门外抗议！"

儿子说："我的朋友不想这样，他只想有个家，而我也想他和我们天天生活在一起！"

老罗伯特说："都是该死的越战，让我们背着这些该死的负担！你可能还不明白自己说这话的分量，你的朋友不是只少一只手，也不是只少一条腿，他是手和腿都没有了，这对一个家庭来说负担可是太重了。这三年里，你一定很少碰篮球，我一直在替你想，哪怕打仗再累，回家后的第二个小时就得开始训练。你还记得从前的教练吗？他都快忘记你了。前几天我去他那里看了看，他手下又添了好几个打小前锋的家伙，个个身手不凡，所以，从现在起，你得忘记所有战场上的事，包括你那位朋友。"

儿子说:“你不了解我的朋友,他非常懂篮球,他完全可以坐在轮椅上给我们当教练!”

老罗伯特说:“既然能够当教练,那他为什么还要缠着你!让他去吧,你这样同情他,说不定还会害了他!我不能让他继续干扰你的生活,如果你不好对他说明白,那就由我来说好了!”

老罗伯特还有不少话要说,儿子在那边挂上了电话。

这时候他才想起,自己忘了问儿子是在哪里给家里打电话的。

路边的霓虹灯亮起来时,警察局那个总和老罗伯特打交道的警察打来电话,说他的儿子从附近一座高楼上跳下来摔死了,所有证据毫无疑问地表明,他是自杀的。警察所说的高楼出门就能望见,老罗伯特从那座高楼前经过时,地上果然有一摊血迹。儿子的遗物非常少,除了一纸证明文件,再也没有任何与军队有关的东西。就连那本厚厚的日记上也没有一句与军队或战争有关的话,从头到尾都在说篮球。清点完遗物,去看尸体之前,警察再三提醒他,到时候不要过分悲哀,小心自己的心脏,如果没有把握,那就趁早吃几片控制心脏病发作的药。老罗伯特不满地说,如果儿子死在越南他当然会伤心,一个男人,自己跑去跳楼,无论如何是不值得别人为其掉眼泪的。这时候老罗伯特还不忘记骂几声混蛋总统,非要说只有混蛋总统才会教出来这样的士兵。

警察带着老罗伯特进到停尸房。

在一具只有一只手和一条腿的尸体前，警察对老罗伯特说：“对不起，这就是你的儿子。”

老罗伯特惊愕地问：“我儿子从高楼上跳下来怎么会将手和腿都摔掉了？”

警察要老罗伯特打开军队给他儿子的证明文件看一下，那上面写得很明白，老罗伯特儿子的一只手和一条腿是被地雷炸掉的。

老罗伯特伤心地埋葬了儿子后，又想去白宫门前抗议。

他去过警察局，警察问理由时，他站在那里一句话也说不出来。

警察说自己心里有一句话，如果老罗伯特愿意使用，他可以无偿转让。

警察对他说：人是一种易碎品。

听到这话，老罗伯特的头发就一块块地白了。少数仅有的黑发留在上面，模模糊糊地倒也像写着什么急着要说的话。老罗伯特没有去白宫，他将这话写在儿子的照片上，然后挂在自家门前。

第九十八回

在我的感觉里，奶奶是一部极富传奇的大书。

这部传奇不仅在于奶奶的非凡经历，还在于她的生命历程对我成长的影响。

奶奶是在雪花飘飘的季节来到这个世上，又在雪花飘飘的静谧里安详地长睡而去。奶奶一生对雪如痴如醉，常常让我在观她时亦如痴如醉。奶奶临去前的那个冬天，下了一场几十年不遇的大雪。雪是从头天傍晚时开始落下的，望着鹅毛雪片，奶奶用一种我从未听见过的娇柔的声音轻轻地自语：明早可以睡个懒觉了。我相信这话不是对我们说的，而是说给那个已随岁月远去的人。第二天早上醒来屋里不见奶奶，开门后，见一行脚印孤零零地伸向雪野。在脚印的那一端，包着红头巾的奶奶，化作一个小红点，无声无息地伫立着。家里人都没去惊动她，甚至连她踏过的雪地也不去打扰，任由软茸茸的一串小小脚窝，几分优美，几分凄婉地搁在那里。

奶奶年轻时的照片在过去流亡生涯中全部遗失。但是，下雪的那个早上，我又一次让自己肯定了奶奶少女时代那超凡脱俗的美丽。我曾不止一次想象，美丽的奶奶冲出闺阁的小楼，穿着白色裙裾，不顾曾祖父和曾祖母的反对，翩翩迈进女子师范学校时的风姿。我曾不止一次想象，奶奶与英俊潇洒的军官爷爷相遇相亲相爱，并结为连理的浪漫情怀。我甚至大胆地假设，奶奶与爷爷一定是在雪地里相识的。在想到这一点时，我清晰地感觉到那一瞬间里两道目光碰撞时的震颤。难以想象的是，爷爷在太行山下那座小城里早逝不久，奶奶一边悲怆地守着爷爷的英灵，一边坚强地生下遗腹子——我父亲时的景况。

失去了爷爷的奶奶，从此住在一幢大房子里，靠她丰厚的嫁妆和国军军官爷爷留下的遗产，潜心培育着父亲。一九四九年后，奶奶住的大房子被人民政府没收，这才搬进平民区，从此过起俭朴的日子。光景不长，这种自食其力的平淡日子便被打破了，随着一场又一场政治运动的频频光顾，奶奶和父亲开始了流浪生涯。具有双份不良出身的父亲，理所当然地成了挨批挨斗挨整的改造对象。

父亲遭罪时，奶奶总是一步不落地跟在身后，陪着他走街串巷。看到儿子在台上遭人打骂，奶奶便用针刺自己的大腿，仿佛这样便可将儿子身上的疼痛转移到自己身上。父亲在很长时间内不知道，当他得知这事以后，曾跪在奶奶的面前将他这一生的眼泪都哭干了，直到奶奶死，他也没有落过一颗泪。父亲像老鼠，那些人像是猫，好在猫太多，老鼠太少，强加在父亲头上的那些东西，很快就成了陈词滥调，那些人玩腻了后，便将奶奶和父亲下放到太行山中一个村子，住在一间旧窑洞里相依为命。在夹在山沟中的垸子里，于深闺书香中长大的奶奶开始学着做各种农活：养鸡、种地、挖野菜，过着往往只能靠着野菜，才得尝一饱的日子。

奇妙的是，在那群山起伏、鸡犬相闻的宁静中，奶奶比以前更加丰润美丽起来，岁月的风霜没有夺去她那美丽的气韵与高贵的风范。甚至奶奶养的鸡也比别人养的鸡下蛋勤，奶奶种的白菜萝卜个头也比别人家的大，奶奶常去挖野菜的地方野菜也长得比别处肥美。

奶奶的这份美丽，使得她必须带着父亲开始第二次流浪。

奶奶并不惧怕强人。村里的书记一而再，再而三地将父亲安排去学习班或修水利，然后找了一个深夜来到奶奶的茅草屋里坐下来。一开始是以将奶奶安排到村里的仓库去住为利诱，接下来便是有权有势的男人对付弱妇子惯用的强硬。奶奶端坐着动也不动，冲着扑过来的男人，用那只纤细的手指着门口，再从牙缝里迸出几个字：请你出去！那种气质所产生的力量，让那个男人下意识地退回到门后，在那里愣了好久，从此再也没有跨过那道门槛。

让奶奶重新流浪的是另一个人。

我曾经想过这人一定酷似爷爷。

酷似爷爷的人是个右派分子，他的窑洞离奶奶的窑洞只有半里路。那次村里的书记不怀好意地扑向奶奶时，右派分子就站在窑洞外面。奶奶对村里的书记说“请你出去”后，右派分子似正好路过一样，冲着夜空唱起歌来。也是从那天起，每当夜深人静时，右派分子就用俄语唱《伏尔加船夫曲》和《莫斯科郊外的晚上》等等。那种低沉浑厚的男声，最初只有奶奶一个人能听到。时间长了，别人偶尔也能听见。村里人就说，右派分子过去是从不唱歌的，是奶奶来了以后，才开始唱的。

也是一个雪夜。

奶奶终于忍不住也唱了起来，接着就开门走到屋外。天亮以后，从两处茅棚里牵出来的脚印清晰地铺在地上，两道脚印在相距几米就要相遇时突然各自终止了。

第二天一整天，奶奶都用手紧攥着那只红头巾。

红头巾是爷爷去世的前一年亲手送给奶奶的。

不久，奶奶就领着父亲离开北方太行山，回到已经不大习惯的南方大别山中爷爷家的祖屋。

在童年的记忆中，周围的老人几乎都是不识字的，唯有奶奶是个例外。奶奶不仅识字而且还挺有学问。上小学时，有一阵我怎么也分不清鲜和艳字，总是将它们搞混了，用鲜作艳，用艳作鲜。为这事奶奶揪着我的小耳朵说过几次，可我仍然转眼就忘了。

那一回，当我又写错了以后，奶奶真的生气了，罚我将每个字写五百遍。我哭哭啼啼的半夜才写完。一直没作声的奶奶，这时将我拉到怀里，一边给我洗脸，一边对我说：“饿了吗，想吃什么？”我说：“不想吃！”奶奶说：“那就喝点汤。”奶奶说着就端一碗汤，我尝了一口，味道真是好极了。我问奶奶这是什么汤，奶奶让我猜。我猜了半天没猜着。奶奶这才告诉我，说这是用鱼肉和羊肉混合后做的汤。

奶奶说，鲜吗？我说，真鲜。奶奶说，你再想想它为什么鲜，因为它是用鱼和羊做的！奶奶这解释真是妙极了，从那以后，我再也没有写错鲜艳二字。用现在的话来说，奶奶具有大专学历。奶奶小时候，上过小学，读了几年家里就不让她读了。后来，奶奶碰上了将要成为我爷爷的那个人，他极力劝奶奶随他到河北去读保定女子师范。奶奶同家里说时，遭到一致反对，都说女孩子读点书识点字就行，关键是要将针线活学好。奶奶不和他们吵，自己把自己关进房，拿了一块布一门心思地绣起花来。

奶奶绣的是黛玉葬花，她在房里一坐就是三天三夜，不吃饭，不喝水，也不睡觉，甚至也不流眼泪，见人来劝时她反而先笑，笑得劝的人反倒落起泪来。饿了三天的奶奶，越发楚楚动人，见到她的人没有不生怜的。长辈们没办法，只好发话任由奶奶去，并说看她读那么多书日后有什么用处。奶奶毕其一生，痴爱读一本《红楼梦》，连她自己也说不清读了几百几十遍。奶奶不爱贾母，也不爱王熙凤，唯独对林黛玉特别宠爱。她常常对我和妹妹说，年轻时，她将林黛玉当成自己的姐姐和妹妹，生了我们的父亲以后，她慢慢又将林黛玉当作自己的女儿，现在她又将林黛玉当作自己的孙姑娘。

奶奶称赞女孩子时，从来只用一句话，说你长得真像林黛玉。由于奶奶特别的气韵，凡是认识的女孩子，没有不喜欢奶奶的，都觉得奶奶很了不起，也跟着奶奶说，你是个薛宝钗！外面的人不知道，女孩子们却都知道，这是一句贬人的话。读《红楼梦》时，每逢到了“黛玉葬花”那一章，奶奶总是哭成个泪人儿，而一旦到了黛玉魂断潇湘时，奶奶便哭得死去活来，常常两天不思茶饭，只知道长吁短叹。所以，一家人里谁都怕那个第九十八回，一旦奶奶拿起《红楼梦》以后，不管是谁外出，一到家总要先打听还差多少读到第九十八回。

从我记事时起，奶奶每隔一阵就要这样的“死”一回，再“活”一回。只要奶奶拿起《红楼梦》，翻到第九十八回，再晴的天气，我们家也是愁云密布，比断了粮还忧郁。父亲很小时，周围的人就爱有意无意地问奶奶，将来给自己找个什么样的儿媳妇。奶奶说，不管怎么样，我决不当贾母。父亲长到二十岁时，便开始领女孩子上门来请奶奶认定。奶奶看过之后，总是说，这是个王熙凤，那个是薛宝钗。父亲知道奶奶真心实意要个林黛玉，便又找了一个女孩领回来。这之前，父亲请别人评价，大家都说是活生生的林黛玉。谁知奶奶见了以后，却说她不是林黛玉，而是秦可卿。直到有一天父亲将母亲领进家门，那时母亲刚刚从失去双亲后的大病中恢复过来，脸上的嫩红还可以看出人生浩劫留下来的痕迹。母亲穿着一身素色衣裤，纤瘦文弱的一副样子出现在屋里，奶奶便忽地眼睛一亮，禁不住地走上来，拉着母亲的手，也不知是悲是喜，眼窝竟真的潮湿起来。不过，奶奶当时并没有称她什么，只是说了一句：这一生只要我在，就决不会再让你吃苦了。

母亲后来对我们说，当年奶奶讲的那话，她一直认为实该是对林黛玉讲的。

天下的真女孩只有黛玉一人！

这是奶奶毕其一生而得出的结论。

一个人的一生倘若能真正做到淡泊名利、清心处世，实在是不容易。然而，奶奶却用其一生的品行实现了这一点。出身富贵却历经盛衰无常的奶奶，对人生得失领悟成定数。她曾说《红楼梦》只有两个人不是俗人，那就是宝玉、黛玉，其他的人多为铜臭所惑。

奶奶嫁给爷爷时，从娘家带来的嫁妆里有十几幅明清字画和一些古瓷器。爷爷死后，由于房子被没收，这些心爱之物也在辗转迁徙之中一点点地流失了，最后保存下来的只有四五幅字画和两个青瓷花瓶。然而，在那“横扫一切”的年代里，面对抄家的威胁，奶奶一气之下将几幅价值很高的字画埋进屋外的荒地里，并用石块垒了一座无言的墓碑。当年，泪水横流的奶奶面对父亲惊疑的目光说，我宁肯自己亲手毁掉这些珍宝，也不让那些人玷污了它。而这些事情，奶奶在后来的岁月里只字未提，哪怕是那些文物贩子当着奶奶的面说某某的画值多少万元时，她仍是那样似乎一切都不曾有过的沉默着。

我们几个小的，因调皮不懂事，也成了奶奶藏品的败家子。二妹和小妹在读小学那会儿，意外地发现奶奶床底下有一袋铜钱。当时，正流行踢鸡毛毽子。二妹和小妹简直如获至宝，自己隔三岔五就去拿不说，还将铜钱一把把地装进口袋里，拿到街坊或学校，与小朋友交换东西或白送给人。等到父亲发现时，那袋铜钱已所剩无几了。父亲见了极为生气，罚两个妹妹跪着用树枝抽，说奶奶含辛茹苦留下的这点东西转眼就全给败了。奶奶闻讯立即赶了过来，抱起两个孙女心痛得眼眶也红了，她骂父亲：几个铜钱有什么大不了的呢？用得着这样打孩子吗？她们喜欢就让她们拿去玩好了！

奶奶也并非对一切都不在乎，凡是她真正视为生命的东西如果被损坏了，则后果又不堪设想。八岁那年，我乘奶奶不在家时，翻开她那只平常不让我们靠近的红色小皮箱。皮箱里有她出嫁时的首饰，有几幅年轻时与爷爷合拍的照片。翻了一阵，我被一只白色雕花烟斗吸引住了。我想奶奶又不吸烟，留着这东西做什么呢！

我将那只白色雕花烟斗装进口袋一溜烟地跑出去，在同伴中炫耀一阵后，又和同伴一起打开了水仗。当我回家后准备将烟斗放还到皮箱里时，才发现那烟斗不见了，我不敢声张，偷偷地问小伙伴们是否拾到，当我一无所获以后，又想这没用的东西丢了奶奶不会知道的。

谁知奶奶第二天下午就发现了。

她那惊慌失措的样子就连父亲也是第一次见到。

那天我放学一进门，见奶奶端坐在竹椅上，脸上的那种惨白让人不敢看第二眼。一旁的父亲冲着我大声呵斥："是不是你拿走了皮箱里的烟斗？"我犹豫了一会儿，眼见躲不过便只好说了实话。当奶奶知道事实以后，立即绝望地大声唤了一声爷爷的名字，然后就昏死过去。

奶奶醒后说的第一句话是：烟斗不是掉的，是他拿走的，他想我，要我过去陪他！

这时我才明白那烟斗是爷爷最后一次上战场时留给奶奶的。为了找烟斗爸爸和妈妈动员所有邻居的孩子，光是送给他们的水果糖就有两三斤，然而，烟斗再也没有回到奶奶身边。

奶奶用那游丝般哀怨的声音说：人啦，我以为可让留有你气息的东西伴我入土，看来这最后的希望也没有了。

为了安慰奶奶，父亲专门去武汉，找到省文物商店。听过父亲的描述，在场的人没有不惋惜的。他们惋惜的是，那种样式的烟斗，材料珍稀不说，其来历肯定非同小可。父亲请人用样子差不多的材料，做了一只与先前那只相差无几的烟斗，回家后对奶奶说烟斗找到了。

奶奶看着烟斗，努力地对父亲笑了笑。

奶奶在很长时间里憔悴不堪，在这一段时间里更加入迷地读《红楼梦》。再次读到第九十八回时，对黛玉的惦挂终使她在这场灾难中挺了过来。

奶奶八十六岁那年终于彻底衰老了，病危之际，爷爷的远房亲戚蜂拥而至，要求分享爷爷留下的遗物遗产。而这时，爷爷遗下的物什中唯有一幢祖屋。奶奶将房子都分给了他们，父亲连一片瓦也没有得到。奶奶对父亲说，孩子，妈把房子都给了他们，把烦恼也给了他们，妈给你的唯有这一片宁静、这一份温馨。没有人因为钱财来搅扰你，你可以平心静气地过日子，妈一生就求这个，所以妈把这当作最珍贵的留给你！奶奶的话让妈妈和我们心中的不快一下子化为云烟。

奶奶最后拿出那只假烟斗，反复看了一阵后说，我很爱这个烟斗，就让它伴我入土吧，我这一生有缘和你们组成一家，并得到大家的爱，我都心领了！这话让父亲立时哭起来，随后我们也明白了，奶奶她早就知道了烟斗的秘密。

奶奶在雪夜里安详地睡去。

那场大雪是我从未见到过的，原野上洁白得见不到一处灰暗。

我上书店里买了一套油墨喷香的《红楼梦》，将其中的第九十八回撕下来，余下的全部折成纸钱模样，一张张地烧化在奶奶的灵前。在心里，我告诉奶奶，往后每年的这一天，我都会送一套新书让她细细地阅读。同样，我也会将第九十八回撕下来。我不想让奶奶独自一人读第九十八回，往后每年的这一天，除了送新书给奶奶，还要亲自将第九十八回读给奶奶听。

一九九四年九月于汉口花桥

冒牌城市（三题）

居委会

下午，有人头顶一颗懒洋洋的太阳，站在一座土墩上大叫："喂——所有男女劳力和各家管事的大人，晚饭后都到村部开会！"

大叫大喊的人知道自己说错了，重新叫喊时，便改了几个词语："再通知一遍，晚饭后所有居民都到居委会开会。"

"这是最后一遍了，没听见的当心到时罚出义务工。晚上在村部开居委会大会，各位村民居民不得缺席，上级有重要的事情要民主一下。"

他一喊完，就有人答应："猪长，晚上开会的事我没听见！"

喊话的人随口骂一句："你娘的头！你娘是大母猪！"

这时，一头老牛昂头叫了一声，那声音就像是叫："你娘——"

哄的一声从门洞、树荫和地角等去处，传来一阵乐呵。

喊话人也就乐了。那三遍喊中，第二遍是对第一遍的纠正，第三遍是对第一遍内涵的怀念、对第二遍内涵的肯定，以及对一二遍的补充。到晚上，他再次站在土墩上喊开会时，还会如此换来换去，将人捏泥猴一样弄晕了头。也还会有几个人喊他“猪长”。

这之间，被叫作“猪长”的人踱到一座大门前，对里面说：“三爹，今晚的会你得到场。”

“不是胡家议事，我不去。”

门外的人拉开准备逃的架势后说：“是议胡家大垸改名的事。”

屋内一声怒吼连同一只小板凳一起砸出来时，门外人已逃出老远了。

这么古里古怪地叫“猪长”，其实是先前人们叫他队长，后来叫他村长的延续。

胡家大垸本是大别山中的一个小镇，无论过去如何从胡家大垸农业社变成胡家大垸生产大队、又变成胡家大垸村，镇上的人全都是无所谓的一副模样。可是，突然间管辖他们这儿的县，变成了市，胡家大垸村的村长变成了胡家大垸居委会的主任，领导对他们的尊称也由村民变成了居民，有村民就有村长，有居民就有“居长”，大家也就半真半假地喊起“猪（居）长”来。想一想，也真怪转弯转得太急了，将居委会主任叫作“居（猪）长”，也就是惯性之必然了。那天开万人大会，有人中途上了趟厕所，返回时裤子还没系好，四周便被宣布成城市了。鞭炮放了一天一夜，到处都是好看的女人，使大家觉得还真的有点电影电视里的城市味道了。待一场夜雨冲走满地的鞭炮屑，贵如黄金的自然肥重新充斥各个角落时，一切又一如当初了。而胡家大垸即使是在放鞭炮时也没有城市味，上级分配的应放鞭炮数，被当时的村长、几天后的“猪长”打了折扣，放鞭炮的三毛则打了村长的折扣，将鞭炮藏了三分之一留作娶媳妇用，虽然第二天就被查了出来，但对于头天的鞭炮稀疏已无可挽回了。胡家大垸又没有好看的女人。胡家大垸甚至不明白那天那多好看的女人是从哪里来的，事前不曾见到一个，事后更是一个也见不到了。

对于胡家大垸居委会的全体居民来说，现在要做的事，是将他们彻底变成城里人的最后一道工序，具体来说，就是将眼下的胡家大垸这个小农意识太浓的地名换掉。

会议一开始，居委会主任先将自己身边坐着的那个人，介绍成是市里派来传达重要指示的杨同志。

然后，杨同志便极威风地整整衣领说：“没有多的事，就两件，请大家认真发表意见，好供市里决定时参考。第一件是居委会不比先前的大队和村，市里原则意见是，居委会主要头头将由上面委派，不一定全由土生土长的人担任。第二件是将地名改一改，不能叫这垸那垸的，应该叫某某街、某某路或某某大道。”

接下来，居委会主任一脸乌云地宣布，先议地名的事。他想必记起自己由村长过渡到居委会主任后，仅仅是个代理。同时，一定明了为何这种小会市里还要派个人来督促。

再接下来，满屋一派死寂。

不是没人想说话，那个叫三毛的几次都快张开嘴巴了，都被长辈用玉石的、黄铜的、木头的和竹子的烟嘴堵住了。

多数人是惊愕。

人是可以改名的，这个道理在“文革”中被胡家大垸接受了。但是，当那些胡红卫、胡文革、胡语录以及胡彪，刚开始筹划给胡家大垸改名时，就遭到长辈们的激烈反对，且理由无法反驳：共产党与国民党那样的死对头，到坐天下时，也只在“中华民国”上加上三个字，要改垸名也只能像这个样子的改法。将红色、革命、解放、胜利等词与胡家大垸一起拼了多时，始觉不行。有固执者便扛着标语牌示威游行，被扛着锄头的长辈一顿乱打，胡家那些自封的红卫兵从此便鸦雀无声。

大家心里都有憋着一句话：如今改了革，开了放，如何又要强迫命令改地名呢？只有不要祖宗的人才去改地名。

杨同志瞪了居委会主任一眼。

居委会主任瞪了会场一眼。

大家都不说话，他俩似乎也不好意思开口，跟着又这么瞪了几次。会场仍没动静。这样，每隔三两分钟，便有一个女人打一次孩子，哇哇地将会场哭得更寂静。

居委会主任终于吼了一句："谁再哭，罚他出义务工。"

这话有毛病，意思却没有毛病。女人母鸡领小鸡一样引着小孩鱼贯而出，站到外面的稻场上，将自己的儿女一齐打得如雨后水塘里的一群青蛙。

杨同志看看表，有些耐不住。胡家大垸的人不知道杨同志丧妻三年后，刚刚续上一个。

杨同志一清嗓子又亮出一副好听的京腔："大家不要鼠目寸光，只盯着脚背。别看胡家大垸眼下是一人一个粪挡，一户一片风水，将来这儿要修一条大街，笔直笔直的，像汉口的解放大道，上海的南京路，北京的长安街。所以，上级决定来点提前量，将这儿改叫——"

杨同志忽然发觉自己快说漏嘴了，停下来想一想才接着说下去："上级决定将这儿改叫某某大道！"

会场顿时一惊。

三毛终于逮住机会说话了："什么？叫母母大道？"

杨同志改用方言答应："是叫某某大道。"

三毛马上又问一句："叫毛毛大道？这不是与我的小名一样嘛！市里养着那么多读书人都干什么去了，取这么个放牛娃叫的鬼地名。"

杨同志解释说："某某大道，是说这大道还没名字，还得等大家参谋一下。"

居委会主任这时不能不说话了。

"你们这些畜生，平时总朝我要民主，现在上面给了民主，你们又不当数用。再没有人出来民主，日后谁要是再说翘屁股话，可别怪我脱裤子骂娘不像党员干部了！”

这时，从门口进来一个老头，纷纷让路的人都叫他三爹。

三爹用拐杖指着居委会主任的鼻尖问：“真的要咱胡家大垸改地名？”

杨同志接过去回答：“市里各处不合适的地名都要改。”

三爹口齿不清态度却明白：“胡家人自己说话，不用外姓人插嘴。”

居委会主任连忙解释：“杨同志是市里派来领导开会的！”

三爹昏花的眼睛盯着杨同志看了一阵。

“那好，咱小民就再冒犯一次。上海有条街叫王家码头路，领导知不知道？”

“不知道。”

“董家渡路呢？”

“也不知道。”

“那黄家路、乔家路和毛家路大概也不知道了？”

“是的，我没去过上海。”

三爹替杨同志叹了口气。

“也罢，咱说近的，不说那远的了。黄州城你总算去过吧？”

“去过。”

“城里有条街叫阮家凉亭，知不知道？”

“知道。”

“知道就好办了。你不是说咱这儿叫某某大道么，行不更名坐不改姓，我看就叫胡家大垸大道。”

角落里坐着的三毛和另一个人接着补充。

“叫胡家垸大道也行。”

“叫胡家大道也可以。”

三爹他们的话让杨同志听苕了，他心里早装着市里内部定下的地名：青春大道。市里让他来做工作，说是聚思广益，其实是想办法将大家的思想统一到“青春大道”上来。杨同志做梦也没料到，会民主出眼下这种古怪的地名来。

居委会主任心里一亮，赶忙响亮地说：“还有没有别的提议？没有！那就表决——同意三爹主意的人请举手。”

在三爹举得高高的拐杖的号召下，所有手臂陆续举成了一片小树林模样。

居委会主任数也不数就叫道：“一致通过。”

杨同志又盯上了他：“胡主任，你自己呢？”

居委会主任极少听到有人称他的官衔，却从上面来人的嘴里听到了，这一点险些使他放弃在这个问题上的原则，幸亏三爹的拐杖搁在面前的桌子上，他于是表态：“我是少数服从多数。”

又说：“现在讨论第二项，居委会主任到底如何产生合适？”

三爹老眼一翻，将屁股对着杨同志：“屁！咱们胡家大垸的领头人，得由胡家自己人来当。”

“对，小庙只供土地神，小地方养不了大地方的人！”

三爹背后有人拥护地发一声吼。跟着会场参差不齐地乱糟糟吼成一片。

“胡家有能人当这芝麻官。”

满垸的狗被惊得吠成一片。

居委会主任这次特别慎重，多问了几声。

大家都说就这个，没别的意见了。

居委会主任就将脸转向杨同志：“是不是再表决一次？”

“有他一人就够了，其余的全是闻屁虫！”

三毛又逮着说话机会了：“杨同志，你怎么开口骂人？”

杨同志面色苍白，抬腿走人了。

居委会主任愣了一阵，突然撵了出去，嘴里连连叫着：“杨同志慢走，我送送你。”

居委会主任追上杨同志，自言自语地嘟哝：“咱这儿议事的规矩是一户一票，我也没办法。”

隔了一阵没声音，他正以为杨同志不理睬他了，突然间听到了回答：“这事没完，得听市里的最后决定——”

猛地一声扑通响，杨同志摔倒了。

杨同志一边往起爬一边忍不住骂了一句：“狗日的胡家大垸大道！”

一切果然全由市里决定。

半年后，市里给居委会派了一位主任。

派来的主任尽管是个浙江佬，却也姓胡。

新来的胡主任宣布，市里给这块地方正式命名了。

胡家大道，胡家垸大道和胡家大垸大道，都被市里否决了，新名称叫古月大道。

“古月胡！”

听到这个消息时，三爹嘟哝一句后淡淡地一笑，很深奥的模样。然后换了一面，继续晒着懒洋洋的太阳。

三毛和先前的胡主任在一旁站着。

三毛说他喜欢这样的民主。

先前的胡主任不仅公开表示不喜欢这样的民主，还说了一句脏话。

雕塑

三年一小庆，五年一中庆，十年一大庆，这原本是对国庆节而言，现在却被市里领导沿用了。因为转眼之间，县改市已经五年了。市里各方面变化较大，街名、地名等都被人叫习惯了，就连市长自己听到过去的属下喊他老县长时，也开始别扭了，觉得没有市长这个称号有现代意识。

市长是个极富创新意识的人。

五年一中庆。这个中庆该不该庆的问题，让市长犯了愁。国家在到处搞紧缩，过紧日子，连四十周年大庆也只是象征性搞些小活动。一个小小县级市搞市庆，这不是和中央唱对台戏么？只是自己先前说过，等到城市面貌彻底改观后，一定要好好庆祝一下。这一阵由于在文明城市评比中，本市夺取了县级市中的头一名，五周年中庆的舆论风便刮得更猛了。就连连续三年亏损的五金厂，也说，只要市长发句话，说什么也要凑个十万八万的，为市委、市政府捧场争光。

正在为难之际，市政协那边转来一封群众来信，声称，我们市已将桐子花和杉树，分别选为市花和市树，却没有自己的城市雕塑，这是十分的美中不足，建议在古月大道路口，建一座能展示我市风采的现代化雕塑，让我市以更新更美的姿态迎接它的五周岁生日。

市长后来反复说，群众的确是真正的英雄，群众中的确蕴藏着无穷无尽的智慧。

在当时，市长很高兴地欣赏了附在信后的几幅设计图，然后就亲自打电话到市文化馆，让搞美术的胡天堂速来，有要事相商。

胡天堂是古月大道胡家少数几个吃公家饭的人之一，听到市长要见他的消息时，他正在老婆孩子的责任田里插秧。胡天堂心慌慌，手脚上的泥也未洗干净，待到离开市长办公室时，满脸春风比田野的春风更胜一筹。胡天堂逢人便说，市长采纳了他的建议，在古月大道路口设立一尊雕塑，并以此来取代五周年中庆。胡天堂不提自己设计的几张图纸被市长否定的事。但是，他心里明白，这个设计，除开他胡天堂以外，市里没有第二个人拿得下来。这一点，市长也在谈话中的语气里很明显地流露出来。尽管市长也说过集思广益的话。胡天堂认为那只是装装门面而已。

按说，胡天堂不该这么骄傲，市里搞美术在省、地获奖的人，共有四五位。在这四五位当中，胡天堂的排名是在靠后的位置。且胡天堂是油漆匠出身，自幼当学徒，跟着师傅给人漆嫁妆、棺材等，最初的画技，是从师傅给人家嫁妆上描龙点凤时偷来的。师傅只教他油漆活，不教他画花鸟，说要学画花鸟，得三年满师后，再当三年徒弟。胡天堂只肯学一个三年，往后便自学成才了。做的油漆，画的花鸟很快就超过了师傅，直弄得师傅最后撂了油漆担子，将独生女儿许给他，自己安心养老当外公去了。

胡天堂不像师傅一门手艺苦守一生，他什么都学，什么都干。还别出心裁地用鸡毛鸡爪树皮树根等杂物做镜屏卖，并由此被安排到一家乡镇企业搞工艺设计。又过了几年，又被调到市文化馆。他后一次调动不是因为他会做镜屏，而是他会用木头或泥巴，雕塑出各种各样的菩萨。时逢市里修复圣庙，文化馆请他去帮忙，他说帮忙可以，到结账时，凭人头算，大小平均，一个佛像一百元。文化馆算算账，觉得还不如将他调进来开工资划算。便将他调到了文化馆。

所以，尽管那几位搞美术的人，闻讯跃跃欲试，胡天堂仍敢第一次在那几位美术同行面前放肆地问：“你们搞过雕塑么？”

同行们反问：“你不就是做了几只泥菩萨？”

胡天堂一点不脸红地说：“是做过。那些泥菩萨还都挺灵验的呢！”

胡天堂犯了一个小小的错误，在他继续与别人神吹，自己如何去见市长时，同行们已抢先将隔壁图书馆有关雕塑方面的书籍全都借走了。轮到他去时，找了半天，也只从一本旧杂志上看到一尊小孩撒尿的雕塑。他看不出它妙在哪里，琢磨半天后才琢磨出另一个道理：既然小孩撒尿都可以成为千古传颂的伟大作品，那么自己也一定能够搞出一件传世佳作来。对于同行们的竞争，他还是小有警惕，毕竟他们现在拥有了胡天堂所没有的那些宝贵资料。

但是，胡天堂拥有市长。

想到这一点，胡天堂趁几个同行都在办公室时，给市长打了一个电话，并有意将一句话说得很重。他说："哪怕是第一次搞城市雕塑，也要从生活中来。"放下电话，他很高兴地转告同行们，说市长很同意他的看法。

事实上，胡天堂高兴得太早了。在他下去体验生活寻找创作灵感时，市里成立了一个关于城市雕塑工作的领导小组。组长自然是市长亲自兼任，副组长是有关部门的头头，这些都无关紧要，要命的是艺术顾问名单里面，找不到他的位置。更要命的是，胡天堂想找市长汇报这次下去体验生活的收获，及其对城市雕塑的初步构思。市长坚决不见他，还让秘书捎口信，说自己要按艺术规律办事，让艺术家们在公平竞争中展示自己的艺术才华。

几次联系没联系上，胡天堂便无心再找市长了。同行们的竞争已进入了刺刀见红的阶段，上阵厮杀的还包括省、地一些搞美术的高手。胡天堂因下去体验生活耽误了几天时间，等他弄完设计图送到领导小组时，领导小组办公室的四壁上已挂满了别人的设计图。他的那幅缠着头巾、抱着麦穗的少女图，只好平摊在地上。对此，胡天堂是很有意见的，却一点效果也没有。一个当上艺术顾问的同行说，再送晚了，只好挂到厕所里去。胡天堂听了这话，本想发火，不知怎的到头来却忍了下去。

胡天堂看过别人的设计，出门时，先前的自信心已随风飘散了。

接下来几天，胡天堂懒得去文化馆坐班，也只字不提城市雕塑的事，在家埋头为仙人顶大庙塑一尊观音像。

时逢阳历七月，高考在即。这天早上，妻子去圣庙为即将赴考场的儿子烧香，回来时对胡天堂说，他画的那幅图，被摆在圣庙外面征求意见。

胡天堂将信将疑，去看了才相信这是真的。自己的那幅少女图，和别的两幅图摆在一起，前面各自放了一个意见箱，领导小组的人在一旁对这三幅图搞民意测验。

这天来圣庙的人很多，其中，很多是来祈求自家子女高考得中的。一些有头面的人，在另两幅画面前指指点点，然后在一张纸上写下几句什么，再投进那画前的意见箱。这些人对旁边的少女图似乎很不屑，看也不看就扭屁股走了，倒是那些来求神的老太太，不时有掏出钱币投进意见箱的。胡天堂对此大惑不解，直到有位老太太说，这个观音画得不大像时，才明白，她们是把意见箱当成功德箱了。

明白后，胡天堂满脸羞红，回家后，甚至无法面对那尊未完成的观音雕像。

正巧五奶来串门。

五奶也听说了雕塑之事，要胡天堂一定要为胡家人争这口气。

胡天堂灰心地说了这事的来龙去脉。

五奶听了，不甘心地叹气，很不服气胡家人种的桃树，果子竟要被别人摘去，却又无计可施。

国庆的日子一天天迫近。自然，雕塑之事也不会像别的事那样拖得遥遥无期。就在民意测验之后的第九天，领导小组通知有关人员到一起开会，进行最后的敲定。

胡天堂接到通知，却一点积极性也没有了。在家守着有鼻子没眼的菩萨坯子，双手沾满泥土地忙乎，接到通知后不到一个小时，就将通知之事忘了个精光。后来，有小汽车在外面鸣笛，有人在外面叫唤：“胡天堂，快到市里去开会！”

胡天堂听见了，不但没理睬，反叫妻子出门挡驾，谎称他不在家。

胡天堂一想到馆里两位搞美术的同仁，这些时趾高气扬目空一切的样子，心里就难受。胡天堂自知那幅设计得有点像观音的少女图，肯定比不过他俩设计的图样。胡天堂不愿去给他俩当陪衬人，干脆守在家里自己给自己捞点实惠。至于那两幅图中选哪一幅，是悲是喜，都是他俩的事，与胡天堂不相干的。

小汽车走了又回了。

车上的人不再叫唤，径直闯进屋里，问："你是胡天堂么？"

胡天堂只来得及应一声，手没洗，衣服没换就被拖到车上。

到车上坐下那人才说："市长生气了，说你们搞艺术的都爱摆臭架子！"

胡天堂听了无话可说，只把两只手来回使劲搓着，搓出一些圆滚滚泥柱泥球，纷纷落在市长的皇冠车内。

一进会议室，市长就迎面瞪着眼瞅着他不吭声。

旁边的人便审判一样问："老胡，这么三请四接的，你都干什么去了？"

胡天堂几乎将雕塑泥菩萨的事如实说了出来，只是去请他的人抢先开口，才使事情变成另外一种样子。

那人说："胡老师正在家里雕塑这幅少女图呢！"

没等旁边的人再开口说什么，市长说："言归正传吧！"

一入正传，会场便活跃起来，与会人很快就形成两大派，围绕胡天堂的两位同行的设计方案展开了激烈的争论。胡天堂无心听那些话，也听不懂那些古罗马、古希腊和什么现代野兽抽象艺术。胡天堂认为这些人不过是借此机会在市长面前卖弄学问，好让市长发现自己超人的才华。

胡天堂一句话不说，仍旧慢慢地挂着泥团，手上搓干净了，又搓脚上的。后来，他又将这些小泥团摆成一个大泥团，再将这大泥团一点点弄成一个雕像的雏形。正是自己的那个设计的模样。

从头到尾不说一句话，不介入这场争论的还有一个人。

那些争吵得口干舌燥的人，忽然发现市长从头到尾都不吭气，仿佛意识到其中的微妙，便一齐歇下来，把目光直直地投向市长。

市长发现这个情况后，笑一笑说："大家是不是想请我评判呀？我不敢在孔圣人门前弄文，胡天堂同志一直也没开口，是不是先听听胡老师的意见！"

听到市长称自己为老师，本来没勇气说话的胡天堂忽然来神了，抖擞着说了句："人是人，鬼是鬼，山是山，水是水，一种东西如果弄得不人、不鬼、不山、不水，那还叫东西！现在提倡为群众办实事，搞艺术的也不能例外，不能搞那种云里雾里虚无缥缈不着边际，只供贵族老爷说三道四的东西。"

两个同行想争辩，被市长一挥手挡住了。

市长亲自开口说："我是个外行，就说点外行话，前天，领导小组的同志找我汇报，说有不少的群众在民意测验时，往一幅画前面的意见箱里塞钱，其实就是捐款嘛。老百姓的感情最朴素，也最实在。我就喜欢老百姓的朴素感情。我们搞艺术的如何把这种传统的朴素感情，和现代的审美观念结合起来，这是一个普通而又最高深的问题。有些人不喜欢观音娘娘的模样，可老百姓称喜欢，外国人也喜欢，说观音是中国圣女。刚才胡天堂同志的话也对也不对。艺术就诞生在似与不似之间。他自己的这个设计就是很好的证明。你们看看，这画中人既像观音，又有现代女性的风韵，她手里的那把麦穗，多么像观音拿的云帚，至于那头巾则更是融古今为一体了。所以，就我个人而言，我认为这幅设计，体现了中华文化的精髓。不过这名字不太好，我有个意见和作者商榷一下。毛主席有句诗说：神女应无恙，当惊世界殊。能否就将这座雕塑叫作《神女》呢？”

市长话音刚落，会场就响起了热烈的掌声。

过了些日子，古月大道路口上也响起了热烈掌声。

胡家人见到胡天堂的《神女》，从一大片红绸里升起来，仪态万方地矗立着。

又过了些日子，市礼堂里响了更热烈的掌声。

全市上下都知道，那是市长连选连任了。

交通岗

大前年，让杨同志摔跤的小路上，堆满黑石头。

前年，小路被凿成一条街道的坯子，并被覆上黑色煤渣。

去年，市里派人在黑煤渣上浇了一层黑沥青油。

这样，古月大道在它出世后三年，才初步诞生了。

胡家人天生一副处事不惊的性子。古月大道竣工通车时，五金厂锣鼓喧天地使唤一群花枝招展的女工，披上五彩衣，沿着粘脚的沥青路，唱着歌曲扭了几个来回。除了市里派来的那个姓胡的主任外，其余姓胡的或是倚在门口纳鞋底，或是蹲在稻场边啃甜高粱秆，绝对是一派看热闹的景致。

这条大路将古月大道居委会的好田好地占去了一半。

别处田地占了，还能够安排几名土地工，古月大道的田地是白白奉送了。市里说修路占地是无偿的，一滴油水也没让他们沾到。三年来，仅仅以古月大道的名义，每年向五金厂按一个人头五元钱的标准收管理费，除此以外，胡家人再也没见到过城市的任何好处，甚至还为城市怄气。外出时，人总以疑惑的眼光审视着，问，你那里是什么城市？那模样就像是审问骗子小偷。还有铺路面时，熬沥青冒出的黑烟，将又黏又黑的烟油飘洒在胡家人的脸上，三五天洗一块肥皂，仍没有多少干净时候。胡家人斯文讲礼貌，不去与筑路队计较，而是找居委会。胡主任当即代表市里称赞他们很会民主，答应一定与有关方面协商解决。第二天，就给各家各户发了一盒去污粉，说用这东西擦烟油又快又省又干净，又说要大家克服一下，大道边上一扇门，胜过烧香供财神，等这大街建成了，准保日子过得像小财主。胡家人聪明，很会举一反三，他们将去污粉卖给筑路人，自己用灶里的草木灰擦，还说这也是发明，过些时大街修成了，也像城里人成立一个公司，专门经销这种天然去污粉。胡家人很多事只是说说。说的时候常常忘记自己也算城里人了。

一切复归平静后，古月大道的居民慢慢地做起一些卖瓜子、盐蛋、茶水等小生意。又过了一阵，那些低矮破旧的屋檐下面，竟堂而皇之地挂出餐馆旅社、百货商店等招牌来，而且居然还有人冲着胡家人喊大老板、少老板和老板娘了。

当然，潲水对于胡家人仍是头等重要，男人每到傍晚总忘不了催促女人，上五金厂去抢潲水。胡家对女人管教很严，但与五金厂的炊事员调调情，却是可以的。有一天，一位过门才几天的新媳妇，被五金厂的炊事员将要害部位摸了几把，新媳妇担着空桶哭哭啼啼跑回家，丈夫三毛见了反骂妻子娇气，自己把自己当成金枝玉叶。

那日里，古月大道又热闹起来，几个穿警服的人，撅着屁股在大道中间画出几条白线，又在十字路口上安了一个油桶一样的小屋。那地方从前有座小庙，修路时让推土机铲平了。

紧接着一辆顶着高音喇叭的汽车，来来回回地宣传什么蓝盾杯竞赛。

胡家人以为是要在这儿比赛拔河或赛跑什么的，等了半天也不见有运动员来。

倒是那些平日很爱吓唬人的警察，拿着一叠纸，笑吟吟地往过路人怀里塞。塞到胡家人怀里时，他们死活不要，还说党和政府的政策是买卖公平自愿，你们不能搞强迫命令。挣得脱的挣脱后飞快逃开了，挣不脱的只好假装收下，趁他们纠缠别人时，赶忙将那纸搁在路面上，不声不响地溜走了。

后来，宣传车上走下一个人来，胡家人都认识他就是那次来改地名的杨同志。杨同志点名要找三爹。胡家人却叫他有事找五奶。杨同志愣了愣还是去了。之后，五奶传话，说杨同志如今是市交通警察的队长了，说蓝盾杯是交通安全竞赛的代号，是全区统一搞的，说在咱古月大道搞试点是瞧得起胡家人，是给胡家人的面子，要大家别搓反索儿，协助一下杨队长。

仅隔一夜，五奶就自己搓起了反索儿。

第二天，五奶小声颤颤地说："姓杨的，你的报复心好重哇！"

这时，胡家人七嘴八舌吵成一锅面。几个没有五奶辈分高的男人抱成一团，说五奶比不上三爹精明能干，三爹在时，胡家从没吃这样的闷心亏，五奶太不行了，让我们一个亏接一个亏地吃。

五奶后来又说："姓杨的有戳破天的本事，我也要和他斗到底，看谁赢谁的。"

大家看五奶决心这样大，复又无话了。

杨队长的蓝盾杯竞赛，就是不准人车在古月大道上横冲直撞，还在十字路口设的岗亭里，派上几名警察监督着。这样一来，胡家人刚刚做出甜头的茶水生意，就不能在柏油路边摆摊设点。这点还可忍让，不能忍让的是，竟然不准他们横穿马路，到古月大道的另一边去挑水洗衣，放牧干活，以及去五金厂挑潲水。岗亭里的警察用雪白的手套，指着地上所画专供行人过马路的斑马线说，不是不准过，是必须从规定的人行横线上过。

按说古月大道长不过千余米，画了四处人行横线并不算少。但胡家人都是讲究坐北朝南的风水，一家一户一片宅基，没有连成片，四处横行道，只照顾到四家，且这四家都有人在外面吃公家饭。别人不服，这四户也不愿自己门前的空坪变成众人的大路。

迄今为止，古月大道除大道是市里的外，一切都是胡家的。大道这边零零散散布满胡家人的住宅，大道的另一边则是为胡家人提供衣食的田野和田野中间的五金厂。没有正规机关，没有正规商店，没有正规放录像、放电影和演戏的地方，只有一些家鸳鸯不愿意来，野鸳鸯一天到晚出没的树林。

所以，古月大道上很少有闲逛的人。

所以，这些白线实际上只能限制胡家那些上田地干活，上五金厂挑潲水的人。

这些理由一摆，确实可以认为杨队长动机不纯。

五奶气愤地说："想限制我们走路，做错了梦。"

"对，走自己的路，由别人说去！"有喜欢读诗歌的胡家青年说。

五奶瞪了他一眼说："你爹你父还在，轮不到你说话。"

五奶接着便说了一条妙计。

刹那间，那几个说五奶不如三爹的人，马上肃然起敬，极端恭维地说，胡家有五奶管事是祖上积下的阴德。当即，一户收了五角钱，差人上五金厂小卖部买了一瓶白油漆，余下的给晚上行动的人当工钱。

天黑后，五奶找处土墩站住后大喊了一声。

“大毛儿、三毛、细毛儿，看你们的了。”

话音刚落，三个男人便窜上了马路。

第二天早饭后，单等交通岗上的值班警察一就位，胡家男女老少像放鸭子一样，从各家各户最方便的地方漫过马路，在对面遛了遛，又一齐席卷而回。交通警察吆喝着跑过来一看，顿时苕了：古月大道从头到尾密密麻麻画了许多白色人行横线，分不清哪是他们画的，哪是胡家人画的。

交通警察瞪着胡家人不知如何是好，愣了半天，才从口袋里掏出一只灰不溜秋的小玩意，冲着它哇哇叫了几声杨队长。

十分钟刚过，杨队长从一颠一颠像瘸了腿的螃蟹一样的三轮摩托车上跳下来，脸色铁青地在马路中间站了一会，才弯下腰用手指试了试人行横线的油漆干没干。

这时，五奶踱过来说：“也不知是谁画了这么多的线路方便群众，我们想写感谢信又不知往哪儿送，这学雷锋真是学得好哇。”

杨队长不作声，仍在试那油漆。

五奶便眯眯笑起来说：“夜里能把线画得这么直，够能干的。”

杨队长霍地站起来，阴阳怪气地说：“这油漆里汽油掺少了，当心将两只手粘到一块儿了。”

说完，杨队长将自己的两只手往拢一并，像个被铐住了的犯人。

随后几天，古月大道上不见交通警察的踪影。

马路上胡家人爱怎么样就怎么样，三毛胆大，甚至砸开交通岗亭的门，蹲在里面一边拉屎一边数过往的行人车辆。三毛出来问，八辆车加十七个人等于多少。有说二十六的，有说二十四的，五奶骂他们只知道瞄牛屁股，连等于二十五都不知道。三毛当即恭维说，五奶假如年轻些一定考得上大学。

第四天上午，居委会胡主任一家一户地通知，下午在马路上开逮捕人的现场会。胡主任知道茶壶不是夜壶，自己姓的胡和古月大道人姓的胡不是一个胡，平日总是将正经事开着玩笑说，譬如动员超生孕妇去刮胎，他总说是去将胎里的气放掉，有时也说去减肥。动员人去交公粮，他则说去叫粮管所的人多买几包老鼠药等。所以，他说的话虽凶险，却无人深究。

等到下午大家往马路上一站，才发现几日未露面的杨队长，带来了几个派出所的人，还有一只警犬。派出所的人要大家排队，一个个将手伸给警犬闻一闻。轮到三毛，警犬低声咆哮起来，派出所的人二话不说拿起手铐就将三毛铐住。接下来大毛儿和细毛儿也都被警犬嗅出来。然后，派出所的人便宣布他们三个妨碍执行公务，给予行政拘留一个星期的处分。

五奶急了，挤到前面，说：“这与他们无关，是我干的，要坐牢我去。”

杨队长笑眯眯地说：“这么直的线，大白天你也画不了。”

押走时，大毛儿吓得脸刷白，细毛儿只知道哭啼啼叫妈，只有三毛昂着头，一副视死如归硬骨头模样地冲着人群喊：“五奶，你们放心好了，我不会丢胡家人的脸！”

五奶见了激动地说：“这孩子有出息，将来可以接三爹的班。”

隔一阵，来了一辆铺沥青油的车，顶上冒黑烟，底下流黑汁，只跑了一个来回，就将古月大道涂得像一匹黑缎子。接下来，交通警察依然在老地方拦腰画上人行横线。

赔了夫人折了兵，五奶心想，只有朝三爹讨主意了。说三爹不在，本意是三爹不在位的意思。平常说哪个不在，是说这个人死了。三爹没死却这么说，是有人咒他早死早托生。三爹自己也动过死的念头，是五奶以胡家的利害劝他，他才答应不死，却坚决要求退居二线。

那一次，三爹从三毛的新房后边经过，从窗户中瞥见三毛的新媳妇正在房中洗澡。三爹一生是极正派的，年轻时跑码头做生意从不下窑子。但这一次他脚像生了根，站在窗外怎么也迈不动。三毛的新媳妇发现后将此事告诉了三毛，三毛则告诉了父亲。三毛父亲等一帮五六十岁的人早就想撵三爹下台，于是，也不管儿媳妇的羞耻，在族人中张扬开了。三爹下台后，三毛的父亲还以为能坐享胜利成果，没料想半路上杀出一个五奶。

五奶来到三爹自我禁闭的小屋中。

这之前，三爹早把杨队长散发的那些传单研究透了，发现这些交通规章只有在大城市里才行得通。

五奶进屋后，坐都没坐一下。

三爹就说了句三字真言：“猪牛羊。”

这三个字一出口，古月大道就换了一番情形，一群群猪牛羊，在一声声吆喝中，自由自在地在马路上来回穿梭。交通警察从岗亭里跑出来，拿着指挥棒拼命地挥赶。

这时，三毛刚被派出所放出来。

五奶着意培养他，教他上去说：“你们这标志只说不准行人车辆横穿马路，并没有说不让畜生走哇！”

警察答不出，只好又用对讲机唤来杨队长。

杨队长来了亦无言以对。这都是学的别处的先进经验，哪曾料到古月大道这儿还须专门为畜生立几条交通规则呢！

瞅着马路上乱成一团，杨队长蛮横起来，说：“畜生总不能比人特殊。”

杨队长伸手在马路中间逮住一头牛，拴在三轮摩托后面欲拖走，那牛一使劲，摩托车冒起一股黑烟后就被憋熄火了。杨队长在一片哄笑中跳下车，步行着一边赶牛走一边说，要领牛的就带上保证书和罚款到交警队来。

谁想到这一招险些惹来大祸。

杨队长将捉来的那头牛，关在交警队的院子里，原想这样出不了什么意外。第二天早上他正在床上和妻子说着私房话，每早起来练气功的老母，隔着窗户叫着坏事了。杨队长爬起来一看，昨夜还是好生的一头牛，竟然不声不响地死了。

才说不妙，果然就不妙了。那牛的主人是三毛。

三毛说：“毛主席教导我们，牛是农民的宝贝，你们赔我家的宝贝。”

三毛媳妇更是抚着牛背号啕大哭，她出嫁时，后妈一件嫁妆也不肯给她，一气之下，就将自己亲手喂大的这头牛牵到了婆家。胡家那个爱诗歌的年轻人，曾将此事编造成《农家女出嫁只要一头牛》的稿子，寄到报纸上发表了。新媳妇哭，丈夫闹，闻讯赶来的胡家人，砸了办公室的几块玻璃，凶狠地说，不赔牛就将这房子的皮扒了。闹了半天，围观的人越来越多，都为胡家人抱不平。杨队长知道这事拖不得，拖也无益，弄死了农民家的牛，再怎么有理也得先赔了钱再说，这也是不是政策的政策。杨队长让会计上银行取了两千元现金给了三毛。三毛的新媳妇还不情愿，说这头牛是她的亲人。杨队长无奈只好再加五百元。

熬到天黑总算将此事了结了。

一整天没空沾水米，杨队长得空刚端起碗，五奶颤颤巍巍地进屋来了。

杨队长马上开始发心慌。

五奶进屋后，听到不知何处传出阵阵诵经声，不禁怔了怔，定下神后，才说：“胡家人办事讲个光明正大，半点亏心事也不会干，这两千五百元，胡家人不能要。”五奶将一包钱搁在桌上，继续说：“死牛的事不怪你们，昨晚三毛夫妻偷着跑来看牛时，顺路在别人田里扯了几把秧苗喂给了牛，那秧苗是刚刚打过农药的，牛吃了当然会死。所以，责任在三毛自己身上，这钱我们不要，但你们必须向胡家人公开检讨，保证以后不再发生此类事。”

杨队长连连答应。

这些钱本是给交通警察们发工资用的。

五奶的大度让杨队长摆脱了内外交困。

五奶临走时听到里屋有人说了声，善哉善哉。

胡家人还不服气，尽管他们已经做到骑着牛或赶着猪羊任意穿过马路，但是女人挑潲水时，还得绕到那人行横线上。五奶终于看出一切的关键在那个岗亭，没有岗亭，风风雨雨的无处躲，那些警察就待不住了。

五奶便又上杨队长家，却是找杨队长的母亲。

五奶说：“我来向你学点敬菩萨的经验。”

杨母说：“没别的，都是病怕了，找人学了气功，跟着就向了菩萨。”

五奶说：“我那儿有一座庙，杨队长修岗亭时，将它毁了。”

杨母听了脸色惨白，绝望地让孙子去叫儿子回家。

五奶连忙起身告辞，杨母已无力起身相送了。

第二天一大早，人们就看到十字路口岗亭上挂了许多红布条，警察上班后小心翼翼地不碰它。

不知情的人问五奶，这红布条是不是为了避邪?

五奶说，这是表示胜利的红旗。

过了两天，杨队长坐在宣传车上，大声宣布蓝盾杯竞赛胜利结束。

之后，岗亭里的交通警察就不见了踪影，而岗亭也被谁挪到了路边。

五奶吩咐，让三毛的新媳妇用它做个售货亭。吩咐完毕，她一个人笑容可掬地任意找个地方横穿马路。走了几个来回后，她忽然不笑了。她发现前一段时间干干净净的古月大道上，遍地都是黑色的粪便和泼洒出来的潲水。

五奶回头走到岗亭边，瞅着岗亭发愣。

三毛和他的新媳妇正在亭内忙碌着，见状问五奶怎么了。

五奶等了半天才口吐两个字：骄兵。

一九九〇年十一月于《长江文艺》孝感笔会

女性的战争（二题）

十八婶

……那时，只要村长出门到区里开会，从稍懂人事的孩子起，村里没有一个人不将心提到嗓子眼上。有时，村长在区里开会耽搁了，没有如期回来，全村人也陪着度日如年地熬下去。好不容易等来那一歪一颠的身影，家家户户却关上大门。不管是躲在窗后的大人或是趴在门缝上的小孩，全都不敢作声，直到那双瘸腿发出的笃笃声越过自家的门口，才长吁一口气。从日本人占领县城时起，村里的交通员不知换了多少名，如今，说什么也没人肯当了。一次又一次，烈士通知书交给谁家以后，在那些大恸悲号或悄然哀泣中，作为交通员的，谁也摆脱不了似乎正是自己将死神带给了这家人的感觉。所以，从半年前开始，送信的事只得由村长自己捎带着干了。

那年中秋节，令全村人焦虑不安的一重一轻的脚步声，再次在村子中间的青石路面上响起来。直到它缓缓地停在十八婶那低矮的茅屋前，人们才明白，村长的脚步声为何比以往更沉重：十八婶的独生子盛有，是村长去开会前参军的，开始还说过了中秋再走。他才离家七天，要到明年这时才满十六岁，十八婶只剩下这么一个亲人……

"独脚鬼，你走错门了，快上别家去吧！"

绝望的叫喊声从茅屋里传出来。

"开开门吧，我有话对你说！"

"你别想用什么光荣证来骗我！你自己留着吧，你有三个儿子，盛家却只有这么一条根。他父叫日本人活埋了，难道你想让盛家断子绝孙吗？"

村长仍旧单调地请十八婶开门。

"独脚鬼！你拿回去自己用吧，舍不得大的可以给小的，舍不得小的，那就给你的二儿子——"

直到这时，村长才变着调说了另一句话。

"你不要说混话！他们一个八岁，一个四岁，最小的还在吃奶。"

村长不再像以往，非要磨到哪家哪户开门放他进屋，说完这话转身就走。

身后的门突然开了，十八婶跳出来。

"独脚鬼，你进来吧！"

村长竟然不理睬，瘸着腿，东倒西歪地继续向前走。

“村长，留下它吧，我认命了。”

十八婶开始哀求后，村长为难地走回到她面前，简简单单的一句话支吾了好久。

“不是不肯，这东西不当给你。”

“为什么？那么大一个男人就换成一张破纸片，你还不肯给我这做妈妈的，难道还想用它去害别人！”

愣到最后，村长才无可奈何掏出那张纸片。

“这东西藏好，不要给别人看。”

村长递过纸片后有些不放心地叮嘱。

铅灰色的月光穿过蜘蛛结成一只大网的窗户，方方正正地铺在十八婶的床前。不知什么时候，一只巨大的黑影将月光遮掩得只剩下四只角。十八婶没有注意到这种变化。村长走后她就倚在床头，麻木地望着屋梁，手里紧紧攥着一根麻绳。

黑影无声无息地挪近床沿。

“妈妈！”

十八婶浑身震颤起来。

“妈妈，是我，我是盛有哇！”

“你不是死了么？”

“我没死，真的没死，全营的人就剩下我和两个伙夫，营长都死了，我的腿也让日本人捅了一刀。”

“独脚鬼，我早就说你是找错门了。妈没死，盛有你怎么会死呢！”

一盏油灯点亮了。豆粒般昏黄的光亮下，十八婶伸出两只筋脉虬结的手，替儿子脱下血肉模糊的军装。十八婶眼睛紧闭，泪珠扑簌簌地往下流。儿子一哆嗦，十八婶乌黑的嘴唇和手上的虬结也跟着阵阵搐动。

“妈妈，真是吓死人。我正跟在班长身后放枪，一颗子弹打碎了他的头，红红白白的东西全喷在我脸上。”

“妈在梦里都看见了，我也吓坏了。看看，这是你的光荣证。上面写些什么，念给妈妈听听。”

儿子看了一眼，憔悴的模样变得更加难以入目。

就在这时，村东头飞起两颗信号弹。十八婶来不及细想，随手将儿子推进还没完工的地洞里。趁黑偷袭的日本人将油灯照亮的窗口，作为第一波齐射的目标。一排炮弹呼啸着砸在茅屋顶上，气浪将十八婶掀倒在地洞里，塌下来的屋顶又将他们埋得严严实实。

等到所有动静全部消失时，十八婶才从洞里爬出来。

仅仅隔了一天，百来户人口的村子，就只剩下他们母子了。十八婶在比地狱还死寂的村子里走着。她找到了村长。村长吊在家门前的大树上，被风吹得摇晃不止，脚下像破棉絮一样扔着那八岁、四岁和还在吃奶的三个儿子。得了月子病整年没有下地的妻子，裸着雪白的身子躺在一堆余烬未灭的火堆旁。

十八婶慢慢走回来，从洞里叫出盛有。

“还有十几个小鬼子没走，就住在村长家里。你去吧——带上你爸爸打猎用的那包火药。”

“他们人多，我的腿还伤了——”

“你先去村东看看，全村人都在那口塘里。”

儿子颠簸着走了，与村长平时走路一副模样。

十八婶没有抬头，她在地上搜寻着。只剩下半截的屋梁旁，暴露出麻绳模糊的影子。麻绳已经烧成许多节。借着半明半暗的月光，十八婶细心地将它们一节一节地连在一起。当她结好第十八个结时，地上突然一抖，传来一种巨大的音响。

爆炸声完完全全消失后，十八婶终于将麻绳结好了。她站起来，走到一处尚未完全塌下的房子下面，将绳子的一头系到梁上，另一头缠了个活套。十八婶第一次没有成功，有一处结头没有结好，散了，刚一使劲，人就摔在地上，半天爬不起来。当她静静地再次结好绳子，只差最后蹬掉脚下的砖块时，耳边仿佛听到一种声音。十八婶怔了怔，还以为是自己太想儿子了。她叹了一声，让自己确信这是不可能的。这时候，那种弱得像是隔了两重天的声音再次响了起来。

“妈妈！”

这一声叫比日本人的炮弹还响。十八婶急忙从活套中钻出来，颤颤巍巍地顺着声音往前找。儿子就趴在村长家的门槛上。他显然知道妈妈就在身边。十八婶俯下身子时，听到儿子在大声呼唤。

“妈妈，我还活着！”

这是儿子盛有留在世上的最后一句话。

我是按通知参加一个会议而来到这个县的。

半路上，我听到客车售货员报出一个古怪的地名：“十八婶到了，到十八婶的旅客请持票下车。”身边的几个人除了同我一样奇怪，不比我知道得更多，他们也是出差来此地。在会议报到处，县文化馆的小冯馆长向我讲了上面的故事。刚好为庆祝八一建军节而召开的座谈会还没散，使我有幸见到这位已有九十一岁高龄的老人。“你看，坐在十八婶左边的是我们的县长，正对面是行署公安处长。十八婶的儿子死后，她收留了一些从别处流浪来的孤儿，他俩就在其中。真是不可想象，只隔一个冬春，毁灭的村子就又有了生机。”小冯馆长和我坐在一角落里不时地耳语着。出于天生的好奇心，我瞅准会议的空隙，专门去了一趟那座叫十八婶的村子。

几十年过去了，无论是村子本身，还是人们的心里，战争的痕迹仍是那样清晰，只要一提起大屠杀，老人便颤抖不已。“那次，盛有是最后一个死的，这就是在他死之前，村长送来的光荣证。”老人从枕头下面摸出那张发黄的纸片。我虔诚地接过来捧在掌心里。突然间，我的目光凝固了！这是怎么回事？我瞪大眼睛将那几行字看了又看。当我确认自己并没有出错时，我感到更加困惑。四十多年过去了，谁知有多少人看过这纸片，摸过这纸片。可以肯定，他们绝对不会像老人那样，一个大字不识，可他们把这纸片上的秘密深深地隐藏着，哪怕在那最可怕的十年中，也没有谁告诉老人关于纸片的秘密。

我这才明白，县民政局为什么没有老人以及她儿子的档案材料，而仍然按烈属给老人以优抚。烈士纪念馆里只字未提十六岁的盛有只身闯进敌阵，与十几个日本鬼子同归于尽的事迹，而人们仍旧给了他以英雄的桂冠。九十一岁的老人也许很快就要辞别人世，她不会带走自己的渴望与憎恨，就像儿子走了四十多年后，还留着那十六岁的渴望，就像村头倾圮颓败的房舍不会淡漠对过去的炮火的刻骨铭心。我像所有的人一样，在告别十八婶之际，默默地告诫自己，要严守秘密，因为那张纸片根本不是什么光荣证，它是一份公函，上面写着：

……务请协助捉拿逃兵盛有，以严军纪、正军法……

九奶奶

“日本人来啦，快跑哇！”

当年村外有人绝望地一喊，九妹仅仅只跑进房里，包上两件预备出嫁时穿的新衣服，就落到逃难人群的最后边。她和一群姑娘在外面躲躲藏藏混了大半年，因为今天是出嫁的日子，她不得不在昨天晚上偷偷溜回家，等候新郎带人来接。临近中午时，吹唢呐的人才来。吹唢呐的人满面血糊，等不及九妹上前扶一把就倒在脚边，嘴里咕咕地吐出“日本人”三个字。吹唢呐的人每说一个字，喉咙里就会冒出一朵碗大的血花。血花一冒完，人就断气了。那只系着红绸布的唢呐掉在地上，蹦了两个跟头。

过了好久九妹才知道，她的新郎死在吹唢呐的人之前。新郎领着一乘小轿和几个鼓乐手，特意挑了一路偏僻的小路，正走着，汉奸李伯勋带着十几个日本人截住他们。日本人用刺刀将新郎活活地阉了。李伯勋还在一旁叫屈：“大表弟，你要娶媳妇就只管两堆肉做一堆，关在房里快活去，干吗还要敲锣打鼓吹唢呐，这不明摆着让犬野太君生气吗？”九妹没有听见犬野一边哇哇叫着花姑娘，一边催李伯勋带路，但是，她从吹唢呐的人死前说的三个字里猜测到不妙之处。九妹跳过死尸，大红的新嫁衣裹着她火球一样朝前滚去，直到滚入村边的稻草堆中不见了。

十几个黄狗一样的日本人在村里乱窜一阵后，终于用雪亮的刺刀撩开稻草，露出火红的九妹。接着刺刀又嘶地撩开火红的新嫁衣，露出比玉还白的身子。九妹拼死的反抗和凄惨的叫声震动了整个村子。狗不敢吠，牛不敢哞，鸡不敢啼，只有稻草堆旁禽兽般的毒打与狂笑。最后一刻里，晚来几步的犬野踢开压在昏死了的九妹身上的士兵，恶狠狠地瞪着那淌血的下身，先是一阵怪叫，再朝赤身裸体站在那里的几个士兵噼噼啪啪地乱掼一通耳光，临走时，他才抽出军刀，冲着九妹身上淌血的地方连捅了三下。

九妹的妈妈是大队日本人从这儿经过时，在保护她的丈夫和儿子遭枪杀后，被蹂躏而死的。这次又轮到了她的女儿。料理九妹的邻居流着眼泪认定她必死无疑。可怜十八岁没有亲人的九妹没有死，她在床上躺了五个月后，走出屋来竟然更加水灵。她在村头的小河里将那套新嫁衣洗了三天三夜，晾干了，写上自己的生辰八字，将它埋在新郎的坟丘旁。

从坟场里出来，九妹径直到了李伯勋的家。她不落座，也不说话，只管冲着李伯勋笑。直笑得李伯勋根根汗毛打战，右手老也不敢离开手枪枪柄。

九妹更妩媚了，一摆腰肢离开了李家。

有几天，村里人不知道九妹干什么去了。那天早上，九妹搂着一只布袋回来了。九妹回来比不回来还让人费猜疑，她将自己关在屋里，不声不响地弄了一整天。谁也猜不出她在屋里干什么，在一起议论时，有人记起九妹进屋前的回眸里藏着凶相。

村子里因九妹归来而更加沉闷，不论白天黑夜都静得像有瘟疫流行，很难见到人影。隔三岔五地有冷枪掠过村子，也不再像从前那样使人闻风而逃。不管往哪里走都能遇上日本人，弃家避难还不如一家人抱在一起挤在墙角里安全。

这一带成为敌占区已是一年前的事了，百里之外才有神出鬼没的新四军武工队。

九妹回村半个月后，多时没露面的汉奸李伯勋，夹在两只狼狗之间，伴着一个骑大洋马的日本人，一溜碎步地进了村。人都低头往家里躲，唯独九妹站到大门外，迎着李伯勋他们，满脸笑成了一朵牡丹花。

“表哥，到了家门口，怎么还不叫太君下马进屋歇歇？”

低眉落眼顺着墙根走的乡亲们直发愣，暗暗地冲着花枝招展的九妹骂着难听的话。

李伯勋也愣住了。不等他开口，大洋马上的日本人已经跳到地上，跟着两道邪光闪烁的目光大摇大摆地进到九妹家里。九妹好殷勤，将椅子揩干净了搬给日本人，将凳子吹去灰尘递给李伯勋，看到狼狗们伸着两条血红的舌头直喘气，又忙着从灶屋里端了一盆水给两只畜生解渴。

李伯勋不像日本人只顾盯着九妹的胸脯，他一直盯着九妹的眼睛看。

“它什么也不吃，只吃活人肉。”

不声不响的九妹又从灶屋里端出两杯茶放到桌面上，正待转身却被日本人一把搂住。九妹不笑，也不挣扎。日本人在她胸前乱摸一阵就将她往房里拖。李伯勋站起来呜里哇啦地说了一通日本话。日本人踢了他一脚，他仍然一脸讪笑地继续说。日本人先是恼，后是愣。恼过了，愣过了，便开始吆喝，正在喝水的两只狼狗呼地扑上来，哗啦几声，九妹的裤子就被撕成碎片。日本人让李伯勋掀开九妹的大腿给他看。日本人正要笑，犬野从门外蹦进来。日本人一转手腕将指挥刀架在犬野的脖子上："你的死啦死啦的！"犬野看看李伯勋，又看看躺在地上的九妹，终于明白了。犬野的两腿挺得更直，把一串日本话说得又急又快。没等犬野说完，日本人就不笑了，一边叫嚷着什么，一边向门外冲。随着日本人和汉奸们的集合声响成了一片，村里马上安静下来。只剩下乡亲们的咒骂和九妹的低声抽泣。

太阳落，月亮起，村里还没有人来劝九妹。

直到鸡都叫头遍了，才有人来敲九妹的门。

九妹抹了一把眼泪，开开门，心里猛地一怔：门外一溜站着一个汉奸和八个日本人。

九妹又开始笑起来，比上午见到骑大洋马的日本人时还媚人，一把一把地做着手势，将他们请进屋里。九妹烧茶时，只有那个汉奸跟在身后，问了几次九妹为何一个人在屋里哭。九妹编了一些假话回答了。外屋的日本人静得像八尊开不了口的泥菩萨。趁汉奸转身去了外屋，九妹从灶灰里扒出一只纸包，打开来将一堆粉末全倒进锅里。时间不长，九妹就将煮好的面疙瘩分成九碗，一一端到外屋的桌面上。八个日本人埋头狼吞虎咽时，汉奸还冲着九妹说了声谢谢。九妹笑着溜出了后门，不一会儿，就听到有人叫哎哟，紧接着叫肚子疼的声音比打雷还响。在一片哎哟声中，夹杂着汉奸"大姐、大姐”的叫唤声。九妹拿着一把柴刀回到屋里，大声骂着一些报仇雪恨的话，冲着唯一活着的、还想说什么的汉奸一阵猛砍。

这之后，九妹点燃一只火把，站在大门外，对着黑漆漆的村子高声叫喊。

“大爹、大奶、大叔、大姑，今晚我下毒杀死了八个日本人和一个汉奸，我不连累你们，明天有人来追查时，你们尽管说是我胡九妹一个人干的。我家的仇大家都知道，三个死的加上我这快死的，四个兑换八个，对倍地赚了，死了也值得。要是没逃脱，到时候帮我收收尸，别让狼狗把我的身子吃光了。”

九妹趴在地上，冲着亮起第一盏灯的窗户磕了三下响头。站起来，将火把举到屋檐上，火苗一蹿，好好的屋子就成了一座火山。村里人赶来时，九妹不见了。人穷家当少，不到一个时辰，大火就灭了。村里人齐心协力将九具尸体埋在一座废井里，还特意替九妹垒了一座假坟。天刚亮，李伯勋领着犬野他们来了，逼着全村人交出九妹。村里的维持会长将烧成灰烬的屋子和假坟指给他们看。犬野挥刀砍死几只正在坟地里吃草的山羊，又捉了二十几只鸡，一直闹到天快黑醉醺醺地离开时，才相信九妹已经自焚了。

让日本人最痛恨的是，九妹毒死了他们的两只狼狗。

这个故事是我小时候听人讲的。去年我送儿子上幼儿园，才认识这故事里的九妹。当时负责报名的阿姨将我和儿子领到一间教室门前，冲着里面叫了声："九奶奶，来新生了！"一个很慈祥的老人走出来，将我那宝贝儿子搂在怀里重重地亲了一下。这位使劲亲我儿子的老人，从此替代了想象中年轻漂亮的九妹。

当年，年轻的九妹尽挑荒山野岭没有人迹的地方走，一直跑到有武工队驻扎的地方。武工队的人问她叫什么名字，九妹咬破嘴唇一个字一滴血地说："我姓仇，叫仇恨！"叫仇恨的九妹在部队一直待到一九五二年。那年夏天，师里的一名参谋爱上了她，托师长的爱人牵红线。那位红娘绕了半天刚说到正题上，就被吓呆了：九妹脸色焦黄，四肢乱颤，嘴里嘟哝的尽是些让人听不懂的话。这副模样持续了一个星期才慢慢好转。一切平静下来后，九妹要求转业，回了老家。县里正缺妇女干部，摆上一串单位让她挑。九妹哪儿也不去，去了名单上没有的幼儿园。时间一长，九妹觉得仇恨这个名字对幼儿园的孩子很不合适，又到新生入园时，已经步入老年的九妹向大家宣布，自己是经过九死一生的人，往后就姓九吧！

从九妹变成九奶奶，老人不知抚育了多少幼儿。在我以后接送儿子时，常常看到一些来接送孙子的长辈，同他们的晚辈一道，乖孩子一样地叫着：九奶奶好！九奶奶再见！这样的情景曾让我很激动，每次望着九奶奶，眼前就会出现一种神圣的光芒，有时竟忘了自己来幼儿园干什么。又是一年清明节，从省城来了一个朋友，县城很小，信步一走就进了像公园一样美丽的烈士陵园。也是无意中发现的，纪念馆里讲述九奶奶那段经历的图片不见了，并且显然是临时撤下来的，留下的空白还没来得及用别的内容补上。我知道九奶奶会来的，每年这个时候，她都要带着幼儿园里的小朋友来这儿。九奶奶果然来了，一群手捧鲜花的孩子将她拥在中间。九奶奶只顾招呼孩子，没有留意馆内的变化。我将儿子叫到身边，教了他一句话。

儿子很听话，马上蹦过去问："九奶奶，您的照片不见了，是不是让坏人偷走了？"

九奶奶没往墙上看就说："乖孩子，不见了就不见了，别让九奶奶老占着这地盘。九奶奶一直希望，哪天这里的老照片全不见了，换上好玩的玩具，好看的风景，世上就没有人再受罪了。"

九奶奶平静的笑容一点也没让我失望，还在心里为儿子高兴。从省城来的朋友也很敬佩，他只看了一眼，就知道九奶奶是个很了不起的女人。

那天下午，我接儿子回家时，看到九奶奶正在送客。两个穿军服的人我不认识，穿便服的老方和小张是县党史办公室的，和我一向很熟。在我回家不久，一个让人惊讶的消息在县城里流传开了：当年九妹毒死的九个人不是日本人，也不是汉奸，而是由新四军武工队护送去延安学习的干部。虽然是春宵，晚上我却怎么也睡不着，总难相信这消息是真的。

天刚亮我就去敲党史办公室的门。小张他们一夜没上床，从地底下挖出来的烧残了的党费证和写给中央的报告无声无息地摆在桌面上。明白夜里的传言已是不可改变的真实后，我总觉得心里有股难以控制的冲动。突然间，小张将手里的烟头猛地扔到地上，大骂一句："日本佬，我 × 你八代祖宗。"望着小张哗哗直流的眼泪，我也明白自己要干什么。九奶奶和小张是一个村的人，论辈分九奶奶还是小张的姨奶。我呢？我是九奶奶的什么人？我为什么想杀人？我真想为九奶奶杀九个日本人么？

我还得去见九奶奶，每次见面都不敢看她的眼睛。

九奶奶还是那样慈祥地笑，笑得人心阵阵绞痛。

有天黄昏，照例是家长们接孩子的时候，幼儿园的孩子哭成了一片，我的儿子夹在一群男孩中，朝着那个当初领着他去九奶奶那里报名的阿姨扔着石子和泥土。在我的大声喝问中，儿子瞪着流泪的眼睛说，她杀死了九奶奶。儿子说的是真话。那位阿姨因为少了五元钱奖金，便同当园长的九奶奶吵起来，最后竟恶狠狠说出了全城人隐瞒了半年的秘密。

我轻轻地走近九奶奶的办公室。九奶奶坐在藤椅上，还是那样慈祥，还是那样微笑，仿佛还在开导那位年轻的阿姨：不能昧着良心要钱。九奶奶说完这句话后，那位阿姨一下子跳起来，你不要将别人看成是汉奸，你不要再摆什么老资格，你毒死日本人是假，毒死新四军是真。那位阿姨说了许多，见九奶奶没有反应，上前摸了摸九奶奶的脸后，当即吓哭了。

九奶奶就这样走了！不知魂泊何方。那位阿姨也走了，带着一张离婚判决书和孩子们给她取的“女李伯勋”的称呼，孤零零地去了南方。我还在接送儿子，还在时常讲九奶奶的故事，我希望他一辈子记着九奶奶，记着比仇恨更要紧的东西。

一九八六年五月于英山文化馆

麦 芒

肥胖的波斯湾伊朗水雷，发高烧的道琼斯股票，吃反了药的精神病切尔诺贝利，屙了一泡尿就由巨星变成狗屎的约翰逊，孙猴子再世的菲律宾政变头目桑纳斯，学了障眼法的隐形飞机带头入侵巴拿马，山塌崖崩泥石流爆发一样的东欧，罗马尼亚处死齐奥塞斯库，南非释放曼德拉，苏军撤离捷匈，立陶宛宣布独立，戈尔巴乔夫当上总统，等等，每隔上十天便从邮递员腋窝的帆布包里，沉重地摔到黄泥土垒成的柜台上。谷秋不在药铺坐堂时，这些伟大巨擘古怪新闻，也得同老鼠、甲壳虫和“我家老人发恶心好几天了”的字条一道，从门底破洞里钻进去。这邮递员还算得上尽职尽责，也难怪，跑这二十几里山路就为谷秋订的这一份报纸。曾经劝过谷秋别订这报纸听听收音机得了，谷秋不听，非要订上不可。其实，报纸扔在垸里哪个角落都行，报纸对别人是无用的废物，连揩屁股都不肯用，宁肯用瓦片、石块、稻草和篾条。

谷秋说，报纸上面的油墨有毒，用报纸揩屁股，屁股上就会长癌。

谷秋隔壁的细奶说，那上面有字，谁拿它揩屁股，谁就会瞎眼睛的。

谷秋读报时人都走得远远的。

谷秋讲故事时人都围得紧紧的。

谷秋说，有个地方的水井会唱曲儿，有个地方的母猪长了一对角，有个地方的鸭子飞上了屋脊，有个地方人在土里埋了七天七夜扒出来后又活转来了，有个地方的女人记得自己前世的公婆夫君，有个地方的姑娘十三年不吃不喝，有个地方的科学家证明灵魂真的存在因为人在断气的那一瞬间体重突然少了四克。

这些都是报纸上登载的。

垸里人都信，里根大难不死的消息垸里人更服。

“里根是西方星宿下凡，不到归位之时，就是用五毒攻心也收他不走。”这话是细奶说的。

细奶不听人读报纸，更不会去看报纸，七十多岁可怜巴巴像刚下过崽的母猪一样的老人，之所以知道美国有个总统叫里根，纯属墙缝里传来谷秋读报声的精神污染结果。那天细奶的独孙子满周岁，抓周酒喝得满垸人面红脖子粗时，就该给孙子起学名了。

垸里的文曲星谷秋说：“细奶古稀之年喜添长孙，李家福禄之根又深长了万丈，我看干脆就给他取名李根！”

满垸人一齐叫好：“谷秋出语不凡，李家之根日后前途不凡！”

在一遍遍叫好声中，细奶突然不悦：“自古以来，天下帝王没有重名的，如今西方美国已有个叫李根的人称王称帝了，这孩子若叫李根，不是明摆着断了一条指望么？”

后来，李根是叫不成了，谷秋又说了一个名字，本来险些叫李根的这孩子便叫了李多。细奶抱着孙子李多要给谷秋行大礼，这只要意思到了就行，真的跪下了，谷秋就要折阳寿了。所以，细奶慢慢地表示要抱孙子下拜，等着别人来得及上前阻拦。

整整一年前，那次下拜太突然了，细奶自己都没想到，七十岁的人会给三十岁的人跪下，别人更想不到。想不到就拦不及，待跪拜已成定局再被人拽起，细奶听到别人和自己都在轻轻叹息。

论辈分，谷秋说，他本该叫细奶为细奶的平方，即细奶乘以细奶才行，就算省略了几辈也远到不了该给他下跪的地位。细奶下跪全是因为别的事情。

别的是指这垸周围的几十里大山有两个菩萨。一个是鹞落坪大庙里的苏母娘娘，苏母娘娘不死不活地长生不老。另一个菩萨却是要吃香喝辣还时时背着别人与别人的妻子相好的三十岁的谷秋。谷秋菩萨的名分不是细奶最先开始叫的，这片山里不会生孩子的女人格外多，但凡经过谷秋摆弄几回后，一个个吹气似的鼓起大肚子来。终于在某一天，某个喜添贵子的男子，醉醺醺地并明显有些伤心地称谷秋为送子菩萨。

将这活菩萨叫得最响的却是细奶。

细奶养了个独生儿子，十五岁时细奶还得为他喂吃食。又过了一年，细奶总算不为十六岁的儿子吃饭之事操心了。细奶初与人说时，邻居还当她那苕儿子终于被苏母娘娘点化了，待见到吃饭之人那光景，不禁急忙掩面而去。细奶的儿子抱着一只木盆，一把一把地抓着盆里的食物往嘴里按。就这样细奶还专程到苏母娘娘座下还了三天愿。几年后，细奶家里又添了一只木盆。为苕儿子娶了个苕妻子细奶倒不怎么伤心，伤心的是一晃十年过去，喝喜酒剩下的酒瓶都快烂成泥了，日后将要出生的孙子李多，那时还只是一股仙气在鹞落坪大庙里游荡，离细奶儿媳妇的肚皮还隔着几重山、几片林、几道沟。细奶无奈，只得上隔壁谷秋的药铺去。都说菩萨应远不应近，远香近臭的活菩萨谷秋，这时对这种毛病已有许多经验了，细奶上门一说，他二话没讲，哗哗啦啦地从药屉里拈了两包中药，吩咐拿回去分别煎给儿子、儿媳喝了。儿子、儿媳喝了之后真的不得了！一个像发情的狗那样蹦跳，一个像叫春的猫那样呼吼。一般男人和女人都知道这时该如何如何，苕男苕女岂会无师自通？谷秋说了一个字：教。细奶想想也无别的办法了。回家割肉宰鸡，煮得香喷喷的，要让那苕夫妻乖乖听她使唤。可惜守寡几十年的细奶到最紧要的时刻却闭上了眼睛。这一闭眼，又错过了五年光景，孙子李多的那股仙气仍没法投胎钻进苕母亲的肚脐眼。五年中苕儿子不再蹦跳，然而苕妻子猫一样的呼吼，一直没有间断。连谷秋都不理解怎么这方法不灵了。细奶终于熬不下去，再来求医时，谷秋说："让你家儿媳来检查检查吧！"细奶惊恐万状，医生虽是用手用眼，性质却是一样的，她害怕苕儿媳失了贞洁："不行，那样不行！"细奶如此尖叫起来，谷秋也不由得一愣，随后心里又气又笑，这苕得鼻涕在脸上糊一层黄壳壳的模样，大轿请、磕头求，也不会有人去干。谷秋气过笑过，又免不了琢磨，细奶是否从两家之间的墙缝中听出一些尴尬事情了？于是谷秋讨好般真心实意地再出了个主意。当干巴巴、皱巴巴的细奶红着脸走了之后，谷秋就开始留意墙缝里的动静，并终于在听到一阵床板响之后，又听到细奶亦叹亦骂的声音，说："错了哇苕种，这几年那么多的荤菜白给你们吃了！"过了片刻，谷秋听到苕儿媳苕苕地尖叫一声，又听到细奶心慌意乱的掩门声。

等到苕儿媳终于怀孕了，细奶又要拼命地将苕儿子从苕儿媳身边撵开，免得这对夫妻一见面就鸡狗猪羊一样不论何时何地便要滚成一堆。就像说书人说的，那事儿一旦知道滋味了，便再也放不下。实在没办法，细奶只好用绳子捆着苕儿子。细奶舍不得捆儿媳，而儿媳一离开细奶的枣木拐棍就会自己跑到男儿身边。细奶照看儿子儿媳，比照看一群无笼头的牛还累。谷秋见了就说再吃几服药就没事了。细奶不肯，说："这一胎若是个女的呢？"谷秋说："那就将他们隔远些。"谷秋的话果真英明，儿子被送到鹞落坪大庙扫地挑水，正好还了细奶的愿。

当孙子李多哇哇大叫，带着一身血红径自来到细奶家续上香火后，喜滋滋的细奶再去庙里谢过苏母娘娘，顺便接回儿子，好为孙子洗三朝。来家里祝贺并看热闹的人都只注意孙子李多在澡盆的艾叶汤中哇哇啼哭，无人注意儿子儿媳在房中木床上哼哼呻吟。待一群人簇拥着李多回到房中时，儿子儿媳的模样惊得年轻姑娘急忙掩面掉头。

生孩子的是儿媳。坐月子的是细奶。

打畜生儿子、骂儿子畜生全都无补了。儿媳在李多脱胎后的第八天，化成一股仙气，寻着李多的来路去了。转眼间李多就一岁了。抓周的那天早上，细奶打发儿子去鹞落坪大庙中的水井里挑回水来，给孙子李多洗澡，细奶只说去时用这边肩膀挑，却忘了说回来时就得用另一只肩膀挑。结果，去时一切顺利，回来时前面一只桶老是撞着山路靠里的陡崖，直到终于将细奶的儿子撞翻，连人带桶随水泼到涧底。这时，细奶正在断然否决谷秋的第一个建议，不肯让孙子叫李根。活菩萨谷秋仔细看过难得集中到一起的全垸女人，一拍桌子叫声又有了："多子多孙多福多寿多财多宝多妻多妾多才多艺——就叫李多吧！"那么多人叫起好来，屋梁上三寸厚的扬尘被震下了来两寸半。多灾多难怎么无人说呢？儿媳儿子接连被苏母娘娘收了回去，人说是金童玉女归位了，细奶便没有过多悲伤。过多悲伤是苏母娘娘降下签语，预言孙子李多五岁上有一场灾祸。

病痛伤残？火烧水烫？牛踩狼叼？滚落水井？掉进粪缸？误吃毒果？错捉蜈蚣？细奶提心吊胆过的那些日子，让香烛纸钱熏得乌光黑亮的，天上地下的菩萨神仙都求拜尽了。就连孙子取名时带头叫好的村民小组长喝酒醉死后细奶也赶去磕头，她说他在生是小组长，死了就是土地神。

每当细奶一头纸灰经过谷秋家时，谷秋就劝她，说活人不求，求死人更无益。

细奶认为死活在天，天人合一呗。

谷秋说："你到底信菩萨还是信医生？"

细奶说："菩萨医生本是一家。"

谷秋说："真要孙子平安就带来检查吧！"

细奶说："别咒我们！哪有无病找医生的。"

谷秋说："莫横扯，我读段报纸你听听。"

细奶说："我不听，菩萨从来不读报纸！"

苏母娘娘预言的那场灾难到来的前一天傍晚，天上一朵祥云中雕塑出一张好大好大的老奶奶脸，慈祥端庄得如同鹞落坪大庙中苏母娘娘的像，只是更红润嫩艳一些。全垸人就只谷秋和李多没有下拜。谷秋是活菩萨，人都理解他不拜。李多不拜却是不可理解和无法解释的。祥云初起时，细奶便惶惶地带头下跪，再起身欲唤出锁在屋里避灾的孙子时，特意腾成空荡荡的厅屋里人影全无。细奶急了，喊得山呼水啸，找得天翻地覆，直到祥云飘逝，细奶抹了一把泪眼才发现身后有一个小人跟着。

细奶问："你哪儿去了，让我好找哇，孙孙！"

李多说："我见你进屋不说话，以为又是要和我躲猫猫，就一直跟着你。"

细奶可是进屋便大喊大叫的，这一点不假，谷秋在隔壁都听见了。五岁的孙子李多更是没到说谎的年纪。在当时，这些可不是马上就有时间去细想的。直到八天以后，才会明白其中端倪。细奶拖着孙子李多赶出来拜祥云时，苏母娘娘的老奶奶脸盘纵然好大好大，也早已隐在一天红霞之中。

随后的一天，细奶仿佛觉察到天地阴阳有了异样，就将孙子李多看管得格外紧，坐在门口边晒太阳边做针线活，只要孙子离开自己超过十步，就大声吆喝回来。不用说饿狗壮牛，就连刚刚学会打鸣的小公鸡，只要稍稍靠近点，那根釉光闪闪的枣木拐杖就会汹汹地抡得呼呼响。

就在这天上午行将结束，细奶起身拍打几下浮尘，再躬腰寻找拍打浮尘弄丢的一枚缝衣针时，一群山雀绕着垸子打了三个旋，然后，呼呼地掠过一老一少的头顶，径往鹞落坪大庙方向飞去。叽叽喳喳地消失在岗背之前，像是有女人在轻轻地嬉笑。细奶急忙抬头看，却不知山雀掠过头顶时，扔下一只大麦穗，刚好被孙子李多伸手接住，看了两眼后，不由自主地揌下几颗麦粒，塞进嘴里津津有味地嚼起来。刚成熟的大麦粒生嚼味道本是格外不同，垸里人都爱嚼，嚼得嘴角满是白色浆汁。

孙子李多也不是第一回这么干了。偏偏这一次出了问题：

一根大麦芒不知怎的钻进嘴里，跑到喉咙处安营扎寨了。

细奶看着飞没了的山雀出神，李多叫了一声哎哟才将她唤醒。

“怎么了？多儿。”

“这里好卡人。”

细奶一看那嘴角上的情形就明白了

“别急。别怕。用力咳嗽几下就没事。”

“咳！咳咳！咳咳咳！”

孙子李多咳得眼泪直流。

细奶被咳得满头大汗。

麦芒仍不肯出来。

细奶就飞快地去菜园割了几把韭菜，飞快地洗了，切了，炒了，端上来孙子李多不肯吃。

“没油没盐没鸡蛋——不吃。”

“放不得油盐鸡蛋，只有这么吃才能将麦芒缠住，拖到肚子里化成粪。”

答应吃完韭菜，就杀鸡杀羊杀猪杀牛给孙子吃，李多才哭啼地将韭菜咽完。

咽完后细奶才待要问好了吗，孙子李多抢先伸伸脖子叫了一声：

“好痛啊！”

细奶终于束手无策了。连拜菩萨也找不着门道，垸里谁都不清楚，这大麦芒归哪路神仙管。只得哄着孙子李多去鹞落坪大庙，乞求苏母娘娘从中周旋。实际上，细奶这时还不算太着急，蛇咬虫叮都算不上少见，这小小一枚麦芒，哪年哪月都要卡住几只贪吃的喉咙，从来没有惹起什么燎天大祸。细奶真正着急是三天以后。三天里孙子李多滴水粒米不能进，三天以后依然口不能沾吃食与汤汁。况且，最最重要的是，苏母娘娘座前那副卦，一连丢了三天，都是不准告、告也无用的阴卦或阳卦，总也丢不成菩萨准告的阴阳封。

祷告无路，哭泣无门，就连求医也找不到人。隔壁开药铺的谷秋不知去哪儿，到了第四天上才露面。到这地步，细奶见了谁都以为是菩萨下凡来了。上前揪住谷秋就往自己屋里拖。明白过来的谷秋半真半假地说：

“请我诊就莫去求菩萨，不然诊好后，弄不清到底是谁的功劳。”

“是你的功劳别个就抢不走。再说菩萨到现在也没准告，怎么好意思与你争功？”

和别人一样，谷秋也小瞧这麦芒了。不过他却有办法让三天水米不进的李多，在打了一针后的昏睡中，慢慢咽下去一海碗醋。然后，信手将碗一撩，十二分把握地说，负责醒了就好。到这时，满垸关心的人算是松了一口气，细奶更是起身杀鸡熬汤，预备着将孙子李多滋补一下。

垸里的人终于腾出心思来问谷秋：“这几天你去哪儿了？”

谷秋回答说：“相亲去了。”

有人又问：“姑娘多大了？”

谷秋说："不是姑娘，是离过婚的。"

有几个人几乎同时发出叹息，头一回结婚不找个黄花闺女太不划算。

正在一旁拔鸡毛的细奶冷不丁插进来问："女方姓什么？"

谷秋说："和我一样，也姓李。"

"那不成了同姓恋？"

"同姓恋是合法的。"

"你不是常说报纸上也反对同姓恋么？"

"那是同性恋。是指男人同男人做爱，女人同女人做爱。前年布告上枪毙的两个搞鸡奸的男流氓其实就是搞同性恋。"

说到鸡奸时，满屋男人仰着脖子笑，女人捂着嘴唔唔地哼哧。

有人正在问，男人和男人可以搞鸡奸，那女人和女人怎么办时，旁边一声叫唤惊天动地。

孙子李多醒过来了，他一醒过来便将一双小手拼命地捣弄瘦成麻秆了的脖子。

"好痛嘞！痛死我喂——奶也！"

细奶用满是鸡毛的手捧着孙子李多。

不用说大家也都明白，那么多的酸醋白喝了。

并非是夸海口的谷秋愣了愣，这种毛病、这种方法，怎么会失败呢，它没用一百次，最少也用了九十九次，次次都是神见神效。想不通这道理，就想了一个药方。

一个方三剂药又过了三天，麦芒总共在李多喉咙里待了七天，仍是不进不退。谷秋知道不能再拖了，说必须送到县里做手术。畜生在这里割一下就送命了，人在这里开一刀，不是明摆着在下毒手么？细奶不同意让孙子李多送到县城，叫城里人像杀鸡那样割断喉咙。谷秋只好说，这不行那不行，细奶，那你还是去庙里求个签吧！谷秋脱身之计正合着细奶的心思，所以，她立刻将蔫妥妥的孙子李多托付与人，菜篮里装上本是杀了给孙子李多吃的那只鸡，急匆匆往鹞落坪大庙赶去。

这时天交正午，好像黑漆漆的殿堂正中，苏母娘娘不像先前不睬人，而是冲着细奶笑眯眯慈祥了一番。鸡供好，人跪定，一卦打下去，砰地响成一爿阴一爿阳。历时七天，菩萨终于准告了。细奶这时还无法欣喜。她必须提心吊胆地从签筒里摇出一支签。她必须提心吊胆地听完签文中的种种预言。

签文说你孙子今年有七日之灾也。

细奶点点头："是有灾。"

签文说根源乃金木水火土中的木也。

细奶点点头："是大麦芒。"

签文说大麦为草草属木也。

细奶点点头："此灾是大是小？"

签文说不轻不重一般是矣。

细奶点点头："什么时候才退得了？"

签文说七日一满自有贵人助之。

既信菩萨便信签文。今日即满七日，不知哪个时辰应验。小脚匆匆。暮霭匆匆。细奶匆匆往回赶，唯恐错过菩萨显灵时亲眼看见的时机。偶尔路上有人问菩萨准告了么？她不悲不喜地晃晃下巴回答说准了，再不肯多说一字而浪费时间。到垸边时又见有人欲开口，细奶竟抢先说，菩萨准告了。

谁知那人不听细奶的，反而大叫一声：

“恭喜贺喜，老天保佑，多儿被谷秋救了！”

满垸人全都学舌般对细奶说。细奶将信将疑地走到自家门前，将眼睛揉了几遍，才看清楚的确是孙子李多。

孙子李多坐在门槛上捧着一只碗大口大口地喝着粥。

见到细奶归来，孙子李多立刻将陌生了七天的“奶奶”，叫得又甜又长。

一点没错，谷秋救得李多一点问题也没有了。

就在细奶一卦打出阴阳两世界的时候，大约就是扔下大麦穗的那群山雀，从庙后飞腾起来，一直飞到又来送报纸的那邮递员头顶上，盘旋着不肯散去。邮递员走累了当然不会注意这点，也没注意到自己将报纸交给谷秋手里，山雀就朝鹞落坪大庙飞回去。

谷秋第一眼没看到叶利钦当上俄罗斯苏维埃主席民主女神号广播船将被拍卖越南欢迎黄文欢回国探亲——标题再显目也无益，谷秋两眼被牵被拽直往报纸中缝看去，顿时眉心间升起一片红晕。谷秋连忙找出一只碗，寻来一片生姜，出门吆喝来一头牛，然后用生姜片往牛鼻子上不断地擦。那牛辣得难受，伸出舌头不停地舔鼻头，舔得白乎乎涎液晃悠悠往下流，谷秋忙用碗将其接住。

牛涎接了大半碗后，谷秋要李多喝了。

喝了便好了。

细奶逢人就说苏母娘娘的灵验。

谷秋不高兴说细奶你别太迷信了这样还要误事的，这次就好险。

细奶回答，我不是贬你，你是我家的贵人，是菩萨暗地派来救难的。

谷秋辩解着不愿做苏母娘娘的仆人，说我是凑巧看到报纸上登载的偏方。

细奶说逢事经菩萨一安排就变巧了，想一想，为什么早没看晚没看，偏偏菩萨签文说满灾了要出贵人了你就看到了。

谷秋说报纸是刚送到的。

细奶说这就对了，以往邮递员总是十天半月来一次，这回只隔了九天，这不明摆着是有安排的嘛！

谷秋说是邮电所所长安排邮递员从明天起休一个月的假。

细奶更加咬定邮电所所长的安排也是苏母娘娘安排的。

他俩越争越辩垸里人越相信。甚至谷秋自己也有点相信了。听任别人恭维自己得了菩萨真传。菩萨治病之方皆为万人所尽知中的人所不知，一如人人明白牛吃大麦从来就不怕卡喉咙，然而人人都不明白牛涎可以将麦芒软化。细奶领着孙子李多给谷秋磕头，谷秋要上去拦，却被众人先拦住，齐声说，应当的，应当的，快坐下受礼。

谷秋坐定了。

五岁小孩磕头磕得山响。

谷秋猛地觉得自己喉咙里也卡着什么。

像麦芒！

像麦芒么？

一九九〇年五月于黄州赤壁

黑　爹

剥桐籽剥得满脸尽是桐籽壳腐烂后的那种黑乎乎、涎乎乎的东西。

黑爹不在乎这些，他那巴掌像大猩猩的，咔嚓一挤，桐籽壳开开缝，这时仍会用手背去揩鼻头上垂着的那滴鼻涕，其实，那手背比手心还黑还脏。不知道是因为他眼睛瞎了。

我眼睛没瞎，却也是如此。

插队五年，我剥了四年零三个月桐籽。

我问黑爹剥了多少年桐籽，黑爹回答说不记得了。

这垸子白天黑夜一样的显得小，西河那边看这儿看不清，非得过了河才行。河西垸周围尽是桐子树。刚来那年，黑爹说，春上那树就像一把白洋伞，风吹落的那花都能将垸子埋起来。

桐子花好看，结的桐籽却要放进臭沟里、粪坑里，烂上半年再扒起来，剥掉表面的硬壳，留下里面的核用来榨油。这事又脏又麻烦，一般人全懒得干。说是照顾五保户，照顾黑爹，让他干。让我干，是照顾下乡知识青年，生就了九百度近视眼，总担心视网膜脱落，我也干不了别的。

都叫他黑爹。

黑爹叫我黑孙。

我说：“我没瞎，看得见。”

他说：“没有两块玻璃镜，和我一样。”

我说：“给，你戴上试试。”

他说：“你这不是玉石片子，不是上海产的。”

黑爹接过去，总是摸摸抚抚，总是说玉石片子的眼镜最好，能清热退火，看得清楚，看得明亮。黑爹总是两手伸得很长，不让眼镜离身子近些，不让眼镜挨着有两堆白色物什的眼窝。黑爹总是唠叨有人会从上海送眼镜回来，那样他就不再是黑爹了。黑爹说完，就将眼镜还回来。我伸手去接时，瞅住黑爹没留神，叉开眼镜腿，朝着那对黑洞洞的眼窝戴过去，嘴里说：“非要你试一试，看你到底看不看得见！”没戴眼镜我实在比瞎子好不了多少，一只眼镜腿杵着黑爹的眼窝了。眼镜腿轻轻一响后断成两截，杵着的那地方很快淌出一道血线来。

我慌了，说不清句子，只能一声声叫着黑爹。

黑爹搁下桐籽，手指揩揩那血后放进嘴里舔舔：“没事，反正这家伙是黑了天的。”

这时，桐籽堆剥不见了，我连忙跳进坑里挖了一些挑进屋里。

他说："这地方你们待不久的。"

我说："我要一辈子和你打成一片呢。"

他说："队长那话，当面人听，背后鬼听。"

我说："队长好凶恶，你不怕么。"

他说："怕个卵子，他以前当过伪方。再说过了年要换甲子，改朝换代，他在劫数里，躲不脱，赖不掉，也要换。"

我说："你算命准不准？"

他说："时真命不假，你的命注定要当医生。"

我说："你觉得我能离开这儿，回武汉么？"

他说："能。一千个能，一万个能。不过，你与别人不一样，请客送礼、巴结人、走后门都无益，非得四年以后。四年一到，若是冬月走，就是回家。若腊月走，没走八百里收不住脚。"

我说："黑爹，你能给自己算命吗？"

他说："我这命，算不算都没味。"

一说没味时，瞎眼里就一点光泽没有，像正在剥的桐籽核。黑爹用猩猩一样的爪子一抠一摁，两粒桐籽核就如同自动发射一样朝桐籽核堆上迸过去。我越看越像，越想越像，觉得黑爹的眼睛就是这么抠掉摁掉，才瞎的。我怕得要命，不敢学一次剥两粒桐籽核了，愣一阵，苕一会，再小心地摆弄一阵。

这时，一个也是上山下乡的知青同学来了串点，他说那话后我才咧嘴笑了笑。

“个婊子——打倒‘四人帮’，‘四人帮’遗臭万年！还要打倒烂桐籽，打倒剥桐籽的，打倒黑爹的黑屋，不然，还不知谁遗臭万年呢！”

这么一说，我就明白了：我快变成黑爹，黑爹快变成小黑屋，小黑屋快变成烂桐籽壳了。我还担心什么扔桐籽核会扔掉眼睛，命都要烂成烂桐籽了。

来的路上，同学顺手偷了两只鸡，我去附近商店赊了两瓶酒，吃喝起来就忘形了。

“黑爹，我能给人治病。”同学朝我挤挤眼。

“真的，他是医学院学生，将什么司令的女人肚子搞大了开除到这儿来的。”我这么编着荤话，心里好痛快。

“高干的女儿那味，啧啧啧！”同学好快活。

天下男人，都会一边说一边将自己弄得像是身临其境。

黑爹桐籽核一样的眼睛有了几点粼光。

三个人都恍惚了。一人来一次，三阵恍惚，瓶底朝天，酒就喝光了。

“砸了它。”我拎起瓶子。

“别，能卖钱呢。”黑爹瞎眼也看得准伸手抢过去。

“攒钱干什么？要诊眼睛，我会，分文不要你的，只要你家梁上熏的那只野兔。”同学醉得很厉害。

“诊眼睛干吗？”黑爹像是感到威胁了惶恐地说。

我说：“这好的事，磕头烧香也求不到。诊一诊，明眼总比瞎眼好。”

我走拢去，揪住黑爹的头发。

同学横着嗓门喊：“拿菜刀来，拿清水来。明天天一亮就能看见武汉。”

我也喊：“明天太阳一出来就能见到六渡桥。”

黑爹却悲惨地大喊：“救命啦——”

黑爹的两只猩猩巴掌一使劲，三个人全倒在桐籽堆里。

我和同学就这么睡着了。

黑爹一个人跑到门外蹲在石阶上瑟缩着。

之后，黑爹摸索着将熏了九个月的那野兔煮好，唤我们起来吃。

黑爹的耳朵也聋得厉害，那看上去几乎成了摆设的东西，唯独对脚步声格外敏感。有人来时，还在半里外黑爹就知道了。这时，黑爹就会停下不剥桐籽，冲着门口拼命地睁眼睛。

来人是熟识的，看不出黑爹是高兴或不高兴。

来人是陌生的，同样看不出黑爹是失望或不失望。

没有剥的桐籽需要搬进搬出。

剥好的桐籽也要搬进搬出。

“黑爹，你在等人么？”无聊时我会拼命找话说。

“瞎老头，有谁好等。男人嫌我寿高压了他们，女人——嘿嘿，你有相好的女人么？”

黑爹手指在颤抖，一向每回都要拧下两颗桐籽核，这一次只拧下一颗桐籽核。

“没咧。”我说的是真话，没有骗他。

如果是三个星期之前，这话可能有假。但是，现在那个叫小意的女孩，她家在三民路的铜人像旁边，前三封信中，我问了三次，她三次回信，都不肯告诉我，她是靠什么关系进了武汉三镇的女孩都想进去的武汉商场。更关键的是，从前每周必定写两封信给我的小意，已经连续三个星期没给我回信了。

“你今年多大岁数了？”黑爹问。

“来的那年十八，现在二十二。”我说。

“如今这社会不知怎么回事，我像你这般年纪时，都和五个女人好过了。有两个还是人家的三房，抱在一起时那个渴劲，每次分开时怕我再不去，大把银洋直往我兜里塞。”

“黑爹，我要去告你的状咧。”

“我又没说坏话！”

“你这是教唆。要我们乱搞男女关系。上次县里公判大会上批斗的那个老头，就是这样，判了八年刑，还戴上一顶四类分子的帽子。”

“你告我，我就告你。你们同学到一起就骂上山下乡。”

黑爹和我都笑了。

我们总是这样笑。

笑一笑，就有人来了。

却不是我所盼望的邮递员。

原先的队长真的撤了，新队长亲自来将我们剥好的桐籽核挑走。

黑爹又预言，过四年，又要换。

“换什么？”

“像今年一样，换朝代。”

“换来换去，就这剥桐籽的真瞎子、假瞎子没换。”

几只麻雀落在门槛上，又蹭到脚边，啄了一下黑爹腿上的一只血痂。黑爹一哆嗦，两只手将桐籽堆碰塌了，麻雀也飞了。

黑爹后来说：“等吧，都等吧。”

我问：“等人？”

黑爹说：“嗯。人。”

我问：“你这根光棍上，节疤都没一个，有谁好等？”

“我不和你说，你们汉口人心还可以，嘴巴不好。”不知什么时候，黑爹竟然对我得意起来。

“别是熬不住苦，自己编话哄自己！”我嘴里这样说，心里真的这么想。

黑爹不剥桐籽了，先用左手揉揉眼睛，再用右手揉揉眼睛。

“黑孙，这话太伤人心肝！说了你可别传出去。那年，我在县城马记当铺当伙计，老板的女儿才十七岁，我躲也躲不脱，非和我好不可。到现在我也没看到有比她更漂亮的女人，皮肤嫩得吹口气也会烫起泡泡来，那对乳房就像春上开的桐籽花，四周雪白雪白，中间那奶头像桐籽花的花心，红不红，黄不黄，紫不紫，蓝不蓝，我用手一摸，她就快活得直哆嗦。她自己不怕，避开人眼，也不管烂草堆，黑旮旯，抱着我就喊快点。秋上，参加刘邓大军工作队的表叔，遇难上我这儿躲了一夜，也不知怎样叫伪方知道了，将我抓进牢里，关了整整十个月才放出来。这中间马记当铺叫强盗抢了，老板被吓死，那姑娘听说跑到上海她姑姑家里去了。”

“你是在等那姑娘？”

“还等儿子。”

“哪来的儿子？”我不无惊奇。

“进牢之前，那姑娘就有身孕了。”黑爹两手发抖。

“那你怎么断定不是女儿呢？就算是儿子，又怎么知道她会给你送回来呢？还有那孩子，如今谁不愿留在城里，何况是上海！”

我说了一大通后，再看看，黑爹又剥起桐籽来。

黑爹没有以前剥得快，是因为嘴里在嘟哝。

“你不知道，我知道。”

“你眼睛什么时候全黑的？”

“就是坐牢那一阵。”

好长时间，我们一句话也没有。

隔了几天，邮递员终于来了，还送来我所盼望的挂号信。我知道自己的命运就在这封信里装着。打开来，看过了，本想大笑一场，看着身边的黑爹，心中忽然泪如雨下。

我坐在黑爹身边，继续剥桐籽。

桐籽剥完了，我又要钻那臭坑挖呀扒的。

这一次，我看见黑爹铲了满满一簸箕晒干了的桐籽壳往床边走，心里好奇，才注意到黑爹家的灶洞不知什么时候改动过，变为很不寻常地直接对着床沿。于是就想到，黑爹真能懒，也会懒，这么躺在床上可以做吃的，用不着支唤别人，连自己也用不着支唤。

“支唤？黑孙，你的书都读进牛屁眼去了。你一走，这屋里大白天也只有我了。光打光，棍打棍，一个人，万一有个三病两痛，起不了床时，也不至于当个饿死鬼。”

“黑爹，你真聪明。”

“黑孙，你才是真聪明啦。这不，大学也叫你考上了。我算的那命，你信它就灵，不信就不灵。来，将灶烧着，我还藏着一只野兔呢。”

兔子肉许是熏的时间短了，没有第一次吃的时候香。我将高考录取通知书看了一遍又一遍，一切都如黑爹算命时说的那样，我要去成都医学院，地图上量的直线距离有八百里开外。

不知怎的我的鼻子有些酸：“黑爹，等我毕业后，回来替你把眼治好。”

黑爹人更老了，就眼睛没变：“把我忘了吧，替别人多治几回。”

我说：“许多眼病是能治好的。”

他说：“知道，那年来拉练的部队军医就要给我诊，我不让。”

我说："不是等妻子，等儿子么，没眼睛怎么认？"

他说："舒服些。这样好等些。"

终于要远行了，我回头张望自己的日子，黑爹还在小黑屋里剥桐籽。

一九八九年七月于黄州赤壁

绿崖

“好大风！”

一大早，窗纸被风吹得哗哗响。妻子先醒，随后就开始摇着百佳。百佳醒后，什么也没说，挑起一担箩筐往外走，一手揉着黏糊糊的眼角，一手去抽门闩，门开了，眼睛才能睁开。一个影子花花绿绿地晃了晃，不知哪来的过路女人，看着门开处，还面对面笑几笑。心跳忽然加快了些，百佳就知道，那女人真漂亮，顿时妻子就丑了三分。百佳正要追上去，心里又有了一种异样感觉。他迅速想到，早起第一个碰见的是女人，今天准定要倒霉，欲退不能，妻子在房里直嚷嚷，要他动作快点，去迟了就要排长队，就有可能换不回稻种了。

树滔滔。山滔滔。人也滔滔。

排队排在不前不后、不紧不松的地方。没吃上亏，也没占着便宜。本是平平常常的一件事，临到百佳称稻种时，从旁边伸过来一根扁担，在裆里搅了一下，疼得他蹲在地半天起不来。百佳吃了亏，也就只压低嗓门叫了一下哎哟，便不吭声。那两个相互闹着玩的姑娘，红着脸，也不敢过来捡那掉在百佳两腿间的扁担。

这时，称磅秤的胖子吆喝起来。

“有种的，快点。”

“还有种，差一点让人阉了。”

百佳嘴里嘟哝着，一只手揉裆里，一只手揉肚子，猫着腰，死死盯着磅秤上长短不一的刻度线。

过了一阵，这些全被百佳和百佳的那担稻种扔到身后去了。

“好大风！”

百佳这么自说自听一下，心里就盘算开了，觉得真不该抄这鬼近路，走大路虽然远了五里，但少翻几座山，渴了还有地方讨碗热茶喝，走了两里再退回去当然更划不来。百佳这么想时，脚并没歇，又走出半里远。百佳不敢再后悔，再退时，就白走五里，就等于远了十里了。百佳只好再上一座山。

爬完这座山，再下这山时，一只狐狸在百佳前面领路似的走了好一阵子，还回头看了四次，没等它看第五次，百佳就在路上找了一块稍微平坦的地方，低头放下那担稻种不走了。这一低头才几秒钟，狐狸就不见了。百佳有点怕，如果不是那狐狸仅仅尾巴尖梢白了一点，而是尾巴全白了，或是身子全白了，他就会更害怕。河西垸里，就只金斗老头一家靠打猎为生，金斗老头说他一生没敢和狐狸斗，就因为年轻时打狐狸那次，火铳炸了膛，大概是由于没有伤着狐狸，他才同样没伤着，仅只吓着了。那狐狸是刚白了尾巴梢的，全白的狐狸会拜天拜地拜树拜山，更厉害。河西垸人特别怕。大老远跑来的汉口佬不怕，年年冬天猎狐时，死了的不再来，伤了的第二年依然骑着红摩托车来了，有人还带着女子一起来。百佳想了想，自己在这山里过日子虽然有差不多四十年，做过的亏心事，也就是曾经在路上下了一道绊马索，将垸里成天到晚剥桐籽的瞎子黑爹掀了个仰八叉，滚进路边刺蓬中。那时，百佳刚看电影《地雷战》，还小得很，不懂事，懂事后就不做亏心事了。不是看他忠厚老实，鬼才和他睡一床，老婆常这么和别人说。人都说他是忠厚，是老实。这时百佳踏实了，擦擦汗，解开前胸的五只扣子，后又扣上两只，然后觉得该继续赶路了。听说狐狸精待人看事并不是不分好歹。

山风吹来时，不苦不辣，什么味也没有，却十分呛人。杂树林和深涧沟也呛得直打哼哼，百佳听着这哼哼声，无所谓怕与不怕，他弯腰要去拿扁担时听到的声音，只有神仙才不会不怕了。

“救命——啦！”

一阵冷气拂来，百佳身上所有能颤抖的地方都颤抖起来，所有能起鸡皮疙瘩的地方都起了鸡皮疙瘩。

“救——命——啦——”

那声音同百佳不知听了多少回，说书人的传说中青面獠牙家伙的叫法一般不二。百佳一起步就踩歪了，踩翻的一块石头咕咕隆咚朝路旁悬崖下滚去。石头落进崖底的声音还没听到，别的声音倒先蹿上崖头。

“谁呀，谁在上头，救我一命吧？”

百佳听出来，这是汉口佬的声音，汉口佬的话难听死了，男男女女开口闭口全是婊子养的，也许是那地盘婊子特多吧。这时，崖下砰地响了一枪。

“个婊子——到底有人没有，说话呀！”

片刻，百佳分明闻到一股火药味后，心里有点谱了。他撕下夹袄内面一块红布补丁缠在头上，这才小心翼翼地挪两步，又挪两步，将头伸出崖头。十几丈高的悬崖上长满绿青苔，半中间却孤零零地横出一棵怪模怪样的松树，那人影就挂在那树上。

“你是谁呀，喂？”百佳问。

“我姓熊，家在汉口汉正街。”汉口佬说。

百佳知道汉口有个汉正街。前些时那游乡货郎去汉口汉正街选货时，带着垸里周家的小女儿翠莲去玩了一趟。翠莲回家后被父亲扒了裤子打得皮开肉绽，到现在还未出门。

“是不是来打猎的？”

“正是。正是。”汉口佬连忙仰起脸说，“昨天在这儿打着一只狐狸，天黑了不好找。今天天一亮就来了，个婊子——狐狸没找着，人却倒霉了。老兄，只要将我弄上来，除了手表、猎枪外，身上值钱的东西由你要。”

“你怎么到那儿的？”

“没路又没翅膀摔下来的呗！”

听见汉口佬要发火了，百佳心就虚了。汉口佬全是又刁又凶，他是吃过亏的。“我是说，这路不难走，你怎么会掉下崖去。”

“糊里糊涂，一跤跌下来。”

“跌跤前没看到什么？碰到什么？”

“实说吧，是这么回事。”汉口佬说，“早晨我上山时，看到一个好漂亮的女人在前面走，就撵上了她，眼看就要追上了，个婊子——脚下什么一滑，等我明白过来，已经在这树上挂住了。”

百佳一愣，想起自己早起开门时见到的那女人。

“喂，老兄，喂喂，你还在上面不在？你可别走！你若是要手表，要猎枪，我也给！”

百佳从未见到汉口佬这么可怜巴巴地哀求于人，心里思忖只要这不是狐狸精设计骗自己，说什么也不会放下人家的危难不管的。

“你来这儿几天了？”百佳于是问。

“三天。”汉口佬说。

“住在哪儿？”百佳又问。

“镇上的城乡旅社。”汉口佬回答。

“老板是男还是女？”百佳越问越细。

“男的。他妻子叫陈香，所以他给旅社取名城乡。”汉口佬将百佳下面要问的先答了。

“老板杀鸡你吃没有？”

“杀了。吃了。”

“杀鸡用的是切菜刀还是杀猪刀？是割颈还是剖肚子？”百佳学那说书人，一问比一问急促。

汉口佬大声嚷起来：“问这干吗，个婊子——快帮我上来吧！”

见汉口佬没回答，百佳有些慌，他知道，狐狸精别的事全知道，只怕那鸡血，一见杀鸡就躲，所以唯独不知道，鸡是怎么个杀法。干这事人应该是清楚的，三岁小孩也清楚，说不上，答不出，就一定有蹊跷处，百佳摸了摸额头上的红布。

“你不说，我就走。”

“用切菜刀割颈——个婊子！”汉口佬急了。

听到这话，百佳一口气松下来，将头再向崖头前伸了伸，看清了抱着树干的手腕上有块地方亮闪亮闪的。

百佳说：“这老高的，怎么个救你法？”

汉口佬说：“有根绳子就行。”

百佳说：“我这就回家拿去。”

汉口佬说：“快点，个婊子——冻成冰棍了！”

百佳没二话了，挑起箩筐一步跨出三尺多远。汉口佬再嚷几句什么，也没来得及听清。救命要紧，啰唆个屁，他想。一路上虽然赶忙，脚底下还稳，一次磕绊也没有。

绕过山嘴就能看到河西垸，百佳心想，说不定还能看见站在门口盼顾的妻子。

“牛发癫啰——”

百佳猛然听到一声吆喝，跟着就是一阵乱蹄踏响，山嘴那边撞出两头水牛，扑面闯过来。百佳来不及躲，不是时间不够的那种来不及，是根本没地方躲的来不及，路太窄了，左边是岸，右边是崖，更重要的是肩上还挑着一担等着下田的稻种。

“畜生，老子非宰了你！”跟在水牛后面的一个人破口大骂。

百佳万般无奈，只能呆呆地站在小路上。水牛头上的那对大弯角眼看就要顶上百佳胸口，前面那头牛突然刹住脚愣着不动了，将两只发红的眼睛死死瞪着百佳。片刻后，那头紧追不舍的水牛撵上来，轰隆一声冲着前面那头水牛屁股，连角带头狠狠撞了一下。百佳眼看着前面那头水牛惊天动地地滚下右边土崖。水牛倒下后来了一个巨大的滚翻，爬起来跑开了，将齐腰高的麦子弄倒一大片。获胜的那头水牛不再追，站在小路中间，朝着土崖下面用四蹄在麦地里犁出一道绿茵茵深沟的那头水牛，把一声哞叫得长长的！

牛仗打歇了，人仗开始了。有人要赔麦子！有人要赔给牛治伤的药费！

百佳好半天都没明白自己怎么活下来的，直到几个人吵得不可开交之后才缓过气来。百佳生气地吼起来：“畜生都不打了，你们还吵个卵子！”

百佳平日没多管过闲事，这一骂真的将人骂倒了，骂服了。当然，那水牛的主人也是心中有愧。百佳的箩筐被牛角碰翻了，金灿灿的稻种撒满了路面。百佳俯下身子前想：耽搁一会儿没事，那树结实，汉口佬吃得好，长得也结实。于是就趴在路上将稻种一把一把地捧起来。赶路时的热汗和被水牛吓出的冷汗，全被吹干后半天，才冲着石头缝里的几撮稻种叹口气，懊丧地往垸里走。

妻子果真倚着门盼百佳。

见百佳的模样古怪，妻子问："你怎么啦？"

百佳说："牛发癫了。我没事。"

妻子不相信，一撩他的夹袄："没事将这红布撕下来，绑在头上干吗？"

百佳听后一歪肩膀将担子挪给妻子，进屋里拿起一团绳子回头往外跑。

妻子在身后大声问："你又在发什么疯？"

百佳回答说："有急事，要救人。"

百佳刚跑到到垸边，就听到山上有人在喊什么。

风大听不清，百佳又跑了一阵就听清了。

"来人啰！汉口佬摔死啰。"

百佳再次见到汉口佬时，是在崖底下。那管猎枪变成两截，手表只剩空壳。汉口佬双手死死搂着折断了的松树，身上不见哪儿有伤口，七窍也没见血，人却分明死了。

百佳好后悔，天黑后在垸边朝西点了三炷香，哭着说："我忘了在起风——兄弟，以为你和树都能坚持住——兄弟，我有罪过——兄弟，饶了我吧——兄弟！"

百佳那阵号啕，哭得几座山谷都有泪水响。

垸里人都来劝，说素不相识的人，这就算尽心尽意了。

百佳还想哭，妻子说："明天要下稻种，好多事还没做呢。"

百佳这才撤了香案和供品。

一进家门，百佳的泪水就干了。他问："还有什么事没做？我都伤心得糊涂了。"

妻子一笑："半个月还没把你馋够？我身子今天干净了。"

百佳果然也笑了，一边脱衣服一边说："今天不是这块红布，说不定也会让狐狸精迷上的。"

妻子唾了百佳一下："呸！别说狐狸精，猪婆怪也瞧你不上眼。"

吹灯时，百佳又想起一件事，赤条条地跳下床，拿起大秤，到堂屋去。

"又怎么啦？"妻子问。

"称称稻种撒了多少。"百佳说。

隔了一会儿，百佳回房里时好高兴："种子站的磅秤有问题，一百二十斤稻种，路上撒了那么多，还有一百二十零半斤。"

妻子和百佳想的不一样："稻种撒了后，你是连沙带土地弄起来的——蠢得作屁臭！"

百佳愣了愣，搂住妻子想起早晨开门时见到的那女人，熄灯后什么全一样，他心里说。

窗外好大风。

一九八九年六月于黄州赤壁

黄 龙

一条蝮蛇爬出竹林。

一只野兔跑出竹林。

小鹏七岁，蜷伏在脚边的大黄狗也七岁了。

听到动静大黄狗耳朵愣愣地支起来。

人看见了兔子，狗发现了蛇，所以小鹏吆喝：“黄龙，快追。”

狗不知主人看见的是兔子，径去找蛇。

小鹏骂道：“瞎眼了！这边，兔子。”

这时兔子已跑到山顶下面的石坎，狗还是追了去。

“什么事也别求杂种二叔家的人。”

父亲他们在家时，吩咐小鹏看好晒在竹林边的四簸箕麦子，别再叫杂种二叔家的鸡吃了。父亲说话时打了一个饱嗝，嗝出来的不是腊肉糯米饭味，而是自己家晒的那种烟叶气味。父亲走到竹林边时，回头说，一看到鸡飞上簸箕，别撵，用弹弓打。竹林快隐没身子时，还回头说，看不好麦子，秋天就不让你启蒙上学。然后他们就去田里薅秧了。

小鹏挑了十几颗滚圆的石子装在荷包里，只要那只贼头贼脑的芦花公鸡向麦子瞅一瞅，他就拉开弹弓。

贼头贼脑的芦花公鸡是隔壁杂种二叔家的。

大约是吃午饭之后，洗碗筷之前，开始是二叔家的芦花公鸡贼头贼脑地跳上簸箕，不知是像父亲说的吃得嗉囊都胀歪了，还是像二叔说的刚跳上去一粒瘪麦没啄到嘴。起初，父亲猛然吆喝一声。大黄狗最听父亲使唤，芦花公鸡刚飞落地上，就扑上去撵得芦花公鸡张开翅膀满稻场跑。最后还是咬伤了一条鸡腿，而二叔一棍子扫来打伤了一条狗腿。两家的人吵起来，二叔说狗仗人势，父亲说打狗欺主，二妈说母亲曾偷扯了她家的几棵葱，母亲说二妈曾暗里摘了她家的两只瓜，还说二叔不正经，玩女人舍得花钱，爹死前病了让买药却无钱。二妈要还嘴，但在那以后，父亲和二叔动手打起来了。父亲这方没人着急，都知道二叔是打不过的，要不了几个回合就会被摔得个日落西山。而那以后，父亲就会黄龙、黄龙地唤过大黄狗，抚着它的背对着二叔的背说上一句："当心点，总有一天我会将它驯得你连朝它龇龇牙、瞪瞪眼都不敢。"再回屋里取出烟杆，蹲到门槛上叭叭地猛吸几口，才吐出很大一团白雾。这些情景开始于半年前的中秋节后，二叔娶了二妈才过几天，分家时因为一只小水缸分不妥，父亲和二叔吵起来，还活着的爹爹操起锄头将水缸砸了个稀烂，说你们一人一块仔细拣啦分呀。缸打碎了，所以爹爹没活几天就死了。

昨天中午，芦花鸡偷麦吃，大黄狗咬伤芦花公鸡，二叔打伤大黄狗，父亲扭住了二叔的那一仗，父亲轻而易举没赢，费了牛劲马力也没赢。旁的人根本来不及帮忙，只是意识到将要出什么意外时，果然，轰隆炸开了一声雷，噼噼啪啪下起雨豆子来。父亲和二叔就这么没输没赢地分开，忙着收拾各自晒在外面的东西。

晚上父亲让母亲做了一顿腊肉糯米饭。

早上父亲又让母亲做了一顿腊肉糯米饭。

听说中午父亲还让母亲做一顿腊肉糯米饭。

腊肉糯米饭吃了真能长力气，小鹏早上赶牛上山吃露水草一点也不觉得累。再回来时，见二叔正蹲在家门口一边喝茶，一边吃豆沙饼子，小鹏不小心多看了几眼，就让父亲劈头盖脸地掼了五巴掌。其实是四巴掌。“一、二、三、五”，小鹏总是忘了数四字。父亲懒得管，懒得教，有时听见了反而很开心，笑出了两排蚕豆牙齿。

在这一切都结束了，父亲嗝出的不是腊肉糯米饭气味是自家晒的烟草气味，而大黄狗追兔子跑得无影无踪了以后，那条蝮蛇还在悄悄地爬，弯弯曲曲，蜿蜿蜒蜒，昂起三角形脑袋爬到那片蛇头花里停了停。

贼头贼脑的芦花公鸡老不来啄麦。

手心发痒，掂着弹弓不能射什么，小鹏实在熬不住，使使劲拉长了橡皮，对着一棵老竹子上的节疤练瞄准，一拉一放，又一拉一放，再一拉，再一放时，手一软，连橡皮带木叉，整个弹弓全飞了出去，飞进竹林里。

这一切恰好是同时发生的。前一秒钟，小鹏在小板凳上坐着，蝮蛇在草丛中躺着，后一秒钟，小鹏嘣地从小板凳上弹起朝竹林里跑去，蝮蛇嗖地从草丛中窜出朝竹林外溜来。那片蛇头花好艳好艳，红得像樱桃，紫得像桑葚，四周的翠绿，更使得撩人眼。小鹏不去踩那蛇头花，落脚时，感到地上肉肉的一晃，不觉一怔，于是脚颈猛地一痛，一边跑开一边回头，看见踩伤了的蝮蛇正笨拙地拼命逃着，手边没棍子也没石块，干瞪眼没法治。不打蛇，要死爷。蝮蛇的前半截已经钻进窟窿里去了，小鹏一把抓住花斑斑的尾巴，狠命地咬了一口。然后瞅着那尾巴发肿变粗，进不了石窟窿。

肿得老粗的还有小鹏的脚。

“哎哟——我是死啊！”

回到小板凳上时，小鹏疼得一声连一声地尖叫起来。贼头贼脑的卢花公鸡惊了，一飞一窜躲得老远。匆匆忙忙走回来的杂种二叔惊了，一怔怔在稻场中间。

而小鹏就尖声不再叫，低声不再哼，学着父亲将嫩脖子犟成黄牯的模样。父亲说了死了人也不要你这杂种帮忙。

杂种二叔还在那儿站着。

不知道杂种二叔在等他先开口叫自己，就过来帮他，但不会老等，还急着去河西垸邀人贩牛皮去。小鹏心里认定：杂种二叔好快活，在看笑话，眼角嘴角都在幸灾乐祸。

“我是死啊——哎哟！”

“蛇咬了，我好痛呀！”

小鹏又叫又哼时，杂种二叔当然已经走了。

二叔走之前锁门时，瞅着小鹏低声骂了一句。

“活该！”

“绝你家八代——哎哟，妈妈！”

等走远了，小鹏才敢冲着背影回答。

这样一来，小鹏脚上肿得又粗了一圈，甚至心里感到了难受，喊痛叫救命时舌头也发呆了不灵巧了。即使那一次让别处来的野狗咬了，也不曾这样过，小鹏还能“将那狗卵子野狗咬死”地使唤大黄狗追上去。

在喊了妈妈以后不久，小鹏听到一阵呼哧呼哧的喘息声夹在竹林的噼噼啪啪中，大黄狗没有抓到兔子，却听见了小主人的呻吟。小鹏看着大黄狗哗哗啦啦地淌了一通泪，好像要拉开起码是一张一指宽的橡皮弹弓伸出手去摸摸大黄狗的头，又说“我痛死了”以后，大黄狗比追兔子还快，汪汪地惶惶叫着穿过竹林，要去衔那薅秧的父亲母亲的裤腿往回拖。

母亲比父亲回来得迟一点。

父亲比大黄狗回来得迟一点。

大黄狗回来时，小鹏仍喊：

“我是死啊——哎哟！”

“狗卵子蛇，怎么咬你老子呀！”

父亲到家时，小鹏不再喊。

“我听了你的话，死也没求二叔帮忙。”

“硬肠硬肚，像老子的儿！”

小鹏痛得磨牙，母亲到了家。

“你这脚怎么啦，小鹏？”

“蛇咬了我，我也咬了蛇。”

好骄傲。父亲惊呆了！母亲不呆，抱着小鹏号啕大哭起来。

“臭婆娘，哭个卵子。快送到卫生所去。”

缓过来的父亲一脚踹开母亲，抱过小鹏就跑。母亲也要跑，脚下一绊，身子一歪，碰翻了晒在簸箕里的麦。父亲回头骂了一句，又赶忙扭过去拎起小鹏那只脚，一边跑一边吮吸着，母亲挨了骂后，只好俯下身去收拾麦子。

在大致捧起五掬麦子的时候，父亲又抱着小鹏回来了，唾一口血水气吁吁地叫：

“狗卵子，快拿钱来。”

“在柜里锁着，我没钥匙。”

母亲进屋了又出来，要了钥匙后，再进去，再出来。数钱时，母亲还哭。

“人没死你哭个卵子！”

父亲骂了以后又开始跑。母亲站在竹林边上远远地将泪眼相望，贼头贼脑的芦花公鸡赶忙跑上麦堆，一边吃一边蓬开尾巴撒了一坨屎。大黄狗伸腰弯成了弓，随时可以扑上来。

小鹏在父亲怀里直哼哼。

父亲让他数数，说数数就痛得轻一些。

小鹏又一二三五地数起来时，父亲乐不起来了。

父亲还在跑，跑了一阵后，又低下头来吮吸那伤口，再抬起头来唾血水时，看到小鹏脸庞发紫了，如同路边石崖上那一片活灵灵、鲜嫩嫩的紫藤花。

一九八九年六月于黄州赤壁

岔路

就这样。终于弄清楚了《福克纳中短篇小说选》第一百七十页和第一百七十一页和第一百七十二页和第一百七十三页和第一百七十四页，老也读不通畅的根由。原先想，听说的是倔老头到死时也没让现代派污染他那邮票大小的故乡，怎么就这上帝的屋顶板例外，后来才发现不是福克纳这美国佬搞现代派，而是印刷厂搞现代派，将页码弄朦胧了。这一喜悦，马上有人捎来一个勉强叫人悲伤的口信，说是舅表爹昨天吃了两碗面疙瘩后一声不响地死了。于是肚子里一阵发胀，患了乙型肝炎表面抗原降到1∶64，中药里有熟大黄，是泻药，我不得不去厕所。

在厕所里蹲着，听见妻子在外面吆喝，快点，鸡汤煨好了，趁热喝。

一提到鸡汤，我就不能不记起一件曾笑破肚皮的故事。

那年两河口下面要修水库，说是蓄的水要淹掉半个县城，我家本在最高洪水线外两米半，不知谁谁怎么的非要我们搬家。算命先生算准向北走吉利，一家人也就下放落户到西河边上的八大队。

无缘无故父亲要请客，姨表哥、姑表叔、舅表爹，约好了时间全答应来。不知蹊跷处，父亲竟要躲，竟让我在十六岁时正经八百地做了一次主人。

那一天十六岁的我，等客人急成一个六十岁爱烦躁的瘦老头时，舅表爹才从屋角那边露出半张脸。

“其实我应该来得很早的，那个狗卵子——竟被人耍了。”舅表爹和我说了，又和母亲说了，还想说却找不见人。

舅表爹问：“你父呢？”

按父亲教的我说生产队长派父亲去交公粮。

这种时候，舅表爹就会连喝三碗茶。

接着，母亲就会用陌生眼光巴结地笑一笑。

我不知道“竟被人耍了”是舅表爹在岔路口上的事。

当时，舅表爹站在那里等着远远地走近的一个瘦老头。

“喂，到八大队新搬来的老周家怎么走？”八大队舅表爹抖抖手腕，亮了亮手表。

“走左边这条路。”老头惶惶地盯着手表，半天才下定决心说。

舅表爹于是朝左边路上走。走了四里远时，路边生出一株又粗又大的老柏树。舅表爹忍不住停下脚打量个够后，心里就愤愤起来，嫌家里放着的两具杉木棺材太寒碜，在生搞革命、干工作累成个屁样，到死不享福，就再没机会了。他想问问这柏树归哪个生产队，抬眼找人，就发觉一个挑着担箩筐的男人，正朝那边山坳里躲。舅表爹连忙撵过去。

“哪来的红芋，讨米讨的吧？”八大队舅表爹问。

“不，我不敢讨了，家里养了条狗，牵到安徽那边去换的。”那人说。

其实，这些事舅表爹有兴趣时才去管。

舅表爹说：“那棵柏树，是八大队哪个生产队的？”

那人说舅表爹走错了，还好心地指了指：“这儿不是八大队。八大队在山那边。”

舅表爹气打几路来，却没有一处出，他踹倒一只箩筐吼声滚，那男人没敢动，他自已倒先动步了，踩得几只翻滚着的红芋喳喳响个不歇。舅表爹往回走到岔路，再选择右边那条路，十步一问，百步一停，小心谨慎地像个正正经经的陌路人。

舅表爹说着话，已经喝过三碗茶了。

我已经到门口张望三五遍。

姑表叔刚从墙角那边露出半张脸，就冲着我大叫起来。

“妈的皮——从前讨米要饭时也没让骗得这苦！”

姑表叔进门后一见舅表爹，突然瞪大眼睛，像要扑上去。

舅表爹一抖手腕，一亮手表，一架二郎腿，姑表叔那里就没动静了。

那时节，就是区公所院内也难见到几块手表。

我心里一惊，觉得舅表爹太了不起了。

而不久，我还会一惊一乍。

姨表哥也从墙角后面露出半张脸，也冲着我连连叫屈。

“王八 × ×——儿子哄老子了！”

姨表哥后脚还没来得及迈进门槛，就猛地将眼睛盯住姑表叔，那嘴就张成了血盆，都能见到里面成堆的脏话时，姑表叔从口袋里掏出一本白皮红字的《毛主席语录》。多年之后，我忽然想起当时姑表叔打开小本本严肃认真地读了“革命不是”几个字后就没下文的下文一定是“请客吃饭”。当时，我们仅从广播里知道首都人民敬购《毛主席语录》的消息。这样，连舅表爹眼光都开始放光芒了。

屋里的人没有不敬慕姑表叔的。

我也不例外，嘴里却必须对母亲喊：

“客到齐了，上菜吧！”

这时，我还不知道，当时舅表爹退回到岔路口，正碰上姑表叔。姑表叔问，上八大队走哪条路？舅表爹学那老头，说走左边，说完自己朝右边走了。而当姑表叔骂咧咧地转到舅表爹耍他的地方时，姨表哥来了，也问他去八大队走哪条路，他眼睛眨都没眨，一歪下巴一斜眼并且一挥手，说走左边，姨表哥急忙赶路那样子，惹得姑表叔在其身后，宽慰地、安心地、得意地笑了几笑。

这时，我只是在想，怎么他们今天一露脸就骂呢？

当然，酒过三巡，他们把这谜底给说出来了。

三个人都说：“咱们是李逵上梁山，不打不相识。”

我也说："对，打了就相识。"

"你碰见谁，才知道走错路了，才掉头往回走的？"舅表爹问。

"两个挑红芋的，见到我就往山坳里躲，其实，若不是问路我才懒得管她们，管紧了，饿死人了，更麻烦。她们说红芋是买的，鬼才信，如果不是自己跑到安徽那边找个婆家，换几担红芋，你们这就将我打得冰凉。安徽种的红芋确实味道好，我捡两个吃了，到现在嘴里还是甜丝的。"姑表叔说，

"巧，我是碰见三个背红芋的老头，才知道是怎么回事。那老头们都要下跪，说是没法子才去讨，还非塞几只给我拿着。我一想，生红芋吃了可以解酒，等会儿用得着，也就拿来了。"姨表哥说着掏出红芋让我去洗。

舅表爹和姑表叔一齐赞叹，说姨表哥年轻一岁，灵活三分。

姨表哥颇不满："你们都找到垫背的，找到替死鬼，只有我是吃闷心亏，一个人硬挺着。"

舅表爹和姑表叔齐声说："这怪你自己，谁不让你替自己找一个？"

"找啦，谁说没找！在岔路口等了半天才来一个人，等着他问路时，他屁没放一个，低头绕过我径直走了。"说着话，能听出姨表哥心里好冤枉。

"来日方长，还怕没机会！"

"嘻嘻，这也是我们的缘分啰！"

母亲喊我到里屋端菜，我捧着黄溜溜一钵鸡汤出来时，听到他们津津有味地说那棵老柏树。舅表爹说他今生今世就只想能再有具柏木棺材，姑表叔说他父亲也这样想，姨表哥说他爹爹也一样尽起这种念头。

舅表爹听后愣了一阵，才说："听人说，睡柏木棺材的是些享大福的人，若让身份不般配的人睡了，就会把本应是子孙后代的福分给占去的！"

姑表叔和姨表哥愣也没愣，就恍然大悟似的"嗯"了一声。

我一直没机会说，这时候终于可以插嘴了。

"那柏树是九大队四小队的，说好这几天砍了拿去卖钱买供应口粮。"

这之后有好一阵唏嘘，前半截是惊叹惋惜声，后半截是喝鸡汤的流响。母亲在里屋门后悄悄地瞪我一眼，暗中斥责我不该露出一副馋样子。

在母亲面前，我必须克制自己。

突然间，我觉得自己应该讲一个故事。

从前有个叫闻小七的人，在家里请客。妻子端出一碗鸡汤，鸡汤上面浮着厚厚一层油，一点也看不出是滚烫滚烫的。闻小七舀了一勺倒进嘴里，嘴里就起了几只大水泡。他咬紧牙关没有吭声，反而叫第二个人喝。第二个人喝了，也被烫着了，也不吭声。转身请第三个人喝，第三个人烫得张嘴要叫，却说口味正好，并要第四个人尝一尝。第四个人挨烫后，嘴都合不拢了，却说谁说正好，明明有点凉，还挥手对第五个人说，你试一试看我说得对不对。第五个人烫得实在熬不住，一拍桌子说，岂止是有点凉，实在是太凉，牙都酸了。第六个是个小孩，没等人请，他就抢着闹上一口，结果鸡汤和眼泪一起淌了下来。小孩一声哎哟好烫过后，满桌的人全都捂着嘴巴，一声爹娘，一声王八地叫起来。惹得垸里的伪方带上两个枪兵冲进屋里，弄清原因后，也不管请他们没有请他们，风扫残云地将一桌菜吃得干干净净。

我讲了这个故事，屋里人全笑了。

笑得大家都将两头弯作一头了。

笑得父亲备下的酒都不够喝了。

母亲只好去代销店再赊三两回来。

尽管欠下的三角酒钱代销店里催了几次才还清，并且这中间我还挨了父亲狠狠的两顿揍，但是，现在我在厕所里想起这些时，仍忍不住笑。

妻子在外面骂我疯病发了。

我永远不敢忘记，舅表爹、姑表叔、姨表哥在家门口握握手、点点头、客客气气地分手后，第二天，县里就发生了“文化大革命”。

一九八九年六月于黄州赤壁

我的雪婆婆的黑森林

一个十岁的男孩，同时存在着三种理想，这样的负担是不是太重了点？值得庆幸的是，这些理想都朝着一个相同的目标。更值得庆幸的是，他很快长到了十五岁，并且只要再过八个月零三天，他就满十六岁了。

当他赤条条来到这个世界时，他叫阿波。

当他两岁生日那天，两个美国佬占领了（！）月亮。父亲给他改名叫阿波罗。

当他四岁时，他坐在父亲壮实的脊背上，在那座长满红锈的水塘中游泳时，突然雄赳赳地说："父，我长大后一定要将月亮夺回来。"

阿波罗的确长大了。他不再光着屁股在镇外的河水里同那些凶恶的螃蟹厮杀了。街东头的龙松和街西头的凤柳，在他六岁时，就成为阿波罗远眺大别山腹地那一片片神奇、魔幻的森林的瞭望塔。那时，奶奶告诉他，那里面有魔洞、魔泉、魔山和魔林子。

这一天，小镇吃惊了：我的阿波罗怎么一夜之间长大了许多？

阿波罗随着报名参军的队伍一步一步挪到父亲的办公桌前。

“名字？”

“阿波罗！”

“噢！”派出所梅所长诧异地抬起头来，眼前站着自己的儿子，“今年多大了？”

梅所长说话的习惯像在提审犯人。

“父，您知道还问什么？”

“我是征办负责人……什么？你再说一遍！”

“虚岁十九啦！”他突然挺直腰杆响亮地说。

“混——”梅所长扬起了巴掌。可手臂却没有再挥动。当父亲的首次发现儿子的髭须竟这般浓黑，一点也不像那个偷剃须刀的小子。

阿波罗激动起来。来吧，父亲，重重地来一下。您别让我等得太久了，我早就盼着呢！难道您没察觉到，上一次我挨揍时，就比您高出一层头发了。难道您已经知道了我的秘密？不愿完成这转折性和历史性的动作？

父亲有一把“蓝吉列”，十岁时，阿波罗偷偷地拿起了父亲的剃须刀，感到自己也是一个大大的男子汉了。他想：我也应该像父亲那样天天刮一遍胡须。父亲的巴掌重重地打在他高高撅起的屁股上了。这就是这串数字里面的“一”。

因此，阿波罗有了第一个理想，一定要有一把自己的蓝吉列。同时，他又有了第二个理想，一定要经过“千锤百炼”，变成一个真正的男子汉……这年夏天考试结束时，他从一辆拉木头的卡车上蹦下来，一边跑，一边高兴地呼叫着：我见到英雄了！我见到英雄了！就是那个同越南人打仗立了功的英雄，他回县里做报告，威风极了。

父亲明白儿子是从考场上逃跑的，一把拧住了阿波罗。

阿波罗早就知道在什么情况下需要光屁股接受考验。

父亲也真够有办法，不知从哪儿弄来一张数学试卷，阿波罗趴在桌子上，脊背时刻感到暴力威胁。

“做一遍！老子要亲眼看看你是怎样用去一百二十元学费的！”

“墨水没了。”

“把我的笔拿去用。”

“父，您这笔不好写，纯蓝墨水我也用不习惯，太刺眼了。”

“是吗，博士先生？我来教你——好不好使？”父亲甩了儿子一巴掌。

九百五十九，阿波罗在心里数着数。

“习不习惯？”派出所所长一旦下手就不会轻。

九百六十，阿波罗又用心数了一下。

“刺不刺眼？”由于惯性，派出所所长下手更加重了。

九百六十一，阿波罗再数时几乎发出声来。

阿波罗咬着牙一声不吭地挺在那里。快了，离那个十岁时定下的目标已经很近了。

阿波罗开始倒数计时了！

只剩下九下了！

七、六、五、四、三、二——九百九十九了！人生最辉煌壮丽的大事变，已被他紧紧地攥在掌心里。雪婆婆，您和麂子，还有银铸的、雪垒的、冰雕的林子，再也见不到那穿着红肚兜、光屁股的小男孩，他随我一起在这大事变中出神入化了。来吧，父亲，快来吧！求求您帮帮忙吧，让阿波罗的理想变成现实。您是可以做到的，当然，也只有您才能做到。

可惜，守护阿波罗的天神，在大意中将握在手里的命运之索放弃了。一名罪大恶极的犯人趁隙逃出了监牢，县局要各派出所注意缉拿。父亲扔下阿波罗跑去听电话了。

阿波罗气得几天内都想掉眼泪……

“回家休息去！”父亲终于开口了。

阿波罗固执地说：“不！我要当兵！”

“后天上午八点，到镇医院参加体检！”

“父，真的么？”

阿波罗那角钢焊成的胸脯挺得高高的，风柳在谄媚地朝他卖弄风骚，阿波罗只是无意中扫了它一眼，就钻进了百货商店。

“有蓝吉列么？”十五岁以后的他第一次在那个十七岁的小姑娘面前抬头说话了。

“什么蓝吉列？”叫桂儿的美丽的女售货员那游移不定的目光像红宝石光。她的家就在阿波罗的奶奶家隔壁。

“就是刈这个的。”阿波罗用食指比试一下。

“只有双箭牌的。”桂儿抿嘴笑了。

“我要蓝吉列，真正的美国货。”

桂儿其实是大姑娘了，阿波罗却坚持将她看成是小姑娘。走出店门时，他想，不要紧，用不了多久，我就可以坐军车去汉口，那里一定有。还有昆明，那里也该有吧！当然，我还可以到越南人那里去缴。他们在美国佬那里缴来，我再从他们那里夺过来。呱呱叫！够英雄！一定要找一副把手上刻着阿姆斯特朗或奥尔德林（首次登上月球的两名美国宇航员）这两个名字的，只有他们才能配得上阿波罗。

今年的第一场雪是从昨天的这个时间下起来的，十里外的大山里这会儿积雪该有一尺多深了。阿波罗的第三个理想在这个时候开始放荡不羁奔腾起来。雪的山，雪的河，雪的树，那雪的峰群，那雪的流瀑，那雪的森林，在屋外一遍一遍地敲打着他的窗扉，一遍一遍地呼唤着他的名字。我不能睡，阿波罗在床上翻了一个筋斗，明早醒不过来怎么办！那里有我久久向往的圣殿，那里有守护我的天神。后天，我就要换装了，穿上那套满是樟脑味的军服。在这以前，恰好有这么一天时间，雪婆婆说不定正在等我呢。在成为战士以前，必须先成为一名男子汉，征服那片林子，我不能睡，明天早晨我得去。明天——

……一个系着红肚兜的小男孩正在草坪上同一只羊羔搏斗。忽然间，羊羔不见了，小男孩从地上爬起来，弄掉沾在光屁股上的一片草叶，径直向那片白色的林子寻去。正走着，从树林里跳出一只美丽的麂子，一位全身洁白的婆婆躺在狍麂子的背上。

“阿波罗，你要去哪儿？”

“雪婆婆，我的羊跑到您的林子里了。”

“那好，我帮你找找吧！”

“不用，我自己来。”

“行啊，不过等你出来的时候，你就不再是娃娃了，你将会变成一个男子汉了。我走啦，我在黑森林里等你来。”

麂子驮着雪婆婆一扭身子飞进了那片林子。小男孩跟在后面追，后来他干脆解下红肚兜举在手里像一面战旗，赤条条地朝那片林子冲去……

父亲替阿波罗盖好蹬在一边的被子。

……小男孩又感到红肚兜在约束着胸脯，用手不停地拉拽，还要这肚兜干吗，雪婆婆说过，从黑森林里出来的人就成了男子汉……

父亲有些不舍，说话时非常犹豫。

“他也许不是读书的料，让他去试试吧！”

“他还是个孩子呢，到部队去能行吗？”

母亲抚着阿波罗的额头。

……小男孩终于跑到林子跟前，好冷啊！啊？鹿子呢？雪婆婆呢？白色的林子呢？怎么全不见了？小男孩哭得好伤心……

快要离家了。说是到部队去过元旦。那天接兵部队的一位首长悄悄地问阿波罗，到部队后，愿意去给身上有十七处伤疤的司令当警卫吗？阿波罗一听连忙答应下来。回家后，他开始瞧不起戴大盖帽、穿着白警服的父亲了：人家赫赫有名的司令员都找上门来请我去当警卫，您这个小小的梅所长，哼！但是第二天一起床，阿波罗就跑去找到那位首长，严肃地声明：我要当一名侦察兵。

现在，阿波罗总算可以像父亲那样坐在藤椅里吃饭，还可以当着母亲的面架起二郎腿了。但是，那个女售货员，那个不知道蓝吉列的十七岁小姑娘，那个桂儿仍在用那红宝石光的眼睛瞅他。他突然萌发出一个念头，穿上军服后就去店里，告诉她：如果有蓝吉列，请给阿波罗留一副，三年后他从部队回来时，上你那儿取。这句话要一字不差地说给她听，他从床上蹦下来时还在想，应该十二分注意的是，这里面的那个“他”，千万不能错说成“我”，否则，就没有气概，就少了一种至关重要的男子汉味！

小男孩才是什么时候都是我呀我的。

小男孩已经离开了，他不知他是否戴上了掉在地面的红肚兜。他坐在麂子长长的脖子上偎着雪婆婆，把生着亚麻色头发、点着吉祥痣的头，从雪婆婆的腋窝里探出来悄悄地说：我走了，我不回来了，我永远也不再同你捣蛋了。

父亲的鼾声真雄壮。小时候，阿波罗曾扯着嗓门比试，总盖不过这豹子打呼噜的声音。

阿波罗在微光点点的房间里搜索着。父亲的手臂叠在母亲的手臂上，两只手将枕角沉重地压住。他清楚要找的那件东西搁在那里，提心吊胆地将手伸进枕底，手枪的铁柄竟是暖和的。

阿波罗小心翼翼地退出屋子，悄悄地将门拉开又合上。

雪花还在潇潇洒洒地飘扬着，阿波罗跑到一幢房子前面停下了。那扇窗子果然一推就开。他弯腰从地上抓起一团雪，朝屋内那雕花床扔去。

“哎呀！谁？”

这多像雪婆婆的声音，却又分明是大胖他外婆。

糟糕！阿波罗拔腿就跑。这狗东西，说好了今天将猎狗偷偷借给我，怎么还是睡死了！到林子里去，不带上一只猎狗那多没意思。只是怀里揣着一支真正的手枪和金闪闪的八颗子弹，容不得他再等下去。

……小男孩在雪地走着，他一点也不觉得冷，蒜头般的鼻子上还挂着几颗汗珠。雪婆婆说，红肚兜是火龙衣……

阿波罗不要火龙衣，穿那种巴掌大的布巴巴，如何去见那有着红宝石光眼睛的十七岁小姑娘呢！只有把八颗子弹认成是八只小黄狗的小男孩才不害臊穿它。

阿波罗庄严地挺着胸脯，竭力迈着大步向镇外走去。一到小镇那窄窄的街口，一只巨大的、透凉的、咆哮着的怪物就掐住了他的喉咙、撕咬着他的肺叶。他憋得难受极了，隔半天才能吐出一团飞扬着唾液的白气。阿波罗不害怕，也不发抖，他机灵地扭动着身子，同那看不见的怪物搏斗。想将阿波罗困在这座人满为患的小镇里？休想。阿波罗可不是虚张声势就可以唬住的。他头也不回地朝两座山崖之间那道狭窄的缝隙里走去。

天色渐渐明了，阿波罗的父亲这时也该醒来了，家里马上就要闹翻天，小男孩将这些告诉雪婆婆。雪婆婆只是笑了笑，连一丝声音也没发出，小男孩当然不知道这就叫深奥。

太阳从东边，阿波罗从西边，同时爬到一架大山顶上。

森林就在眼前，它果然是小男孩见到的那样，是银铸的、雪垒的、冰雕的，从对面那些庞然的斜面上，安宁地、起伏地向远方、向支起太阳的那座最高峰固执地铺过去。

一望无际的惨白的山野使阿波罗惊愕了。这同在龙松、风柳上眺望时见到的景象，完全是两码事。

“黑森林……”阿波罗喃喃地说。

阳光中的七彩抹在雪海里，闪烁流转，瞬息万变。小男孩被这景色迷住了。

“……阿波罗，你看到什么了？”雪婆婆仰面问。

“雪婆婆，我看到的东西多得好像什么也没看见。”小男孩太快活了，对一切都是漫不经心地一掠而过……

阿波罗跨过那块禁伐的木牌，走进他渴望已久的林子差不多两个小时。在这段时间里他已经和几乎整个森林家族的成员见过面。当一只老狐狸冲着他迎面而来时，阿波罗忽然明白，为什么雪婆婆总要把银装素裹的林子叫作黑森林。老狐狸消失在那排巨松后面，他开始发现，这里的一切东西都中了雪婆婆的魔。树干是黑的，岩石是黑的，小路是黑的，绿叶含有黑色，红花透着黑色，黄雀饰上黑色，连从林缝里透进来的阳光，也镶上一圈黑色的晕环。梁山好汉中许多人都在黑森林中遭过劫，这是不是那样的黑森林？小男孩也不害怕，阿波罗有一支百发百中的手枪，每扣一下扳机就有一只小狗冲出来。阿波罗早就知道，魔山、魔洞、魔泉和魔林子，都是奶奶编出来的，现在，他来到了黑森林，不知为什么，没见到这些心里总有几丝绵绵不断的遗憾。他在这半明半暗的林子里寻了半天，还没有惊人的发现。

就这样走下去，这趟路才叫冤枉呢，小男孩觉得委屈了。

这时，前面的雪地上出现了两条平行的点划线。有点没精打采的阿波罗一下子兴奋起来。这脚印太像人的了。脚跟、脚弓和脚掌清晰地印在白雪上。阿波罗记得报上说过，神农架确有野人，丈多长，一身红毛，力大无穷。

阿波罗抖擞精神，沿着点划线疾步撵上去。

野人！蓝光铮铮的手枪！金光铮铮的子弹！阿波罗越想越来劲，那时，我要让八个男人抬着的野人停在百货商店的门前，叫那十七岁的小姑娘大吃一惊，从此再也别用那红宝石光灼人。

一堵破烂不堪的寨墙横在前面。传说清朝时，一个叫马朝柱的绿林好汉曾在此竖过杆子。阿波罗几步蹿上那塌成一堆乱石的寨墙。野人！小男孩惊叫着。正前方不到两丈远的地方，一个半截古树似的黑咕隆咚的东西，同样吃惊地看着阿波罗。

阿波罗呆了一阵子，也许是几秒钟，也许是几分钟。他终于在野人逼近以前掏出了手枪。

“站住，这可不是玩具枪。”阿波罗声嘶力竭地叫喊。

野人愣了一瞬，喉咙里发出同人一模一样的哼哼声。阿波罗看清楚了，他眉眼俱全，甚至还有一蓬乱糟糟的大胡子。他慌了，连忙扣动扳机。但是，这枪哑绝了顶，连屁大的动静也没一点。阿波罗再也支持不下去，扭头跳下乱石堆，没命地向来路逃去。阴森恐怖的狞笑声从背后一阵撵一阵地传来。

……“雪婆婆，您在哪里？快来救我！”小男孩凄厉地呼叫着……

狞笑声越来越近、越来越响、越来越吓人。那震得森林咚咚作响的脚步声中，还夹着一种金属磕碰的叮当声。阿波罗已感到那毛茸茸的大手就在自己的颈后，他魂飞魄散地往旁边躲着。脚下什么东西一晃，他还没明白过来，身子已经在陡峭的雪崖中间翻滚起来。大树、枯藤、雪婆婆、小男孩都急速旋转起来。

咚！阿波罗的头部重重地碰在一棵树桩上。

永别了！蓝吉列。

永别了！九百九十九。

永别了！黑林林。

还有你，红宝石光眼睛。

冰凉的雪开始在阿波罗的脸颊上面融化了。他坐起来半醒不醒地嘟哝：永别了，我的男子汉。阿波罗到底发现自己的一切依然存在，手枪也在身边的雪窝里偎着。他有些不相信自己的眼睛——嗨！这保险机是谁给关上了？你明天就是战士还这么胆小如鼠，真是傻瓜、笨蛋、废料和茬。天底下有这等男子汉么！

阿波罗爬起来，在森林里茫然地走着，他心里好生懊悔，不知道自己是不是应该像当初决定的那样，继续走下去，直到彻底征服这冰雪覆盖的黑森林。

后来，阿波罗实在走不动了，靠着一棵被野猪啃了半边皮的松树，仰着脖子直喘粗气。松针上挂着一支支细小的冰凌，冰凌噙着一滴滴晶莹的水珠，一滴。二滴。三滴。掉在脸上，掉进脖子……

突然，阿波罗整个身子战栗起来。不是因为水太凉。

这是什么声音？这是什么声音？

魔笛？

一支魔笛在吹奏！

阿波罗朝那树木最密集、光线最暗淡的地方挤过去。他听到那里正在吹奏奇妙无比的乐曲，魔笛开始奏出两部乐章交融点那段最弱的部分。他感到轻轻拂过脸庞的微风中传递着几个音符，不流畅的、没有韵律的、专使心灵发生痉挛的音符。

……啊！雪婆婆，我找到那久久渴念的魔笛了。

是吗？那你就收藏好，永远不要让它丢失。雪婆婆还是那样冷冰冰地回答……

那梦幻般的旋律，是微细血管、神经末梢欢呼着倾诉给自己的。她从遥远的年代、遥远的地方就奏起了。她在长江、黄河的源头回响了很久，又慢慢流到黄河、长江的入海口，在那里又回响了很久；她在大小兴安岭的雪原上回响了很久，又慢慢地飘到大小凉山的雾海里；她在长城要塞内外回响了很久，又慢慢地洒向铁马金戈的虎门炮台上。然后，她来到了三闾大夫的故里，然后，她又到了大江东去的赤壁，在那些圣境、胜地里依旧回响了很久很久。

魔笛说去就去。同它来的时候正相反，那含量极大、完美醉人的旋律越来越弱、越来越遥远了。

“啊！呜——啊——”

刚刚动步的阿波罗赶忙闭上眼睛。几个断断续续的音符钻进了他的耳蜗，触动了他的听觉神经。他诧异了，禁不住突然睁开眼睛，那音符就在他的身边，依稀伸手就能捕捉到。他开始搜寻起来，每片树叶、每瓣雪花、每棵小草、每根枝条都一一列队待查。

一根绷得紧紧的闪亮的铁丝绊住了他的目光。阿波罗轻轻地走过去，俯下身子倾听着。千真万确，这就是那魔笛的声音。

小男孩在问：这是谁安上的铁丝？干什么用？

他拨开一丛灌木顺着铁丝定眼望去，一只麂子倒在雪地上，罪恶的铁夹子正紧紧夹住它的腿。阿波罗冲上去松开铁夹子，使劲把麂子抱住。

小男孩在唆使他：将它扛去，就像所有的猎手一样，抓住它的四条腿，炫耀地扛在肩上，大步走出森林、走进小镇、走进桂儿的百货商店、走到派出所梅所长面前以及父亲和母亲面前。谁会怀疑带着猎物从森林里出来的人呢！就是真正的猎手，看到扛着麂子的人，也尽剩下羡慕、妒忌的时间了。

一只手情不自禁地在那锦缎般的毛皮上抚摸着。毛的颜色是黄的，这种黄色很不一般，似乎里面还有另外一种色彩。应该叫黄里透——黑！不错，是黄里透黑。黑森林中所有的东西都是这样。这黑森林是雪婆婆的，这黄里透黑的麂子是属于黑森林的。阿波罗从挎包里掏出一包鸡蛋饼干，与麂子你一块、我一块地均分吃起来。麂子将那对短耳朵搁在他的左臂上。小家伙吃饱了。大眼睛中的哀伤不见了。它在阿波罗的怀中挣扎着。

你要走么，朋友？行，回到黑森林去吧！也许山那边的水潭旁，有个麂姑娘在等着你呢。

小男孩又在什么地方抽搐着，他还恋着它。

阿波罗厌烦地撵开小男孩，走过去扶住有点站不稳的“小家伙”。

麂子摇摇晃晃地走了。不时恋恋不舍地回头看几眼。阿波罗招手送着它，如同又一次辞别魔笛，心里很不是滋味。

倏然间，已经消失在森林里的麂子又出现了。它箭一般地朝阿波罗奔驰而来。待到他明白过来转身寻找时，它早已擦身而过，雪地上只留下两道稀疏的蹄印。

阿波罗警觉地握起手枪。别忘了打开保险机，别忘了将子弹推上膛，小男孩在提醒他。

寒风中飘飘洒洒的几朵雪球载来一串“叮当”的脚步声。

赶快躲起来，野人追来了。小男孩在惊叫。

阿波罗不是为了安静与超脱才来这黑森林的。我是来探索寻找的。我就是要成为一个连野人见了也害怕的男子汉。阿波罗应该明明白白地站在这小路中间，偏半寸就不算受过魔笛青睐的好汉。

那黑东西又出现在眼际里。

阿波罗用黑洞洞的枪口对着他。

野人又狞笑着逼近来。

“我要开枪啦！”几个字像炮弹从炮膛里迸出来一样。

野人继续狞笑着前进。

阿波罗火了。

“轰！”森林里发出一阵雷鸣般的回声。那高大的黑影一怔后，以更快的速度冲过来。阿波罗再次压紧了食指，枪响过后，狞笑声消失了，黑影却发疯地扑上来，只剩下丈多远。阿波罗有些稳不住神，连连开枪了。

叭叭叭叭叭……

没子弹了。野人还没倒下，它发出一声刺耳的怪叫，伸出两只又粗又黑的爪子，死死地钳住了阿波罗的喉咙。一股窒息感袭上来，阿波罗用枪柄竭尽全力朝那沾满草绒的脑袋砸去。

阿波罗倒了。跟着野人那巨大的身子也重重地摔在他的身上。

阿波罗失去知觉前一刻，当野人和他的身体一起倾斜时，他听到了一声狗吠。

……“阿波罗，你醒醒。”雪婆婆在叫唤。

“好困。雪婆婆，您怎么带着一只猎狗，麂子呢？”小男孩问。

没有回答……

父亲！阿波罗睁开眼睛一看，自己正躺在父亲的怀抱里。

大胖家的猎狗蹲在自己脚尖前面，旁边还站着指导员叔叔。

“野人呢，死了没有？”

阿波罗揉了一把像抹了一瓶辣椒油的脖子。

“嗯，你说什么？”父亲没听明白。

您这个笨蛋。小男孩在悄悄地叫唤。连野人也不懂，怎么还敢教训儿子！

“喏，在那儿绑着嘛！”倒是指导员知道怎么回答。

阿波罗一下子蹿起来，朝绑在树上的野人望去——不，他已经看清楚了，这是人，两只眼睛还在闪耀着不甘心的凶光，身子一动，左脚那半截子铁镣叮当作响。

父亲在他身后低沉地说：“他就是半年前越狱的那个家伙，整整糟蹋了十五个黄花少女的野人！畜生！”

“他怎么没死呢？”阿波罗似乎见到三十只红宝石光眼睛黯淡了。

“如果没有猎狗引路，阿波罗恐怕真得上天了。”指导员在打趣。

“我打了八枪，一发没中么？”

“第九枪可能差不多。”

“不！这是不可能的。”阿波罗的嗓门突然放大数倍，他朝逃犯狠狠踹了几脚，“妈的，你给老子说说，这到底是怎么回事？”

阿波罗第一次在父亲面前，用父亲用惯了的那个词骂人了。

“别动！”沉默半天的父亲开了口，“老子还当子弹真的丢了，原来遇上了家贼。先偷了子弹后偷枪，妈的，你是蓄谋已久哇。”

一只巴掌飞快地攥成了拳头。阿波罗抿着嘴不吭声，两眼凝视着黑森林——就差这一下就可以称得上千锤百炼了。

在急迫的期待中，阿波罗到底开始不安起来。父亲举得高高的拳头缓缓地划了一道弧线，垂落到老地方。

“我就知道你不会打的。少年英雄，武曲星嘛，碰一下手会疼一生的。”指导员笑了笑。

阿波罗难过极了，眼看可以率先实现的理想又功败垂成，仍需要继续奋斗。

“父，明天我是战士了。把您的蓝吉列给我用用！”

“你！你这猫毛一样的东西值得用它么！”

什么能不能，一定要这样。小男孩说话气也粗了。

“回家吧，天都快黑了。妈妈在等着你呢！”

“您请回吧，我还要向前走！”

“你疯啦！”

父亲说着随手在他的屁股上甩了一巴掌。

阿波罗一愣，旋即蹦起老高。我久久盼望的使者终于到来了，我久久奋斗的理想终于实现了，我久久追求的目标终于达到了。阿波罗是天之骄子，这是父亲您亲口封赠的勋号。现在，谁也不敢羁绊我，谁也不敢阻拦我，我将像骑着麂子的雪婆婆一样，在一片片浩大的森林里，在一岭岭神奇的森林里，自由地、自豪地飞驰！

小男孩也格外高兴，他并不知道自己的使命即将终结。

“父，您打我整整一千次了！”

“啊？阿波罗，什么一千次？”

“从十岁时开始，您侵略我整一千次了。现在请您仔细地看您的儿子，因为，我——长得比您高了。”阿波罗想说的话是比父亲更男子汉，鬼使神差，嘴一张话就变了，“所以我现在郑重地宣布，我要征服它们。”

阿波罗手臂一抡，划了一个大圆圈，连同父亲也包括进去了。

阿波罗面对父亲整了整行装，然后毫不犹豫地闯进越来越浓的暮霭中。雪地上留下的小凹凹，在父亲的眼际中越串越长。大概这些是属于自己的真正的开始，才使它显得这般庄严、肃穆。这一点不知只顾疾行的阿波罗知不知道。

岁月悠悠漫漫。白林子和黑森林的故事也会悠悠漫漫。阿波罗肯定知道这一点了，他回过头来寻找不再吭声的小男孩，却意外发现父辈们还站在不算遥远的地方注视着自己。

啊！

黑森林！

雪婆婆的黑森林！

我的雪婆婆的黑森林！

（本篇为系列小说《大别山之迷》之一）

一九八四年三月于岳西漫水河

灵 猩

他在这个童话里生活了多久没有人知道，因为他发现许多人并不像自己那样相信和需要童话，所以他从未与任何人讲。

童话里有一种预言，他非是有意和别人讲，当他与人说上第三句话时，那预言就会摆脱他的控制，从他记不清十个以上字形的脑瓜里自动迸出来：

……当山空了，林没了，无论是露水醇得醉倒五岭大山的早晨，还是星星亮得照透十重林子的夜晚，再也听不到獐子的鸣叫，再也看不见对对獐子挟着它们的幼子，鹞鹰般掠过松树坪时，洪水猛兽就要来了……每次他讲到“洪水猛兽就要来了”后，总要呢喃地补上一句：“那时，灵猩也要走了！”

柯简就烦他补上这一句。

“瑞良师傅，您爱护森林是对的，您可以向他们宣传《森林法》嘛，干吗老是用这些封建糟粕来蛊惑人心？”

“法能制身，但不能治心。心不正，性不稳，坐上三年五载监牢也无益。”

“那您的那只谁也见不着的狗，又有什么益呢？”

“柯社长！”瑞良师傅疼爱地看了看站在面前的柯简，极不情愿地叫了声，“你可千万别瞎咋呼，它不是狗，它是灵猩，冒犯了它可不得了。”

如今，他们都管柯简叫柯乡长，而对过去的柯社长反觉拗口了。

瑞良师傅很苦恼，从灵猩第一次与他见面，他就提心吊胆地唯恐有哪位喝醉了酒的猎手，或被山下小镇的骚女人掏空了腰包的伐木人，撒野时冲撞了灵猩。他是知道灵猩的厉害的。

那一次，从汉口飞来的一架双翼飞机，像老鹰一样从半空里扎下来，拖着一道黄色的烟雾在森林上空盘旋。灵猩大怒，撵着飞机投在地上的巨大黑影，漫山遍野地狂奔。有几次，简直就要咬着垂在飞机肚子上的起落架了。他吓坏了，虽然灵猩有时也对他不客气，但他还从未见到像眼下这样。他一把搂住老松树：树王，不好了，大祸临头了。飞机被灵猩撵走了。森林周围的大片农田却发生了虫灾。人们说，虫是从森林里跑出去的，因为数不清的松毛虫也夹在其中，毁灭了一片又一片庄稼。他明白，那是拖着一条怪味尾巴的飞机惹怒了灵猩，它在报复，将森林里的虫撵了出来。

有谁肯听信这些？

“灵猩？大概是母的吧，老光棍！”

“你们不信？等你们真的看见它，后悔都来不及了！”瑞良师傅当护林员，独自在寂静的森林里过惯了，说话始终是这么低沉。

“后悔？假如柯乡长真是你的亲生儿子，我们才会后悔的。”

一群被拦在岬口，不能进入森林的伐木人，肆意嘲弄他，末了还补上一句：

“疯老头，你就等着发人瘟吧！”

每一次，这些话都使得瑞良师傅如痴如呆，久久不能平静。他是如此孤单，以至无论在什么时候，什么地方，都从未向任何有灵魂、有血肉的生灵，提到自己梦一般的遭遇。

瑞良师傅守着这森林一点也不是为了生活需要，那些祖祖辈辈都在这儿休养生息的人，如今一户跟着一户迁走了，迁到很远的平地上过着所谓幸福的生活。只是为了来这森林里打几只野味，砍几棵树木，才偶尔到他的小木屋里喝几口水、歇歇脚。他是为了自己的忏悔和幻想而留在这里的。这一望无际的森林，同他多次在梦里到过的天堂一般无二：像翡翠屋脊一样倾斜的绿苍苍的山坡，像白练翻舞一样玉洁冰清的滑溜溜的飞涧，还有矗立在岬口的这棵像五龙缠绕在一起挥赶着浮云的树王，不正是凌霄宝殿内那根金柱？还有灵猩，它也许本来就是哮天犬下凡。他每次做完梦后都很痛苦，因为他把梦里的与她相逢和分离都当作确有其事。尽管那种相逢，仅仅是在梦中的画廊见到她飘飘而去的身影，仅仅是在昏暗的花墙外面听到她隐隐约约的诵经声，然而，每当他被一阵狗叫声惊醒后，依旧是难以割舍。他睁开眼睛，身下是冰凉的石板，头顶上那树王五只龙头一般的虬枝正在月光中同星星们嬉闹。那边不到两丈远的地方，一抔黄土就是她长眠不醒的寝宫。而另一边，灵猩正蹲在那里无声无息地看着包括自己和树王在内的整座黑的森林。这些竟是无法回避了，多少次梦中正要见到她的容颜时，灵猩也总是抢先显身遁隐了她。每每至此，他总免不了要长叹一声：慧圆，你怎么还饶恕我呢！

正值瑞良师傅年轻的时候，现今的这等猎手十个也顶不上他一个。有一次，森林边缘处的一座古墓被野猪拱出一个黑窟窿。他与人打赌，独自钻进去待了一天一夜。早上，他用两块棺木架着死人的头骷髅和长布衫从洞里探出来，活活将那个同他打赌的伙伴吓出了疯病。更令同族人惊恐万状的是：他竟敢与那个男人在广西军里当连长的女人桂兰明来暗往！就是这个桂兰，他打的一百件猎物中从没有一件被她看上眼的。她只爱一宗：揣在怀里能在半里外感到香气酥人的獐子肚脐。

好家伙！他长这大也不过就见上那么两次獐子。说是见过两次，其实也都是相隔里把路，远远扫见两眼罢了，连个公母都未分清，但在这第一个将身子献给自己的女人面前，他还是一口许诺下来。

他独自走进林子的最深最密处，在山溪最顶端的泉眼旁埋伏下来。这一天，他什么滋味都尝到了。先是闷得难受，后来一只豹子嘴里打着呼噜，慢吞吞地从他脚后跟不远的地方走过——这是最要命的，若是给发现了，连转身都来不及！他惊出了一身冷汗。豹子刚走一会儿，在他的枪口前，一个白影闪了出来。“白狐！”他差一点叫出声来。他知道，一千个猎手的生涯中，只有一个能碰上一次白狐。他在进入山林之前拜过山神，但是，他也没料到自已竟会有这样好的运气。要不然，他怎么也要将桂兰的短裤拿来挂在枪管上，那样，白狐再邪，也是没有办法逃脱的。没有避邪之物，白狐可挨不得！

他不甘心，可到底也没朝白狐开枪，因为，他看见獐子了。真正的獐子，两大一小，像拔地而起似的突现在泉眼旁。横在他与獐子之间的一线泉水，像一串淡绿的珍珠链。唇上犹如贴上了一片黑色绸缎的小獐子，伸出一对毛茸茸的小腿在泉水里拨弄着。他并不知道白狐正在走开，他被那小獐子迷住了。这小家伙！这小家伙！怎么这般眼熟，难道我们有过相逢的日子么？小獐子吸了一口水，朝着它的父母昂起小脑袋，一股隐约可见的水汽从鼻孔里喷出来，与从嘴里喷出的水柱一起，朝着它父母高大健壮的身子飞泻而去。夕阳中，那稚嫩的眼睛，闪动着润湿的水晶般光亮——他记起来了：这不就是早上路过尼姑庵时，见过的慧圆小师父的那对眼睛么？他想了想，又摇摇头。小獐子重新垂下头，乌金色的嘴唇没入淡绿色的水中，泉水顿时透出一圈黑晕，几颗水珠跃过它的睫毛跌入水中。如果离得再近一点，他一定会用手抚摸那对时而眨个不停，时而凝眸远眺的眼睛，问问它：告诉我，你是谁家的孩子？

太阳“咚”地掉进了山后的深谷，森林骤然暗了。公獐叫了一声，掉头隐进林子，跟着母獐也不见了，只剩下余兴未尽的小獐子。

“呜——”树后，母獐在叫唤了。

小獐子也不睬。

他觉得小獐子发现自己了：它摆了摆耳朵，那只像熟透了的鸭梨一样可爱、淘气十足的小脑袋，那一双像两岁孩童一样稚嫩、灵气回荡的小眼睛，一齐转向他。他眨眨眼睛。它也眨眨眼睛。他努努嘴。它也努努嘴。当然，这些动作全是逗人的笨拙相。

“呜呜——”这是公獐叫，它发脾气了。

小獐子终于要走了，后蹄撩起一串黑亮的水花。就在这时，他突然想起：我这是在干什么？我是来猎獐的呀！他急忙端起火铳——迟了，猎獐时除了一枪打中獐的头和嘴外，就算打中它的心脏也无用，因为它明白自身珍贵之处，临死之前，它会一口咬烂自己的肚脐。

他眼睁睁地送着小獐子，它的半个身子也隐进了森林——就在这时，小獐子突然掉过头来，冲着他张开嫩红的小嘴，道别似的娇滴滴地叫了一声。猎手的机敏使他抓住了这绝妙的时机，他闪电般举起火铳，并下意识地扣动了扳机。

“呜……”

“轰！”

火药的爆炸声吞没了小獐子的道别声。

小獐子张开的嘴没再合拢，几十粒绿豆般大小的霰弹，密密麻麻地钻进了它的脑袋及口腔里。它倒在地上，四条小腿不停地抽搐着，被打瞎了的那只眼睛里淌着血，另一只眼睛在流着泪。

他没有看到这些，几步跃过去，抽出猎刀，嚓嚓嚓几下，将一个完好无损的肚脐，迫不及待地割下来。

“香倒是很香，可惜小了点！”

他将桂兰煎的葱花饼，蘸上从尼姑庵里偷来的香油，美美地饱餐了一顿，接着双手枕头躺在草坪上。傍着热烘烘的篝火，他想的第一件事自然与桂兰有关，但这只是转瞬即逝。他又在想小獐子的那对眼睛。如果不是慧圆，自己究竟在哪儿见过呢？他越想越觉得熟识，越觉熟识越难想起……后半夜，他突然从梦中苏醒：小獐子怎么会是白色的？他一边嘟哝，一边伸手拨了一下已经发僵的小獐子。小獐子黑缎似的嘴巴被打碎了，千疮百孔的脑袋如同一只蜂窝。他的心怦然一响，赶忙移开目光，不料却碰上了一只唯有惨白色光泽的小眼睛。紧挨着小眼睛旁的那对弹孔，还在汩汩地流出两道血线。他止不住浑身阵阵哆嗦。他终于想起来了，多少次在梦里和她相见，渴望由此引出的儿子，不正像活脱脱在他面前站着的小獐子么？那暗淡之前的眼睛，不正是在梦里见得多了才这般熟识的么？

“你们这些人真蠢，怎么可以打死自己的儿子呢？”

凭空里传来的声音，不知比百岁寿星的嗓门还要苍老多少倍。他想说——我没有儿子，只是盼得久了才在梦里有的——却又不知面向何方。森林里突然冒出一只白点，转眼间就膨胀成一团巨大的银光，绕着他上下翻飞，左右盘旋。

我真的打死了自己的儿子么？

我真的打死了自己的儿子么？

他神情开始恍惚起来：周围全是洪水猛兽，黑云乌风，那支百发百中的火铳，被什么东西一抓就成了一堆粉末。身上越来越难受，眨眼间，那团银色的东西变成一条又粗又长的绳子，紧紧地缚住自己……

随着森林的第一声鸟啼，那些不可思议的东西消逝了。他从地上爬起来，望着血肉模糊的小獐子怔了很久，然后在一处草青水绿的小凹地里，用猎刀刨了一个墓坑，将那只满眼惶恐与疑惑的小獐子轻轻放入墓底。他做完为埋葬一个早夭孩子应该做的一切事情后，才一步一步朝来路走去。

他低头走了一阵，抬头朝前望了望，心中不由一愣：那是什么？难道这种季节会有大雾吗？在远处被千姿百态的参天大树和起伏不平的山峦切割成无数块各式各样形状的天际里，像挂着一块带状白色帷幔，又像秋季里燃起森林大火，随风滚动着阵阵尘埃和烟雾。就在他犹豫的这么一点时间里，灰黑色的浓雾如同一座座被神灵驱赶着的山头，从正前方呼啸而来，吞没了所有的大树、小路和空间，只留下他被紧紧包裹着。

这雾不过半天就会散的。他很自信，森林是不会刁难最杰出的猎手的。

他预料错了。昏天黑地的森林一直到傍晚也没见到能透进阳光的裂缝。这副模样从第二天起，一天又一天延续下去。等到了第五天，这雾越显得狰狞可怖。他感到自己再也无力拖下去，无力同这法力无边的灰黑色的雾抗争下去，就算森林里有采不尽、吃不完的浆果，但他会被困得发疯而死的。

只剩下那个方法能救自己了。那是猎手们从祖宗那里一代又一代秘密传下来的，只有在万不得已的时候才去使用它。

他在草丛中四处摸索爬行了一整天，扯到一小捆香茅草。他将它们一堆一堆地按八卦方位摆好，在点燃后四溢的沁香中，他跪下来照着八卦图拜了八拜。这以后——从此以后我就不会再是最出色的猎手了——他举起猎刀，一声脆响，那根断送了像儿子一样可爱的小獐子的右手食指，在树墩上轻轻一迸，跌入草窝不见了。

他痛苦地挣扎着叫喊。忽地起了一阵旋风，灰黑色的雾幔上出现了一个圆洞，白金般一道银光扑哧一声射到他的眼前。他看清了，是只狗，雪白色没有一根异毛的狗。

他伸出那只只剩下四个血淋淋指头的手。白狗在他的半截指头上舔了一下，便不再流血、不再疼了。它在转身时沉重地叹了一口气，他立即分辨出来，这就是那个古老的声音，那个责备他自己割断了自己绵延之根的声音。他赶忙匍匐下去，诚惶诚恐地祈祷。

……救救我吧，大恩大德的朋友！

但是，白狗不见了。它什么也没留下就走了。救救我吧！放我出森林吧！他一遍遍地哀嚎。也不知到了什么时间，像是有谁在推搡他：记住！记住！记住猫头鹰飞来的方向！他霍地站起来，还没来得及完全睁开眼睛，就听到一阵呼呼啦啦的响声从头顶上飞过。天快亮了，猫头鹰在归巢！他迎着扑面飞来的一只黑影，惊喜地扑进铺天盖地的雾里。他记准了方向，一个劲地朝前闯去。

终于，他看到了一线乳白色的黎明。

终于，他看到了矗立在岬口的树王。

当他搂着树王唏嘘时，他才醒悟到，那不是什么白狗，那是灵猩！在他刚刚能给爷爷撕打火纸时，爷爷就同他说，作为猎手一生中最痛快的是能得到灵猩的帮助。他曾不止一次地追问灵猩有什么用，老人总是回答，这得凭造化，靠个人的悟性了。

半路上他就听说，桂兰的男人在河南金刚台被游击队打死了，她也跟着一个游乡的小皮匠跑得无影无踪。同大山一般壮实的男子汉，跑了两百多里路，一直追到苏家埠，才撵上他们。桂兰惊恐地望着他。

他话到唇边走了调。

“我是——是来送你们的！”

不知是真情还是假意，桂兰当时掉了几颗眼泪，从小皮匠的箱子里取出死鬼连长留下的一支双管猎枪送给他。他没再讲一句话，等到他们走远了后，才抓住枪管，抡起来狠狠地砸在路旁的石块上。

他把卖獐子肚脐得来的钱，在花街柳巷里花得精光。等他背着一只酒葫芦，一路踉踉跄跄、东倒西歪地回到松树坪时，早已不知酩酊大醉了几回。

直到如今，瑞良师傅也想象不出，自己是怎样闯进尼姑庵的。他只记得酒醒后躺在一张禅床上，一丝不挂的慧圆将衣服抱在胸前，蜷缩在床后低声哽咽——这一惊非同小可，他整整有九个月不敢进森林。

几十年后，瑞良师傅又醉了一回，是因为那个成天到晚都在盘算着砍树王的“土皇帝”，被撤职查办了。

“我莫瞎说？狼孙子骗你！你问问灵猩，它也知道那家伙是残害森林的祸首。这下可好了，柯简当了社长。我的儿子到底要比别人有出息！”

“说得更邪乎了。叫柯社长听见，你吃不了兜着走。”有人在阻止。

瑞良师傅斑白的胡须上，酒珠一串连着一串。小店都快叫人挤炸了。

“来，灵猩，这些年跟我一块你也够累了，喝一杯提提神。”他拿起酒杯朝门口走去。这些年，他是第一次将灵猩带到山下来。

“你们看，老光棍想儿子和想老婆一样来劲。”有人在起哄。

另一个人指着空荡荡的门口酸溜溜地说：“这疯老头以为我们也会随他一起做梦，养不活狗，就编一个——”这人打个榧子，“——灵猩来哄自己。”

瑞良师傅和这些人合不来，生气地招呼灵猩一起离开了酒店。老远看到柯简正被一群人围着，朝他指指点点地说些什么。他朝他们走过去，柯简正来得及装作不屑一顾地离去。

对此倒也无所谓，他一心想弄明白：灵猩就在身边，就在眼前，这许许多多的人怎么就视而不见，并且还想竭力否认它的存在呢？

也许他们正在走自己走过了的路。

九个月真难熬。哪怕他失去了一个指头，仍无力改变自己对森林的渴念。他忍耐不住，战战兢兢地扑进五龙缠绕的树王的怀抱。在这以前，他没想到慧圆会怀孕，怀的是他的儿子。

他想起小獐子不由得又惊又怕。临盆时，慧圆挣扎了一天两夜。那孩子，才下地。他抱起孩子就往山下跑，正巧在树王底下碰到了区立小学校长。他抱着婴儿无法躲避，只能说是捡来的。结果，养了六个女儿还没续上香火的校长，说什么也要领走这个“捡来的”孩子。有理难申，有口难辩，缠不过，他只好答应暂时放在校长家寄养，他还得回去料理慧圆。慧圆一听此事，盯着他说了句：我恨你！然后就撒手去了。他将慧圆悄悄地葬了，最后一掬黄土落在刚刚隆起的坟丘上，溅起一团尘雾。

“汪——汪——”

从黄色尘雾中翻腾出来的又是那团银光。

一只白狗突如其来地从银光中幻化出来。

他一点也没惊慌，似乎早就预料到它会到来。他伸过手去，还是那只残缺不全的手，他完全了解，它对人本是无恶意的，它舔了舔那只带着土腥味的手。从此，骨肉成了别人的弟子。他当然不懂得这就是发生在人类中许多灾祸的根源。从此，这条白狗——不，灵猩再也没有离开过他。

他日里念叨小獐子，夜里念叨儿子，日夜里都在叨念着的是这只谁也不肯承认它的存在的灵猩。

保护我的小獐子吧，灵猩！

保护我的儿子吧，灵猩！

还有树王，也别忘了！

“……哈哈哈，保佑你来生来世讨个如花似玉的妻子吧！”常常这样，那些躲过他钻进森林的猎手或伐木人，变戏法似的出现在正自语着的他的身后。

于是，瑞良师傅顾不上搭理，而去拼命赶他们出森林。那些大老远从城里来带着新式猎枪的“文明人”，和住在山前山后拎着大斧火铳的“野蛮人”一样可恶。他们经常结伙耍弄他，使他一天到晚跑东赶西忙个不停，到头来仍是顾此失彼。他在这森林里从胡子黑跑到胡子白，眼睁睁地看着大树一棵棵地少了，山兽一只只地没了。更可恶的是，那些利欲熏心的家伙，如今连灵猩也敢侮辱了。

这些年，瑞良师傅明显地感到体力不支，遇事只得更多地支唤灵猩。

那次暑假，他遇上一个长得很标致的年轻人，好像这是第一个来森林里打猎的大学生。大学生正在追逐着一只打伤了翅膀的地鸡，他拦截了几次都没有办法拦住。大学生滑得像泥鳅，一边追着地鸡，一边躲闪着他，一边还有空吹嘘自己是省里什么赛跑冠军。他只好吆喝：

“灵猩，上去拿住他。”

这个长得很像那拐走桂兰的小皮匠的大学生，居然厚颜无耻地面对着他，“嚓”地拉开牛仔裤裆上的拉链。

“你敢放灵猩来，我就撒泡尿在它身上。”

“天啦，快收起那秽物！”他真的害怕糟蹋了灵猩，不敢再追了。

大学生笑弯了腰，真的哗哗啦啦地撒了一泡尿。

“别再用灵猩来吓唬人了，还不如去养只哈巴狗。”

瑞良师傅无计可施了，大学生将两只不到一岁的兔子拎起来摔死后，扔进背囊里，一点也不在乎冒着热气的血染红了那身古里古怪的衣服。

夏天里那家伙一直就这么干着，说是勤工俭学，那架势就像把读书的事给忘了，直到开学后一个星期才离开森林。临走时，还毫不客气地顺手拿走了他晾晒在屋檐下的两串蘑菇。

有一天，树王下面大模大样地走过来一群人，瑞良师傅拦也拦不住，因为那些人都拿着乡政府签发的狩猎证或伐木证。跟着，持有这类证件的“专业户”蜂拥而至。秋风从远处山顶吹下来，树王晃了几晃后，像往年一样，将挂满枝头的松果里的松子撒进风的长阵，听凭它播种到远处。他在想，这森林就是树王的家族，它们繁衍了很久很久，而今，在一片噪声中应下了劫数。树王的子孙每分每秒都在减少。

瑞良师傅万般无奈，只好找乡长了。

“你父还在教书么？”瑞良师傅一见到柯简总忍不住要问问这个。

“我早就告诉您了，他已经退休。”柯简一见到这老头总显得有些不安。

“老了，我们都老了。”瑞良师傅由年老联想到死亡，由死亡牵扯到灵猩和树王。他这才记起自己来这里的目的。

“柯——你不该叫那么多人去毁林子。”瑞良师傅到底没有将这不能相认的儿子称为乡长什么的，“你可别学前面下台的那家伙。”

“您过去的苦还没吃够么？都快七十岁的人了，连个家也没有。”柯简说这话时声音虽然低，却没有削弱它的万分感慨，“现在的政策要让人快些富起来，多搞些专业户。靠山吃山，我们这穷山沟，只有搞木材这一条路见效快，作为干部，我们再不能拉群众的后腿了。当然，您这么多年来护林功劳巨大，我一定要他们多分点红给您，保证您老也成为一个万元户！”

“可是，灵猩怎么办？”

“什么灵猩？什么怎么办？这是乡政府，不是松树坪，当心将您按搞封建迷信活动抓起来！您没看到门外那张布告，八十岁老太婆照样判了二十年徒刑。”

“灵猩……灵猩，它不会放过我们的。”瑞良师傅结结巴巴地断言。

瑞良师傅回到松树坪，回到树王下，回到慧圆的坟丘旁。呆呆地，默默地。一棵棵树首尾相连地越过了岬口；一块块葱郁的山坡被剥露出黄褐的背脊；还有一对对僵直的被黑血粘住睫毛、被沙土蒙去瞳孔的飞禽走兽的眼睛，全被倒挂着肆无忌惮地从他和灵猩的面前大摇大摆地走向山外。

除了灵猩能够制止这群将要自食其果的蠢人以外，瑞良师傅再也想不出第二个更有效的办法来。偏偏灵猩迟迟不肯行动，似乎非要等到像自己当年残害了小獐子以后才有的动作一样，等到砍光整个松树坪。

然而，瑞良师傅最最担心的事情发生了。

一大早，柯简就领着一大群人径直奔树王而来。而且，跟在柯简后面的就是那个不知廉耻的大学生。

“你好哇，老模范！”大学生听到瑞良师傅是模范护林员时，毫不客气地打断了柯简的介绍，“上次你吆喝着灵猩、灵猩的，可把我搞苕了。我当是什么怪物，回学校后翻了上十本书才弄清那是神话传说中的狗呢！”

瑞良师傅没回答，只是目不转睛地紧盯着大学生的那双手，唯恐他又有什么下流之举。他暗自提醒着：灵猩当心点，我们遇上心术不正的家伙了。

“这老头什么都好，就是爱装神弄鬼，把平常的事弄得玄乎其玄。”

他们很快就对他失去了兴趣，而将全副注意力放到那棵五龙盘顶的老松树上。瑞良师傅站在一旁，看着他们将一根皮尺绕着树王反复测量着。瑞良师傅终于弄清楚了，大学生是代表一家公司来买这棵树的，讨价还价时的最低价钱数也叫他大吃一惊。

这么说他们卖掉了树王！

他们怎么能随意毁掉树王呢？

明白过来的瑞良师傅再也按捺不住，一手挡开柯简，一手推倒大学生，冲上去背倚着老松树，拦住四名执利斧的青年。

“不能砍，你们毁掉了整座森林，还想加害树王！灵猩会惩罚你们的！”

大学生一甩手走到一边去了，柯简老大不高兴。

“这树又不是您的私人财产，集体讨论决定的事，您怎么可以阻止呢？再说树再大再老竖在这儿有什么用，砍倒卖掉还可以造福于民嘛。快让开，别耽搁时间了。”

瑞良师傅本来可以告诉柯简：你别胡来，你母亲就睡在这树下，没有树王的庇护，她的灵魂难以安宁。他本来可以告诉柯简：我过去残害了小獐子而受到灵猩的惩罚，所以才会失掉做父亲的机会，你若是冒犯树王，一定会受到更严厉的惩罚。似乎有什么东西揪着他的思绪，卡着他的喉咙。于是，他只能一遍一遍地呼喊。

“灵猩，快来救救树王吧！”

“灵猩，快来撵走这些恶人吧！”

“灵猩，别再像对待我那样，非要等到坏了德行后，再去解脱他们！早点点化我的儿子、点化我的儿子吧！”

瑞良师傅凄凉的呼喊声，在山谷间一阵接一阵地滚过，惊起一股阴森的山风，藏在涧沟深处的浓雾，也骤然开始升腾。

林涛滚滚，冷风呼呼，白雾重重。

瑞良师傅用自己从未有过的变化无穷的声调继续呼唤着灵猩。两个架着他的膀子欲将他拖到远处的青年，和另几个拎着斧子围着老松树拉开了架势的青年，不约而同地中止了行动，胆怯地朝四方打量着，面面相觑了一阵，不知如何是好。

“来吧。灵猩！”

“灵猩！来吧。”

就在这时，大学生卸下了挎在肩头的猎枪，走近来。

“我要打死你的什么灵猩。你说，那狗在什么地方？不肯说？不说我也知道，一定潜伏在那座野坟后面。”

“柯简，别叫他开枪，灵猩身上有你母亲的半条命啦——”

柯简愣在那里没吱声。大学生已经瞄准好了。再过半秒钟一切都会无可挽救了。瑞良师傅不顾一切地甩开挟着他的两个青年，挥拳朝那支端着猎枪的手臂击去——

“砰！”

猎枪被击歪了。偏离目标的弹丸在一声“哎哟”中，钻进了柯简的胳膊。

大学生惊呆了。那群青年不知如何是好。

只有瑞良师傅扑上去抱起痛晕了的柯简，轻轻地呼唤。

“简儿，我是你父。你真糊涂。看在我的分上，灵猩才减轻了对你的惩罚。”

醒过来的柯简，生气地告诉瑞良师傅，他已经犯法了。

当初，瑞良师傅还以为柯简只不过是吓唬自己，哪知他的话这么快应验了。他被人恭恭敬敬地请进了拘留所。

三个月后，柯简吊着那只残废了的胳膊，亲自送来一份瑞良师傅患有精神分裂症的病情证明书，瑞良师傅才被放出来。

“树王！”

“灵猩！”

“慧圆！”

瑞良师傅一手搂着浑身污垢的灵猩，一手抱着伏在地上的老松树，坐在被踏平了的慧圆的墓地上，长长地呻吟着。

五龙盘顶的老松树倒地后，就一直没人来光顾过。那大学生夸下海口说是到部队弄架直升机来吊运，带上柯简他们托他换些走私货的灵芝、天麻等山珍，一去不返了。

从监牢里出来后，瑞良师傅就这么整日整夜地守在墓地上。口称来看他的人不少，其实那都是些还想在所剩无几的松树坪上，做最后一次搜刮的人。真正来看他的只有一个人，那个在清晨满是露水香的山风里载来的声音，一连数日都在耳边回响着。

“今天是您的生日，我给您送点酒菜来了。若是那天您的孙子没让这老松树给砸死，我会叫他来认爷爷的！”

至此，瑞良师傅才知道柯简的儿子又遇到了不幸。谁让他要毁掉树王，谁让他不信奉灵猩呢?

冲着这一点，瑞良师傅突然感到了满足。你醒悟过来就好！你知罪了就好！作为父亲，我终于完成了自己的使命。他从没有像现在这般大醉过，手握着两只酒瓶，居然忘了应该给灵猩一杯，应该斟一杯给慧圆，还应该举杯送一程踏上归途的树王。

两只空了的酒瓶就在身边歪着。

山空了，林没了，小獐子死了。

树王已经去了。灵猩也要去了。我也不应该久留了。

瑞良师傅抽抽噎噎，含糊不清地自语。百多天了，遍体鳞伤的老松树仍在流淌着一股股晶莹透亮的和一股股像奶汁般乳白色的液体，几只苍白的小兽头骨扔在一堆火灰里，火灰旁还有一只小小的蹄骨。那是小獐子的，松树坪的獐子终于毁灭了，这是它们的最后一代子孙。而他的孙子也在这儿死去了。他无须责怪灵猩，这是一个信号，一种警告，灵猩这么做是有益的。

“不要久留了！”

瑞良师傅这话是对灵猩讲的。

后半夜，远远近近的人被一声霹雳震醒了。

飓风夹着暴雨冲撞了两天两夜后，松树坪上一块块山坡塌下来，罕见的泥石流，差不多将良田熟地一扫而光。

当飓风暴雨停歇下来，岩石沙土不再横冲直撞的时候，松树坪岬口上只剩下许多底部被掏空的摇摇欲坠的巨石，屈指可数的几根像黑蟒般的树根吃力地羁绊这些嵯峨怪石。而架在这些仅存的物体之上的是一只庞大的树蔸，它同样也被掏空了，稍小一些的根与须全被啃得干干净净，剩下的俨然是一只上古时期曾遍布于地球、后来又神秘地消失得一干二净的恐龙。此外，别无一人一物。

“这老头死得倒利索，不用别人埋。”

“唉，疯老头的疯话还真有点疯理呢！”

“听说柯乡长昨天带人视察灾情时，遇上瑞良师傅的什么灵猩了，它撵了他们好几里路，妇联主任的鞋都吓丢了。”

他是去会合自己的童话。

他早就有过预言，谁叫你们充耳不闻！

不错，灵猩还在这里。它没有像瑞良师傅说的那样悄无声息地长久逝去。

生与死的循环只要仍在这片土地上进行，灵猩就不会离去。于是，就会有人重复着瑞良师傅的童话，重复着瑞良师傅的预言——这一点正是他的安慰。

（本篇为系列小说《大别山之迷》之二）

一九八五年九月于英山县文化馆

人之魂

"奶奶，我抓萤火虫去。"

"黑天黑地别瞎跑，野鬼要捉人生魂的。"

那个黄昏始终有一只苍鹰在绕着山包盘旋，又宽又厚的身子，毛茸茸的晃也不肯晃一下，看久了，不觉得是苍鹰在滑翔，反认为是山在盘旋飘荡。无奈奶奶抬不起头来看。苍鹰翅膀搅动晚春的山风，又寒又冷，岁末的枯草与岁初的嫩芽簌簌地生长在一起，鸡狗也懒得叫，只有谁家女人吆喝谁家小孩的声音。

奶奶的眼光从九重大山中间的路上收回来时，又让叹息声顺着脚下这山包旁的小路向前弥漫去远。那声叹息好长，好沉，惊得苍鹰连晃几晃，一抖翅膀，渐渐化作一只黑点消逝了。阿波罗也是这样离去的。那一天，奶奶送孙子走，比儿子送的路程远得多。阿波罗说了七次，奶奶您转去吧。奶奶生气了，说这一大把年纪送你出门，未必是送着玩的，这么逼着要我转去。第八次时，还说的那话，奶奶，您转去吧。三寸小脚停住不再挪。阿波罗在消失以前，也是先变成一只黑点的。

知不知道苍鹰什么时候转回来？它那窠就在附近的山崖上。奶奶还是抬不起头来看。阿波罗牺牲的事，传到家已有好多天了。阿波罗战死在国境线那边，连骨灰也没有回来。奶奶用布包着一碗米，放在阿波罗在家时睡过的木床下面，整七天后的夜里才听到屋里似乎有人走的脚步声。她隔着墙问儿子：

“是阿波罗回家了么？”

“妈，您老别为他伤神了。”

“我听到有脚响。”

“不是，黄鼠狼追高客（鄂东方言，即老鼠）呢。”

这烟熏火燎黑炭般的夜亮得真慢，奶奶睁大眼睛也没见什么变化，等焦急后眼皮合了一会儿再睁开时天却亮了。奶奶还得小心翼翼地从床底下取出那碗，阿波罗死在西南方，满满的米碗若在相同地方凹下一个坑，就表明失落在外的灵魂回家了。当奶奶趴在地上时，才知道，那碗米被高客糟蹋了。

奶奶身边掉下一顶警帽。儿子来扶她了。

“得请位先生来家里。”奶奶说。

“什么先生？”儿子装苕。

“蠢。就是做道场的。”

“不能乱来，妈。”

“都七天了。不请先生招魂阿波罗怎么回家。路太远了，得帮他。”

“家里做道场，我这派出所所长还能当？”

“人都死了，还不兴招魂？让他成了野鬼，将来你这老子也到阴间时，父子俩怎么认识呀！”

知道同她说不清，儿子不吭声了。

“都怨你，当初叫阿波哪点不好，偏要兴妖给他改名变作阿波罗，我说这样名字不吉利，那时你还强词夺理……世事全有兆意，唉！”

奶奶扯起衣襟开始擦眼泪了。

“白发人送黑发人，奶奶哭孙孙，天地阴阳，怎么偏要反着来哟！”

奶奶活得实在很久了，脸上的褐斑曾被孙子说成是生锈了。从前，有人问她高寿多少，她总是说自己是与毛主席同庚。一九七六年毛主席逝世时，阿波罗说奶奶能活到一百岁，奶奶生气地说：未必一点不多刚好一百岁？而这时，奶奶反复唠叨，没假，老人寿高了压下人，真没假。

儿子想溜。

“把床底下收拾干净。”

“有你儿媳妇在哩！”

儿子又想溜。

“你们关了又放了的那个吴先生，还住西界岭么？”

“那臭道士你别去沾。”

说这话时，儿子已站在门外。说完这话后，儿子就一溜烟跑了。县里要为阿波罗开追悼会，儿子去赶早班车。儿子是让意识形态迷透心了，连孙子的魂也想让它姓共去，奶奶发了一阵呆，匍下身趴到床下收拾起来。

儿子却转回来。

“妈，区长来看你。”

“跟他说，没空哩，我要给孙子招魂去。”

后来，奶奶趴在床底下一个人伤心地哭起来，在这之前，儿子领着区长走了，只听得见脚步声，连句道别话也没有。

这心怎么这囫囵，这不叫活人也散了魂，当时奶奶曾对儿媳妇说。

奶奶也出门了，但她不朝山外却朝山里走。没人问她去哪儿，她倒觉得该和谁说明白去向。那时，阿波罗的母亲抱着阿波罗穿过的一套旧衣服正入魔，所以奶奶还是没能说成。

“你去哪儿了？”

“给孙子请先生。”

“我得回镇上，厂里捎信来，要我回去发工资。”

“日子还要平常过，你回去吧！”

这话还是第二天黄昏时，在山口碰见站得像树桩的儿媳妇时说的。

或许苍鹰要到更晚的时候才回，毕竟还是能回。阿波罗一旦变成黑点后，就再也看不见了。

“回家吧？”

“回吧。”

“先生没来？”

“没来。”

邻居家桂儿轻轻一扯奶奶的衣袖，奶奶就转过身来。

“奶奶我捡蛇蛋去。”

“阴沟里听到叫你名字千万不要随口应声，憋急了时，就冲着那声音说，要屙屎。山魈怕这个。”

半夜时，奶奶听到隔壁桂儿家的门被人敲得啷啷响。

“谁？”

“先生？”

“贵姓吴？”

然后，桂儿就过来敲奶奶的门，刚举起手，奶奶就将门开开了。

现在是早晨，奶奶坐在门外，东望望，又西望望，满眼是山，满山是树，满树滴露。

那先生怕干部，让奶奶在门口守着点。

奶奶说：“不用怕。”

先生说：“不怕不行啦！”

那先生背对着奶奶坐在堂屋里纹丝不动，奶奶不知道那先生才三十岁，凭着老眼打量被青布包裹得严密中露出来那张泛青的小脸，以为是过了五十岁无疑。奶奶知道那先生是无师自通，靠上天点化的，用的是科学招魂术。却不知道那先生写了四年小说，仍是刚启蒙的学生，眼看着无望了才转行当先生的。但需要那么念念有词时，仍背诵从前写的小说。

村里的男女都往山下走，人人肩上扛着一根串着几只磁铁环的木杈，上西河吸铁砂去。南京方面来人收这东西。

南京人来家里歇脚，奶奶问，到云南是从南京往回走点呢，还是再往前走？

南京人说，既不往前走也不往回走，而是不往那儿走。

随着人群的走失，村里突然静下来。桂儿倒没去常去的西河里淘铁砂，是奶奶请她留下帮忙的。

隔了一阵，村外山路上出现了两个人影。

“桂儿，帮忙看看谁来了！”奶奶叫。

“不好，是我婆家来人了。”桂儿说着话嘴唇就乌了。

“还是来我家躲一阵吧。”

“嗯，你快点打发他们走。”

桂儿锁上家门，跑进奶奶房里。

“我是桂儿的公公。”有人朝奶奶打打躬。

后面那个也学着模样：“我是桂儿的公公。”

前面领着的人就骂：“牛日的！丈夫！”

挨了打，听那个苕男人仍在苕笑：“牛日的丈夫。”

“桂儿家的人呢？”

“河里有宝哩，没见全村人都去了！”

“那——我们只好再来了？”

“再来吧。”

那父子俩走了，奶奶才唤桂儿出来。

可桂儿不出来，她知道公公刁。

公公果然就刁，走到村头又突然折回来，见没动静，悻悻地说，做道场的先生高明不？奶奶没理，桂儿的公公只好真走了。

奶奶再唤桂儿，桂儿看那先生作法招魂出神了。

那先生应该入定了，又总能够睃上桂儿一眼，嘴里还在絮絮喃喃。

……你来到阴阳河，那撑船的老头低头坐在舱边，头低得已经很难看见。那船大得像座山，那老头瘦得像只猫，你想你要过河，这老头怎么撑得动这大船，真能撑拢来又如何能爬得上去。但是，这河上只有这条船。这老东西！你好不平，认为这种安排太不合理。因为渡口的告示上写着：每次准载一个。怎么叫一个？阴沟里拣来的两个蛇蛋，也要分两次么。无奈，你仍得吆喝：“喂——把船撑过来，老头，有过河的啰，听见没有！”河上阴云密布，天空像被许多撕烂的各类织物粘成的，团团绕绕条条挂挂方方正正歪歪斜斜，于是，有的地方发出几片漆亮，有的去处透出几缕乌光，其他许多只能是一种感觉：黑。对岸还是只看得见那只大船和那瘦老头。即使是过了这条河，回家的路依然遥远，这有什么要紧，能看得远一尺，离奶奶就近十寸。你拼命地想看透对岸，你拼命地想过河。顺手抓过一块石头朝那边甩去，石头掉在水中，眼看着河水弹出一块坑凹，弹起的水珠，一点点一点点，升到那“黑”处，再一阵阵一阵阵落在那大船头上，落在那瘦老头身上，大船和瘦老头变成湿蒙蒙了。水面又是平静得像是死去似的，天空毫不理睬折腾不止的黑云。那撑船的瘦老头说是睡熟了又像是醒着，若不然就是那大船舱底烂了又似乎是锚死了。你感到自己也在变了，弄不清自己是睡熟，是醒着，是烂了舱底一样烂了脚掌，是锚死了船一样锚在渡口。“干吗这么欺负异乡人——糟老头，当心砸了你吃饭的家伙！”这时你其实不知多么可怜，却又恶声恶气学了恶人来虚张声势。这时岸边什么“咚”了一声，你先一怔，怎么船过河来了，盯着那撑船瘦老头一刻不走眼，那撑船的瘦老头连呵欠也没打一个，仍在那大船头上低着头，这船怎么过来的？你一愣，来的竟是小船，小得可怜，隔着河看时可是条大船，大得骇人。“这船要翻的、要沉的。”仍不敢上去。你朝撑船瘦老头搭讪，那瘦老头还是耷拉着头，不吭不响，小船就无声无息地往回走，你胆战心惊地爬上去，闭着眼睛一边后悔，一边等着船翻船沉，然后，就平安地上了对岸。你装着要赶路忘了给钱的样子，想惩罚那瘦老头，让那瘦老头追在屁股后面喊着要他的血汗钱。走了半天没听到动静，你有点奇怪，忍不住又往回走，撑船老头还和刚见到的那样，坐在大船上。“船钱要不？”你叫了声，还是没动。凭良心碰运气给吧！你这么想，手在口袋里摸索一阵，找出一沓钱，看也不看就扔到那大船上。你还是往回走，后来才知道，错将奶奶的信给了那撑船的瘦老头……

“渴哇——”那先生叫起来。

桂儿连忙倒了一碗水端过去。那先生眼睛半闭半睁，撮着嘴唇在碗里吮吸着。奶奶也进屋了，事少插不上手，一边闲站着，仍看不见那先生在桂儿的大腿上连拧了三把。桂儿一慌，连水带碗地失了手。

“还好，碗没破。”桂儿说。

“先生，还喝么？”奶奶问。

那先生还是眼睛半睁半闭，也不点头也不摇头。

桂儿提醒奶奶该做斋饭了。

“奶奶，我给你抓药去。”

“夜里赶路，别把领扣扣死，遇上恶煞，魂就能钻进怀里藏起来。”

阿波罗还是没回来。

昨晚家里依然没有一点动静，那先生说过要将窗户打开，只要听到窗户响，孙子准定回来了。奶奶听了一夜也没听到窗户响，倒是隔壁桂儿家的窗户每隔一阵就微微响了几下，前后共响了四遍。早饭前那先生掐指一算："往生钱少了八百，那边的土地神不准你孙子离境。"说着就从那黄布包里，一五一十地数出一沓印着血红符号的黄表纸，让奶奶正午时出家门，朝西南方走八百步，点火化了，给孙子送去。

奶奶本来就要在门外张望有没有干部来，现在又要等那送纸钱的时辰，守在门外时更细心了，那先生吃罢斋饭后又说，不要让闲人往屋里乱闯。

奶奶出门，桂儿进门，屋里仍有两个人。

那先生似入定，又眯着眼在嘟哝。

"好模好样，怎么要嫁个大苕？"

"怕是连那好事都不知道干啵？"

没人搭腔。桂儿坐在桌旁守住茶壶茶碗等那先生开口叫口渴，公公曾让人来家提了几次亲，父亲总是不答应。后来，公公亲自来了，一点也不像别人的那副巴结相，那脸的褶皱处还藏着些恶意，父亲就一口应允下来。

"昨夜觉睡好了么？中间没堵墙，我俩就是床挨床。"

"真狠心，窗子就敲烂了还不开门，光着身子白挨了一场冻。"

还是没人搭腔，桂儿坐在桌旁，倒好了茶水，等着那先生叫口渴。那阵子，又哭又闹，家里不得安宁：那家人没财富，没人品，没权势，干吗要让好端端不愁嫁不出去的姑娘去伴比猪还蠢的男人。父母只是叹气不肯解释，等来吉日，还是不得不去给人家做妻子。或许家里有人做了亏心事，被公公拿了把柄。公公住在镇上，人叫他打猎的老灰。

想是那先生没信心了，终于作起法来。

……山风好硬，夹着一股又腥又膻的气味，硬邦邦地朝你扑来。这日月岭一点也不高不壮。初在远处看它，只觉得是苍苍茫茫的森林上凸了几凸。走近了，走进它的腹地时，又认识到它不仅高大壮阔，还高得可怖，壮得骇人。在村外，你说你有钱，要雇个向导，人家不明白，改口说是领路的，就有了乐意干的人，不过开价高得吓人。末了你拍着身上所有的口袋说，只有这些了，实在拿不出更多。人都走了，就留下现在走在前面的这胖老头。胖老头没全要，给你留下一顿饭钱。你很高兴，实际上在内衣暗袋里还藏有一大笔钱。然而，随后你后悔了，悔不该吝惜那几个小钱。胖老头一点也不像那撑船的瘦老头，老说着话，老回头看，听凭两脚踩得白森森的骨殖喳喳响。日月岭实在很久了，胖老头不容否认地连说了几遍：五千年整。那时节，还没有编年史，还没有日历，还没有时钟，刚变成人的猴，能记得这准？你不肯相信，胖老头红眼争辩：这路上的尸骨能做死证，这路上的灵魂能做证。说着，胖老头蹲下来，辨认起几堆骨殖来。麻白，酥黄，像堆放久了的冠生园蛋卷，被兽蚁蛆虫啃得残残缺缺，满地是粉粉屑屑，从眼窝里长出了五棵狗尾巴草，竟然扛得住硬邦邦的山风，弯弯一阵又挺直，再弯弯，再挺直。胖老头硬要拉拢你来细看，还用双手拢着嘴，筒住你的耳朵，说狗尾巴草上有五个灵魂，就住在毛茸茸的小球里面。你一下子就闻到从西安兵马俑，到南京万人坑，从唐山大地震，到金沙江虎跳峡，霉，腐，臭，腥，各门各类的尸体味。“别看了，快走吧！”受不了了，你叫喊起来，地上躺的骷髅也吓了一跳。“等到死了，变成骷髅了，还怕看不够吗？”胖老头想拿起一根腿骨吓唬你，手一碰上去，腿骨竟变成一堆齑粉。于是，那老头就开始变苕了，疯疯癫癫地直往前跑，也不管落没落下你。喊无益，吼无益，只好跟在后面拼命地追，没别的办法，在这森林里一个人非完蛋不可。东南西北、四面八方，早就被胖老头唠叨得稀里糊涂，真的落下时就得在这骷髅堆里过夜，等明天日出，难预料能不能熬到日出，寻回方向。所以追上胖老头，既有点无可奈何，又是无论如何要做到。磷光幽幽地散发着，蚕食完眼睛里的瞳彩，开始变得漆黑了。“卵子！狗卵子！臭狗卵子！”累得快趴下时，你突然用家乡的土语一串串地骂起来。眼看着绕过那棵连初生枝杈也没掉的大柏树就能甩下你时，胖老头猛地折回来，慢慢吞吞地逼近来。你这才知道胖老头能听懂土语，慌了，两手抱着脑袋，准备挨顿揍。那胖老头只是瞪了一眼，肩膀碰肩膀，径直顺来路退回去。“别走哇，这里还有大把钱能赚。”千呼万唤都没效。“我这就跪——赔不是！”一点用处也没有，森林里终于只剩下一个人时，你想有捉魂的野鬼，迷人的山魈，连忙解开领口，塞上耳朵闭紧双唇，两脚瞎忙乎居然绕过了大柏树。哦，一下子就看到月亮下面那条长长的地平线，森林和日月岭就这么过来了……

“水呢——”那先生叫起来。

桂儿连忙将茶碗端过去。

那先生眼睛半闭半睁，撮着嘴唇在碗里吮吸着。

奶奶也进屋了，事少插不上手，一边闲站着，仍看不见那先生在桂儿的大腿上连拧了三把。

桂儿一颤，幸好茶水没泼。

“午时三刻到了。”那先生说。

“午时三刻到了。”桂儿冲着奶奶大声复述一遍。

也是心诚所累，邪煞了顶的事，发生在眼前，奶奶也没看见。

桂儿眼尖，从没把那先生当五十岁的人看。奶奶一出门，那先生就扑上来，双手捧着桂儿的乳房使劲地捏。桂儿身上一阵阵战栗，忍不住呻吟起来。那先生也不停地喘气一边把手插进桂儿裤腰一边说：

“去床上吧！”

“别，这秽气，会惹人家不吉利。”

“去哪？灶屋里有两捆稻草。”

“随你。”

那先生托起桂儿，跑进灶屋，迫不及待地搂在一起扑倒在草堆上。

奶奶回家时，看到先生还在那儿入定，桂儿却趴在桌面上睡着了。奶奶很细心地拈掉桂儿头发上黏着的几根草屑，然后才叫醒她，说是天快黑了，淘铁砂的人要回来了，该回家做晚饭去。桂儿走后，奶奶发觉她坐的椅子上湿漉漉的一片。

这时，那先生伸了伸懒腰，打了个哈欠后收了道场。

“阿波罗今夜能回来么？”

“差不多吧！”

那先生又打了哈欠。奶奶不高兴不是因为这，奶奶以为桂儿湿了那椅子是来了月经。

“奶奶，真的遇上鬼来捉魂怎么办？”

“在路上走时千万别回头，心里默念：公鸡叫了！天打雷了！钟馗是我大舅爷！”

虽然是春天，河水并不比冬天暖和多少，扛着串上磁铁环的木杈的人群都回村了，淘的铁砂每天都是差不多，所以很难将以前和今天收获的心情做出比较。都是这样，从河里起来跑几里山路到家，嘴唇才见到些许血色。阿波罗没死前，他们对奶奶也是这么尊敬，阿波罗成烈士了，他们的尊敬还是往常那副模样。

头一个进村的人问奶奶：“饭熟了么？”

“还没哩。”

“吃饭了么？”最后一个进村的人问奶奶。

“还没哩。”

因为他们走过桂儿家以后所有的家门，都不劳神去啰唆，所以这就是尊敬。

那先生说道场做完了，今晚孙子一定能到家，奶奶就备了些白酒荤菜，请那先生领番谢意。奶奶喜欢桂儿又规矩又活络，没请男人就让她陪着先生。然后，又从那先生手里买了些往生钱，要去中午那地方化了，奶奶怕孙子归时，路上关卡多，要给阿波罗多备些买路钱。

那先生认为已经够了，不过多一点总比少一点稳当。

奶奶于是两只小脚一颠一颤地出门去了。

“那——饭菜是这么留着，还是等你回来再热呢？”桂儿撵到门口了。

“随便，老笨拙了，反正总是没滋味。”奶奶说着，绕过横躺在家门前的一只母猫和一窝猫崽。

这时屋里全黑下来，桂儿点上煤油灯端到桌边，那先生却一边将灯吹灭，一边搂过桂儿，桂儿终于不再拗了，就坐在他怀里，一个酒杯喝酒，一只汤匙喝汤，一双筷子拈菜，一只饭碗吃饭。

“做妻子的滋味我这是初次尝到。”桂儿这时有机会诉说自己的秘密。

“我还以为公公不会放过你这朵手边花。”

“老杂种打了几次主意，我不上他的钩。”

“为什么？”

“女人的事，说得清你们男人也弄不清。真的，这样我害怕，他们会发现的。”

“谁叫那大苕自己没能耐。”

“可他们会揍我，那死男人连他父亲都敢打，打人时就像打畜生。公公又出奇地刁，会想绝招来整我的。”

“我会法术哩，他们不敢。”

“得啦，别的先生做道场，画符念咒谁也懂不了，可你，你在背书，念文章。”

“嘻嘻，反正都是那回事。”那先生的两只手又放肆起来，弄得桂儿不吃不喝直哼哼。那先生却说，“夜长着，再吃点，吃得饱饱的，有劲才快活！”

“那以后呢？”

“愿意跟我去远地方么？”

“去就去，反正我不在乎了。”

“等我赚够了钱，就带你去闯闯，外面那些大地方，你见了就不想回家。”

“一言为定，只要你走，我就走，哪怕就现在。”

“现在不行，钱不够。”

“你就不能朝这家奶奶多收些，她儿子是吃公家饭的有的是钱，三天两头就有人上门来送礼进贡。”

“你去多串些人，明天一早来对这奶奶说，梦见她孙子了。这样我就能多要些钱。”

说这句话时，两个已经走出后门躺在山坡上搂成一团了。

奶奶到底看到那只苍鹰了，不过只是在梦里，苍鹰在她的梦里飞翔了整整一夜，孤单单，凄惨惨，一切可以做伴的东西全没有，身子好沉重，翅膀好沉重，眼睛也好沉重，但仍在顽强地飞翔，整整一夜全没歇息。一会儿由黑点变成苍鹰，一会儿由苍鹰化作黑点。

这么个时辰！这么个境界！这么个飞翔！有人懂得了么？反正奶奶懂不了。

奶奶又空盼了一夜，孙子怎么老是这般辜负、这般不明白老人的一番苦心呢！“阿波罗哇——”奶奶醒来时长吁当哭。

而桂儿却欢天喜地地闯进来。

“表弟回来了，先生真高明。”

“阿波罗在哪儿？”奶奶想笑。

“昨夜他在梦里朝我叫桂儿姐哩，和从前一个样，就是胸前多了个二等功臣章！”

“是吗，我怎么梦不见？”

之后，接二连三地来了许多老少男女，都说梦见了阿波罗，都说先生真高明。

奶奶到底没笑成，一边愣着让人发闷。

“都见着我孙子，就我没见着。进到垸里了，怎么不回自己家？奶奶还活着呢。奶奶还知道想你呢。你躲着奶奶是为了什么？奶奶我可没亏心对待孙子你一回呀！”

奶奶痛苦不堪地死死揪住那先生的手。

“先生，都说你高明，你就替我问问孙子，他怎么不回家，怎么不见奶奶——我好想你呀，阿波罗哇，好孙子啊——先生，我求求你，只要能让孙子回家，要多少钱我都给！”

那先生怔住了，奶奶留他别走，他倒真没准备走，可奶奶硬是要亲自梦见孙子，又让他无可奈何。

勉强不得，又得勉强。

桂儿一旁熬不住时，瞅空拢来撩逗那先生。

先生虽然无法入定，也无心与她做爱。

……那撑船的瘦老头低头坐在舱边，那船大得像座山，那老头瘦得像只猫，这瘦老头怎么撑得动这大船？这河上只有这么条船。那撑船的瘦老头该是睡熟了又像是醒着，那大船舱底烂了又似乎是锚死了。

山风好硬，硬得啷啷响，日月岭不高不壮只是在苍苍茫茫的森林上凸了凸，领路的胖老头听凭两脚踩得白森森的骨殖喳喳响，一只颅骨眼窝里长出五棵狗尾巴草，竟然扛得住硬邦邦的山风，弯弯一阵又挺直，再弯弯，再挺直。胖老头说灵魂就住在那毛茸茸的小球里。

你曾错将奶奶的信作钱给了那撑船的瘦老头，你曾由于领路的胖老头拉扯着看骨殖，一下子就闻到西安兵马俑、南京万人坑、唐山大地震、金沙江虎跳峡中各门各类的尸体味……

那先生重复着唠叨。

夜深人静时，那先生还会溜进桂儿的房里寻欢作乐。

奶奶还会有那醒着的盼望，梦里的守候。

下一个早晨，奶奶从一只梳妆匣里掏出一只布包，又从布包里掏出一只纸包，打开来，一大沓人民币堆在桌面上。奶奶和那先生说，这是上面发给孙子的八百元抚恤金，只要他能招回孙子的魂，这钱全给了他。

那先生犯难苕了。

桂儿推推他。

“你怎么比我那男人还苕？”

“这钱不好拿。”

“蠢极了。有这钱我们可以逃走哇。”

那先生瞪了桂儿一眼。

“你没看到这钱里面全是血么？”

“奶奶，真的让鬼捉了魂去怎么办？”

“它会让喝一碗汤，那叫迷魂汤，千万不能喝，喝了转世投胎就不认家人了。”

道士僧人就怕这样的信徒。

那先生实在不知奶奶这么笃信虔诚，这么执拗古怪，若知道就不会来，宁可少了这家生意。眼下，只落得个干瞪眼发急，锣敲破，法施尽，阿波罗就是不肯入奶奶的梦，叫先生无计可施了。

那先生踱出屋外时，奶奶从后面扯住他。

“先生你别走，别扔下不管了哇。”

“不走，我是不走。你孙子死得好壮烈，能招回他的魂，做先生的我也荣耀三分。”

那早晨是苍白的。太阳还懒着身子没出山，惨淡的雾从房前屋后一直铺到远远近近四面八方的大山深处。近处的浅绿，萦萦绕绕到了远处，就变成黛青。也不知奶奶活到如今明白这些没有，远处的青在近处却是绿，远处的白在近处却是灰。西河倒是清汪汪的，汤汤于眼底。沙洲上有几座沙墩，再早的天那上面的青草也是绿油油的。桃花汛的季节，这沙墩上会留下厚厚一层春水携来的花瓣。阿波罗曾凫水过去，捋了一大篮子，提回家撒给羊，羊不吃。撒给牛，牛不吃。撒给兔，兔不吃。桂儿瞧了一眼说水浸了不香，就没再看它。阿波罗只好将花瓣倾进猪栏里。阿波罗走后，沙墩就没了，在磁铁环的碾轧下，淘铁砂的人群将沙墩夷为沙洲，只剩下汪汪流泻的河水仍一如既往。就那一次，阿波罗再也没有下到西河去捞花瓣了。

“别这么出苕力，到我家歇歇吧。没别人了。你家在哪儿？”桂儿盯住那先生。

“那儿。”他指了指远山上根本看不清的地方，一片山峦被迷蒙的雾障笼罩着。

“回了娘家依然还是姑娘。”桂儿拍了拍小床上的那只枕头，“在婆家时，我明里是妻子，暗里是姑娘。可现在我却明里是姑娘，暗里是妻子了。”

桂儿眼睛里热气灼人，搂着那先生往床上去。

那先生一脸倦容，用力推开她：“别到了歪颈树还不弯腰。往后快活日子长着呢。”

“你真想把魂招回来？”

“真想。那阵子见到老奶奶要用抚恤金换回孙子的魂，都快掉眼泪了。”

“是吗？我倒有个法子。”

“什么？”

“你得先答应，再来一回。”

“你瘾真大。”

“全怪你撩的。”

“说吧。”

桂儿指着墙上的九大元帅像说：“阿波罗死在战场上，这军人就得听司令元帅的。你这么换花样，老奶奶准信。”

半天没见到先生的影子，奶奶还以为是法术不高走了。

那先生终于回到屋里时脸色有些发白，手里拿着一大卷纸，展开来却是九大元帅的画像。

“老奶奶，是我不好——是我无能，不能让您老早早如愿。”那先生垂着头。

“先生高明，还能使新招。”奶奶说。

“忘了阿波罗是战士，是战死沙场的，那战死的地方就是他的阵地，人死了魂仍守在那阵地上，没有接到命令，他是不会往回撤的。”

说怪就怪，那先生说话时竟哽哽咽咽，两颗泪珠绕着眼窝打转。

奶奶看不清那泪珠，只听出那先生动了真情，也就忍不住抽抽噎噎起来。

“孙子都死了，我这把老骨头留在世上有何益处呢。”

“他今晚一定能到家的。”

“那谢先生你了。孙子什么时候到家，这抚恤金什么时候全给你。”

那先生不理会桂儿在后面扯着衣襟提醒，一把拉住老奶奶的手说：

“我不能收，那点钱是阿波罗拿命换的，我不能这样黑心烂肺，不做人味！”

“魂即是命，命也是魂。先生，你快别这么说，快别自己咒自己了！”

黄昏时的迷茫暮色里，朱老总的画像居中，其余八位分两侧立在那山包上。每天黄昏时始终在这里盘旋的那只苍鹰仍在绕着山包盘旋。那先生说，这会是那捉人生魂的坏物的化身，得去了它。桂儿的爸爸扛来一支火铳，轰的一响，那苍鹰不再盘旋，直挺挺地从空中扎下来，跌入附近崖间。

本是一身青皂，在黄昏里那先生的打扮全变成了墨黑。他单腿跪下朝西南方拜了八拜，又双腿跪下东西南北地拜了八拜，这才举起一只杏黄三角令旗，山岩一样的二十四个男人，三个一伙站定了八个角。

连桂儿都毛森森地说，那先生动真功了。

真的招魂大法，阿波罗真的能回来么。

“远在越南国的阿波罗，有令传来，你听真了——”

那先生突然撕裂嗓门暴喊起来。紧接着的是一切消失后的死寂。只留下片刻后那先生梦呓般的喃喃，和男人们苍凉的和声。

“朱老总，大元帅，骑着白龙马，已把命令下，阿波罗，回来吧！”

回来吧——阿波罗！

男人们憋足气一齐叫着。

“二元帅，本姓刘，骑着枣红骝，已把命令下，阿波罗，回来吧！”

回来吧——阿波罗！

运足气男人们又喊起来。

“三元帅，本姓彭，骑着雪里骏，已把命令下，阿波罗，回来吧！”

回来吧——阿波罗！

第一声喊的回声已传回来了，男人们的喊声更苍凉了些。

“四元帅，本姓陈，骑着草上骎，已把命令下，阿波罗，回来吧！”

回来吧——阿波罗——

第二声喊的回声也传了回来，男人们喊声中的苍凉溶出了阴森。

“五元帅，本姓徐，骑着追风骐，已把命令下，阿波罗，回来吧！”

回来吧——阿波罗——

这时，回声喊声连成一片，云潮不再涨，雾潮不再落，只把这漫天的黄昏，抛在这大潮中山包的黑浪上，一片一片地揉薄震散。

六元帅，本姓贺，骑着……

七元帅，本姓……

八元帅……

九……

回来吧，阿波罗。

回来吧——

那个黄昏的最后一声呼喊，没有石破天惊的震响，只是像低回的山风一样低沉地哼哼，并在最后悄悄地全部融进山风里去。

那先生骤然站起来，刚一迈步，又骤然跌倒在山坡上。

奶奶亦步亦趋走上去，一道白光一晃，身着白警服的儿子出现在眼前。

那先生不敢爬起来，跪在地上。

“梅所长，这不怪我。是这老奶奶硬拉我来的。我说了，这事不能再做，做了犯法。老奶奶硬不听。梅所长，这次你一定要给我些文件，以后再有人来请我去搞迷信，就拿出文件让他们看，还能做宣传。”

儿子被奶奶挡在身后。

“先生，你别怕，有我哩。”

“梅所长，你亲眼看见了吧，不能怪我。当然，真要抓，我也服罪。”

那先生从奶奶肩上探出头说着冤枉。

没去理睬那先生，儿子扶住奶奶。

“妈，外面好凉，请回吧！”

那先生惊呆了，心里自语：怎么派出所梅所长会是这老奶奶的儿子？奶奶招呼他返回也没听见，那先生一直这么待着，直到所有的人都走了，山包上只剩下自己和桂儿。桂儿要收回自己家的那些画像。

“走哩。让你回去吃饭哩。”桂儿推搡一下，“你怕那梅所长？”

那先生忽地乐了：“狗卵子才怕！这是给他儿子招魂，他敢抓我！我还要上他家做客坐首席讨几杯酒喝！”说着就亲了桂儿一下。

“那钱我要了！”

“什么钱？”

“八百元抚恤金呀！”

“不是不能要，要了黑心烂肺么？”

“派出所梅所长家的，不要白不要。妈的，谁让他将老子关了三次！”

后半夜，下雨了。下雨了，奶奶并不知道，只想做一个梦，好好的一个梦见孙子的梦。没有了星光与月影的寂静，春雨不厌其烦地哗哗啦啦，滴滴溅溅，洋洋洒洒。春夜失去了往日的妩媚与神秘，而变得有了几分雄奇与严峻。窗纸扑扑、扑扑地响了又响，往日，总是阿波罗在嚷嚷，下雨了。下雨了。又下雨了。谁来告诉奶奶？

长久地，人都说春夜难眠。那夜里有谁没睡着呢？

一大早，那先生、桂儿就来探听昨夜的消息。

儿子很不高兴地叫了声母亲，然后就去推那虚掩的门。

奶奶一夜梦真长，还没醒。

奶奶该是累了。推一推。仍不醒。再推推，仍不醒。

奶奶不会再醒了，带着满脸惬意的微笑，长久地，长久地，入梦了。

那先生叹了一口气。要走，却被吼住。这一声吼，又够他去派出所拘留室蹲三五天的。

所有的人都在，就只少了奶奶，儿子说。前些时奶奶曾说，所有的人都在，就只少了阿波罗。

其实并不只少了奶奶。直到派出梅所长查找起奶奶梳妆匣里的那笔抚恤金，直到那公公领着苕儿子又来要人，村里的人才知道，桂儿不知去哪儿了。

半空里又出现一只黑点，两天没见的那只苍鹰又出现了，一刻不停地绕着山包盘旋，又宽又厚的毛茸茸身子一定是伤得不轻，常常一晃一晃地，没有人觉得那不是苍鹰的滑翔，而是山在盘旋飘荡。

奶奶永远也抬不起头看了。

（本篇为系列小说《大别山之迷》之三）

一九八六年十二月于英山县文化馆

大 水

金碧辉煌的暮云笼罩着鲤鱼潭，数十年不见此景象了。

都说这是金鲤鱼显形。

山里要发旱大水了。

“大水快要下来了。”

“如何也得赶在它之前捞起红石牛。”

“那武瞎子，老爷子还会战胜你的。”

有人舀起一瓢水浇在油亮的脑壳上，默默地对自己说着许多，并继续埋身在木船船舱中。从上游谷地豁口里领着一泓白亮河水荡漾而来的山风，撩起那只空洞洞、飘悠悠的左衣袖，又将它按落在鲤鱼潭粼粼小波之间。

这独臂佬应该年逾七十才对。

他从船舱里一瓢一瓢地向外舀着水。

木船在一厘一厘地从水中浮起。

这水是自己刚才一瓢一瓢地舀进船舱的。

这木船是自己刚才一厘一厘地让它下沉的。

终于水舀完了船不再上浮。独臂佬扑通一下跳入鲤鱼潭，划着水三下两下爬上岸后，将系在一棵大枫树上、连接木船的已经松弛的绳索重新绷紧。他回到船上，瞅了瞅船边那没入水中的绳索，一声没吭地重又舀起水来。

当然这一次是向船舱里面舀。

“还得重复十三次。”

独臂佬一直在用心记着数。

黄昏的某个时候，终于数完了两天前就知道的那个数。独臂佬系好绳索后，一口气抽了五支香烟才回到船上。但是，他愣住了！这白石牛是河那边武瞎子那一族人的，而郑家的镇水神牛是红色的。他恼怒地挥起大铁锤。

“看你武瞎子还神不神气！”

“看你武瞎子建得了多少高楼大厦！”

再次沉掉白石牛时，独臂佬几天来一直带在身边的大铁锤，敲碎了它的两只弯角，一开始他还不明白自己怎么总带着这笨家伙，这一时刻才知道，一切还在人的不明不白中早就有了安排。

独臂佬独自拖着船，逆水行舟时已经没有了沮丧，他在想：又得请那捉鳖佬潜入潭底，找到真正的红石牛，并用绳子系牢，却没有了雇人的工钱。然而，天明以后一定会在鲤鱼潭重新开始他的打捞工作的。这是独臂佬还在暑气急剧退却的漆黑石滩上，吃力地行走时，望见家门透出一方灯光，就已经决定了的：一定是儿子回家了，就让他下水去。

“将军大伯，抓住金鲤鱼没有？”

两个年轻的牛皮贩子，站在河中心的一块石步上，等着让独臂佬与他的木船先行通过。打头来的那个称呼使独臂佬饶了一顿骂。

“臭嘴！不是爷老子丢只胳膊换一片江山，你两个鸟蛋还不知道往哪里生！”

“对对！红二十五军在陶家河出发长征时，您就是副营长了，若不是缺条胳膊不让跟着队伍，您早就做了将军。”

这话本是自己说惯了的，独臂佬知道牛皮贩子在学舌。

“给我点支香烟！”

牛皮贩子的气体打火机有股怪味。独臂佬盯着那霍地蹿出老远的呼呼火苗，猛想起：闹暴动那年，河对岸那座巨大河摆上架着的马克辛重机枪就是喷着这样的火焰。他呸地将唾沫与香烟一齐吐在紧握打火机的那只手上。

“滚！”

独臂佬突然发起火来。

这条河上下左右许许多多的山丘峡谷全都属于大别山。

这条河叫西河。

河中鲤鱼潭里的确住着一条金鲤鱼，若不然，隔着水对峙的两座河摆上安放的镇水宝物，怎么老是随着洪流跑进潭中？山水喧嚣肆虐的季节，白石牛和红石牛较着劲儿比试，总想将对方击败，假如白石牛败了，对岸那座河摆就会崩塌，白石牛就会去潭中向金鲤鱼发泄心中愤懑。山水过后，对岸的那些大户人家就会重新垒起河摆，并焚香沐浴，从潭中请回白石牛。独臂佬小时候爱听老人们这么絮絮叙述，如今自己老了时，却少有人爱听了。但是，白石牛什么时候不再去鲤鱼潭，卧在那河摆上高枕无忧？时至今日独臂佬从未、从未见到过属于他们郑家的红石牛。在他亲手垒起的这座河摆上，没有红石牛，惊涛骇浪才会冲刷他那黄泥小屋前的土岸沙堤，吞噬着他那残犁瘦牛耕耘过的麦地稻田。据说，金鲤鱼、白石牛和红石牛都是大禹王治水时留下的，先圣本意是让这对神牛锁住曾在北方黄河中作孽多端的金鲤鱼，只是在大禹王走后第五百年的那个春天，为了争夺河中草滩它们闹翻了。这种情形一直持续到河那边一个非常富有、非常有地位的人弄到一道诏书，将红石牛永远贬入鲤鱼潭。在这之前很早草滩就开始变成石滩了。

那时候，独臂佬的老太爷已经来到人世。

后来他一岁生日时，全族人聚在祠堂里，对着祖先滴血盟誓：哪怕全族人都去讨米叫花，也一定要将他培养成能够盖过河那边武姓人家的人。他们先后为他请了不少教书匠，但无人能待上半个月，不是被河那边的人吓跑，就是被诱走。十六岁了，他就要出远门时，白石牛蜷伏的河摆上出现了一个骑大马、穿军装却又架着一副金丝眼镜的人。独臂佬出外去读书，正是冲着这已经在外面进了洋学堂的武尚文而来的。

武尚文一身戎装耀武扬威地在西河里策马奔驰，有几次马蹄激起的水珠都溅到他的脸上。这一变化是他的父老们所未料及的。“武瞎子当了国军连长，有百十条钢枪听他调遣。”“听说蒋委员长还是他的校长！”夜里偷着议论的这话惹怒了他。怕什么，反正是誓不两立了，那武瞎子能当兵吃粮我就不敢?！这以后的一个黑夜里，独臂佬同共产党的地下组织接上了头。在如今的县革命历史纪念馆里称为“三·二暴动”的那场战斗中，武瞎子被赶走了，白石牛被扔进鲤鱼潭。当时独臂佬无暇请回他们的红石牛，因为武瞎子领着两个营兵马打了回来，吐着气体打火机一般火焰的马克辛重机枪，从对岸河摆上扫射过来，赤卫队员一片片地倒在郑家河摆旁的山坡上。

从此，这条西河成了白区与苏区各自的天然屏障。

将近半夜，月亮升到了西河正中，亘古不变的山巅矗立在昏暗的空中，黑漆漆莽莽然群山垒成的帷幔上，独臂佬漆亮的脊背闪烁着斑斑的黑色釉光，河水断断续续拍打着岸边沙砾的音响，更加深了这沉闷的寂静。

独臂佬坐在河摆上，在一阵一阵干咳的间隙中拼命地抽着烟。他背对着河水，眼前萤火虫一般忽闪的油灯早已熄灭了，身后，对岸那串串耀眼的电灯即使是倒映在水中也依然刺眼。有好些时，他没在白日里来这儿一边歇息一边沉湎了。

那一天，他在这儿瞧见特赦回来的西装革履鹤发童颜的武瞎子，在一群气度不凡的人的簇拥下，站在过去那河摆的位置上，面对着他、他的河摆和他的黄泥小屋笑得前倾后仰。只过一夜，石滩上开来了一队建筑工人，那武瞎子要重修河摆，并且不再用块石头而是用钢筋混凝土！这之前的两年间武家在国外的前辈与后人寄回了大笔的款项。像是变戏法，只一个恍惚，西河两岸同样点了几辈人的油灯，河那边却换成了电灯；一样设在祠堂里的小学校，河那边却搬进了高楼大厦。而且武氏祠也作为什么古建筑，由省里拨来专款修缮一新。

那一次捉鳖佬在河里冲着他打了个招呼。

“鳌鱼眨眼了是不是？”

“野狗放屁，撒不了三滴尿！”

捉鳖佬爬上河摆来，独臂佬连忙揩揩眼睛。

“啧——犯得着么？人老眼泪贵如金嘛！”

“不瞒你，我这心里难受。”

“老哥，瞅着河对面我这眼睛也红了，比当年闹暴动的红旗还要红。”

一阵不算太长的沉默。

“记得你五叔的坟墓么？”独臂佬问。

“又想考我。喏，这一排靠南第五座。”

“还是错。你五叔那坟墓现在是第四座了，原先的第四座是那个说话像鸟音的政委睡的，今年清明节，家里来人将他运回广东去了。”

“唉，这世道——我看还是谁有钱谁就是老大。听说武家的那些人，从国外整飞机整轮船地将美国钱往家里运。听说武瞎子的老岳父从南洋菲律宾捐回一大笔钱，在县城里建一座图书馆，那房子听说比一旁的烈士碑还高……”

“听说！听说！听说过蒋介石还阳没有！”独臂佬挥手甩下一把眼泪。

“不愿听我还不愿说呢！捉了一辈子鳖，刚交上好运，一斤就能卖十二元五角，我这四只老鳖就足足顶得上你每月四十五元抚恤金！不过姓武的那伙人才算是拣了金瓜。那些狗卵子，上午收到一封信，下午就成了万元户。真是家书抵万金。若是再来一次土改才叫过瘾。”

老远处捉鳖佬还在喋喋不休。

河摆旁边的山坡上埋着八十二位战友，独臂佬给这些坟墓都添过土后，心里平静了些。甚至大体说来，他已经稍微轻松了些，眼泪被风吹干了，头晕也减轻了，关键是那只断臂似乎不再痛了，所以他才决定进城去，找过去是县长而今在县里当政协主席的儿子了解些情况。

当街碰上了牛皮贩子。他望见那楼虽高也不过是与烈士碑平起平坐。

“这是图书馆么？”独臂佬对判断不放心。

“没错！这是闻金堂老先生捐建的，够高吧，将军大伯？不过还有三层没建呢！”牛皮贩子抢着说了几句，又同待在一旁的几个人，添几元减几元地讨价还价去了。

捉鳖佬那话倒没假了。一惊之下他先去烈士碑下的纪念馆。

在纪念馆门前独臂佬意外遇见了儿子。

“父！”

“嗯。”

“您要来怎不先捎个信？”

“老子看儿子未必还得下批文。”

“不是，闻老先生从菲律宾回来了，正在里面参观。你们过去那种关系，不先做好安排会影响县里的统战工作！”

“什么话？呸！”

独臂佬的儿子挨唾了。

“我早就要问他将你的两个姑姑弄到哪儿去了。别拦着我！”

已经不是动真格的年岁了，独臂佬被儿子轻而易举地制服。待他冲进纪念馆大厅时，已不见了闻老先生。

“我的刀呢？”

“我的那把大刀哪里去了？”

从前一直在这儿展出的那把锈蚀斑斑的大刀不见了，唯有那只铺着金丝绒的展柜空荡荡的放在角落里。用不着说独臂佬也明白：没有谁比他独臂佬和那闻老先生翁婿俩更清楚这刀的来龙去脉，如果不是某些人担心闻老先生看见后影响统战工作而将刀藏起来，鬼才相信！

儿子唤人捧出那把刀。

独臂佬劈手夺过他的刀，头也不回地怒气冲冲地往外走。

“郑超武同志，别忘了你的党性！”

“郑能国同志，你也别忘了要讲党格！”

儿子的厉声斥责使独臂佬冷不愣丁地冒出一句叫所有人都没能再开腔的话来。独臂佬带着大刀，回到八十二烈士墓地里流了整整一夜眼泪。有人走到近前陪着蹲了许久后，他才觉察到。

“你怎么又哭上了……自己的身子自己爱，这个岁数了，经不住这么哭几回……这只老鳖你拿去补补阴阳！”

捉鳖佬惶惶地劝劝歇歇，歇歇劝劝，临要走开时独臂佬才开口。

“听说过红石牛么？”

“知道，在鲤鱼潭里。”

“求你帮忙捞起来。”

“如今这骨架恐怕不行了。”

“只要下到潭底将绳子系好就行。”

“说说容易，不定是活着进水死了出水。”

“你心里的纽丝纽我知道。我兜里的抚恤金还有三十元，全给了你。”

“老哥哥别怪，这玩命的事就得先准备好棺材钱。试试吧，不成不取分文。就算捞得上来，谁帮你运到这河摆上来呀？”

“谁告诉你红石牛要搬到这儿来的！”独臂佬勃然大怒。

“你这是冲谁呀！越老越古怪。还是我这样好，前三十年捉王八，后三十年捉老鳖，既无远虑又无近忧……”

后来，后来捞起的却是白石牛。

当然，这怪不了捉鳖佬，潭底几丈深谁能看清是白是红。

独臂佬咳嗽得更厉害了。空气中弥漫着浓烈的混凝土气味。钢筋混凝土又怎么样，只要请回红石牛就一定能够战胜它的！他认定了。西河在静静流淌，石滩在呼呼喧闹，它们还像一百年、一千年前一样放任自己的性子。可是独臂佬已力不从心了，他想到“一定能战胜它”时，心律的搏动已远不如从前强劲，半个夏天还没过完，衰老更显著了，腰弯背曲走路蹒跚如同瘦牛一样，脸上的红晕也只是发怒时才会忽闪忽闪地显现，眼膜上蒙着的那层白翳和堆在眼角的那些白色分泌物，就像背阴地角里冬季的霜花。这也是他不敢在白日里来到河摆上的部分原因。

儿子第三次来唤了。

“太凉了，该进屋睡去。”

“想睡你就睡去！”

独臂佬已不像傍晚进屋时冲着儿子臭骂时那般怒火中烧了。父亲和儿子在一张木床上紧紧相偎。三十多年前，从武家分浮财得到的那张清代雕花木床，让父子俩生平第一次舒舒服服睡了一觉。前年搞文物普查时，独臂佬二话没说就捐献给县文物管理所。如今这床太窄太挤了，无论是儿子还是父亲都无法入睡。

儿子到底是儿子，撑不住冷寂先开了口。

“军区来人了。要见见您。是写二十五军军史的。”

“等着要发旱大水，隔几天再说。”

干咳将独臂佬的话截成几截。

“知道您在惦念那河摆。人家是纪念黄埔军校同学一九三五年在这儿的那次大聚会，省政协的两位常委也在其中，不是冲您来的。”

“冲我？我是老几？那河摆是他们的荣耀，山上那八十二烈士全是一九三〇年那一次——那挺马克辛重机枪干的……”

在窗外最低的山凹处，黎明在眨着睡意惺忪的眼睛。

大禹王也许是无力制服金鲤鱼才让它从北方平原来到南方丛山。这西河原本不过盈丈宽，年复年，载连载，白石牛驾着河摆将山水斜刺冲向对岸，红石牛以同样的方法施以那没完没了的报复。于是良田变成了嶙峋的石滩。于是清溪变成了混浊的大河。你得到了什么好处？谁也别想捞着便宜！在白石牛、红石牛连绵不绝的争吵中，金鲤鱼也都有了遗憾——等到草滩没了你们就无暇争斗了。

独臂佬就躺在鲤鱼潭边那块稀疏的草滩上，一眼望去，周围全是流沙砾石。

“父，捉鳖佬都没把握的事，我能行吗？”

“怎么不行。那年在外婆家门前的水塘里，你一个猛子扎了二十多丈远，露出一只光屁股，去逗那在水边洗衣服的你小舅舅的新娘子。”

“这多年了您还记得！”

“连你外公被武瞎子的下属打死时的情形也一点没忘。”

“别提那些事，我这就下水。”

“等一等，有件事忘了问。河那边也被划为苏区，这事可是真的？”独臂佬有些迫不及待地坐起来。

“没错。”

“凭什么？你扳着手指数一数，那十几年中，他们朝这边做过多少坏事？”

“因为一九四七年刘邓首长的司令部曾设在武家祠堂里。”

“满打满算也不过是在那东西都藏得光光的空屋里开了一次会，歇了几天脚——混……账！”

儿子见势不妙赶忙嗤的一声隐入潭中。一只大气泡静静地在原地盘旋晃荡，河谷的早晨无声无息，一道微弱的霞光映出气泡上的五彩，随着，太阳轰地涌出远处的山坳。

守着大枫树下的绳索，独臂佬盯住在船上舀水的儿子，这家伙一点也不像当年的他。武瞎子他们为什么要逃？长江边上那一仗，刘邓大军把武瞎子连同手下一个整师的人马，一个布袋阵就包了个干干净净。独臂佬没有同人群一起冲过河去，哄抢武瞎子的家人来不及带走的东西，他跑到河摆旁边就停下了。他要垒起被武瞎子的炮火夷平的河摆。独臂佬直到为埋在山坡上的战友们一人垒了一块石碑后，才冲着八十二烈士墓呜咽着，我们又胜利了。他那时也能够一口气憋足，在鲤鱼潭底待上老长一阵。河摆垒起来后，像儿子现在这样，独臂佬从船舱里拼命地朝外舀水，那水哗哗啦啦地洒到整个潭面上，而儿子却在一次一次有力地将舀起来的水倾在同一目标处。当初也是那捉鳖佬站在潭边，说：“老哥，别不放心，如今没有红石牛坐镇我们这河摆也塌不了。”独臂佬一愣，随即擂着舱板大笑，然后接过岸边扔来的鳖刀，砍断了坠在船边的绳索，木船晃了一阵，他想听听红石牛重归潭底的骚动声，但仿佛之中的轻轻一声“砰”过后，一切都像化为虚无了。这一年，独臂佬老婆却病死了，工作队又帮他找了一个十八岁女人。成亲的那天晚上，他让十三岁的儿子拿着粪舀，将这位武瞎子叔叔的五姨太赶出家门。谁知后来她竟当上了县民政局局长，独臂佬每月四十五元抚恤金，还得由这女人批准。

“紧紧绳子。”儿子在船上叫起来。

独臂佬不知怎的睡上了，儿子那有节奏的舀水声，无论如何不是一首催眠曲，当他从沉甸甸的梦境中醒过来的时候，一定还会有常常有过的那种睡梦之后的不安：我没有生病，我没糊涂，我仅仅是比从前多长了几岁，我的心这么难受是为了什么呢……

“歇歇就歇歇。”

躺在独臂佬身边，儿子明显地感到，父亲突然瘦得厉害，憔悴不堪，神情萎缩，筋疲力尽了，只是那一丛胡须，还是和往日一样粗硬和浓密。如果不是近处有人向他走来，他真想回到孩提时代，一边用脸庞蹭着父亲的下巴，一边用手抚着那光秃秃的断臂。从前，因父亲他自豪了整个少年时代和青年时代，他模仿父亲的一招一式，幻想着像父亲那样抡着大刀，成为一名真正的独臂将军。而在这一刻里，他只有怜爱和惋惜。

……还在醒来之前，就听到大枫树下有踩水声和说话声。当不惯政协主席的前县长，说话时怎么会这般卑谦，是什么人的到来能叫儿子安分了些，不过也可能是儿子舀水累了暂时无力支起身上那副政治家的架势。

“谁来过？”独臂佬的眼睛半睁半闭。

“省里的专家，去一个叫美女现羞的地方考察矿泉水，路过这儿。”他有一半瞒着父亲，刚才武瞎子亲自来请他过河去赴家宴。作为政协主席，这才是他此行的主要目的，并顺路看一看越老越倔的父亲。

独臂佬坐起来用手掌遮在眉间，眯着眼睛一边眺望一边自语：“怎么，前面那牵牛的人像是老篾匠，那年从队伍上下来后，在他家躲了整两年……”

儿子不肯听，又回到船上叫开了。

“紧紧绳子！”

独臂佬不敢怠慢，绕着大枫树顺转三圈松开绳子，又绕着大枫树反转三圈匝紧绳子。然后，他不得不走到小沙丘后面的一处水洼边，他要洗洗在瞌睡时被汗气粘在脸上的几只蠓虫和被黑蚂蚁爬得痒痒的脖子，而几只破烂不堪的牛皮纸袋在鲤鱼潭上懒洋洋地漂浮着，贴着对岸水线的一道灰不溜秋的脏水，从上面河摆工地一直拖进鲤鱼潭，潭水发出一种让人恶心的怪味。独臂佬咧咧啧啧地骂出一串脏话，因为太阳把水洼里的水晒得滚烫滚烫。

红石牛重见天日了。

儿子在挨了两耳光以后，终于认识到没有必要在发怒的父亲面前发怒，只是剁碎了那只舀水用的葫芦瓢。

独臂佬捧起一掬掬水细心地擦着红石牛身上的斑斑淤泥，就像把酒壮别出征的将士，不让它在踏上征途之际，被人看了觉得军容不整，士气不高。红石牛不像儿子那样叫他大失所望：神弓似的一对弯角赤红赤红，铁鼎一般两双硬蹄也赤红赤红；在那场暴动面对着那挺马克辛重机枪后，爬过了横卧石滩的战友的尸体，爬过了血腥袭人的死寂荒山，他独自一人撵上撤往大别山腹地的暴动主力时，那刀那手那脚也是赤红赤红的。

一声吆喝，红石牛乘着木船出征了。

河水沉缓地撞向船头，潮湿的热浪冲击着独臂佬，沙砾摩擦着船底的声音，一点也没动摇这猛烈健壮起来的老人。

“你这逆子！”

趁着儿子还未在眼际消失，独臂佬在心里狠狠地骂了一句。怎么能够答应让武瞎子他们出钱修建八十二烈士陵园，赞助也不行，让武瞎子开口说出这话来，就是天大侮辱。十万美元！十万美元！儿子他们如今就知道垂涎这些！

他揍他时还不只因为这。

“当年刘司令和邓政委骑着马站在河那边的山矶上，指着下游的祭天塔说：真像是回到了延安。这话到底是谁说的？”

在红石牛搬到船上后，歇息时儿子问父亲。

“说一百遍了，是刘司令。”

“您没准记错？会不会是邓政委？”

“不可能。邓政委身子矮，那马又高又大，他上马时，我连忙搬块石头垫脚，刘司令还取笑他。”

“若是邓政委说这话该多好！”

儿子不无遗憾使独臂佬很是费解。

“你又问这些干吗？”

“县里要在刘邓首长立马说这话的地方修建一座苏区纪念塔，同时纪念刘邓大军挺进大别山四十周年。我是特意回来慎重问一下，看您是不是把说话的人记错了。”

“又在河那边？”

“嗯！闻老先生他们答应请法国人铸造一座刘邓首长并肩勒马的青铜塑像——”

没想到苏区会在今天被出卖！独臂佬于是揍了儿子，他对他毫不留情，甚至想将儿子缚在红石牛上沉入潭底。

这样做岂止是生气。

儿子离开时，就在独臂佬的眼皮底下。

儿子越过流水最深最急处向河那边石滩走去时说：“你们只会拼拼杀杀，根本不懂政治。”

在那边石滩上，儿子蹬上黑皮鞋，扣好白衬衣，在用五指梳理着头发时，特意回过头来看了独臂佬一眼。

独臂佬仍在独自拖着船。

牛皮贩子又在那石阶上等着给他让路。

“哟，真得着宝贝了。”

“怪不得，我家老头说将军大伯您是福将！”

记起来了，说话的这高个子是捉鳖佬五十八岁时生下的独生子，独臂佬去他家喝喜酒时，还笑骂着说是借了野种。

“其实没有神牛借力，您也能打败武瞎子，那建筑队让私人承包了，混凝土里尽是沙子，省下水泥偷卖了分红。”

“这种河摆，您老撒泡尿也冲得垮。”

走在船头前面，独臂佬不屑一顾地与牛皮贩子擦身而过。水面上又飘来半只水泥袋，他略一躲闪，身后的船头也歪了尺许，船舷擦上了牛皮贩子站着的那块石阶。在咔嚓咔嚓的响声中，独臂佬没有听见那几句冲着红石牛的悄悄话。

“肯定是件珍贵文物。”

“能弄到广州肯定能顶上千把张牛皮。”

“得盯紧点，别让文物管理所先下了手。”

“还有黑马二那伙人。”

此时太阳已经下山而月亮还未出山。黑蒙蒙的天幕无所不在地席卷着每个角落。唯有水面在这映照中仿佛更清晰了，仿佛天际中所有的光亮全部压印在水面上，以至于蜿蜒蛇行的流水在独臂佬的眼前呈现出纵深坦荡、粼光无垠的景象。他穿着那由于汗水与河水而变得湿漉漉的衣服已有大半天了，所以他早就没什么感觉了。独臂佬稳稳地一个劲地往前拖，没有一点吃力，没有一点拖沓。木船快捷地行驶在石滩沙砾之间，细流浅水之上。不知从哪个时刻起，他突然觉得不是自己在拖拽木船，而是木船在反推着他。他并不想走得太快，缓慢的沉重的历史感节奏，应该更合自己的心律。

放慢点。再放慢点。

哎哟，木船竟撞着了脚后跟。

“你两个小卵子，捣什么鬼？”独臂佬冲着在后面推船的牛皮贩子吼开了。

“帮帮。给您老帮帮。”

“是叫红石牛迷的。”捉鳖佬的儿子也跟着讪讪，“从没见到这神气的宝物，只想饱饱眼福。”

独臂佬心里一动。

“给我点支香烟。”

“饶着点，不敢再得罪了。”

“来吧，就用那带气的玩意。点！”

“马克辛”又喷火舌了！独臂佬并没有点香烟，瞧着那气体打火机喷出的火焰好一会儿，才忽地“扑哧”一声将它吹熄。

支走了两个年轻人，他掏出火柴给自己点上香烟，刚刚吸了半口，又忍不住哈哈大笑起来。

突然，石滩上响起捉鳖佬儿子的喊声：

“捉奸啦！捉奸啦！”

就在一愣之间，两个光着下身的男女，从木船前面不远处慌慌张张地向河那边跑过去。

“裙子掉了。”那女的说。

“回城去给你买件进口的。”男的在喘着气。

独臂佬明白，这是武瞎子请来修河摆的人。幸亏歇了这一歇。撞见那种野事就活该倒霉。他颇为庆幸地想。

隔了几个朝代，红石牛又回到河摆上。

那天里，捉鳖佬提着一篓老鳖走进门，不待独臂佬开口，呼呼啦啦全倒进砂锅。文火煨了三滚，武火炖了三滚后，两个人一边绵绵絮絮唠唠叨叨，一边慢嚼慢咽细品细尝，喝尽了三瓶古泉清大曲后，捉鳖佬枕着桌上的碟子睡着了，而独臂佬仍然能够踉踉跄跄地走到河摆上的红石牛身旁。这身子残废了半辈子的老人醉了，并且心也醉了。

在那记不清说不准的年代，金鲤鱼也醉了，红石牛和白石牛的四只犄角只要搏杀到一块它就会醉。金鲤鱼在艾怨之余又暗暗敬佩大禹王，每逢这时，它就会不明不白地说：“你俩无论谁胜谁负，终归全免不了那最后的悔恨。”

金鲤鱼这话被红石牛的一个响鼻，被白石牛的一声尾鞭，遮盖得只剩下无以连贯的几个断断续续无意义的字。

父亲这酒醉得正是时候。政协主席在河摆上搭了一个凉棚，将独臂佬与红石牛一起遮住。

独臂佬除开不肯离开红石牛半步以外，其余的什么也不知道。

——从河那边牵引过来的高压输电线路，第一座排杆的位置桩，就钉在八十二烈士墓地正中。

——从河那边延伸过来的二级公路拱桥，另一座桥头的开线，就划在红石牛与河摆的四周。

老人的醉态正配得上这块苍荒粗野的土地。这一天鲤鱼潭上的暮云变成了玫瑰色，却又像城里姑娘的连衣裙，另镶了一道蕾丝边，这玫瑰色暮云镶的蕾丝边是铅灰色的。捉鳖佬不像他的酒伴那般醉得不愿醒，他咀嚼着一只腌萝卜同时警告儿子，不得去石滩胡闹，有事非得过河时，跑着走，早大水就要下来了。

红石牛落座的后一天，河那边整队建筑工一齐撤了，砌成的河摆像只大灰狼。

镶蕾丝边的玫瑰色暮云只让少数人看过后就隐去了，片刻，在它隐去的地方升起一颗长尾巴流星，沿着西河从下游飞向上游，在它坠落的地方发出不大不小难以引人注意的闷响。

这时，独臂佬听见的却是另一种声音，而这种声音并不是人人都能听到的，一生中能听到两次以上的人更是绝少了。当然在电影中听见的不能算数。连武瞎子都说电影假，《南征北战》假，武瞎子说自己带的那师人马打仗时胜多负少，不然怎会当作战犯关了几十年！独臂佬的确曾败在武瞎子手下，当时，炮弹像冰雹一样铺天盖地而来，本来就没满员的一个营，没见着武瞎子的兵是什么模样就去了一多半。指挥部要他守三天三夜，他在第二天就成了武瞎子的俘虏。他被绑在武家祠堂前的铁柱上，武家杀牛祭祖时用的就是这铁柱，那武瞎子像拴牛那样，故意只用铁链锁住他的左手。

“乡里乡亲的，饶他一次吧！”闻老先生当年假惺惺地劝女婿。

“这铁链锁上了就打不开，只要你有法脱身我就放了你！”武瞎子用鞭把敲着铁链与铁柱。

“给我拿刀来！”独臂佬血红的眼睛瞪得老大。

武瞎子在一旁揩着眼镜。

有人将大刀拿来了。

独臂佬操起来，只听嚓的一声响过，整只左臂和铁链哐啷一声掉在地上。他提着大刀从只会瞪着眼的人群中间摇摇晃晃地穿过去。一爬上他的河摆就晕过去了。

独臂佬此刻听到的也是这种声音，这种躯体分离的声音。

从上游谷地豁口涌出一大股凉风，这股凉风不间断地吹了半个时辰后，八十二烈士墓地前的草坪上响起了牛皮贩子们的声音。

“真凉快！”

“是凉快！”

“今晚这红石牛你一人看着点，我先回去。”

“熬不住，想女人了？”

“我那女人天热一点就不让沾边。明晚我替你，那小寡妇这几天可盼急了。”

捉鳖佬的儿子哧哧地笑起来。星光下，一个人影离开了墓地。过了一会儿，又有一个人影离开了墓地。两人走的方向正相反。

与此同时，那边河摆上冒出一个人来。

与独臂佬听到的那种声音不同的声音，在很远的地方响起后，就没再停歇过。大约到了半夜，盛放着西河的狭长山谷里，流星坠地后的那种缠缠绵绵的闷响，猛地升华为数不清滚滚而来的万钧雷霆。瞬间里，一种几尺高陡崖一样的庞大躯体顺石滩倾泻而来。拴在河摆上的木船，犹如一只急迫中欲跳墙的小狗，几乎竖立着高翘起的船头，紧贴着那水墙不停地摇摆，终于，小狗似的木船连抓带爬地蹿上了墙头，没容喘息又被推上一座更高的波峰，紧跟着一只更敢于冒险的大浪，被前面汹涌的水头顶了回来，它一个翻滚钻进木船船底，哗啦一声，木船飞起来倒扣在河摆上——这就是旱大水，连河谷两岸的长坡大坂也都震颤地往后退了退。浩荡的大水朝着前方披坚执锐的障碍物冲撞而去，山光水色月幕星帏，给这由破坏力与创造力扭织而成的神圣之物，披上一派凛然肃穆的气氛。洪峰在远方渐次隐去，在那大水开通的群山豁口，在那天水相连的陌生原野，那微微拂动悄悄伫立的不知是不是天陲？大水流经黄泥小屋门前的那段河床时，则是小心翼翼地紧贴堤顶与堤坡的那道边缘线，战战兢兢地憋住那使不完的磅礴之力，仅仅在堤岸两处低凹部分漫进几股浊水。

那独臂佬怎么了？

那武瞎子怎么了？

旱大水退后，两座河摆全没了，红石牛自然也没有了。多天后，鲤鱼潭里浮出两具紧紧抱在一起的尸体。于是政协主席为父亲挽上黑纱，闻老先生为女婿垂下了哀泪。一直跟着闻老先生，很乐意人家称他们为记者的宣传部通讯科的两名干部，一致认为这是一宗具有深远意义的谁救谁（？）的事迹。

然而，下笔之前，他俩为谁救谁的问题一直吵到县委常委会上。

捉鳖佬的儿子说只要给他一百美元奖金，他可以提供知情人线索。但是，阿基诺结束自我流亡回国时突遭暗杀，菲律宾政局发生动荡，闻老先生扔下一堆诺言急匆匆地飞回马尼拉。这叫牛皮贩子好不懊丧，晚上他听完广播喇叭里《爱国华侨闻老先生今日惜别故乡》的本县新闻后，就对独臂佬的儿子说，他父亲知道那事的原委。

事情奇就奇在这天晚上，捉鳖佬竟让自己养在水缸里的那只老鳖给咬死了。

（本篇为系列小说《大别山之迷》之四）

一九八六年三月于英山县文化馆

返 祖

黑黄牯驮着一大堆行李，瞅着蹄下越来越陡越来越窄的路，慢慢地走着，除了偶尔抬头用舌条舔着路边树上或岩上垂下的一串绿叶外，根本不像他不时地眺望着远处一座座陌生的山峰。

用树枝抽打黑黄牯也无益。

“它知道路，到了家门时就会走快的。”来接他的老篾匠盯着他心不在焉地说。

一路上，遇到好奇的人，不得不说自己的职业之后，对方就会如释重负地从黑黄牯背着的那两只白帆布包上收回疑惑的目光，不由自主地轻轻说一声：“啊，搞地质的。”

第一次同所里那个白发最多的“权威”聊天时就知道了。似乎从地质学诞生的那一时刻起，人们就把这一行当的人全叫作搞地质的。实在费解的是，甚至“权威”自己也时常脱口说出这话来。他发过誓：谁要是这么称呼自己，就决不理睬谁。那个患了“澳大利亚肝炎”的姑娘因此而三次含泪独对周末的夕阳。

只有那位长了一层淡黑胡髭的女医生，出乎意料地让他受宠若惊了一番。

“你是研究地球构造的？真伟大！”

尽管这话是那么外行，那么不科学，并且清楚地流露着三十三岁老处女的阿谀，他还是连连点头。

“对对，具体地说，我是研究矿泉水的。”

他苦守了二十八年的秘密，就是从这儿开始泄露的。因为这个秘密，被急性肝坏死折磨得奄奄一息的姑娘，即使是在享受人间爱情的最后快乐时，还要痛苦地懊悔一回：“遇上了你这个大苕，要不，说什么我都会替你留下一个小天才的。”这懊悔是他制造的，特别是那个无月的夏夜，滚烫的呼吸，裸露的半胸和大腿，还有柔如绒毯的草坪，一切暗示都不需要，他一扭身子姑娘就偎了过来。但是，他说：“咱们该回家了。”他害怕地站起来稍稍走开一些，那个秘密正在苦苦地折磨着他。这是最近的一次，姑娘问他是不是有病，他装腔作势地朝她吼道：“你得再去看一次《生死恋》。”

这姑娘的感情是现代化的。当初并无肝病突变的警兆，所以他才模仿一篇小说中说的，把这病叫作“澳大利亚肝炎”。后来，他和女医生也来到几座矮丘旁的这块草坪上，他仍躺在从前的那个位置上，除了草木经历了又一度枯荣，留下了更多的腐殖物外，周围简直看不出有多大的差异。

过了几天，当他被平放在医学院遗传研究室的手术台上时，心里仍在奇怪。怎么回事？这老姑娘到底有什么魅力，使我苦心经营了二十八年的四维防御体系竟没来得及发挥其效能。

那一刻里全部前所未有的感觉中，他只剩下两种记忆。一种是连衣裙的拉链从合到分的那一声——咝！另一种却是女医生的惊叫：“这是什么！尾巴？你怎么长着尾巴？”

如果不是一丝不挂，他会一口气跑回宿舍。可他到了那小小的山口又只好折回来，默默地穿着衣服。女医生已经镇定过来，若无其事地给他一个丝毫不亚于十分钟前的炽热的长吻。

“不要紧，这是返祖现象。医学院标本室里长尾巴的胎儿多的是。”

返祖！返祖！这还用得着婆婆妈妈、喋喋不休么？当研究生时，导师发现他经常阅读研究返祖的文章曾称赞说，是应当注重这种多学科的渗透，既然有了人文地理学，为什么不可能有人文地质学呢？导师当然不明白，每次穿裤子时，该死的“返祖现象”都要给他制造一些不愉快。他不仅嫉妒在游泳池中翻腾着健美肌块的男人，也嫉恨常在研究所院内逛荡的那个歪嘴斜鼻的疯子大便时那种自由自在痛痛快快的劲头。当然，更不用说，阻碍着爱情的最神秘之处向他敞开是何种感觉。常常，他恨不能操起一把剪刀。

“明天晚上我领你去找位专家看看。”

一阵情不自禁地喘息中，通常的亲吻已经太少表现力了，他的脖子被女医生忘情地咬着。

……慢吞吞……慢吞吞！到处是黑黄牯一般的慢吞吞。

“哇哦——”

老篾匠吆喝一声，黑黄牯懒懒的歇下来，老篾匠整了整牛背上的行李，又朝他投来了惶惑不安的几瞥。

他下意识地侧了侧身子，将也许会被这对肯定有些异常的浑浊眼光戳破的秘密之处，移到路边一株同黑蟒一般的木梓树干后面。

“你是属猴的吧？”

“不不不！我快三十岁了。”

他越发惊恐不安起来，因为老篾匠拂着黑黄牯光溜溜的尾巴低声自语：“是属猴的，错不了。”

他就怕人家问他的生肖。

研究所里长得很像长臂猿的炊事员那天突然朝他喊：“属猴的，到里面来盛吧，木桶里的稀饭还没凉。”他朝炊事员满胸的黑毛愣了愣，弯下腰，把头钻进半人高的饭桶里，却听到一片嬉笑：“快看，你们快看呀，足有两寸长！”他感觉到一只手正在自己撅起的臀部上把玩，气急败坏之中，他将一碗滚烫的稀饭倾在恶心的黑胸毛上。

这么雷霆万钧确实有些不应该。野蛮能有道德制约，文明全仰赖科学。“不过，人体中未可驯服的野性，随时随地都有可能迸发出来，这大概也是一种返祖吧。”“权威”的这句话被女医生重复了好几遍。他再也不要听那连衣裙拉链的开合声了。但女医生仍有本领将他弄到一大圈遗传学家中间的手术台上。人圈在一片惊讶之中猛地围得像只铁箍，人们说，这是非常罕见的。他像二十三届奥运会期间被洛杉矶借走的大熊猫一样，借到了遗传研究室，任人摆布。

那炊事员闹着要营养费，在第三天里终于闯了进来。他盼着大闹一场，那样就可以借题发挥甩掉捆绑在身上的电极，扫荡开壁垒似围困着的闪着五光十色的仪器匣子。这家伙整了整胸前八寸见方的白纱布，俯在他的耳边好奇地说："属猴的，你当义务爸爸了。隔壁正在搞试管婴儿，那女的说你创立了什么人文地质学，一定是个天才，点名要你的种，她给了主治大夫这个数——足够买台大彩电！"

"妈的，老子可不是配种站里的公牛。"

他挣不脱环绕着身体与手术台的几根宽布带，歇斯底里地狂叫。后来护士给他注射了一支阿托品，直到他真的变成一头公牛后，才醒过来。如果不是慑于法律，女医生也许会砸了自己从前导师的实验室，自己事实上的丈夫无辜地失贞了，无奈地被别的女人占有了，她只能终止自己倡导的试验。

他受不了了。于是，决意要去一个地方。在那里山都淳朴得像个老人，古树枯藤是衰老了，而岁月无数倍于此的乡风村俗，依然健壮得如同可以一口气喝完三碗糯米酒的小伙子。在那里，风会扫净柴门前的败叶，雪会唤醒被枯黄窒息的嫩绿，山水能够在一夜之间洗脱原野的蒙垢，滴泉能够撩开大岭高坡的外装袒露出黝黑的筋骨。夜半林涛的呼啸何如闹市上空盘旋的汽笛？赶着白云归来的牧羊少年何如翻腾着大型游乐机的儿童？由于饿狼叼走牛犊的愤怒何如对夹在电视连续剧中间商品广告的诅咒？

那是个叫作“美女现羞”的地方。

就在黑黄牯落下嗒嗒蹄声的悠悠山路的另一端。

“什么？美女现羞？没，没有！”

上路前，来接他的老篾匠吃惊得几乎将黑黄牯背上的行李失手摔下来。

“我这儿有封信，写得清清楚楚的，说那儿的泉水能治百病。”

他可不想与老篾匠比试谁更世故，单刀直入。老篾匠初次做了那个伏在黑黄牯脖子上多半是自言自语的动作。

“我那儿，只有观音山。”

美女现羞。观音山。美女——观音，这不是明显地存在某种关联么！看来人文地质学科的创立大有希望。三天前，荡漾在天地之怀的大棚和飞行于巴黎、纽约之间的波音747，锐猛地掠来，像一道缤纷绚烂的炫光透过阴沉了一个月的心室。

这里没有迪斯科皇后。这里没有三点式游泳衣。这里没有刺进孕妇腹中选择男女的长长的不锈钢针管，而存在着对未来男子汉的渴望。这里没有用彩电交换某个天才的精液的黑市，而存在着对没能找到龙脉，生育真传帝王的疾痛。

有的只是一见竹林就歇息的老篾匠。

有的只是被一只狼崽吓得不敢上山的黑黄牯。

有的只是写错了矿泉水分子式的中学生。费解之处是他知道向国家报矿有功，却又“胆战心惊地写了这封匿名信”。

有的只是撩动了全所青年人的“美女现羞”。

所里的全部青年人都来找过他。当然，这个“全部”摒弃了女性，她们一个也没来。他本想在那批没有找过自己的青年人中寻两个助手，可惜没人肯去。那两个吵着要拜他为导师的女大学生也去不成。一个病了。三年前就度了蜜月的另一个的理由是，结婚不久，请老师照顾照顾。不过这事都是她们的丈夫来交涉的。头一个本来还没结婚，但她的那位男人偷偷地告诉他，她有了三个月了。

他只好发封电报，当地科委连忙派了两个人去打前站。

哞——黑黄牯叫起来。

空气中翠竹的清香醇酽了，前面又会有一片茂竹，他也知道了黑黄牯知道的。

“这畜生，通人性。”

老篾匠丢了手里的缰绳，黑黄牯一路哧哧嘿嘿地向前跑去，把一段越来越长的山路遗落在他和老篾匠的眼前。

“再穿过一片斑竹林、一片水竹林和一片毛竹林就到家了。”

老篾匠瞟了他一眼，他知道实际上这老头在说：城里的小伙，还有三处可以歇息。不知怎的，倏然间，他觉得在老篾匠的低语和黑黄牯的长嗥之中，袭入了穿着藏袍的汉人叫卖雪莲和牵着瘦猴的河南人沿街戏耍时那种忧伤与孤独。

在小木屋前老银杏树巨大的阴影中，有一个人放开手脚地躺在那儿，饿极了的黑黄牯在嗯嗯地朝主人发泄着愤懑。

那老篾匠留在这儿已有三天了。一条小路钻过老篾匠的身子，绕过银杏树，又前行了十丈后，突然消失了。消失在一座深不可测的大壑之中，消失在那座小得只有被提醒后才能注意到的没有了桥身的桥头堡上。

在长时间被低沉的天穹紧紧地裹住的树枝下面，出现了两个人影，一胖一瘦。

“老伯，有个去处要问你一下。”

黑黄牯又在那里大叫一声。

“他来了么？”老篾匠一动也没动。

“你在问谁来谁不来呀？”胖子问。

“是不是指省里来的那位？”瘦子问。

“他到底还是来了，听听，那脚步！”老篾匠坐起来。

果真是他冲着老银杏树走来了。

前两天，毫无收获，没有人知道矿泉水，没有人指点去美女现羞的迷津。后一天，他在奔走中见到一只黑公羊，突然想起，应该去问老篾匠。他知道了老篾匠有心事，也知道了老银杏树有隐私，更知道了这大山之中有秘密。他却不知道老篾匠的心事有多古怪，也不知道老银杏树的隐私有多深沉，更不知道这大山之中的秘密远远大于大山本身。

谁也不敢断言那是什么年号，只敢说，沧桑几回、灵魂几世才有了老篾匠。

那时候，这家人的老祖母死了，在安葬的小丘上，在浑圆的墓地上，牵着马和鹿、牵着牛和羊的女人，扛着刀和矛、扛着犁和锄的男人，高声祈祷着：保佑我们吧，母亲！降福我们吧，母亲！于是，七七的最后一天，一个云游和尚出现了。和尚说：老祖母葬在大福大贵之地，日后定有天子临世。不过那人在十六岁时得趴在老祖母的坟上，撒泡尿在那坟前的泉眼里。老祖母的坟前什么时候有过泉眼呢？但是，泉眼真的出现了，就在那块墓碑下面，流水突突，涌泉不止。和尚大笑说：这叫美女现羞，闻一闻，水里有骚味。欣喜和恐惧同时闯进了山里，荣华富贵，唾手可得，却无人敢玷污自己族人的母亲。那和尚叫阴阳大师，全身上下一半雪白，一半漆黑，阴阳大师在石桥上躺着，石桥的一边落满了乌鸦，另一边全是白鸽。

那天黄昏，同二十年前一样，家人又聚在一起，胡须最长最白的老人抱着出世最晚的婴儿，面朝着老祖母安息之山，领着大家齐声唱颂：

您给了天。

您给了地。

您给了粮食。

我是您不幸的孩子，

您再给了幸福吧！

突然，一群没人照看的牛羊闯进来，放牧的十五岁少年一人进山去了。他要当皇帝！头羊的羝角上刻着的文字使整片群山都不安了。少年的两位兄长带上涂上秽物的刀矛，赶去阻止那奇耻大辱的发生，一去就没了音讯。后来，一个叫德佳的男人在通往深山的石桥下面的深涧里，发现了两个儿子的尸体。德佳怎样下到涧底没人知道。石桥被捣毁以后，只有德佳和德佳后世每一代中的某个人才能越过这大壑，取回老祖母墓中流出的能医百病的神水。再后来，出了个篡位的皇帝，那皇帝登基后下了一道诏书，地方官赶忙叫人拆了这座桥，并遵从御旨，在这桥头立下刻有永世不得重建此桥碑文的石碑。家人这才知道，牧羊少年已经成了当朝天子。从这起，家人不再称自己姓尉（音：wèi），而改说自己姓尉（音：yù）了。

"你来了。"

老篾匠直勾勾的眼光迎着他。

他听到一种不属于眼前这个老人的声音，脱口道出那突如其来的惭愧："我是来看望您的。"

"知道，知道。我都等了二十八年了。"

"预言家，了不得，能算就二十八年后的事。"胖子窃笑着纠正了瘦子的话，“不！要叫活神仙！”

他相信老篾匠那皱褶冷漠的前额里面，一定也在产生由听觉产生的反馈。那种似乎不应属于老篾匠的声音，从远处的石崖上折射回来，又开始撞击着他，从一见到跟在黑黄牯后面的老篾匠，他就记起了童年：还了俗的和尚爸爸被他的怪问题难住了。

“爸爸和父亲的意思相同么？”

“当然，就像一等于一。”

“我觉得您是爸爸，但不是父亲。”

“别贫嘴，当心妈妈用鞋底掌你。”

过去，他对两者之间究竟有没有区别是五分肯定，五分否定。当了水上音乐茶座经理的爸爸，如果知道他现在的认识，一定会痛心疾首的。他终于肯定了童年的怪问题，老篾匠比水上音乐茶座经理多的那一点点东西，正是他找了二十多年的那个“不同之处”。这一点点东西又是什么？何处才能窥见？他真得感谢那些耍烂笔头的人创造了只可意会不可言传这种超级托词——不定将来，人文地质学可再造假。

据说沉甸甸的人生在压迫着这群人去彩瓷流成的河，去神话堆垒的山，总之是去那些文明与蛮荒翻转了一个轮回的地方去寻找什么根。他既不去理解日立彩电中迪斯科的嘭嚓嚓，也不去理解洞穴壁画上飞天舞的深沉沉，他是来大别山寻找“美女现羞”的，他是来“美女现羞”考察那个矢口不承认写过匿名信的中学生所举荐的矿泉水的。至于童年怪问题的解决，那全是无意之举，就像淡黑胡髭的女医生在黄昏的林中散步时，一边甩头一边给他的那个吻，就像黑胸毛炊事员将从他的碟子里克扣下来，再用勺子添给他的漂亮女助手的那一大块瘦肉，就像黑黄牯毫不在意地揽了一嘴路边的青禾，就像老篾匠在山溪里洗脸时自然而然地喝了一掬泉水。

“二十八年前送你走时，就知道你有一天会回转来。”

老篾匠说这话是应该老泪横流的，终于并没有那样，只是拥抱着摇撼着老银杏树，紧闭的眼皮上有一层线状湿润。

“你和他们不一样，你是不甘心的。”

“你不要有非分之想。”

“你别忘了那个辱母杀兄的畜生，在阴间挨了五马分尸，听说至今还在挨鬼头刀。”

那老篾匠一句接一句地自语。

胖子和瘦子由面面相觑到相对大笑。

“老伯，你听谁说谁在阴间挨鬼头刀哇？”

老篾匠不愿理睬，缓缓地向桥头堡走去，甚至都不肯回头看看这一番话之后会不会产生异常中的不异常反应。

那老篾匠摇晃着他的心神，他迫切需要一个执着的证明，却又对老篾匠话中的玄机无所谓。

“那畜生的两个哥哥就死在这桥下。”

“那家伙一死，朝号一改，立碑的狗官就叫人砸了那不准建桥的碑。”

“那小子是这儿最了不起的人物，不管怎么说吧。”

他莫名其妙地看着老篾匠站在大壑与山梁的分界线上没完没了地嘟哝。胖子和瘦子则在他的身后悄悄地清清楚楚地指手画脚。

“这老少长得贼像。瞧他们那腿，内八字弯成一个样。”

“用侉子的话说，这叫罗圈腿。”

许多年后，这桥还没有建起来。

他认为这是理所当然的事。

甚至老篾匠时常孤独一人在这大壑之中攀缘时，也决然地抗拒着重修此桥的念头。

岁月几何，无可知之。在大壑深处找到忤逆少年的兄长们的尸首的德佳，似乎不应知道老篾匠成了自己的正宗传人，除非阴阳大师仍旧与之厮守在一起。正是老祖母死后的第五个年头，德佳正背着一桶从老祖母墓地上取回的神水，艰难地穿行在大山深处。正走着，突然传来一片振聋发聩的嘶鸣声，天空上，数不清的白鸽和乌鸦正在相互拼死厮杀，纷纷扬扬的羽毛落下来，铺满了前面的路，组成了两个大字：乌鸦的黑羽组成的是个“祸”字，白鸽的白羽组成的是个“福”字。乌鸦和白鸽身上的羽毛都被对方撕光了，两大堆肉鸟乞求地望着桶内的神水。德佳想，救乌鸦还是救白鸽呢？白鸽是福，乌鸦是祸，于是德佳将一桶神水全都给了白鸽，白羽毛一片片全都回到了白鸽身上，“福”不见了，地上唯有那庞大的黑乎乎的“祸”字挡在正前方。

德佳爬到后来老篾匠经常伫立的大壑与山梁的边缘，看到五年未见的阴阳大师仰面卧在破败了的石桥上，身上完好无损的白色的、黑色的鸟儿分立在两旁。

您好，大师。德佳不敢放开嗓门。

您的这些鸟儿为什么要自相残杀？德佳的声音更小了。

您能告诉我，妻子她喝了五桶神水怎么肚子里还是没有动静？德佳突然大声吼叫起来。

大师依然一声不吭。白色鸟群与黑色鸟群中间挪开了一道空隙，德佳蹑手蹑脚地走了一程，又怒气冲冲地走了半截。忽然间，和尚在背后开口了：

福福祸祸福，
祸祸福福祸，
避祸即避福，
求福即求祸。

德佳刚走到垸前，贺喜的人就拥过来。妻子在家里一胎生下三个儿子，三甲及第，定有天子。特别是那个老幺，生着一条寸许长的尾巴。有异象才有异福，满垸的人都这么说。德佳并无特别高兴，却有异常忧愁。这条身高七尺的庄稼汉，解不开也悟不透和尚那阴阳怪气的《福祸歌》。直到过了三个五年，三胞胎中的老幺害怕像别人那样，一进十六岁就让家人垒进那没窗没门的石屋里闷到十七岁时才放出来，刚满十五岁就行动，致使兄弟三人同时没了时，德佳才悟出一半。

剩下的这部分，又琢磨了三个五年。然后是那天黄昏，族人中胡须最长最白的老人抱着出世最晚的婴儿，面朝着老祖母安息之山领着大家齐声唱颂：

您给了水。
您给了火。
您给了牛羊。
我是您不幸的孩子，
您再给了幸福吧！

德佳刚一诵完，就一头撞在断桥旁刻着皇帝御书的石碑上。

“长尾巴的是孽畜，千万莫留——”

老篾匠当然不会例外。那遗训警惕着全体族人，一代又一代，在母亲的哀伤中，在父亲的震怒中，在族人的唾弃中，一个又一个孽畜，被秽物紧缠着扔进断桥下、大壑中。

那时，老篾匠正值不惑之年，半夜里哇的一声啼哭，那孽畜赤条条地降临人世，老篾匠顶不住妻子的哀求，将包裹好的婴儿装在箩筐里，悬吊在老银杏树上，直到看见过路人取下箩筐抱走婴儿，才从藏身的地方走回家。

知否？知否？还在途中第一次歇息时，老篾匠就想告诉他，虽然老祖母的神水可以消除背后那件多余的骨肉，可千万别学那牧羊少年。

哪知他先开口说："老伯，您和黑黄牯也算是天生一对，地赐一双了，慢吞吞加慢吞吞等于慢慢吞吞！"

他有所不知，这一刻里，那老篾匠正萌起一个关于预言的预言：阴阳大师的《福祸歌》又要应验了。

"观音山在哪儿？"

"你去观音山？"

"嗯。"

"啊。"

"山上有神水么？"

"你要神水急用？"

"嗯。"

他下意识地换了一种问法。

那老篾匠也在回敬他的下意识。

"你知不知道美女现羞？"胖子急忙追问。

"你没听说矿泉水？"瘦子补上一句。

那老篾匠又拉上了黑黄牯，两条黑瘦的胳膊死死地搂着牛脖子，让不安地踱来踱去的他，始终对着那对犄角的正中。

"你迟早总会去那儿的，我在二十八年前就知道。"

"权当如此。您什么时候领我们去？"

"三天前就在准备，不过还得三天。"

"好吧。他们需要准备些什么？"

"如果在七七之数内，谁和女人不干净过，得用艾叶熏一熏。”

“免说了吧，我们全是童子身。”瘦子挤眉弄眼地叫起来。

在城市时从未有过的羞涩，固执地按下了他的睫毛。那老篾匠一定是在暗示他。心中倏地漾起一阵酸楚，临上车时，女医生悄悄地对他说：“等你回来时，我这身子一定会变丑的。”他当时就冲着那淡黑胡髭发作了一阵恶心。掰着手指默默地算了算，加上未来的三天正好在数外，不算就是数内了——然而，那试管婴儿的事，是干净还是不干净呢？那娇好的十六岁女护士，用酒精棉球使劲地擦着他光光的下身，算干净还是算不干净呢？这些完全在七七范围内。

他想骂人，像男流氓骂女流氓那样，赤裸裸图个痛快，并附加动作来增强表现力。

黑黄牯知道老篾匠又要撇下它，整夜里都在啃着干草，当草快咽完时，就开始用犄角与后腿轮番击打着檀木栅门。老篾匠不得不一次次地叩请菩萨允许自己离开香炉，为黑黄牯再添上一抱干草。

黑黄牯又闹上了。

老篾匠在平日里早该骂上了，但现在是洁身修心的时刻，只好耐着性子。

他也没睡着，躺在小稻场上乘凉。流星拖着忧伤的尾巴，圆了又缺的月亮像是女医生的一张大脸，挨在一起眨着眼的两颗星一定是对应了遗传学家与那俏女人的交易。

两种年岁，一样孤单。

天亮前，黑黄牯最后一次闹棚了。

窸窸窣窣的老篾匠拖着一大捆干草走过来。

“这牛又饿了。”他搭讪上了。

“嗯，是饿了。”老篾匠挟了挟腋窝。

“这牛真能吃。”他又搭讪着。

“您就一个人过。”

“就一人。省事。”

“您没孩子？”

“有呢。不，没有。”

“您到底怎么啦？”

“我那儿子，刚出世就老（为避讳，将死说成“老”）了。不，是丢啦。”老篾匠呢喃着进屋去了，“是儿子，要是没老了，就二十八岁了。可是，他丢啦。”

老篾匠没有回到蒲团上，公鸡从山后唤出的启明星，撞了心头一下，身上突然一阵发抖。老篾匠赶忙从拳头一般大的泥钵里抠出一坨冰糖放进嘴里，然后扯上满是老人味的薄棉被躺下了。

只有在孤寂难忍的时候，老篾匠才会称病躺倒，这一点连黑黄牯也已经揣测出来了。

他去看望时，胖子和瘦子也无可奈何地随在后面。

“够呛！这老爷子，说好了三天后给我们带路——却病了！什么病？若是万元户来请，他不定躺在棺材里装死的！

等着吧，老爷子想娶新媳妇了，让我们支援一台大彩电。”

“卵屎！”

他突然冲着黑黄牯骂了一句。“权威”老是告诫他要始终牢记更新知识的重要性和绝对性，当胖子和瘦子令他束手无策时，他无可奈何却又行之有效地再一次更新了知识。那两人同时一愣。他没有去推门，而是转过身来，在门槛前面的青石上找到最有利的位置，并稳稳地站住。瘦子用瓦刀片般的背挡住了胖子的跃跃欲试。他越过瘦子的肩膀盯住胖子脸上的猪肝色。瘦子在他的目光一侧轻松地若无其事地用口哨吹着《我的中国心》。

然后，胖子也参差不齐地打着榧子，给瘦子伴奏。

黑黄牯即使没当替罪羊，也只能忍气吞声，这是它的角色。

他用背拱开了门。

老篾匠一点也没认为这是不礼貌。前因后果，认了。

古时的牧羊少年，德佳家三胞胎的老幺，每隔三代就重投一次胎。他原想借此加重对胖子和瘦子的蔑视，未料及最先探进屋里的脊梁下终端的那东西，却是呈给家族的一个证明。

“到点啦，孩子？”

老篾匠吐了一口浓痰。

“您有约会？”

瘦子刚才的话竟被他更新进来了。

“那药，该服了。”

他错拿起盛冰糖的泥钵，被老篾匠纠正了。

“喝这个，比请医生动刀子还灵。”

“别再喝了，太凉。”

“老祖母赐给的神水，喝得再多也不碍事。可惜——喝不上了！”老篾匠摇摇空了的泥钵。

“神水？哪儿取来的？美女现羞？”瘦子抢着问。

“滚……现你奶奶的羞！”

老篾匠掼出的泥钵刚飞离手掌，那两人已消失在门外，一大堆粗话也跟着涌出门。

“几天斋白吃了，得重新来。”

“唉！”老篾匠沉默了半天才重新开口，“只好再等七天。”

他将黑黄牯牵到屋后清水塘边饮水牧草。

他将黑黄牯牵到老银杏树下听一曲沉悠悠的情歌。

他将黑黄牯牵到断桥上看半壁繁衍与蜕变的自然诗画——可惜他一直少有诗情。

因为他没能找到一个办法，使老篾匠暂停自己的虔诚，而美女现羞无法长久地保持住对那两人的引诱。

转身走完归途，他将二十八岁的选择告诉老篾匠。老篾匠静静地听完叙述，便预言他们将找不着正路，认不准方向。从老祖母享阴福时起，到老篾匠自己止，代代嫡传，只有七十七个人知道。说这些话说得那般自信、自豪。当然，惊讶总免不了有一点点。

老篾匠又说："进山时，给你们蒙眼睛用的黑布都准备好了。要自个儿去——"

他认准了，老篾匠闪着黑釉彩光的脸庞，渗出一层薄薄的迷茫。

阳光从窗户透进屋来，把一幅蜘蛛网投射到他的身上。黑黄牯正在窗边向一条挣脱缰绳的老母牛调着情。

"孽畜！"

那老篾匠气急败坏地吼起来。

大灰狼衔着一只肥猪的耳朵，用尾巴催打着猪的后腿，顺着山路消失在山脊线后面。水汽浓浓的空谷弥漫着呛喉的白雾。三个年轻人正趿拉着湿透了的靴子在与溪水扭结成麻花状的山路上行走。夏天就该去了，大别山漫长的秋天正鼓噪着争取更长一点的时间。不知什么原因，夏天老恋在深涧上面，磨磨蹭蹭，流流连连。昨夜一场雷雨，谁都以为夏天终于要走了，等到人们被骄阳搅得坐卧不宁时，才意识到狂虐还留有时日。年轻人钻过一段鲜花长廊，一段毒刺长廊，一段泉水长廊，一段怪木长廊，这会儿正爬行在长满青苔的黑石长廊中。巨大的岩石群当然是从更深远、更隐秘的地方宣泄而来，有的像云峰中隐显的仙师佛祖，有的像史话传奇中的神龙孵蛋，有的像头猪、像头牛，有的像旗袍缝里露出的白大腿和被牛仔裤憋急的肥臀。当年破土的嵯峨嶙峋，已被远行中的坎坷磨得四面滑溜，八方灵光。

这就是大壑。

黑黄牯慢吞吞地踱到一处普通得不能再普通的山崖边站住不走了。那地方他已经明察三次了，但黑黄牯用前蹄在地上刨出一尊石柱来。他这才明白老篾匠昨天为什么要骂黑黄牯，骂得那么咬牙切齿。

这就是老篾匠炫耀其自信自豪的那条大壑。他成了第七十九个进入大壑的人。瘦子以为一进深涧就可以欣赏到美女现羞的艳姿，要先睹为快，宁肯背上几副沉重的仪器架，说什么也要第一个下去。他正在仰赖绳索古藤紧张地在半崖间下坠时，就听到洞底传来迫不及待的叫声。

瘦子踩着了刻在一块平坦岩石上的一行字："福福祸祸福祸祸福福祸避祸即避福求福即求祸。"

第一个字有一米五见方，逐次小下去，最后那个字只有拳头大小。他正在揣摩如何断句，那两人又大惊小怪起来。他们认定，这是在指示着去美女现羞的方向。

黑石长廊爬完了。他坐下来，稳稳地，像老篾匠走进竹林后……像"权威"埋进书斋后……像女医生穿上连衣裙后……

"奶！这搞地质的真会爬山。"

"走不快别怨人家。你是让垸边那独户的大嫂掏空了身子。"

"胡说——"

"想赖账？昨夜干吗找我借钱，这荒山野岭？我这鼻子赛过警犬，知道谁身上有你那人参露气味！”

“嘻！这儿的女人有股野劲，你这小子的身架，见着那长着淡黑胡髭的女人可别招惹，不然要吃亏的！”

瘦子的脊梁被胖子拍得嘭嘭响。

而他益发正襟危坐了，为的不受那话的干扰。该启程了。他咽着口水，在区政府的小客房里，老篾匠临睡前也是这样咕咚地咽着，不过那是酒，说是可以将鼾声逼回肚子。他是想阻止翻涌的那些乌七八糟。但是，口水被乌七八糟逼在喉咙里，他的心跳愈来愈沉，呼吸愈来愈重，坠得胸部像只打足了气的排球。他突然觉得真该羡慕那些人，举着空酒瓶，肆无忌惮地喊：掌柜的，再来二两。那些人不愁天才面前加的那个“小”，不愁返祖现象中的那个“二寸”，只有听到他那乳白色体液五毫升就值一台大彩电时，才会愁怨出嫉恨来，那些人才会嚷嚷世态太不公平了。而那些人也一定会像他那样想到，某些人为了使自己的后代成为爱因斯坦第二，爱翁生前留下的那东西，肯定会像鱼市上哄抬物价一样，出现使人瞠目结舌的价格。他那打足了气的排球胸部，其时全塞着淡黑胡髭与人尾巴，试管婴儿与美女现羞。他的理想逃之夭夭了，那是历史留下的一个关于文明与愚昧的遐想。他用胖子的忠告更新了关于女人的知识，败在女医生怀里时，就曾怀疑过是否有淡黑胡髭作怪的成分，于是他掮起一个决不允许女医生的身体称心如意的变丑的誓言，一定要找到观音山，一定要找到老祖母墓地，一定要找到神水。

那老篾匠说，神水能叫孕妇腹中的精血化成一团胎气，打个嗝就跑得光光的。

那老篾匠说，神水可使成了猴子的人还原成真人，只要在神水池中洗浴一回。

昨天薄暮，那老篾匠开始哭丧着脸祈求他，别把观音山叫作美女现羞。

没过多久，从前的一切神秘都会袒露在他的眼前。

谁也不敢相信，这莽莽的黑森林竟是在庇护一座玉雕一样的山谷。圣洁的乳白色岩体上布满隐约的血红网络，一面大坡在半腰上叉开成两道盈盈质感的圆柔细腻的小岗，而一尊闪着漆光的黑色墓碑就矗立在小岗的交会处，碑前盛满一汪清澈泉水。他惊慌失措，战栗不安。十三年前的夏天也曾如此过，他不知母亲正在洗澡，一头撞进房中，那一次，他跑到外婆家躲了整整一个暑假。他这才明白，老篾匠为什么在听到美女现羞四字时那样恼怒；这才明白，老篾匠为什么会有焚香沐浴不与女人不干净的虔诚，他因自己竟然又一次冒失而十倍后悔，而且还有不该带着两个对美女现羞怀有不可告人目的的人百倍后悔。世上红裙丢了九十遍，绿衫丢了九十遍，浪漫和典雅各丢了九十遍，只有老祖母之山故旧依然，那是洪荒之水、太古之风造就的形象。

一股气流旋起数不清的惆怅和迷惘、虚幻和苍茫。他长久地匍匐在泉水旁，而没有抬起头来或跳入水中的勇气。他不知道随行的助手正兴奋不已。

“将这眼矿泉水开发出来，一年就能赚到十倍于去年全年总产值的钱。新任县长真有福气。”

“卵子蛋！妇产科挂的那幅分娩图，简直同这山一个模样！”

“将来做电视广告时，一定要来这里拍摄实景，哥们见了能不动心！”

“就凭这发现，不给晋升两级工资，咱们闹黄了他！”

就在这时，那老篾匠正蹲在石桩前，瞅着那根垂在大壑与山梁边缘的绳索发愣，一柄柴刀歪在脚旁。黑黄牯吃饱了，开始孤零零、懒洋洋、慢吞吞地往回走。

（本篇为系列小说《大别山之迷》之五）

一九八六年一月于英山县文化馆

老 寨

一对肤色只比山脊多了点漆亮的人参差不齐地唱着硪歌，从被森森和茅草挤得只剩尺多宽的小路上沉缓地走到一处山口时，走在头里的那个人从左肩上取下紫檀木杵，支住右肩上那合抱粗的一截杉木，顺势倚住路边的峭陡山岩，抽出身子后就往林子里钻，嘴里不住地咋呼："早上才吃三碗饭，哪来这么多要拉的。"

紧跟其后的那位一见连连喊道："喂，女佬，等一等，我给你做伴去。"

林子里传出回声："家懒外勤的东西，回头你嫂子上厕所时才请人做伴呢！"

在一片笑骂声中，呼哧哧地一队人全部放下肩头上扛着的杉木歇息下来。

绿茵茵的植被后面的声音他们听得清清楚楚。

"哟，女佬，你拉尿的劲比老母猪还足，像昨晚上那阵雨。"

“是吗？你戴斗笠、穿蓑衣来试试！”说着话，树林缝隙中闪出黑豹般的一个女人，被汗水湿透的短褂前胸被什么剐破了一个洞，一只粗糙的奶头忽挺挺地突现出来。

“今晚没别人吧，我来怎样？”有人很认真地朝她说。

“你呀——哟！贤可，怎么不歇歇，你是读书人，这么干可吃不消的。”女佬话题一转，冲着刚刚跟上来的那个年轻人直嚷嚷。

叫贤可的年轻人没理睬她，依旧一个劲地朝前走，小心翼翼地跨过那一条条横置路上的粗壮的腿，也许是瞟见了女佬那在胸前放肆地晃动的两堆肥肉，不然不会莫名其妙地脸红。

“才读三本书，臭老九的架子倒不小。”

“有什么了不起，还不是一样是个驮树佬。”

如果不是害怕贤可肩上那截杉木摔下来，某条腿说不定会有小动作的。

女佬朝说话的人踹了一脚。

“都三十大几的人，和十八岁的娃娃斗狠算什么男子汉！”

那人转而朝女佬身上捏了一下。

“我们倒忘了，女佬说过，像贤可这样的男人才是又嫩又鲜呢！”

“你们这些狗杂种！一次次地得了快活，又一次次地不把老娘当人，今后，你就是在窗前跪个通宵我也不答应。”

女佬说着，一猫腰扛起杉木就走。身后的人急了。

“女佬，你别当真！我们是臭狗屎，贤可是你的心尖肉。”

女佬不再理睬他们，因为贤可已经拐过前面那座山嘴消失在一片林梢之中。

女佬快有贤可的两倍年纪大，所以她始终用两种心情对待他。

还在三年前，女佬曾自豪地说：“寨里的男人都是我的相好。”来采风的两个女记者听了这话后愣着神冲她苕一样看了半天，长的精巧的那位本来是安排好同女佬睡的，到了傍晚却说什么也不肯进她的家门。后来贤可长大了，老寨多了一条男子汉，他见了女佬总是低眉落眼，从不去沾惹她，气得女佬背地里骂他一定是被人阉了。驮树佬们都知道，谁要是好端端地突然说今天不上山了，一定是昨晚去了女佬家，而女佬却若无其事照样扛着百八十斤重的杉木，在那从天堂寨顶挂下似的小路上奔一个来回。和她相好过的男人没有不生出几分畏服的。正是如此，她的姓名被人忘了，但谁都知道，老寨有个驮树的女佬。

“哎呀，野猪！”

看不透的森林深处传来惊叫声。女佬急了。

“喂，快点，当心贤可让那长嘴强盗连裆拱了。”

“野猪怕什么，去年冬天一只豹子跟着我爬了两里路我也没慌张。这些野畜生，只要你耐着性子莫慌，它就不敢扑上来。”有人不以为然。

紧追一阵没有追上，难得脚下有一段平缓点的路，女佬一扬嗓门唱了起来。

驮树佬呀嗬驮树驮，
驮了呀嗬三三得九棵，
虎豹豺狼多了呀嗬少，
猪马牛羊呀嗬少了多！

这时，在山路绕过一座黑色的船形石处，贤可突然撞着了一个陌生人。

有好些时他没来驮树了。有天中午他正在从前叫作生产队保管室的屋子睡觉，朦胧中感到什么搂住了自己。他闷得吐不出气，还当是豹子闯进屋来，睁开眼睛一看，原来是女佬。女佬腾出右手，一下子撕开了他上衣扣子。他全身酥了，几乎就要一任女佬所为。就在这时，宝阳在外面踢门了。女佬冲他笑笑，开开门后又冲着宝阳笑笑，什么事也没有似的消失了。

那一回，好美好痴情好心疼人的未婚妻宝阳对他说，若他实在熬不到结婚时就来找她，只要他让她做的事，她都愿意做。他对宝阳说，别的女人他都不怕，只是女佬太邪乎了，全垸的男人都没顶住，他怕无济于事的。他便悄悄下决心，不再和女佬一起干活了。但每当黄昏，听到垸后的半山中传来驮树佬们的硪歌时，他就感到自己总有一天还会同女佬他们一起上山去驮树的。这一点正应验在今天。

在这儿是不应该遇上陌生人的。

据说，这座天堂寨是大别山的主峰。贤可和所有的驮树佬都认为，是不是雷达站里那群当兵的弄错了。但当兵的说这是用仪器测量的，科学得很。毛主席号召拥军爱民那阵子他们还请驮树佬们进雷达站参观。他抱着架望远镜朝山下到处看，正巧看到女佬光溜溜个身子在一处泉眼旁洗澡。后来，不知怎么的雷达站撤了。就像曾在这儿立寨为王都能飞檐走壁出神入化的大草寇马朝柱那样，连个招呼都没打，一夜之间就消失得无影无踪，只留下几间空空的石头房子。驮树佬中有人说，只要抓几个女人来就成花寨了。从此这山路上就只剩下他们这群驮树佬了。

偏偏贤可今天遇上了陌生人。他顺路一闪一转，杉木顶端迎面撞在一个人的肩头上，那人大叫一声迎面倒下。贤可没有止住脚，绊在那人身上，一个趔趄，肩上那截杉木失去控制，摔进路下边的深涧，轰轰声过了半天才从涧底传到上面来。

“你眼睛是长在卵子上了？”此刻，贤可并没意识到这一天的辛劳白费了。

“还是当豹子来了，正想躲呢！”那人躺在路当中哎哟声不绝。

这地方驮着树是无法歇息的，从后面撵上来的驮树佬们只得汗淋淋地站着。女佬走过来踹了那人一脚。

“喂，还像个男子汉么，摔一跤就这么赖死赖活，再不让路，就将你踢到沟里喂黑蟒去！”

那人听到女人声音后吃惊了，瞪大眼睛从女佬的头望到脚，又从肩上那杉木的这端看到那端，最后才将目光收拢在那裸露在外面发黑的奶头上。

“愣你丈母娘家的阴沟，快让路！”女佬骂开了。

那人又呻吟上了：“不行，我这腿断了。”

“断了活该，谁叫你到这山上来瞎闹。”驮树佬中有人气喘喘地叫起来。

瞅着那人没再吭气的贤可，这时抓住那人的腰带一使劲甩到自己的背上，大步向前走去。到底女人嘴长，走了一阵后，女佬忍不住又开口问那人。

“你来这儿干吗？”

“去老寨，二十几里路没碰见人，找不到正道，走岔了。”

“去老寨干吗？”

“能干嘛就干嘛。”

“是买杉木吗？算你走运，这些驮树佬都是——”

“买杉木？没兴趣。”

“那——是来买女人的吧！”

“老寨那台发电机还在吗？”

“你是县里派来修电站的同志？”

贤可住在保管室里就是为了看管那台发电机，他梦见多少回发电机开始发电了。

“还想修电站？真的等人来时，发电机恐怕要变成废铜烂铁了。”

那人咧开嘴，露出左边的两颗大金牙。

“哟，望得见垸子啰！”

后面，驮树佬们叫起来。

驮树佬呀嗬驮树驮，
驮了呀嗬一十六棵溜下坡，
婆娘妻子还没转呀嗬世，
等得我呀嗬夜夜睡不着。

这被葛藤和乌桕、马尾松和毛栗树丛几乎掩得不露片瓦的老寨，似天然生成般高高凸起，长满青苔和爬山虎的古城堡上隐现着黝黑无名的小兽，银杏树顶的箭楼中却是苍鹰在出没，用块石垒成的房屋除了大门外，其余的地方都封得严严实实的。宝阳、贤可和女佬他们都不大明白为什么这片山里就他们垸里房子这么古怪。两年前，县博物馆的两位老头子来这里，讲了一番话后他们才清楚，原来是很久前那些“山大王”的遗风，两位老头子在宝阳家的北墙上捣鼓一阵，然后使劲一推，那地方竟出现一个后门，这下子就连宝阳那六十多岁的老父亲也猛吃一惊。

先到家的女佬端来一盆艾叶煎成的水，劈头盖脸地泼在贤可和那陌生人身上。

驮树佬们信这个，说是不能让妖鬼附在招了灾的人身上进老寨。

贤可将那陌生人摔在寨门的废墟上，头也不回地朝宝阳家走去。这肚子气从何而来？当然不是因为掉下深涧的那截杉木，这在驮树佬当中是常有的事，只要人没摔下去，回头就得叩谢山神保佑了。

那么贤可这样做是为什么呢？

直到二十多天以后贤可自己才明白，而那时女佬与全垸的人也都知道了。

陌生人在后面叫："小大哥，这腿怎么办？"

"到门口了不会让你学狼爬。"女佬扭头白了一眼。

这垸子本没名，只因为过去大草寇马朝柱突然飞走后，明朝官兵才得以攻占这儿，天长日久人们就把它叫作老寨。全寨的人全是外来户，谁也不知道谁的根底，谁也不管谁的来由，但谁都服了不知是谁立下的规矩，合作社长也好，生产队长也好，村民小组长也好，谁来这儿的时间最长谁是头领。现在轮到宝阳的老父亲了，宝七伯是三十岁那年进寨的。"文化大革命"时，这里闹了四天红卫兵，他们怀疑他是土改时逃亡出来的恶霸地主，第五天来播火种的那两名高中生走后，这里的"大革命"也就结束了。女佬是在吃大食堂的后一个春天，因馋一位驮树佬的半块玉米饼而进寨的，十二岁时和那人结婚，十三岁那年那人在驮树时摔死了，七七没过完，她的女儿就出世了。明里看，贤可的家世也许最蹊跷，母亲没来得及踏进寨门，就在山路上生下了他，三天后，母亲一步两回头地辞别了搂着他的父亲，沿来路去了。当他刚过完十六岁生日，什么意外也没见发生，父亲却寻了短见。

晚风紧了，饿狼发出了第一声长嗥。

陌生人害怕了，爬起来一拐一拐地踩着贤可的脚印走进垸里。

屋子里走出一个老人来。

“宝七伯，就是他。”贤可在叫宝七伯的老人身后说。

这时，贤可心里已经在把这人叫作瘸子猫了。

宝七伯问：“贵客何来？”

“大叔你难道要破老寨的规矩吗？”瘸子猫反问。

宝七伯一愣：“得罪。贤可说是将你撞伤了？”

瘸子猫说：“呶，这儿，疼得正厉害。”

宝七伯弯腰将陌生人指着的地方捏了捏。

瘸子猫说：“哎哟，你能治吗？”

贤可望见宝七伯脸色一变起身就走。

宝七伯说：“这伤，我是不能治了。”

瘸子猫急得嗷嗷叫：“雷打正月一，说话如放屁。你老救我一命吧！”

“你心术不正，欺负驮树佬。”

“没，没有！我人生地不熟。想巴结都来——”瘸子猫跟在他俩后面进了屋，一转眼看到正在灶膛前烧火的宝阳，突然不再吭声了。

宝七伯说："我是好蒙的？这是枪伤，起码有三年了。"

"恐怕是吃了公安局的枪子！"贤可用身子挡住宝阳的身影。

"小大哥，你别瞎猜。旧伤不假，但是雪上加霜，铁打的人也受不了。"

"是呀，是难受。你几大年纪了？"宝七伯踱过来。

"三十多点。"瘸子猫从贤可的腋窝里好不容易瞅了宝阳一眼。

"是不是弄错了，你这模样像四十岁！"宝七伯说。

"怎么会呢？我是属——申猴。未羊，巳小龙，辰大龙——啊，我的腿！"瘸子猫叫起来。

宝七伯收回猛砍下去的手，巴掌对巴掌地搓了搓："没事，待我抽袋烟再给你接上，不出十天，准保不再瘸了。"

贤可心里又忽地不舒服起来，这时，一根小木棍掉在背上，转身时看到宝阳在瞅着自己。他走到门外，她也跟到门外。

"今天又出事了？"

"都是这倒霉的——瘸子猫！"他后来老也记不清当时有没有将这后三个字说出口。

"今天货郎来了，我买了一包金线，父说过，用金线绣的八卦垫肩最善保佑驮树佬。"

"就知道你心疼我这没人管的人。"贤可说。

"我还买了件东西。"宝阳说着解开短褂露出一只雪白的乳罩，“那货郎说山下的姑娘都兴这个。”

女佬不知从哪里钻出来。

“别动，让我也见识一下。我那大小姐吵着要，说是你也买了，原来是这东西，丑死了，就像画上那董存瑞背的武装带。”

后来，吃晚饭了。在宝阳家贤可原本早已随便惯了。现在摆出酒杯，他就变得庄重，第一杯酒照例敬给那无所不在的山神，轮到自己喝时，仍旧是那么虔诚地小心翼翼地呷着。宝七伯对那瘸子猫说，酒是驮树佬们的宝物，所以驮树佬们绝不会醉酒失态的。

三人毕恭毕敬地饮过几巡后，瘸子猫有点不能自已了。

“那位小妹，怎么不来一块儿喝点。”

宝七伯一颔首：“客人叫，你就来坐吧。”

宝阳真的过来后，贤可坐不住了。

当贤可回到自己的屋子里等上三个时辰，然后是两个时辰，最后还有一个时辰，这一天就要成为过去时，宝七伯领着那瘸子猫敲开他曾愤愤地关上的那扇门。

驮树佬呀嗬驮树驮，
驮了呀嗬五五二十又五棵，
无儿无女是个呀嗬孤独种，
捡只狼娃呀嗬也想续香火。

有人敲门时，贤可正横趴在床上盯着满屋的机器、电线和铁管筒出神。这是“拥军爱民”时，雷达站赠给老寨的，那些当兵的说容易得很，只消在垸旁小河修座房子挖条水渠，就可以发电，然后家家户户就不用再点松明子或油灯了。水渠挖通，房子修好，那些当兵的也全撤光了。就像当初为什么要建一样，对于为什么要撤，老寨人老想不通。这是军事秘密。雷达站的事务长也是女佬的相好，也只和女佬说了这么句话。他们从天而来从天而去，转眼之间几架直升机就把全体人马和那会转动的巨大的雷达天线运走了。家在《水浒传》中梁山泊那地方的那个战士也走了，贤可和宝阳的小学功课只上到四年级就再也无人教了。这几年山下的干部惦记着这可卖大笔钱的机器，盘弄了好多次，就是没有办法将它弄下山。那密密匝匝、漫漫苍苍的树木组成一道林墙，阴森森的，简直无法逾越。那隐隐约约、逶逶迤迤的小路构造了一座迷阵，迷糊糊的，徒手也摸得心烦。他们弄不到雷达站运机器来时的那种能停在空中不动的直升机，所以每次都无可奈何地走了。

贤可打开门，一阵焦灼的狼嗥声闯进来。

头顶上很窄的星空，乌云正拼命地拥挤着。

“没睡？”

“没睡。”

“这位王师傅就住在你这儿了。”

“住吧，只要能习惯。”

“王师傅答应帮我们把电站建起来。”

“他能建电站？这瘸子猫。”

“你说什么？”

醉醺醺的两个人相互搀扶着进屋了。

门外的黑暗中还有一双眼睛的瞳光。

“你跟在这种男人后面干什么？”贤可冲着宝阳发火。

“父好反常，也醉了，还说从前家里有电灯呢。”

宝七伯在屋里喊起来：“贤可，给客人倒杯水呀！”

瓶里有水，壶里有茶，但是他说：“没有。”

“你这是怎么过的，明年春上把宝阳娶过来吧！”

“别、别，那么好的姑娘——”瘸子猫这时睁开了醉眼，“我不睡床，睡这儿。”他半睡半醒地摇晃着两只脚，气吁吁地倒在一个阴暗的角落并马上打起鼾来。

宝七伯喉咙里一声嘟哝：“这模样，倒像个逃犯。”

后半夜，坐在门槛上，贤可掏出父亲留下的旱烟杆，挖了一窝烟点上后，贤可吧吧地吸起来。一道闪电映出右边第三家窗下的人影。“女佬，开门啦，下雨了。”“又没请你来，自讨的嘛。”“明天下山给你弄瓶好酒行不行？”“兄弟，对不起，我先到一步，你改日来吧。”听到窗里传出另一个男人的声音，那人影开始挪动了。

见贤可还没睡，那人停了停。

“没睡？”

“没睡。抽口烟吗？”

“抽口。”

手里的旱烟杆被那人接过去，黑暗中吧吧几响。

“怎么没睡？”

“有生人在屋，心烦。”

“是那个瘸子吧，好古怪。”

“谁在女佬那里？”

“宝七伯，六十多岁的人了，瘾还这么大。明天还去驮树吗？”

“去，你呢？”

“我？再说吧。”

“走啦？”

“嗯。咳，你这烟叶比牛尿还酽。”

雨滴砰砰地碰着身前的青石路面，身后一阵骚动，瘸子猫醒了，从墙角爬起来站在门口稀稀拉拉地尿了一通，回头又呼呼睡起来。雨滴仍是又疏又大，忽地一股灼人的东西直涌，撩得贤可喘不过气来。他忍不住摸到宝阳家门前。当宝阳披着短褂从门缝里伸出头来问是谁敲门时，他又躲在墙角后面不敢吱声。

转身往回走时，碰上了宝七伯，二人一对目什么也没说。

宝阳开门后，宝七伯问：“贤可来过夜了？”

“没，我可不学女佬。”

“我人老眼不花，明年春上完婚行吗？”

“听别人说，年底还有大吉的日子。”

“急了？哎，女佬人好只是命厄。”宝七伯突然转了话题。

驮树佬呀嗬驮树驮，
驮了呀嗬三十六棵过了河，
骚女人变心还可呀嗬找一人，
老娘一死呀嗬谁个来疼我。

月月砍，年年驮，满山谷的杉树，像和驮树佬们较着劲，不知砍倒多少，驮走多少，杉林还是那么葱绿苍翠。这林子似乎是专门为哺养老寨这群驮树佬而生长的，方圆百里大山就只这儿杉树成林了。曾有人计划劈山修条公路进来，算来算去又因林子太小不划算，结果，林场伐木队至今仍在离这儿八十里远的十几重大山那边。驮树佬仍旧像很久以前那样将杉木砍倒，晒上半年再将锯成几截的树干，一截截地驮到老寨，等到冬天满山冰封时，再把它们放入寨前数不清多少根杉木冲压出的半人深的滑道，像追赶牛犊的豹子一样宣泄下去。

早起，驮树佬们头里走了，把贤可落下两里远。他本来起得最早，五更时，瘸子猫在床边呕吐起来。他被闹醒了，也就起床了，碗柜里拿出一葫芦瓢剩饭，用开水一泡，然后一边往嘴里扒，一边挨家挨户唤醒别人。平常上山前总由宝阳替他准备一叠玉米饼，再亲自送来，今天起早了些，他最后将女佬唤醒后，不能不到宝阳家，宝阳正在梳头。

“饼呢？”

“没有。”

“没粮啦？”

“你再别去驮树了。”

“不驮树怎么娶你！”

“我同父说好，让你帮王师傅修电站，将来就在电站里发电。”

贤可差点噎住了：“我不去。”

“垸里的男人就你读过书。”宝阳一撇嘴。

“外面来的不知根由的男人多着呢，里面说不准有上过大学的。”

“别人我管不了，就要你去。”

“忘了老寨的规矩，要管男人只有像女佬那样。”

“你说真的？”

“说啦。”

看着宝阳闪进屋里，身影消失在黑洞洞的大门里时，他开始在心里诅咒瘸子猫了。

贤可知道驮树佬们不会在人没聚齐之前往回走的，他也不急于撵。而那群先到达的驮树佬，也乐得坐在伐倒的杉树后留下的树墩上，唱着山歌。女佬无心和男人们说话，直到他闷闷地走来时才松了口气。

驮着树走回头路时，贤可心里想，守着那堆机器睡了几个春秋，不就盼着能把电站建起来，可想请的师傅请不来，没请的瘸子猫自己过来了。他最是见不得瘸子猫盯着宝阳的那副色狼相，宝阳她居然也叫起王师傅来，就是说，瘸子猫不必作为驮树佬就可以留在老寨了。

咚！肩上的杉木撞着什么了。

“喂，留点神脚下。”一向总是在头里跑的女佬掉在身后，他还认为自己是最后一个。

女佬换件褂子后，胸前没有了破洞，但走热了时，会像男人一样敞开胸襟，撩起衣摆边走边扇着风。贤可不敢回头。

“哎，你饿了吗，我这里有饼呢。”女佬仍实意地招呼他。

“我有。”他还是不回头。

“得啦，怎么没见到宝阳的花布袋？”女佬眼睛的确尖。

这时，肚子开始咕咕作响了，贤可懒得搭理，低头一个劲地朝前赶，爬上一处山嘴，还没到休息地点，前面的驮树佬们就在路上挤成一团。

有人掉下路边的悬崖了，幸好及时抱住半崖上斜长出的一棵油桐树，崖头生长着的灌木拦住了视线，只听见下面的人在嗷嗷乱叫，看不见人影在哪里。

贤可赶到时，驮树佬中有人正说：“得下去个人，不然他会被黑蟒吃掉的。”

“我去。”贤可接上话。

女佬递上一块玉米饼：“吃了吧，饿了没劲。”

贤可仍旧不回头，一阵手忙脚乱过后，他抱着绳索溜了下去。才几分钟，驮树佬们听到看不见的崖间发出一阵惨叫声。又过了几分钟，惨叫声没了。再过几分钟，女佬手中掂着的绳头抖了三下。这是贤可去前约好的信号。驮树佬们喊着号子一齐使劲，将挂在崖间的两个人拖了上来。贤可浑身不是伤痕就是血迹，鼻头缺了一块。

“怎么啦？”女佬问。

“踩上鹰窠。”他从怀里掏出几只鹰翅膀，“妈的，老子将它撕了！”

“哟，这鹰毛真漂亮，等你的宝阳坐月子时，用它作扇子准保凉不了筋骨。”女佬好羡慕，“给我一只吧！”

“你呀，三个女儿有两个没有姓，还想再添一个吗？”被贤可救上来的那人一边舒着筋骨一边饶舌。

“计划生育的都不管我，你嚼什么蛆。贤可，吃了吧，里面包的是腌萝卜馅，你最爱的。”女佬又递上了玉米饼。

贤可终于回头看了一眼，不过还是没有接。

女佬恼了，随手将一包玉米饼狠狠摔出去，正落在靠岩放着的一截杉木上，杉木一晃，支撑着的木杵歪了。接着，杉木轰隆一声朝山崖下边滚去。

正巧，这树是贤可的。

驮树佬呀嗬驮树驮，
驮了呀嗬七七四十带九棵，
人心隔层皮呀嗬好比炖野鸡，
竹篾扎的黄牯拖不动犁。

“毛儿，把牛赶出去屙屎——叫你父回来吃呀！”老寨的女人在吆喝着。

天亮后，贤可就在一个土坑里使劲地刨着，听到垸里的吆喝声时，心里盼着宝阳早点送饭来。不过，他不是盯着那破败了的寨门，而是盯着一直盯着寨门的癞子猫。当宝阳真的提着篮子出现时，他瞅见癞子猫眼里露出一道邪光，他想朝那坏蛋后脑勺敲一挖锄。在癞子猫迎上去时，贤可举起挖锄在坑里狠命地凿着土。

宝阳走拢来，蹲在坑边笑眯眯地瞅着他。

那天黄昏，贤可又一次空着手回到垸里时，宝阳站在父亲后面，也是这么笑。

“回啦？”宝七伯随口一问。

“回啦。”贤可不敢随口一答，语气好敬重。

宝七伯将他头脚溜了一遍：“树呢？”

贤可说：“还给山里了。”

“明天别上山。”

贤可知道宝七伯后面的话。

“跟王师傅学发电去。”

贤可点点头。宝七伯不满意。

“舌头上长疔疮啦？”

“知道，明天我去。”

在老寨，宝七伯的话没人敢不听。隔了一夜，扛着几件家伙跟在拄着竹拐一颠一歪的瘸子猫后面走，贤可心里好委屈。

从前，除了宝七伯，贤可没服过第二个人，这让他在听瘸子猫使唤时的滋味变得更难受。不过，贤可已学会一种可以让自己强忍下去的办法，吼叫斥骂他都一声不吭。有一次，安装两个人搬起来还吃力的主机，瘸子猫要贤可双手抱住那钢轴，不使它的任何一处挨着地面，然后自己退到一边盯着机器发愣。贤可撑不住了，就开始数着数，计算着到春上同宝阳结婚的日子有多久，等到瘸子猫终于叫松手时，他又数又算了三遍。三遍得出了三种结果。

实际上，雷达站那群当兵的留下的活本来就不多，又遇上贤可这么拼命地干，二十多天过去，屋内的事就干得差不多了。

今天，宝七伯来时好不高兴，瘸子猫却愁眉苦脸起来。

“你怎么啦？”

“不瞒你，宝七伯，只能干到这儿了。这机器太复杂，我怕是侍候不了了，拿着个线头不知怎么接。”

“是这样？”

“一点没假。”

贤可跟瘸子猫当二十几天的哑巴，这时忍不住说话了：“这说明书上说，星形接法和三角形接法都行。”

“怎么没早认出你还是个电气专家，你来干吧！”瘸子猫将钢丝钳往地上一扔。

“是这样。”宝七伯像在自言自语。

“另请高明吧！”瘸子猫又将螺丝刀扔了。

“嗨，王师傅，看得出你不是凡夫俗子，只是有心事是不是？要钱还是要物，你只管开口，全包在我身上。”宝七伯说。

“宝七伯，你算是把我看透底了。可光棍一人要钱何用要物何益，我想朝你老讨个人。”

“谁？”宝七伯有些警惕了。

“宝阳。”瘸子猫说。

两张脸一下子变色了。

宝七伯不再驮树的前一年，曾和一只豹子干了一仗，豹子啃掉他的左耳，他却将豹子掐死了，如今垫着睡觉的豹皮褥子，就是那一次剥下来的。贤可真希望这宝七伯再发一次威，哪怕是瘸子猫的那一条腿再卸掉一次也行。

“休想。”宝七伯却没有这么做，只是边说边扭头。

“做梦。”贤可一甩工具在宝七伯之后离去，走了几步，又转回来面对面地狠狠唾了瘸子猫一口。

贤可一进屋，就呼呼啦啦将瘸子猫的几件行李扔到门外。

待瘸子猫丢魂失魄地走近时，贤可站在门槛上大喝一声：“滚！给我滚出老寨去，迟一步就将你瘸子猫揍成瘫子老鼠。”

瘸子猫可怜巴巴地说：“天都黑了总不能将人往狼窝里撵。”

瘸子猫求情也没用，贤可叭的一声反插上门。

夜里贤可先是气，瞌睡上来之前就已变得十二分的欣喜了。天快亮时，他睡得正香甜，又有人来敲门来了。

门开后贤可看见宝七伯后面跟着宝阳。

“王师傅呢？”

“撵走了。”

“知道去哪儿吗？”

“不知女佬留没留他。”

他们叫醒女佬时，女佬很不高兴。

“来过，让我一瓢潲水浇跑了。怕是去了你们那宝贝电站。”

贤可和宝阳跟着宝七伯去电站，电站的门果然从里面插上了。

宝七伯只试着推了一下，就听到那惊恐万状的声音。

“哪一个？”

“是我们，王师傅！”

瘸子猫开开门后，苕一样看着大家。宝七伯也在看瘸子猫，宝阳却谁也不看，只低着头看着地上的一只蚂蚁。

好不容易等到宝七伯开口说话了，贤可听了真如同天塌下来了。

“我们驮树佬没教养，请别计较，宝阳带来了，我这就把她交给你。”

“七伯，别耍我，我天亮后就离开老寨。”瘸子猫哪敢当真。

“你自己问宝阳吧，只要你别离开老寨。”宝七伯平静地说。

抢先问宝阳的不是瘸子猫而是贤可。

“你愿意吗？你绝对不会愿意的，是不是？”

“愿意。”朦胧中看不见宝阳的面容，声调还算平静。

“电灯什么时候可以亮？”宝阳这么说话时，声音中多出一丝迫不及待。

“七月初七。”瘸子猫不假思索地说，“那天晚上一定叫老寨大放光明。”

“那么，电灯亮时给你俩举行婚礼。”宝七伯喉咙有些发硬。

贤可早就气跑了，不知在哪个山岗上狂叫：“吐出的痰想舔回去，算什么驮树佬，算什么老寨人！”

驮树佬呀么驮树驮，
驮了呀嗬六十四棵还没有着落，
糊里糊涂生呀嗬糊里糊涂死，
糊涂鸟糊涂穴糊涂福糊涂祸。

山路翻过石岗后，前面的人都被遮去了。

贤可猛地转身挡住了女佬。

“宝阳不要你了，才来找我！”

女佬很老练地一看神色就知道贤可想干什么。早上见到贤可又回到驮树佬中间时，她心里不知有多快活。

贤可动手将女佬往路边树林里拖。

“来真的可不行，这几天我身上不干净，你还是童子身，这会惹晦气的。”女佬没挣扎，只是嘴里在劝，语气中带着少有的祈求。女佬的反常让贤可觉得没了劲儿，伸向女佬的手慢慢收回，随即转身头也不回地跑远了。

到了伐木场，贤可绑好杉木驮起来就往回走，谁也没跟上。

驮树佬们睁大眼：“贤可怕是叫山魈给迷住了。”

说是不祥之兆，不祥之兆就应验了。

从这天傍晚起，老寨里就见不到贤可的身影了。

贤可失踪的事传开后，女佬哭了。

宝七伯对宝阳说：“你想哭就痛痛快快地哭吧！”

然而，宝阳一滴眼泪也没见流。

谁也不曾料到就在宝七伯牵着几条猎狗漫山遍野寻找贤可的尸骨时，贤可穿过暴烈的漫天急雨来到了一座小城。贤可第一次见到实实在在的电灯是在拘留所里。贤可不知如何与警察说自己的心事，也没有把握对警察说出宝七伯曾经对瘸子猫的怀疑，能说的只是自己曾经将瘸子猫的腿弄断了。警察问贤可怎么将人打伤时，他说了半天说不清，那位警察于是站起来，将门边的一根小绳拽了一下，叭的一响电灯就发出强光来。后来，贤可继续往下说，一直说到瘸子猫时，那警察突然打断他的话，并朝窗外吆喝一声，屋子里的警察马上增加到四个。四个警察都要贤可继续说瘸子猫的事，说完后他还得在一大堆照片中认出瘸子猫。最后，那警察高兴了，还说要给他发奖金。贤可这才知道。瘸子猫从前在雷达站当过兵，眼下是从监牢里逃走的大流氓。

贤可回到老寨的那天正是七月初七黄昏。

瘸子猫许诺的电站终于修好了。

女佬最怕见到别人结婚时的情形，宝七伯就安排她看守水闸，瘸子猫手把手教她说，听到院里唢呐一响，只要将挡水的木板往起一抽就行。她这么做后，就像太阳从山那边升起时一样，老寨的那块天腾的一下亮如白昼。

就在这时，女佬看见贤可了。

“你怎么活过来了？”

“山神保佑我。”

“有人为你哭了几场。”

“山神保佑她。”

“屁。”

女佬不高兴。

老寨里唢呐声好动听。

“宝阳要守活寡了。”

“犯凶煞啦？”

“警察来了，要抓瘸子猫。”

女佬一听，愣了半天。“只要此时电灯一熄，宝阳就进不了洞房，让那臭卵子空欢喜一场。”

女佬捡起一只石块塞进水闸下面的铁管里。

一声巨响过后，老寨重新陷入黑暗中。

唢呐声、喧闹声骤然停下来，山野一片死寂。

女佬大声说："快去找宝阳呀，十七岁的金瓜女，十八岁的宝刀郎，一沾就开，快去呀！"

贤可走的是另一条路，没有碰上直奔电站而来的那群人。

除了两支红蜡烛外，宝阳家一点也看不到新房的模样。贤可轻轻地叫："宝阳！"

端坐在床边的宝阳很平静："贤可哥，我知道你就是死了也会来的。"

"我没死，好好的呢！"

"你支开他是为什么我明白，我早就要告诉你，是花总有人采，你来吧，我都等白头了。"

贤可朝她扑过去，搅起的风吹灭一支蜡烛。另一支忽闪了几下，没熬住也跟着灭了……

睡前宝阳在一阵阵呻吟着，醒来时那呻吟声还在响。

几名迷路后终于赶到老寨的警察突然破门而入，闯进宝阳的新房，见到床上赤身裸体的不是瘸子猫，而是贤可，警察们赶忙退了出去。

公鸡一声长鸣，宝阳不再呻吟了。

"你该走了。"

"我娶了你就不走了。"

"公鸡打鸣，阴阳交错，不走行吗？"

“还把我当鬼魂呀！”

“天地未开时人鬼本是一家，你也别认真去想。”

“我没死，我不是鬼，你咬这儿一口看看，还出血呢！”贤可使劲搂住宝阳。

宝阳闭着眼睛在贤可肩上咬了一口，睁开时真的见到一缕血迹。

贤可说：“我去县城里了，瘸子猫是大坏蛋。是从监牢里逃出来的，警察正在抓他！”

宝阳坐起来露出玉色胸脯、玉色腰肢和玉色双腿。

“那电站怎么办，老寨人人都在盼呢！”

“再说吧！”

贤可再想搂宝阳时，被她挡开了。

“你从前不是比谁都盼吗？”

宝阳问时，贤可没有吭声。

“电灯，电站。”

宝阳喃喃着。

房外响起一片踏踏的脚步声。昨夜星空留下的三颗星星又消逝了一颗，剩下的两颗越来越不安地在薄雾中摇曳着身影。瘸子猫被押过来了，一只手铐紧铐着那双还沾着油污的手，如同一对挨了暴晒的紫色茄子。

看到与贤可并肩站着的宝阳，瘸子猫叫起来：“等着我，大不了再关十年，掰着指头就数过去了，那时再陪你进洞房。”

瞪着瘸子猫，贤可说："宝阳是我的人。"

宝阳却意想不到地走上前去："只要你还回来修电站，我就等你。"

贤可心头一震："你别想野了身子。"

"谁叫你毁了电站。"

宝阳将一包衣服系在瘸子猫的膀子上。

这群人是在黎明之际走的。

这之后，贤可回到自己的屋里蒙头大睡，再次起床时已是第三天中午了。他背起在雷达站空了的营房里拣来的旧皮包在垸里走动时，看到宝阳正在猪栏旁给猪喂食。

"我走了。"

"走吧。"

"到城里去。"

"去吧。"

"我要拜师！学修电站！学发电！一定会比那瘸子猫先回老寨！"贤可受不了女人的冷眼，他吼起来。同勃然大怒一样，又突然静下来，轻轻地说了最后三个字："我走了！"

因为宝阳眼里滚出一串夜明珠般的泪珠。

女佬在寨门外挡住贤可。

贤可告诉女佬，三年后的今天一定会学成回家。

女佬好高兴，说二女儿那时就十五岁了。她愿意招贤可做女婿。她还赌咒如果说话不算话，上山被黑蟒怪缠，进屋让野猫精占。

而那毫无生气的电站门前呆坐着宝七伯，贤可去道别时，宝七伯既没抬头，也不睁眼，更没开口。

贤可只好继续朝前走，尽管回头看了许多次，也没发现宝阳顺路追来。山太高了，沟太深了，林太密了，路太弯了，贤可看不清前途去路，只记得这路的两端，一端是他的老寨，一端是别人的小城。追他的宝阳知道无望了，一跤跌倒后没爬起来，抱着一只有金线绣最善保佑驮树佬的八卦垫肩，趴在他刚刚走过的小路上号啕大哭。这哭声他倒是隐隐约约地听到了。只是没留意，以为又是哪个驮树佬摔下了山崖。

驮树佬呀嗬驮树驮，
驮到九九八十一棵摔断了脚，
哎哟哎哟呀嗬哎哟哟……

（本篇为系列小说《大别山之迷》之六）

一九八六年九月于英山县文化馆

光 辉

有一个人拿着竹竿在河里比画。

另一个人拄着拐杖在河岸张望。

撞出山口之前的西河，远不是那么阔大浩荡，只是无缘无故地将身子龟缩起来，裹起一带清水，汤汤地沿着石滩流泛，一点也不在乎两岸青山大坂的挤压。

多少年前，山口里面的河西垸来了一位陌生人，说是来还愿，来报大恩大德的。有人好不容易想起，这驮着一袋子钱的陌生人，曾在这西河上遭过难，是垸里人把他从洪水中捞起来，揪住耳朵灌了一碗姜汤，他一觉醒来，穿上烤干的衣服时似乎说过要报答这话。于是，从没有桥的这一段西河上有桥了。陌生人捐了这座桥便要离开，却没有离开，一个女人哭哭啼啼地说自己怀了他的孩子。

多少年后，山口里面的西河上，桥没了。只剩下堆在河岸下面两堆或是雕花或是镂兽的方块石。十三爷的爷爷说，那桥叫龙王爷收到龙宫后花园去了。十三爷的父亲说，龙王爷与赤脚大仙抢这桥时，一使劲给拽断了。如今，十三爷说，那桥让赤脚大仙捧去瑶池给王母娘娘献寿礼了。

“那花桥好哩，桥上盖着亭子，遇雨可防淋，遇雪可避寒，大热天走累了在上面歇一阵，真比十冬腊月搂着个胖女人睡觉还舒服。”十三爷越来越爱这么唠叨。

“等你百年升天时，给我们讨回来。”钟华望着老人或真或假地说。

“小子你嘴尖算有本事？这花桥还是你祖辈积德行善修的，你怎么就这样无德无能？”

常这样。十三爷也懒得认真计较，心里在想别的：他父亲五十岁得此独子，他能出世也是人造化，天报应。这种人，不是龙，就是虫。

孰龙孰虫的钟华还在河里拿着竹竿忙乎。

十三爷脸上，愁云愈见浓了。

邻居女人牵一头肥猪从老人身边下到河里。

“风好狠，回家吧，别凉了筋骨。”

十三爷没吱声。

“河风凉，河水更凉。”钟华趁机搭讪上了。

“这一到河边两腿就哆嗦。”十三爷说着话就打上哆嗦了，“也不知道几辈子人怎么熬过来的。”

“等我把这桥修好就不哆嗦了。”

“只怕腿不哆嗦心会哆嗦。”

往后西河里就没有了说话声，钟华有了一阵发愣。手中的竹竿，东三西四北五地在石滩上，叭地敲一下，叭地敲另一下，叭地再接着敲一下。终于，他浅浅一笑。回转身时，才知道那哗哗啦啦的响声，是十三爷解开了裤带，站在高高的河岸上朝石滩上撒尿。人老不值钱，撒尿似吐痰，不在乎有没有女人在附近。心里一乐，钟华就咋呼起来。

“十三爷，加把劲。喂！能将尿撒到电线上去，来年十三奶准能生下个胖儿子。”

输电线路，斜着穿过西河时，将银闪银闪的金属线垂在石滩上不很高的空中。

河风吹得猛，逆风说着话时不知道对方听没听清。

老人朝他望了一眼，筛筛身子，重新系上了裤带。那泡尿溅到哪里，哪里就是一坨冰。

十三爷又唠叨上了。

“那花桥上天后只数第二，在人间却是第一。花桥在时，再猛再汹的洪水一到这儿就变得乖乖的，服服帖帖的，哼哼哧哧地钻过桥洞，一个浪头也不敢翻。”

十三爷周围小孩绕成一个人圈。

“坏就坏在赤脚大仙把这桥给端走了。”

“他能腾云驾雾，还怕有过不去的河？”

“这赤脚大仙，想娶七仙女、七姑娘，就拿这座天下第一桥去巴结王母娘娘呗。”听这说话的腔调，无疑是钟华来了。

十三爷阴着脸说："今晚没你的事，别来这胡扯。"

"不是让全垸的人都来么？"

"没叫你来。"

"是议造桥的事么？"

"没叫你来。"

"那——我走了。"

"没叫你来。"

钟华走了。然后有人说各家各户全到了。

十三爷从嘴里抽出烟杆："议议造桥的事。"

"您老七十大寿时，不是已议定了？"

"再说不造不行。现在得造。"

"有人开始造了。"说话的人埋在人堆里，那声调是不敢说出钟华的名字来。

"那个不成器的东西。"十三爷一挥烟杆，正燃着的一团烟丝，从烟窝里掉进自己的衣兜，一拍打，手掌心烫了。

"有话风，过桥要收过桥费。"有几个人小声嚷嚷。

"作孽。"还有几个在小声责骂。

坐了不知多久，一屋人只说了这些话。

火塘里柴燃尽了。挨不住冻。

半夜里十三爷抹了一把胡须上的鼻涕："到时候再说吧。"

"就听你的，等等看。"

都散去了，屋里应该没外人了。十三爷睡不着，老感觉谁在碍着谁。他拉了一下电灯开关线，屋里没见到亮。一定是老鼠又咬电线了。他划了一根火柴，火苗在门缝里吹进来的冷风中恍惚几下，好半天才将屋里照亮，跟着火柴梗就烧到头了。他刚好看清，屋里实实在在只有自己。

这个钟华，他的祖辈什么时候做过亏心事呢。十三爷叹口气，天突然放亮了。

“爷爷，哪儿去？冷得很咧。”孙子问。

十三爷在门外，家里人看不到他一边撇嘴一边瞪眼：“刚进九，算什么冷。我不怕冻糙了脸皮去不成镇里摆阔。”

十三爷给孙子取名叫光辉。光辉坚持说：“说清去哪，有事好找。”

十三爷同样坚持说：“长着两只眼睛，不知道看？”

十三爷走在路上时，听到身后有自行车铃声，他没打算让路，心想自己长辈嘛！等了等，不见车往人来，十三爷忍不住回头张望，却看见孙子光辉自行车前大梁上横坐着一个花花绿绿的姑娘。两个人脸贴脸一边说话，一边让自行车拐上了另一条路。

年纪轻轻的上镇里去玩，不愿脱鞋过冷水河，宁肯绕十里路。老人心里很不满，却丝毫不妨碍他对这个家庭的长孙格外疼爱。

西河里已不是一个人在忙乎，一大群人在折腾，数了几遍也数不清到底有多少个人。他认为自己不能不对钟华说几句了。

十三爷说：“你父母死得早——”

钟华截住话：“这不关他们的事。”

“行，这花桥是你钟家祖辈造的，也是捐给河西垸的，凭一人意思来不行。”

“您直说吧！”

“花桥你不能动。一个石子也不能动。”

“干吗动它？”

“不是造桥么。”

“你当不在原地方就不能造桥。啰！这桥造在这儿。”

一道道石灰画出的白线，在离花桥五十米远的地方，横竖竖横，爬满了石滩。让十三爷犯了一阵愣。他从没想过在这西河，这石滩上造桥的还可选择别处。

“我那在文化馆工作的同学说了，花桥是古建筑，垮了就叫古建筑遗址，归政府保护和管理。”

不知这话十三爷听没听见，竟没见动静。

而以后，老人要到对岸破败桥头去看看，两把蹬掉了鞋袜，露出像烫蜕皮的鸡爪一般的脚。西河这时很细很浅，水与滩的边缘，薄冰结成两条乳白色飘带，一端溯源而上，一端顺流而下，有时眼看只差半尺就汇合到一起，猛地各自扭头拐个急弯，拉开更大些距离。并且经常这么严肃地重复着，偶尔有一处小跌水，必然会有一群凸出水面的卵石，圆圆的，如今粘上一层透明的薄冰以后，愈显得溜滑溜滑。

“哎哟。”

十三爷轻轻一抖。冷得难受，还是冰凌扎了脚！

直到五千响浏阳鞭炮在竹竿顶上炸开最后一响，十三爷和垸里的其他人还不怎么相信。一个月还差几天，好梦没做几场呢！盘座新厕所好歹也要二十天出头，桥是万民大事，凭他一个哪能轻而易举地办到。

不搞什么通车大典。现在兴这。施工队的头头再劝也无效。钟华将在桥两头的栅栏一放倒，脖子上挂着一只帆布包，吆喝着收起过桥费来。

吆喝声垸里能听见。十三爷听不见，有人提醒后，竖起耳朵听了半天，仍是听不见，心里嘀咕：以为至少要到春上，这年头年尾还没换过来，怎么桥就架通了？

哗啦！

门外一响，十三爷听见光辉在摔车子。

“你妈养了一整年的大肥猪，才换这么两只轮子，一百好几十元呢。烂摔烂打，车你不心疼，猪你不心疼，你妈你也不心疼？”十三爷的拐杖在地上拄得咚咚响。

“爷爷，真是气死人了！”光辉还没进门就嚷嚷起来。

“人长嘴就是放气的。”

“钟华那狗东西，硬是要收我的过桥费。”

“给了？”

“不给不行。给了才让过。”

“多少嘛？”

“靠脚走的五分，靠轮子走的一角，又有轮子又冒烟的，小的一元五角，大的两元六角——他就这么吆喝着。”

“没骨头。”

“怎么没骨头？”

“脱了鞋从水里走也别从那桥上过。”

“这与有骨头没骨气无关。你没听天气预报，零下好几度咧。”

说着话时，门外忽然没声音了。十三爷挪了几步到门口，心里就怦地一颤：光辉正和一位姑娘嘴唇对嘴唇地搂在一起。入冬来撞见三次了。第一次是在他的房里干这种事。惹得他这些时，老在想自己结婚前的那些荒唐事。她们都死了，就只他还活着。散落在石滩上的条石，曾是他们在夏夜里的快活床。

那花桥是吉祥之物，如果不是有秽物粘上身，毁了洁体，最少可以保佑河西垸人过上安康日子。先生说，凭这地相，就是没有花桥，也该是藏有大富大贵，怎么许多年不见发旺呢。老了就明白了，年轻人的荒唐事谁禁得了，这得将花桥重新造起来。飞龙舞凤，活了就更神，有灾消灾，无灾赐福。

天亮前，十三爷好悲伤，害怕今生没机会亲手造桥了。到了上午，他像昨天，强忍好奇心，不去西河边看花桥旁边的新桥。一连几天强迫自己克服那老习惯。后来终于憋不住了。因为光辉每天回来，说话在变化着。

“钟华认钱做了爹娘老婆亲儿子。”头一天光辉这么回答。

“狗东西是见钱桥通。一角钱的事我也懒得那么认真。”第二天光辉这么回答。

“今天我没骑车子，只给了五分。”第三天光辉这么回答。

听着光辉的话，十三爷没办法无动于衷了。

垸里有人问十三爷去哪儿。他说去河边走走。

“想看看新桥？”有人不知趣地询问。

这随口说出来的话，立即招来十三爷一顿好骂。

十三爷心里觉得实在委屈，自己本来就是去看花桥的么。

离花桥废墟不远的地方，钟华正和一个女人纠缠。

后来这女人似乎恼了说：“你请我，我也不从你这桥上过。”

“冬天的水，恐怕扎骨头。”女人往水边走时，钟华冲着背影说。

那女人一愣后还是卷起裤腿：“别不要脸，女人脱衣解裤要过河，你盯着干什么？”

“得了。就是七仙女下河洗澡，我也懒得看，谁稀罕你这苦瓜皮，冬瓜相。”钟华说着扭头走到桥那边。

女人也精，踮着脚从他身后溜上桥，跟着要开跑，却不及钟华快捷，伸手就逮住了。嬉皮笑脸，打情骂俏，最终还是掏出了一枚硬币。是多是少，隔远了十三爷看不清。

转回家，老人那恨恨的模样实在骇人。

又黑又潮的一片梧桐叶子，不知从哪儿飘起来，也不知飘到哪儿落下，像只受伤的笨鸟，在河西垸青灰的瓦脊上执拗地翻腾着。大山漠然，风刮得再凶也不肯动一动。

钟华将自己造的桥从这一头到那一头，又从那一头到这头，打量几遍后，才颇为得意地收拾东西回家来。

在黑漆漆的门洞里，十三爷眨巴着两只发亮的眼睛。

“钟华，今天赚多少？”光辉跟在身后问。

“赚？屁。”钟华一偏头间，将内心的得意暴露无遗。

钟华马上反问：“这些时怎么老往医院钻？”

光辉辩解起来：“没，别瞎说。”

“偷偷摸摸领着姑娘找医生，刮胎啵？”

“嘻嘻，还没成。能不能帮帮？”

“你得说那姑娘是谁？”

光辉贴着钟华的耳朵说了几句，钟华一惊：“你小子真够混，还叫她姑姑呢。五雷不劈，六雷不轰，十三爷也要你的小命。”

光辉一声短叹：“全怪一招不慎——”突然发现十三爷站在暗夜里，他赶忙说：“爷爷，我回了。”

十三爷眼皮一合，不想搭理。趁十三爷那对闪亮的眼睛不见时，光辉连着朝钟华做了几遍讨救的手势。钟华那踏踏的脚步声远去时，十三爷才又睁开眼睛。

“你同他捣什么鬼？”

“路上碰见，闲聊。”

光辉一边编着话说谎，一边朝屋里走。

没想到十三爷的背后的屋子里竟猫着满满一屋人。

光辉还当是要请家法，他心里惦着那件不敢见人的事，不能不惊慌。愣了愣才发现满满一屋人里，谁也没有在乎自己，只是把一对对一双双眼睛盯着十三爷。沉默中，十三爷吸烟的动静，好似八月里发洪水时的西河，等到有人开口说话后，光辉如释重负寻着人缝到里屋去了。

“当初那桥还在放线时，河里怎么没飘条月经带，挂在那主线上？”

“那狗卵子不信这个。”

“由他？河东垸程家的房子怎么老盖不起来？”

角落里有人发起牢骚来：“早些听十三爷的，不就什么事情也没有啦！”

“说吧，十三爷，这次定准听你的。”满屋人附和上了。

屁股朝里，嘴巴朝外，坐在门口，十三爷还是一言不发。耐不住寂寞，于是有人又提起花桥。十三爷心里想的也是这事。花桥是奇物。奇物奇美。奇物奇效。

很快这话题不过瘾了。“钟华那鸟，昨天一天就捞了三十几元，这一个月就是一千几，一年就是一万几呀！”

“走路过桥得给钱，盘古开天地以来，没有这样的奇事，绿林强盗要买路钱也不敢这么明目张胆。”

“他一辈子守着这摇钱树就够了。”

“得把它搞掉。”不知谁嘀咕一句。

有人害怕："不怕蹲监狱么？"

"也没说杀人，只是弄断这阎王桥。"

十三爷干咳一阵。以为老人要说话了，满屋的人闭上嘴瞪大眼睛。十三爷站起来时，向后看了看，拄着拐杖朝厕所走去。

再起话题时，有人说："那年分责任山、责任田，怎么没想到分责任河、责任路呢。什么都是一家一截，便宜事谁也独吞不了。"

"我看得将桥头的路挖断。"

"路一断，谁也出不了垸。"

"等春上发洪水，去上游砍棵大树漂下来，塞死桥洞，让洪水掀了那桥。"

"那么大的树，谁舍得让我们砍？"

"不如我们约齐了，或是找个理由教训他一顿，或是一分钱不给硬闯。"

"干脆弄包炸药，偷着放到那桥下，一炮崩了它。"

光辉忍不住从里屋钻出来："干不得。"

"就你有懿德。"谁朝他唾一口。

光辉没理睬："别自找苦吃。钟华他早就请好了律师。"

"什么，力士？"

"就是讼棍。"

一提讼棍，大家就泄气了，再也没人吭声了。

忽然，十三爷在厕所里吆喝起来。十三爷一不小心，拐杖从踏板缝里掉进粪坑，他摸摸索索站起来，一手提着裤子，一手扶着墙壁，奈何不了那根飘飘荡荡的裤带，才大声叫着光辉。回到屋里，几双木梓树皮般粗糙的手，捧着一只只烘篮递过来。十三爷就近拿过一只，撩开棉袄塞入怀中。似乎肚子里结冰了，又融化开了，好半天才呼出一股乳白色热气。

“想出主意了么？”十三爷问。

“谁能呢？等您呢。”满屋里这么说。

十三爷说：“有法子。也挺简单。”

满屋的人高兴起来：“简单好。越简单越好。”

十三爷说：“有钱出钱。有物出物。有人出人。将花桥重造起来。”

大家想了想后，七嘴八舌地说：“没错，有了花桥，谁再稀罕他那桥呢。”

“过花桥时，也得收钱。”光辉说。

十三爷举起五个栗苞：“放屁。”

警告过光辉后，十三爷从怀里掏出一个布包。“这是儿孙们孝敬我的，给我的寿方钱。拿出来，算重造花桥的第一个份子吧。”

满屋人还在发愣时，光辉问十三爷：“这么做，不就坑了钟华？”

“扭了脚，就怪路不平？别人怎么好好的？”

站在门边，十三爷送他们一个个出门时好高兴。有人劝，左邻右舍，同族同宗，别这么客气，天冷咧。十三爷不听，说今天不比往常哩。那个剃着光头的中年人在十三爷面前走过去时说，十三哥，我走了，你屋里歇去吧！光辉想起自己与这人女儿的事，慌忙也朝外走。

“夜深，去哪儿？”十三爷认出光辉。

光辉帽檐遮住眉眼也无益后只得找借口：“黑黄牯在闹棚，去看看，防止有偷牛贼。”

光辉钻进牛棚，又溜出牛棚，跑了一阵，见四周无人，就悄悄地敲起钟华家贴着几张《湖北日报》的窗子。

瞅着十三爷在西河当中指手画脚的模样，多像一只猿猴，哈拉着背弯，骨头快要戳破皮肤的脸又黑又糙，还不如猴脸逗人。钟华心里暗笑好多次，他倒是挺乐意见到那桥造得半截时，上面来人命令停建。那夜敲窗子的声音惊醒了他，听到的消息并没有让他慌上半个时辰。不过，他还是答应给十三爷的孙子帮一次忙。第二天，钟华也骑上自行车，将他俩送到一处小医院，不等姑娘爬上手术台，抓起自行车把又往县城赶。一来一去两天半。第三天下午他站在这桥头时，看到几十根圆木已组成一座桥的雏形。西河中，十三爷还在起劲比画。从昨天起，老人不再说话了。嗓子喊哑了，想说也无益。在这比画中，在那比画中，花桥日渐成形了。钟华仍旧很宽心，看不出半点着急的模样。文化馆的那位老同学上次给他看了正在草拟的重点文物保护单位公告，这花桥底盘是古建筑遗址，天王爷要动没奈何，皇帝老子想碰却是万万不可。他在想，到时候让拆这些材料时，准保比这搭建这些材料的速度快十倍。

十三爷，只可惜了儿孙孝敬的棺材钱啰。

钟华想喊却没出声，只是笑得更凶了。

太阳落山时，西河上只剩下两个人。

十三爷从河里朝岸上爬了两次没成功，这一次又要下滑时，上面伸来一只手扯住了。

踉踉跄跄上得岸来。一见帮忙的人是钟华，十三爷呸地朝手心唾了口痰，使劲擦了两把。

“冷么？”

“不冷。”

“累么？”

“不累。”

“等我到了您这年纪，一天到晚躺在被窝里懒得起来。”

“莫笑老。”

“十三爷，不管论斤论尺，花桥是我祖辈先造的，我也有一份。”

“没说你没份。”

“那谁经过我那份时，还得交钱啰。”

一阵气恼，十三爷快走起来。

钟华像蚂蟥，拧不落，甩不脱。

“木头桥结实吗？”

“祖辈那桥，不也通车走人。”

“可它怕水浸，怕虫蛀，怕火烧。”

龙头拐杖扫在钟华的大腿上，十三爷发火了。

“你给我滚！”

钟华反而乐了。

“我这就滚。您可别摔了，中风了，没人扶了。”

钟华往前走了一程，再回头，那地方不见十三爷的踪影，四下找寻时，才看见老人正朝自己造的那桥走去。

夜幕很深。十三爷在桥面上用脚跺跺，又用拐杖戳戳，再趴下去看时，身后突然有人说话。

“这叫钢筋混凝土。不怕水浸，不怕虫蛀，不怕火烧。”

知道身后是谁了，老人不转脸也不起身。

“十三爷，这桥你是头次过，走个来回试试。我说啦，早晚从桥上过的人不收钱。”

十三爷趴在桥上又是纳闷又是后悔。

那边自行车铃声一响，光辉过来了。

光辉说：“你怎么啦，爷爷？”

钟华说：“十三爷在研究桥，长见识呢！”

“浑小子，还知道回家！”十三爷终于找到泻火的去处了。

光辉并不慌，扯过钟华将一个纸包塞进他怀里，悄声说：“几斤猪肉。帮忙煨一下。明早让她来你家吃。”

“干什么？你过来。”十三爷叫起来。

“不是坏事，是喜事。”钟华说。

“没事。就来。”光辉说。

后来，爷孙在后面跟着，钟华走在前面时，故意将双臂倒背在身后，十指攥着那纸包。只是天黑了，老人光鼻子能闻到点异味。

“像是猪肉香。”十三爷说。

“哪能呢，是日子清苦馋的。回家同妈妈说，明天去镇里称两斤回。”光辉说。

钟华背上被推了一掌，知道是让离远点，却佯作不解回头一阵嘟哝，仍旧不紧不慢地走着。

这么不紧不慢是因预料后几天的那些事。

后几天中的一天，调查古建筑遗址情况的人来了。区长、乡长，外加“县文化馆的王同志”，村长这么将钟华的老同学介绍给钟华他们。

十三爷说：“认得，上年来垸里收过家谱。”

“这桥造得好。”在钟华造的这桥上他们说。

“不错，这桥造得不错。”在花桥遗址上造的这桥上他们说。

老同学老不肯接钟华递过来的香烟。区长、乡长和村长却大大方方地叼上钟华的香烟，还等着他给点上火。

“农民集资造桥不易，强行拆了会挫伤他们的积极性，是不是呀，小王？”

“这堆乱石头，看不出有什么保护价值，对不对，王同志？”

“其实呢，造新桥正可保护旧桥，文化馆还能少花几个钱，你说呢，王老师？”

区长说了乡长说，村长说了轮到他的老同学。“这个——各级政府的意见，一定带回去认真研究研究。”

钟华急了：“这桥不拆？”

村长、乡长望着区长。区长也望着乡长和村长，最后才表态：“我觉得完全可以不拆！”

“当初我造桥时，你不是表态完全支持么。”钟华脸红了。

“没错，我没变卦嘛。”区长说。

“造了他们的桥，就等于拆了我的桥。”

“怎么能呢。不是讲越竞争发展越快么。有了竞争对手，你就会更勤奋、更聪明，就会发展得更快，富得更快。”

乡长说：“对对，竞争吧。”

村长也这么说。

后几天中的又一天，对面那桥上架好了最后一根圆木。十三爷坐在枯枝燃起的火堆旁。西河石滩低洼处冰冻的淤泥表面融化了，一层一层地粘到棉靴底上，十三爷拿着小石块，又一层一层地将它们刮掉。嘴里的那句话，唠叨两遍以后还在唠叨。

“不是海瑞再世、包拯下凡，就一定是花桥显灵，派了郑青天来。”

也巧，那天来的区长、乡长、村长全姓郑。

那年开会枪毙一名前几年平反了的反革命分子后，西河里冷清惯了。眼前这么多人，满河吆喝，满河疯喜，满河鞭炮，十三爷倒觉出了人死之前的那种还阳味。最叫十三爷不敢睁眼睛的还不是人群中几个挺着溜尖乳房快要扎着别人后背的女人，大白天里同男人搂胳膊抱腰，而是鞭炮炸开的红纸屑，摊在花桥下面的薄冰上，让他想起枪毙的那个年轻人，脑浆与血混在一起时的那种惨不忍睹的新艳。

花桥通行的庆祝宴席挺热闹。

区长、乡长、村长都来了，还都醉了。

钟华守在桥头也无益，不守住桥头更无益。半个月里只过了三辆满负荷的大卡车。钟华白眼黑眼一齐瞪着，看那花桥上车去人来。花桥那路是老路，人说走那路养脚些，舒服些。

“好多人守在家门口等您呢。”光辉从花桥那边绕过来。

光辉接着说：“说是要把你家的屋给扒了。”

“扒吧。扒光了，干净。”

“他们那狠，你欠了多少债。”

钟华伸出两个指头：“两万。”

光辉嘴张得很大，半天合不拢：“你胆真大。拿什么还？”

钟华沉默一阵，从口袋里摸出一把匕首：“要钱没钱。逼急了，就把这一百四十斤人肉，连毛带卵子，分给他们。”

“别英雄气短。喂，结个伴到广东去怎么样，我手里有几件古董。娘的，这地方不穷死也得闷死。到那儿后，成就成，不成就找准机会越境到香港去。”

光辉久等，仍不见回答。

西河中又响起十三爷的笑声时，钟华将匕首颠来倒去。

“我想宰个人。”

“谁？”

“你爷爷。”

光辉吓了一跳。

钟华脸色一暗，天也就黑了下来。

天再次黑下来时，钟华一手抱着棉被，一手拎着几件家伙朝桥洞走来。太阳落山前他在这里垒成了一座小棚。连同房子一起，家里的一切都叫债主给变卖了。才五千元。还有一万五千元压在头上。先前请的那律师劝他认命了。

十三爷又坐在黑漆的门洞里，眨着两只发亮的眼睛。

满屋的人个个都是乐呵呵的。

“那小子，搬石头砸自己的脚了。毛主席那话还是这么灵。”

“这叫天报应。”

“连祖业都盘光了。亏得妻子离婚早，光棍一人。不然就得学董永与七仙女唱寒窑虽破能遮风雨了。”

笑得更欢时，光辉满脸不痛快地进屋来。他那相好的姑姑辈的姑娘不知为什么老在屋里轻声哎哟，不敢进姑娘家去看，门前遛了几趟不知底细，不能不愁。

“你怎么啦？”十三爷问。

“钟华真可怜。”光辉说不出实话来。

有人提高嗓门:“可怜？才几天工夫就不记得他那要钱不要脸不要命的邪劲。”

十三爷说:“我看他是可怜。”

“哼。不是十三爷算计高明，让他暴富了，说不定将我们当牛马，做奴隶。”

“老祖宗说仁慈为万事之本。那孩子已到这地步了。我们肚量放宽点，别计较过去的事，每家每户都捐些钱物给他，或多或少全行。”

“造花桥时捐光了。”好多人嚷起来。

十三爷开始掏兜:“还是我带头吧。要饭的上门来，谁家没有施舍点。就当他是要饭的，就当是你们在施舍吧。”

大家又笑翻了，又乐呵起来。

“行啊。积善积德，添福添寿，给要饭的施舍点。”

都散去后，只剩下一个有霜的夜晚。月光阴森森地爬进屋来，星星孤单单伫候窗外，那模样不凄凉也凄凉。光辉瑟缩着，被窝半天睡不暖。先是十三爷悄悄走进他的屋，把一个巨大的阴影投射在他的身上。想着姑姑辈的姑娘一声连一声的哎哟，估摸老人听到风声，就不敢动弹，装着像是睡死般打着鼾。后来他也悄悄地走进十三爷的屋，老人正在床上折腾，被窝里钻出一条黑影朝他扑来。光辉一惊中忍不住叫唤了。

“谁？”

“我。”

“有事？”

“撒尿摸错门了。”

光辉回到被窝中心里还在咒那该死的猫，若不是十三爷的宠物，非要捏死它不可。

这天下着雨，路变滑了，西河变糙了。

光辉说：“我替你送去吧。”

十三爷一捋胡须：“你下巴生了几根毛？”

去河边的路上，碰上一个中年女人。

十三爷同她说话时，光辉连大气也不敢出。

“药抓回来了？”

“抓回了。好贵，一副就要三元。”

“贵就贵点，别误了孩子。钱不够用就来找我。”

“当然。”女人连句客套话也不讲。

光辉不敢抬头，是因为她是那姑姑辈的姑娘的妈妈。他一点也不知道，十三爷也知道他与姑娘的事了，只是为了全族的声誉，才憋着满肚子火气不声张，独自跪在祖坟前自己打自己的耳光。光辉还当姑姑辈的姑娘真的着凉了肚子疼。心一宽，就更不知道姑姑辈的姑娘肚子疼，根由是胎没刮干净，留下了后遗症。

西河今天没结冰，风雨中，河面疤疤瘌瘌，褶褶皱皱。桥洞中那堆火燃着后就没熄过。造花桥多下的那堆木料，快被钟华烧光了。

十三爷只作没看见："钟华，大家见你可怜，凑了点钱，好歹你可盖间房子。"

钟华坐在火堆前一言不发。十三爷将报纸包着的钱递过来，他接住后看都不看一眼，就往怀里一塞。

"谁家给多少，在里面纸条上写着。"

跟在十三爷身后的光辉，在火堆上暖暖手说："以后你怎么办？"

钟华站起来，将一根木料添进火堆。

光辉又说："这一屁股债总得有个法子。"

钟华又将一根木料扔进火堆："以为离了这桥我就会穷死？我这就成立一个介绍所，专门介绍那些不敢见人的男女，去刮胎，去引产，去生那种爷爷的孙子——孙子的儿子的怪种。"

光辉脸发白："爷爷，我有事先走了。"

"等等我，才一把伞呢。"十三爷说。

从这起，西河中，再也没见到钟华了。

某天，十三爷忽然问光辉知不知道钟华去哪儿了。

光辉说，一定是经广东去香港了。话中颇不满，颇懊悔。

十三爷骂他在说鬼话。

另一天，光辉从外面回来说，钟华在西河出山口那地方淹死了。

十三爷还是不相信，颤颤巍巍走了二十几里路，返家时将光辉咒得魂销魄散。被淹的人是女的，那女人将人家的烈士抚恤金偷来用光后，又上了几个男人的当，加上公安局的人四处通缉她，公公领着她的傻男人到处寻她，才投河的。

有一天，光辉夜里起床上厕所时，看到门槛上放着十三爷曾给了钟华的那包钱，就拾起来放在枕头底下，不声不响地睡去了。天亮时醒来，听到外屋有人声，说是昨夜里，那花桥失火烧了个精光。光辉拾起那包钱时，本看到西河上有片红颜色。他决定把钱藏起来，而且让自己相信这样做是为了保护钟华。

无缘无故，上游水库大开闸门，西河中水好汹。河西垸的人只能从钟华那桥上走。石滩落满灰烬，烧焦的圆木七零八落、歪歪斜斜地倒插在河中间，潮水上另有几根浮木远远飘走了。

天冷，心急，站在河岸上，十三爷憋不住解开裤带撒起尿来。那水柱直梆梆地朝那股电线淋去。突然，老人扯动心肝五脏大叫一声，咚地摔倒了。人们都拥过来。男人在身边站住就不动了。女人挤进来，看到老人光着中间半截身子，连忙又往后退。那姑姑辈的姑娘也在其中。

十三爷触电死了。

老人没看见近两百号人争抢那些焦木时的激烈场面，光辉竟被打得过了半个月才能下床，当时，他只是站在一旁冷眼观看，姑姑辈的姑娘的父亲抢了一根焦木扛过来时，他闪在一旁，谁也没碰谁，但这光头男人肩头一塌卸下焦木，揪住他一顿好打，嘴里骂咧咧地说他想抢他的木头。光辉没吭声也没抵抗。十三爷咽气时，西河垸家家户户正在吃早饭。

西河似是老样子。长流水。水流长。

（本篇为系列小说《大别山之迷》之七）

一九八六年十二月于英山县文化馆

两河口

没有壮阔。

没有辉煌。

西河出山口了。光秃秃的两道绿岭之间，倾泻、翻涌、挤压的不是水，而是乳白茫茫的沙滩，奶黄苍苍的沙丘。西河毕竟是条河，还没无耻到滴水不剩的地步，河里的那些水只在某片沙滩上荡荡，或在某座沙丘下瑟瑟。荡荡时水浅如一页薄纸，瑟瑟时细小流水像一条山溪。这么晃晃荡荡，三弯九转，流了几天几夜，才到达一百二十里外的两河口，和匆匆的东河交汇在一座黑森森的石堤下面。石堤后面有个九户人家的小垸。交汇前的那段西河，在水与沙滩的边缘处常常屹立着一只卵石，干涸的沙滩与清亮的河水，在它的后面，在它的前面，同时拐了一个弯，形成一个小小的岬嘴，只要卵石没倒，那水与沙滩的边缘线就不会变。但是，钓鱼老头和戏水少年总喜欢将这卵石踹掉。无端由踩着浅水漫步的男女，偶尔也会踏踩这堪为砥柱的岬嘴。于是，水道就变得厉害，常常一夜之间东岸这边的水道不见了，寻找时才发觉它们已腾挪到西岸那边。西河在这儿有一百好几十米宽呢！

无端由踹掉卵石的钓鱼老头和戏水少年，现在有了理由，三个南京佬开着大卡车跑进山里收铁砂。大办钢铁以后西河里就没人淘铁砂了，人说这白沙下面全是铁砂。连老远山沟里面的人都下河了，扛着一只串了几个磁铁圈的木杈在水底拖几下，拿起来时，磁铁上铁砂形成了各种各样的螺旋。本该叫吸铁砂，淘沙人仍固执地学着祖辈说是淘铁砂。

老态龙钟的长乐背着一只箩筐在西河里寻找岬嘴，寻找卵石。满河人如虫蚁，黑压压地顺流而列。老人腿有些跛，一歪一斜，往回走时，装了半筐的卵石压得他一口气比一口气喘得粗。没人招呼他。他不爱理人，却爱骂人。骂人时一口气接一口气地喘得更厉害。

终于，走到石堤上，长乐没歇，有点迫不及待地将卵石顺着堤面，倾进河里。这以后才坐下，眼睛眯眯地看着不远的垸子。

不知多少年了，就只石堤下的水道没变过。先前长乐只是在洪水到来之前，才去拣那卵石来护堤脚。从又开始淘铁砂起，老人由于惶恐，变得更不理人，更爱骂人，天天都去拣卵石。

“拣卵石干吗？”

“它硬气。”

每逢别人好奇，长乐总是答非所问。

淘铁砂的人都知道这石堤下面铁砂成堆。长乐，长乐的儿子世久，长乐的侄子世和，小时候玩水时，都曾潜到水底，抓出一把黑亮黑亮沉甸甸的铁砂来。所以，都想来这石堤下捞一把。

长乐在石头上坐久了屁股疼，一侧身躺下去。头对着的那端是简易公路的尽头，淘起来的铁砂，称过后全堆在那里。南京佬正同世和在铁砂堆旁说着荤话。南京佬离家久了，看着河里淘铁砂的女人裸露的大腿，仍不解馋，非让世和数着河里的女人，讲她们的风流事。后来，南京佬换了一个目标。

“这女人长得有股荤味。”

“是我妻子。”

“别让她下河。给你每天加两元工资。”

世和干这称铁砂的事，南京佬先邀约的本来是世久，长乐不同意。凡是让人下河淘铁砂的人，都是他的对头。

长乐爬起来，不是躺久了不舒服，他要换一种姿势，既不是站，也不是坐，而是蹲在那里。长乐每天就这么等着并且终于等来黄昏。白天里眯成两道缝的眼睛，这时就睁得大大的。那边山上一棵松树托着一片白云胡乱缠着的夕阳，五彩斑斓的霞光，朝山下一泻千里铺天盖地而来。一切只不过发生在刹那间，浅水流成了珍珠，沙滩铺出了黄金。九户人家的小垸最使长乐陶醉。这不是天堂么。炊烟，土屋，女人，水牛，苦楝子。祥云，宫殿，仙姑，神兽，蟠桃果。刚出生就知道西河是珍珠河，两河口是黄金地。长乐站起来朝垸里走去，朝天堂走去。最终，长乐还是没把自己的老伴当成王母娘娘，这样，长乐就开始想，石堤是什么？像什么？

“下午我进了一趟城。”

“你是三朝的新媳妇，叫卵子给搞糊涂了。”

“上面说得很清楚——”

“老子的话更清楚，我没死，没门！”

一个在门外，一个在门里，儿子世久很想与长乐心平气和地说说话。

“那好，你一死，我们就搬家。”

世久终于又一次变得怒气冲冲了。

……好多人围着石堤，性急的已经拿起淘铁砂的家伙跳入水里去了。长乐说，真要淘这石堤下面的铁砂，就当着众人的面，死一回给大家看看，说着就仰面倒在堤面上，两手举着一块大石头，抛起来向自己左脚砸去。而世久拿起一柄两齿鱼叉，没命地朝水里的人捅去。那年大办钢铁，世久才八岁半，连拖着被自己砸断了的腿的长乐都愣了。

人都怕长乐就从这开始的。

长乐只怕儿子世久也从这开始的。

世久在屋里气鼓鼓地踹门摔椅子骂妻子打孩子。长乐不吭声，只是将一只瓦壶的嘴子叼住，咕咕隆隆地喝着凉茶，半壶茶灌在肚子里，刚歇下来，发现桌上不知谁剩下半碗茶，端过来伸长脖子又要喝。

“还喝，夜里又咳得像打机关枪。”

“人老，有小毛病就不易患大病。”

刚回答世久的话，长乐就咳上了，一串一串又一串，直咳得头脚弯到一起。孙子倒杯开水来，儿子世久接过来先不给长乐。叭！长乐咳出像蛇蛋般的一口痰，就不再咳了，喝口水润润喉咙，睡到世久搬来的躺椅上恢复元气。世久拿起一把蒲扇给父亲扇了几下。

“进不了城的都想往城郊靠。”

“我不搬。”

“垸里九户全看你呢。”

“我不搬。”

“穷了几辈子有什么好留恋的。”

“穷了几辈子也不在乎这一辈子。”

“我们这日子连城里的猫狗都不如。”

“我不搬。”

“到洪水冲垮石堤，沙滩爬进垸子时，看谁犟得过谁。”

“你爷爷怎么死的？别忘了。”

“让鳡鱼吃了。”

“呸。”

儿子故意轻描淡写气坏了老人。那种死法，那种辉煌的死法，怎么能随便不当回事。父亲是在长乐的眼际里活生生死去的，当时，石堤很危险，得有人跳进洪水中打桩护堤，但一群鳡鱼在那条丈多长鳡鱼的带领下，张着大嘴正在水中翻腾，长乐的父亲瞅着那鳡鱼眨眨眼皮就跳入河中，那群鳡鱼哗啦一振，搅起几团浊浪扑了过来。才几秒钟，长乐父亲身子往水中一沉，浮起的只是一团血水。而后鳡鱼也不见了。这才有别的人下水去。秋季之前的干旱使洪水早早消退了，白沙滩上留下一具白骷髅。

晚饭端上桌，长乐生气了不肯吃，把一对眼睛死死盯着世久。谁劝也无效时，世久也不说话，连扒三大碗饭后，一抹嘴，脱掉短褂。

“我去石堤，摸摸铁砂还在不在。”

“等等，一起去。”

“你没吃饭呢！”

“世久别走。我——吃。”

长乐总不放心，总怕有人会趁他不在时，偷那堤脚的铁砂，常请人潜水下去摸起几把铁砂给瞧瞧。还在去年，只要递一支烟，就会有人满足他的心愿。今年不行了，一支烟递过去，点上火后，没待长乐开口请，人就溜出老远，托词比沙滩上的卵石还多。只世久还是有求必应，长乐也就更怕儿子三分。

父子俩出屋后，长乐老喘气，世久年轻走得快，将长乐累的。

世久远远地就脱了裤衩，光溜溜地走到石堤上，身子一猫栽下河去。长乐赶到时，世久正倒插在水中，一对脚板在水里隐隐约约地晃动着。

长乐不管儿子能不能听见，只管自己说："仔细摸摸两头，两头无事，中间不碍。"

世久从水中探出头来说："这沙底下有个东西。"

世久又沉下去，起来时一片哗啦，手里扶起半截焦木。

"当是宝贝呢！拿回去作柴烧。"

"这是山里河西垸那花桥上的。不知是天火还是鬼火，那桥刚造好就烧了。"

"管它什么火。"

"西河这边得多摸几把。前一天，好像有人来偷过。如今的人真野，谁都敢偷。大办钢铁时，都怕干部，社员谁敢动？不像现在——满河淘铁砂的人满河强盗贼。"

长乐将儿子摸出的几掬铁砂，看了又看，才放心，才叫世久放回原处。世久爬上岸抖抖身上的水，拎起裤衩就往身上笼。猛地一疼，下身被什么扎了。伸手一摸，裤裆里兜着几只狗耳刺。铁砂堆后响起世和妻子哧哧笑声。世久一边扯掉狗耳刺，一边笑着骂着。长乐年轻时也是这样，他只当没看见，没听见。说说解闷可以，真干就不行。

"你回吧，把竹床送到这儿来。"

"何辛何苦呢！都想歇了，谁夜里来偷。"

"乘凉哩。"

"哄我？这石堤保不住。早一年迟一年总要垮。你看对面那沙滩，越长越高，等高过这堤面，就算石堤不垮也没用了。"

“沙滩能长，石堤不能长么。”

“父，你就答应吧，搬到城里去吧！”

没人回答。世和妻子下河洗澡了，天上有月亮，看得见河中白乎乎的女人身子。

“这是谁家的小孩？”

“狗娘狗老子，都给我站出来。”

“没人要么？没人要我就一锄头将这小贼头挖成两只瓢。”

长乐沿河吆喝三遍，没人出来认领。十岁小孩并不慌，瞅着长乐走眼瞧别处，还冲着汗淋淋、湿漉漉地淘铁砂的人做鬼脸。淘铁砂的人全都明白：那做父母的真站出来，真要挨几锄杆，吃几锄脑。长乐揪着小孩，闹得再凶也无事。大家只当是看笑话，那做父母的夹在人群中也放心。

长乐拣卵石回来，看到好多人在瞄着自己笑，有点纳闷后，忽然明白事情有点不妙。长乐老远看到石堤下一个人影晃一下就不见了，赶过去细细找时，发现石缝里有对亮闪闪的东西。

长乐拈起箩筐里的卵石朝缝里砸。

十岁小孩就是这样从石缝里钻出来的。

长乐无可奈何，拧了一把小耳朵。

“滚！再学坏，四十岁才找个瘌痢妻子。”

太阳这时照在石堤上已经好久了，长乐坐上去，感觉不像前几天。长乐稍稍怔了怔，就揣测到石堤变凉变潮了。这就是说要下雨了。长乐手搭凉棚，四望一遍，天上没异样。于是心里一阵欣欣，一阵惴惴。下雨了，就不会有人打石堤的主意了。下雨就要发山洪，年年夏季那比鳡鱼凶狠一万零一倍的洪峰，撞得石堤直哼哼。西河且大且长，东河又小又短。西河东河同时涨大水，两河口倒是小恙大安。让人恐怖的是西河大涝，东河大旱。长乐的父亲死的时候，东河像一个刚出浴的美女人，那汪清水，飘飘洒洒，散散漫漫，温柔劲迷死人。而西河，那次全区耕牛大评比，几千头牛突然炸了群时的情景，才有丁点像那场山洪模样。长乐从未感觉到父亲死得惨烈悲壮，始终认为那是两河口亘古的智慧。

终于，石堤晒热了。脸感到烫。屁股感到烫。脚板感到烫。不能躺。不能坐。不能站。只得去柳荫里，把一副肌肉耗光了的脊背，对着世和与南京佬，却无法不面对世和的妻子。世和的妻子蹲在水边，一点不害臊，嘴里哼着什么吻呀吻，手上洗着自己最里面穿戴的那些扣绊连扣绊、带子缠带子的东西，还不时对着太阳打量洗干净没有。世和的妻子洗完青菜，从篮子里翻出一只拔光毛的公鸡，开膛剖肚，斩头去脚。

见世和的妻子拿起鸡头鸡爪了，长乐忍不住叫起来。

“别扔！”

“知道，我也喜欢吃这个。”

以为世和妻子要扔掉鸡头鸡爪，长乐忍不住一声叫唤后，不得不笑一笑，不然更尴尬。自从孙子那小嘴辨滋味以后，能咽四两酒的三坨荤菜，就无缘了，馋劲上来时，看着啄粪蛋扒粪坑的活鸡，心里也痒搔搔。

再看到这只鸡头，这对鸡爪，是在世和家的桌上，喷喷香熏得长乐脸都憋红了。

世和妻子刚离开河边时，世和恭恭敬敬地同他打招呼。

“大伯，晚上给我陪陪南京客人吧。”

“有事呢。”

“耽搁不了。”

“不——”

肚子嘟哝，没多大声音。这一整天长乐都在忧心，以为世和听了拒绝那话，会改变主意请别人，不请他了。鸡头鸡爪那奇味，都到嘴边了，千万别跑了。黄昏的景观刚起，世和又来请，他嘴里说别太客气，脚下已迈开好几步远了。

南京佬那杯子长乐不乐意碰，干杯说了几遍，还装聋，不举杯。

“大伯，这东西好咽酒。”

“鸡头也不错，一只鸡头二两酒嘛。”

“也给你。老人家可真有口劲。”

鸡爪夹来了，没鸡头仍遗憾。得到后，长乐就对南京佬亲热起来，对饮了几杯后，就忘了石堤。

世和妻子没忘，她说：“大伯放心喝，我去看看有偷铁砂的没有。”

南京人看见了，长乐没看见，世和不知是看见了还是没看见，女人从门后拿过串着磁铁环的木杈，才走的。

鸡头鸡爪都在自己碟子里，长乐不再急嚼猛啃，不紧不慢，慢条斯理起来。

“大别山的女人，好像和南京的味不同，南京女人温柔起来像水，你们这儿的女人，温柔时像火。”

南京佬一说起女人来，就说吃饱了，喝足了，要到外面凉快凉快。长乐酒意正酣，嚼得正上瘾，不知道世和妻子已将西河这边石堤底下铁砂淘光了，而南京佬又帮忙淘光了东河那边的。世和妻子还要淘石堤中间那段，那里水深，她还叫南京佬帮忙。南京佬在她大腿上拧一把，见她没动静，搂起来往柳荫里钻。

赤裸裸的一对男女，被从城里摸黑回来的世久撞见。

世久今天心情很好，但还是朝南京佬那光屁股不轻不重地踢了一脚。

而屋内的两个人醉了，趴在桌面酣睡，长乐做梦还在将自己的手指当鸡爪啃。

世和的妻子这时哭闹着说是遭南京人强奸了，一擤鼻涕，一把眼泪，一脸委屈。

“各位长辈，各位兄弟，大家要为我做主，为我——报仇哇！”

世和的妻子寻死觅活，竟跳进垸边的水井里，捞起后却又装死，拧脸皮甩耳光也不动弹，瘪着肚皮瘫在地上。

“没喝水，没呛肺吧？”

“不知道，去舀桶大粪来。”

“干吗？”

“不定还吃了老鼠药。让她吐出来。”

转眼间，臭气熏天的木桶提来了。世和使劲掰开妻子的嘴，世久端平了粪勺子。女人挣扎起来，世久指挥人按住。一连灌了四大勺。

灌一勺大粪，世久就说一句：

“看你还偷不偷人！”

“看你还装不装死！”

“看你还要不要脸！”

世和妻子哇哇吐得弄不清是粪还是粮食。

下半夜，长乐酒醒了，他窸窸窣窣起床，噼噼啪啪开门，往石堤摸去。

折腾了半夜，瞌睡好沉。恍惚中，世久曾听到屋里有动静，又迷糊一阵，突然悟出该是父亲出去了，连忙撩开妻子那条壮硕的大腿，下地来，鞋也不穿就到了河边。

知道长乐肯定去了石堤，世久好烦躁。黑灯瞎火，摔死了，丧事那钱得借，但省事，弄个不死不活，就麻烦了。他拉开虚掩的门。隔壁世和家早安静了，夫妻间一仗要到天亮，世和酒醒知道做了乌龟时才会干起来。

石堤上人影远远的看得见。一点烟火也在时明时暗。走近了，长乐还没察觉。少年时节，世久常蹑手蹑脚挨近去，学一声马尾狼叫，长乐微微一抖时，他刚好扑在那水牛屁股般坚实的大背上。这时，即使在星光下，那背也是很瘦很瘦，很弱很弱，且袒筋露骨。

“父！”

轻轻一声唤了，世久几乎要落泪，几乎要告诉长乐，别再守，守也无益，石堤下的铁砂已叫世和妻子淘空了。到底没说，心里已盘算好，石堤一塌，两河口这垸就保不住，就会在夏季某场山洪中变成沙滩。

“起太早了。天亮还有一会儿。”

“找你哩。三更不见人，好担心。”

“回去睡吧。”

“睡不着了。”

“年轻人怎么没瞌睡？多睡多福。”

“也老了。四十岁了。”

黑暗中，那对消瘦的肩头一震，长乐不说话，只有西河的声音。有一阵连西河都没动静了，于是能听到石堤发出两声叭叭。

“石堤要醒了。天快亮了。”

“日里晒，夜里阴，这是热胀冷缩。”

又没话了一阵。

“不往城里搬不行么？”

“城里好。城里快活日子多。城里七十岁人只有五十岁样，四十岁还能娶大姑娘。”

“……”

“父，你说什么？”

“等我死吧。”

“别这么说，他们说留着城里的好日子，等你去过呢。”

“没错，参加过长征的老红军，县里就你一人。”

“你是凭这个弄的进城手续？”

“还有别的什么门路。”

“混账。你这小杂种。”

长乐恶狠狠地揪住世久，气衰力竭撕不开老树桩一样的身子，撒手时推一把，儿子从老人脚下仰面倒进河里。世久从水里爬起来，不敢看长乐，回家里换了一套衣服转来路过石堤，蹚过河，径直朝县城方向去了。那里的天已经亮了。

长乐气一大，嗓门一粗，喉咙一痒，就干咳起来。这场咳嗽比过去几场加起来还凶，吸进的河风又凉又潮，那口痰老也咳不出来，嗓子眼憋死了，憋久了，险些憋丢了老命。咳完后好疲乏，就打起瞌睡来。什么也没梦见，就梦见西河打了一个很响亮的喷嚏。长乐不能不惊，一惊就醒了。

南京佬跪在柳荫里，龟孙子似的任世和踢打。

“起来，上法院去。”

“世和大哥，这事别公论，私了吧！”

“私了？那——把你老婆叫来让我干一次。”

“可是可以，那玩意又不是用了一次就不能再用，只是大老远不方便。我给钱。”

愣了一阵。牛嗥狗吠鸡啼猪嚎。

长乐听到又有人说话。

“多少？”

“两百。”

“不行，一千。”

“三百吧！”

“一千！”

“四百！”

“一千！”

“六百！”

“黑狗卵子。八百。少一个子不和你私了。”

南京佬跪久了，两腿发麻，站起来时都趔趄了。

长乐疑惑不解，那两人往县城那边走时，又亲热地对火吸起香烟了。长乐到那柳荫中细看一阵，看不出什么名堂。一大通话多半没听清，一千，几百，这么争，还当说铁砂重量。

长乐欲走开不看了，又不得不细看，有堆铁砂沙粒子好眼熟。与旁边堆里比一比，又找不准区别。

西河里，淘铁砂的人比昨天少了。

无论是谁碰见世和的妻子，都要多看两眼。

那女人一点不害臊，还笑。笑得看的人害臊了。

若是两口子在一起的，女人就起疑心，噘起嘴，乌着脸，一句接一句盘问男人。

长乐不知根由，也莫名其妙看了两眼。

长乐往石堤上一坐，感觉石堤那滋味大不一样。长乐不像往常，一上石堤就倒卵石，仿佛迟一会儿就来不及。这一次，他愣一愣，才去倾倒箩筐。

昨晚大半夜不在石堤上，长乐心里踏实不下来。长乐担心世久挨了那顿训，起码十天之内不会答应自己的请求。谁会帮忙到水底看一看呢？凡是看得见的人似乎今天格外忙，即使应了长乐的招呼，也是三步并作两步闪开了。

就在这时，长乐的孙子回来了。

“这早就回家，又逃学了？”

“天气预报说下大雨放假。”

长乐的孙子上小学二年级了，好多话还说不清楚意思。

因此世久总在说，城里的孩子比乡下的聪明得多。

长乐瞅着孙子，心里一动。

“会扎猛子么？”

“会，刚学的。”

“帮爷爷做件事行不行？”

“行，老师说啦，要帮助老人。”

“你扎猛子到石堤底下抓把铁砂给我。”

“给我两角钱。”

“爷爷没有。老了挣不回钱。”

“父说，你每月抚恤金有几十元。”

孙子还说了什么，长乐一句听不进。

抚恤金的事，长乐连一句也没听世久说过。

那年长乐随红军打到四川乌江边，连里的一个班长约长乐开小差了。半路上，班长又觉得还是红军好，要调头返回红军。长乐动了回家的心，就不肯吃回头草，沿途讨饭打短工，一年多才回到两河口。十几年后，刘邓大军南下时，巧着碰上当年的班长，班长已经当团长了，还说马上就要当师长。班长又约长乐，要长乐回去当连长。长乐想着吃苦时偷偷跑了，享福时又赖皮回去，太没天理良心了，仍旧留在家里种田。世久长大后总在劝长乐，不能埋没自己的革命经历，还教长乐说别说自己是溜号，是打仗打散的。长乐一直犟着不肯。

小杂种，长乐心里骂了一句。他知道孙子的话可能是真的，一定是世久在背后运作的。长乐手里有一本当红军时的花名册，他一直精心保存着，大前年，发洪水时，临时搬家防洪，之后就怎么也找不着了。长乐当时就怀疑过，问了几遍，世久斩钉截铁地否认了。现在来看，毫无疑问，是世久这小杂种拿去做证明，并按花名册上的名字找人证明了。在乌江拉自己当逃兵的班长不知还在不在世，若还在世就该当司令了。班长当了团长的那一次，长乐听他说，他俩离开连里的那晚，曾与追兵打了一场恶仗，全连人死得没剩几个。班长回去时刚好赶上白军敢死队最后一次冲锋，班长一上阵就被打瞎了一只眼睛。班长能当师长和司令，长乐若是没有当逃兵，也该跟着当上团长和军长了。长乐只是想想猜猜，从不后悔。世久却每每后悔。世久每次表示后悔，就会挨长乐的骂，说，老子当了军长、师长，能娶你妈妈这样的老实婆娘做妻子？能生出你这样蛮得学牛叫的儿子？

天海河山地想一阵，长乐忽然恍惚一下，觉得哪里不对。

紧接着，长乐就扯起嗓子喊救命了。

啪啪叭叭，迸迸溅溅，水面上两只小脚板，冲着天空胡乱蹬着，却不见人头露出来。世和与南京人从柳荫里冲出来，一头扎进河里。他俩以为长乐的孙子被流沙陷住了，一齐使劲往起拽。哪想到长乐的孙子的手是堤底石缝夹死的，一拽，肩膀脱臼了。南京人抱着往回走时，长乐的孙子一条胳膊像风吹柳枝，悠悠摆摆。

长乐还在说："顺便摸摸石堤底下的铁砂。"

南京人说："救人要紧。"

长乐想知道的事，世和早清楚透了。

长乐又请世和顺便摸一摸，世和自然不肯答应。

大家都不肯摸石堤下面是否还有铁砂。

长乐隐隐约约地想到些什么了。

长乐想继续问，又不敢继续问，他不愿意事情真是隐隐约约想到的那样。

只一会儿，长乐的模样就变得比差点淹死的孙子的模样还要糟糕。

世久回家后看到自己儿子垂头丧气的模样，冲着长乐大发雷霆。

“成天到晚摸铁砂，怎么不去摸阎王的卵子？没有铁砂，没有石堤，就没有活命的地方？父，我实话告诉你吧，那铁砂早叫人淘光了！淘空了！”

世久脱口说完这些后，马上意识到这会是对老人的致命打击。

长乐没有做出惊世骇俗的反应，只是很平静地问了一句。

“谁干的？”

老人出人意料地表现，让世久注意到长乐模样的不同寻常。

世和救人救得及时，世久当然不能说出世和妻子来。

世久只是沉默不语。

长乐却苕了。

乌云胀起来，大雨落下来。一声雷也没炸响，一道闪电也没露面，那雨就蛮横地闯出来，将西河搅得昏天黑地，树倒山腰，就这么无理地闹了两天两夜。雨刚落下八个小时，乳白苍苍，奶黄茫茫的沙滩沙丘全没顶了。天下雨水依旧，天色一暗一亮之后，西河膨胀得难以想象，难以置信。柳堤早不知去向，只是由大柳树在洪涛上组成的两条点划线才证明它存在过。西河还在膨胀，钳制它的原野萎缩了许多，并且继续无可奈何地向高处蜷缩。在高处，沉重得随时会坠落下来的乌云，仍在疯狂下压，与膨胀的西河一道，将顿失生机的原野放在夹缝中压榨，强迫它将浑身的血液输出来，同雨水一道溶合成无数浊流，再凶猛地舍身投入洪涛，化成一座座巨浪，朝着远方山脉的切断处涌去。掠过两河口，掠过石堤，洪峰一浪高过一浪。

长乐想到父亲，想到父亲那死法，想到父亲以死换下的这石堤可能要毁了，毁在自己手里了。

西河喧嚣了许久，东河仍旧那样平静。于是西河开始将小山似的洪峰一座连一座抛过去，冲过石堤向东河上游倒灌而去。天空仍没有雷鸣电闪。洪峰冲过石堤时，在东河这头形成一个巨大液涡。瞅着那液涡长乐知道劫难到了，在劫难逃了。这一点只有老人明白，只有老人相信。那鸡头！那鸡爪！是馋？是悔？长乐老在嘟哝。九户人家都来看大水，看西河大涝，东河大旱时的两河口奇观。少年时节，看到父亲那死法时，垸里人也全来了，手里全拿着挡水护堤的家伙，衣服都叫洪水扯烂了。不比这些人，套着雨靴撑着洋伞。

世久陪着长乐挨淋，空空两手，只握着几只被雨水泡白了的老茧。

雨欲停下之际，乌云中迸裂出一头巨大的银色恐龙，先是膨胀的西河，后是石堤，再是长乐，心惊胆战的哆嗦一起，憋了两天两夜的雷声终于震响了。咔嚓！石堤堤面裂开几道裂缝。看大水奇观的人猛地惊散了。下意识跑了几步，又下意识停下来，世久回头看时，长乐大叫一声。老人不肯让石堤死在自己之前，伤心地朝着液涡跳去。

“西河……”

一串长雷相伴，世久听不清长乐最后喊了什么。

云缝里钻出夕阳，将万缕绚丽投在两河口。东河不再倒灌，液涡消失了。石堤西头，还在汹涌的西河上漂泊着无数金山。石堤东头，平静了的东河里闪烁出无数珍珠。石堤则油光漆亮地变幻乌金巨龙的华彩。世久终于悟出来，长乐之对父亲之死一往情深，长乐之对石堤一往情深，长乐之对两河口一往情深，为什么？世久说不出但心明如镜。心明如镜前，撼动他的是长乐在液涡里溅起一片辉煌。

东河下来的清水在石堤前灰黄色的水面上，明晰地弯曲成一条绿带。山洪涨退之间两河口出现了短暂的平静。

世久蹲在那里像长乐。

幼小的儿子挂着受伤的手走近来。

一群鳡鱼在犁着白浪。

石堤裂了，还没垮。

“父，爷爷自杀了？”

“瞎说。那种死法，难逢。”

“我们什么时候搬到城里？”

“不搬了，孩子！”

那个黄昏，有了壮阔，有了辉煌。

（本篇为系列小说《大别山之迷》之八）

一九八七年三月于武昌纸坊《长江文艺》笔会

地火

稻场边的黄土坡上一前一后露出一老一少两颗人头时，卜祥刚刚操弄完缸里正在融化的红糖。

太阳很毒，操弄红糖时，卜祥怎么也揩不净油光光脸上滑溜溜的汗珠，不由得愤然一阵又慨然一阵。他手搭凉檐，顺大门往外看去，可怜巴巴的几处树荫下，懒散着几只喘着粗气的白毛猪，一公二母三只鸡却比试着伸直脖子紧缩茸毛想往浮土里钻。二十几天前，卜祥去镇上批发部出这红糖时，泊满两岸黄汤汤的洪水吼叫着让人惊魂的调子，像那年拉练部队的几百辆坦克顺河往下猛冲。三十斤红糖连赊带欠才卖出一半，凶神恶煞转世的西河，就变成了一大块刚捞出锅正热气腾腾的白膘膘的肥肉，一看发腻，一沾发愁。连河水都耐不住这热。公鸡母鸡躲不进土里，西河之水却能一天接一天地将庞大身躯往沙里缩去，缩得如一条白带，空出了不知从何而来的连愚公也不敢夸口搬得走的偌大一片白花花的沙滩。卜祥坐定的小杂货店似是专为山口外第一去处的河东垸开的，但山口里河西垸人总是信不过自己垸的那同等规模的杂货店，宁肯跑上三里多路，来做他卜祥大哥的主顾。然而，一连三天了，连河西垸的鬼都没见着，那些狗东西什么时间学娇惯的，也学上城里人怕太阳晒黑了脸皮。

正骂着忽然眼睛发亮了，黄土坡上有人朝这里走过来。那老头！那只有一只耳朵的老头！卜祥念叨着，等了多日终于等到了这么个人，这么个时机，所以他要打盹了！

打盹了！进得屋来，老头止住开口欲呼的小孩，安详地看着靠在货架上似睡非睡的卜祥和放满货架的物什。

看着卜祥似乎要醒了。

“你这瞌睡大的——若不在河东垸，一百个这样的店也叫人偷光了。”老头说。

卜祥发起梦狂来：“苏母娘娘饶命，弟子这就给您老人家送些钱来。”

梦醒以后，卜祥称这老头为九伯。九伯先一怔，马上匍下去念念有词一番，爬起来时，大汗淋漓的卜祥已睁圆了眼睛。

“又梦见娘娘了？”九伯问。

卜祥点点头。

“娘娘上次要钱是什么时间？”九伯又问。

“正巧满一个月。”卜祥说。

“开销得好快呀。也是，如今凡间税多费多，仙界大概一应花费也增加了。”九伯叹口气。

“该给娘娘修座住处。”卜祥说。

“是的是的，这事不能再拖了。”九伯说着从衣袋里抠出一只鸡蛋递了过来。

卜祥收过鸡蛋后，递回七支香烟、二十根火柴。卜祥又递过一只空火柴匣说是送给九伯，见九伯没笑，再递上一颗水果糖让九伯改改口味。九伯终于笑了。

卜祥收起在柜台上放了半天的另一只鸡蛋。

九伯走到门口时又转过身来。

“程氏家谱要重修，每丁交九元钱。”

“九伯，你都亲眼见到了，娘娘保佑的是我们全族人。可她总是托梦找我要钱。修谱的事——”卜祥好难开口。

“也是。你家的三口丁全免了吧！”

九伯就要出门了，柜台下站着的七岁男孩连忙踮起脚来。

河东垸男人们最感快意的是卜祥开店二十多年来，一丝没改这鸡蛋换香烟、换火柴的生意，尽管女人们总在说这种换法吃亏了，但那些浑圆的胳膊犟不过男人们粗壮的大腿，没钱时用脚尖从鸡笼里掏出一只鸡蛋，迫不及待地走进杂货店，迫不及待地叼上香烟，迫不及待地划着火柴，迫不及待地夹紧屁股狠命吸一口，然后就说，什么是幸福，鸡蛋换香烟时就是幸福。

七岁男孩叫细福儿，细福儿也想享受这幸福。

“我也换几支烟。”细福儿说。

“蛋呢？”卜祥说。

“你收了九爷的蛋后又收了我的蛋。”细福儿说。

“小卵子的，别像你继父老子那么蛮横混账，快滚！”卜祥说。

往后细福儿在店里哭闹得天昏地暗，骂不走，打不走，哄不走。与继父老子不怕人的劲头一般不二，九伯恨铁不成钢地说。卜祥也无可奈何地叹口气说是撞上了冤孽，说细福儿这一模一样的行形动静，难怪别人背地谈论，细福儿是他母亲在前夫没死之前就由他继父下的人种。

再往后细福儿不再哭、不再闹了。

因为细福儿的继父来了，请来帮他家做鞭炮的那个人也随着进到店里。

“怎么了？亲老子早烂成了泥还号个鬼？”继父问。

“他混账！混我的鸡蛋！”细福儿说。

“放臭狗屁！昨天来个讨米的我还一下子送他两只鸡蛋！”卜祥说。

“你拿鸡蛋上这儿干吗？”继父问。

细福儿突然蔫了，不敢回话。

“你想换香烟抽是不是？老子勤扒苦做也还知道烟酒不沾，你小东西没有吹火筒长，就五毒俱全了。”

继父抡圆了胳膊使劲一挥，一个耳光就将细福儿打趴下了，嘴里却说肚子饿了，懒得用力，待吃了晚饭再说。继父瘦得不成人形，也凶得不成人形。九伯说他活像饿极了的豺狼。

豺狼一样的继父一声不吭地走到卜祥面前，慢吞吞地伸出一只尽是硫黄的手。

“拿来！”那声音又低又闷。

“什么？”卜祥有些害怕。

“拿来！”那声音更低更闷。

卜祥更怕了几分：“我确实没收你儿子的鸡蛋。你看看。今天一共收了七只蛋，狗儿、水生、文革、跃进、卜顺大哥、细奶和九伯——”

“这第八只呢？谁的？”

细福儿站起来：“就是那只麻壳的，麻壳鸡蛋是我的。”

卜祥愣了愣。突然手腕一抖，叭地在柜台上磕开了麻壳蛋：“我每天要吃一只鸡蛋。这只是我从后面拿出来的，今天买主多，忙忘了。”说着，卜祥脖子一仰，然后扔下了两块蛋壳。

多时就要走的九伯一直没走，这时反倒由门槛外跨进门槛里。

“细福儿他爸，就依我，这事算了。”九伯说。

“对对，九伯可为我作证。”卜祥说。

“干吗要依你？是乡长？村长？组长？”细福儿的继父竟不认面子。

“我是你九伯，自家门里的事我就要管！”九伯发怒了。

“对对，刚才九伯还和我商量修谱的事呢！一家人何必自己跟自己过不去。”卜祥说。

“九伯管别的去吧，这事不是自家的事。他姓的是假程，是耳东！”

这一说，九伯就发了愣，饿狼似的家伙倒提醒了他，也真奇怪，别人怎么都忘了卜祥姓的是假程，就这对程门不恭不敬的饿狼似的家伙还记得。

不知为何，卜祥猛地脸色一变，蹲在地上哇哇地呕吐了。细福儿巴掌大的脸竟也学得如何挂上些奸笑，继父好惊疑，看到地上蛋壳内有些黑东西，就要过去拎细福儿。

细福儿却正得意：“大叔，吐成这样，怕是得了二号病啵！”

拎着细福儿扔到墙角。细福儿忙说是妈妈让他扔的几只没有孵出小鸡的坏蛋，他没扔，偷着来换香烟抽，这是最后一只鸡蛋，让卜祥大叔吃了。继父却没为儿子得意，反而狠揍了他一顿。再转身进屋对不再吐了的卜祥说，半斤对五两，平了，算了。说完抬脚走时，身后搅起一阵凉风，天将黑了。

九伯也要走却被卜祥喊住，说是该送钱给娘娘了，他不能不留下。

三炷香烧得满山遍野一片昏暗。

一只鼎镇得树不能摇烟不能飘。

好热、好闷，檐老鼠翻飞着掠过头顶时，那微风也让人好不神往。卜祥荒丘一样匍匐在稻场上，几张三元面值的纸币在火苗中跳跃起来，把一只铜盆照得金光灿灿。一沓全是一分两分的纸币却在盆外燃烧着。卜祥喃喃祈求过路的神仙鬼魂不要去抢盆内的钱，盆外的你们全拿去吧！九伯也伏在那里，卜祥出钱，他不能不表心愿。可怜程家的菩萨怜恤人，缺钱时就去找姓假程的。九伯抬起头时满脸皱纹里堆满了泪珠。

九伯像是想起什么了。卜祥不安了些。

突然，几只狗一齐叫了起来。

卜祥正在发愣，昏天黑地里卷来一阵风，抓起铜盆里还没烧尽的纸币竟自飞去。

“抢钱的来了！”卜祥惊呼。

“唉！”九伯叹了一声。

“谁敢和娘娘抢？”卜祥问。

“唉！”九伯仍是叹气。

“隔不了多久娘娘又会来要钱的。”卜祥说。

听一听，没人再叹气，卜祥回头看时，九伯已经走了。

卜祥只好自叹一声，心事重重地往店里走，他懒得转身，反手从背后关门时，两页门怎么也关不拢。卜祥转过身来，才发现鼻尖对鼻尖地站着一个人。

鼻尖前站的这个人一样带着细福儿继父身上的硫黄味。

“细福儿他爸早走了你怎么不走？”

“晚上不做鞭炮了么？”

“买东西么？”

“你倒是说话呀，钟华！”卜祥差不多要喊出这话时，叫钟华的这人开口了。

“我是来还钱的。”

“你没欠我的呀！”

“不欠就不用还？你看看这个！”

“怎么烧成这样子了——这是我送给苏母娘娘的，叫风吹走了。”

“没假？”

“没假。这种票子早让银行收光了，只我专给娘娘留了些。”

“可娘娘说这票子有假。”

卜祥愣了好一阵之后，眼里放着绿光，嘴里却不敢不平和：“好像是有假，听说这三元的票子一九五三年送到苏联去印时，苏联人偷着多印了许多——”

“这是你偷着画的，怪不了苏联人。”

“放屁，你这臭帮工的。”

“别学着先充人老子后做人儿子。你看看哪里有见水就褪色的纸票子！”钟华边说边唾口痰在纸币上，手指一捻便捻出一圈色晕来。

“不是我画的，我不会画画。”卜祥只敢小声嘟哝了。

“你会。是你。我读小学时买铅笔就碰见你买颜料。”

“我画了也不怕，我从没用这钱去买东西！”

“可你却买到了九伯他们的信任！”

这以后两个沉默了好一阵。终于卜祥不再瞪眼了，内心垂头丧气了一阵，知道熬不过钟华，才开口。

“别说出去，我给你六十元，怎么样？”

“可你的存款有这个万数。”钟华撇了撇左拳的大拇指小拇指。

“你千万别这么瞎猜，弄成真了，河东垸程家人会要我的命。”

“说说的话你别怕。钱我不会要。早就知道你是西河上河第一聪明人，只要你帮忙出个主意。我借了一屁股债修了一座桥，原打算收过桥费来还债，谁知有人眼红邀伙在旁边搭了座便桥，人都不走我桥上过。”

“便桥不是被你放火烧了？”

“公安局都没查出个名堂来你怎么断定是我？那便桥虽然没了，可我一天到晚守在桥头吵嘴打架般揪着人讨小钱也不是回事。”

卜祥吧嗒一下眼皮便来了主意：“这好办，平时你尽管忙别的去，只卡住春播、秋收和过节这三个时节，这种要命的关口，你价要得再高，别人也没空闲与你吵架扯皮。”

钟华正要乐，卜祥补上一句说你必须将上面水库的头头进贡好，每到收钱时让他们把河里的水搞大些，大得让人连蹚水过河的念头都不敢起。

钟华怔住了，心里佩服得真想趴在地上磕几个响头，才对得起老奸巨猾的卜祥出的这妙计。但在道别过后却禁不住心里一阵阵发紧。走在一片蒲扇摇响的稻场上，听得有个公羊嗓子在唱：“三更半夜睡不着，忽然想起十八摸，不要摸，偏要摸，不摸睡不着……”这是九伯的声音，钟华又要发愣时，脚底一晃地皮就涎乎乎发起烫来。跟着就有人骂他眼瞎了，踢泼了他碗里的面疙瘩。

这时细福儿跑来喊他回去吃饭。

钟华一端碗肚子就饱了，他想到卜祥的妙计实在是太多了，河西垸别的人也会向卜祥请教的。他记起临走时卜祥笑嘻嘻地要他无毒不丈夫一回。他决定要无毒不丈夫两回。

卜祥似乎知道从此以后再也没这香甜的觉可睡了，那夜里卜祥盼了许久终于落下的雨，哗哗啦啦地在屋顶上泼洒了半夜也无法搅散他的梦，待醒来时，门外早聚了几个熬不住烟瘾的人。

“好雨！”

“好雨！”

“好雨！”

人人都这么说着进屋，只有九伯什么话也没说。

细福儿的继父山塌地陷鳌鱼翻身的一声呐喊——好雨哇——让什么也没说的九伯结结实实地吓了一跳，然后也许因自己没说好雨而觉吃亏似的阴沉下脸，叭地率先将鸡蛋放在柜台上，并破例数也不数递过来的烟与火柴，扭头欲走，却又没有真的走开。不是雨下大了。不是卜祥说进了新鲜姜片送他几片尝尝新，而是细福儿的继父又说话了。

“卜祥老板，开店二十几年，赚的钱不老少吧？”垸里就这当了三年兵的家伙称人为老板。

“赚钱？刚够养家糊口敬神贡菩萨的花销。”卜祥答话时紧张地将眼睛盯住九伯。

“我听人说你存了这个数。”

昨夜钟华握拳时一撇大拇指与小拇指的招式又出现了。

和九伯一样换着烟后没走的人焦急地要知道底细。

“六十元？”

“六百元？”

“六千元？”

见细福儿的继父一直在摇头，说话的人用尽力气牙缝里挤出一句：“未必是六万元？”

细福儿的继父终于点点头。顿时，所有的目光全罩在卜祥的身上，卜祥赶忙低下头，装作捣弄缸里的红糖。店堂里静得像座古坟，偏偏雨下得更猛了，一道道的电光在四周缠来闪去，等不来雷声震响之际更让人提心吊胆。

突然，人心一颤。

雷并没响。

一看，是九伯笑了！

九伯笑得好酣畅，好长好长的银须嫦娥舞袖地蹁跹起来。

九伯笑够之后才说：“你小狗日大白天说梦话。卜祥餐餐吃腌菜像个家有六万元的富翁？守着这满打满算三十户人家做生意，每家要赚去两千才够六万，可谁家拿得出两千来？咹！他有本事将河东垸搬去卖了，也值不了六万元！”

这话听明白后，众人都弯下腰笑醉了，都笑细福儿的继父想钱想发疯了，做鞭炮怎么也赚不了六万，不如将屋里那个“二手货”“破罐子”送到武汉开个暗门子，不出汗不费心不跑腿随便就可以赚上六万元。

只不过一转心窍的时间他们就再也笑不起来了，那被硫黄味笼罩的人投身暴雨之前，狠狠地咒骂他们是睡在棺材里抓痒不知死活，二十多年了，每家每户每年就一百元，你们还相信不相信！

不由不信。一信，就成了无头鬼，面对卜祥不知如何是好。

九伯到底老辣些，一撒手，一跺脚，烟与火柴全部粉碎了。别人也学九伯，不过力气足些，满心指望换来幸福的那些香烟那些火柴，全被踝踏成差不多与泥土无二了。再跟在九伯身后鱼贯走入雨中。

“你们爷儿伙的疯了，秃头秃脑的想在雨中锻炼么，淋病了看拿什么去买药吃？”

有女人的叫喊声传来。

卜祥听不见这些。这一天听不见不要紧，那些常来买东西的人都不来了。

雨下得好大。河东垸的人怨气更大。西河水说声涨就涨了几尺深，涨得山上山下屋里屋外都是水响。几个在河边玩水的小孩呼啸着争相跑回自己家里，说河里漂来一只大白猪。顷刻间，许多男人便没了怨气争相跑向河边。一个个死命将手中的渔网鱼叉竹竿，撒向投向或伸向那在浪底波峰间沉浮的大白猪。顺河折腾了四五里路，终于捞起来时，才发现是一个淹得九死一生的女人。有认得模样的人出来说，她叫桂儿，年前曾偷了镇上派出所梅所长家的抚恤金。救人须救彻底，死了就不说，活人总得有间屋子吃喝拉睡，不知谁说卜祥有钱又有屋放到他店里去。

黄昏时，抬着桂儿的人群走到卜祥的店门口，竟惊奇地发现卜祥脸色苍白地满地打滚，嘴里只知道喊痛。九伯这时来了，看着卜祥可怜巴巴的一双泪眼，叹口气吩咐，去一个人请医生，别的人就将桂儿抬到他屋里。

卜祥屙了十几遍血样的东西，喊了无数声娘，医生才赶到。

这时已是半夜时分了。医生问卜祥昨夜吃了什么不干净的东西没有。卜祥想起了细福儿的那只臭鸡蛋，嘴里却不肯说出来。刚巧九伯睡不着，担心卜祥若是叫这急症做足了，卜祥的妻子张罗不过来，这么热的天，只要半个夜晚，尸体就会腐烂，就会臭遍全垸。九伯忍不住过来看看，见卜祥还活着，就插嘴说卜祥昨晚吃了一只生鸡蛋是臭的，当时就恶心吐了。医生长吁一声，说这么说不是二号病了，就怕他是二号病。打过针，吃完药，卜祥安静地睡去。卜祥妻子这时端上两碗腊肉挂面。九伯没像医生端起就吃，推辞再三，后来大口吞咽似乎实在是强迫命令下迫不得已的。吃完后医生没事做，东看看，西看看，忽然发现九伯的左耳没有了，就好惊奇地问起来。九伯长叹一声，说民国二十年也是这么热的一个夜晚，有人领着我们去打土豪，没想到上了土豪的当，中了土豪的埋伏，十几个人都被砍了头。轮到砍我的头时，那刀钝了，只把耳朵以下的这一块肉削了下来。九伯说，我躺在死人堆里装了两天两夜死才拣了这条命回。九伯脸色阴沉地嘟哝，我怎么总是碰上一些狠人做对头呢？

这场暴雨的最后一声雷响并不怎么惊人，当时九伯一揩油嘴转过话题说，这雷干巴巴的空壳子响，雨要停了。但是，睡得正香的卜祥在熄了灯的房里一声惊叫，搅得全河东垸的大人吼小孩叫，牛嗥狗吠，到天明也没静下来。摸不着房门后的电灯开关线，谁也不敢迈过门槛，历尽艰险总算弄亮了灯，一齐拥进房里，卜祥正瞪着一对凹得老深的眼睛望着蚊帐顶出神。

“你怎么啦？”妻子问。

“不舒服么？”医生问。

“做噩梦了？”九伯问。

卜祥一动不动的眼珠转了一下，又沉默一阵才说：“又见到苏母娘娘了，菩萨发脾气，让我把所有的钱都给她送去。我辛辛苦苦干了半辈子，指望存点钱，后半辈子不再过穷日子，过点好日子，可娘娘你好狠心啦——”

卜祥翻过身来趴在枕头上号啕起来。

医生不知如何是好，这种事一多医生就会失业。

倒是九伯见得多：“娘娘菩萨信得过你，这是你的福分，我这老头子求了一生，娘娘也没托一回梦给我。该怎样就怎样吧。菩萨总不会让弟子吃亏的。”说着就自叹命薄地摇头晃脑地走了。

拉稀肚子疼本不是大病，按说三两天就能恢复，怎么这病一落在有钱人身上十天半月就不见断根？河东垸人和来买货的河西垸人天天这么搭着话。耐不住性子的就在路上拦住卜祥的妻子问。女人总是唉声叹气一番，说当初不该在这里落脚，恐怕是犯着什么东西了。

有天早上，早起的人听到九伯家的大门吱呀一响，正想这老人家怎么也起这早，从渐次扩大着的门缝里挤出一个骨瘦如柴的人来。没人敢率先将这人肯定为卜祥，看着他一步一颤地从身边走过时仍不敢冒认。直到他开了店门，坐上了店堂，才有人惊叹起来。

“瞧瞧！人都改了五形，怕是寿数到了！”

“不会吧，前几天算命先生还说他定能活到七十八岁，今年虚岁才满五十四呀！”

大家在议论着吃完了早饭，忽然听到九伯在垸中间直着嗓子叫唤。

“狗儿！水生！文革！跃进！卜顺！”

被点名的人十愿九不愿地磨蹭到老人身边。

“你们几个这几天到卜祥的店里去，帮他挖个地洞。”

“还没到收红苕的时候，挖洞干吗？”

“别瞎问，到时候就知道用处。”

“多少工钱一天？”

“说有时多得数不清，说无时一个子儿也没有！”

“亲兄弟，明算账，不先说定，那就不去！”

“还有谁不去？都不去？那好，我去替他挖这洞！”

九伯一发怒，被割去耳朵的地方，就一下接一下地跳动起来。别人见了，就有些心慌。被九伯点了名的，都朝九伯说好话。九伯消消气才说，自己先到卜祥店里等着。那几个连忙进屋操起挖洞的家伙，抢先跑到店里去等九伯。

一个女人也撵上来。

“九伯，压田的沙还没挑完哩。”

“怕它像野草天天见长不成？等割谷时再挑吧！”

女人不敢再回话了。

店堂正中牛背大小的石灰线圈正等着要套住他们。

九伯说：“就这，挖吧。”

狗儿他们不得不跳进圈内屁股顶屁股地挖起来。

那场暴雨早停了好多天，那雨湿透了五寸地皮，这几天的暴晒少说已干过了四寸半。挖了一上午还不见有人请他们歇歇喝杯茶。狗儿直起腰来，望着货架上的汽水瓶，忍不住骂了一句。九伯坐在那里打瞌睡没有听真，就问狗儿说什么。狗儿愣了愣，才指着已有三尺深的洞，说洞里挖出水来了。九伯赶忙过来，看见洞里真的显出水渍时，好高兴，却连连支唤，快挖、快挖。

卜祥却像是永远不会开口了。别人告诉他，说好兆头洞里出水了，他也只是眨眨眼皮。

狗儿他们下午再来时，趁九伯落在后面想知道挖洞干什么用。

“是想窖陈酒么？”

“是做陷阱抓强盗吧？”

“未必是学那年挖战备洞躲原子弹？”

问了半天，卜祥两唇间仍无有话要说的迹象，狗儿急得用钢钎在洞底乱戳一通。忽然觉得手上的感觉不一样，有点肉乎乎的味道，连忙挪挪位置再使劲一撬，一只铜锣大小的乌龟在洞底翻了两个跟头。

这时，九伯正跨进屋来。先是一惊，后是大喜。

片刻间，大家已回过神来，都嫉妒卜祥之所以发大财，是得了这只神龟护佑。但神龟既已请出来，这财气卜祥再也别想一个人占尽了。像是害怕卜祥也回过神来，九伯抱起乌龟紧跑一阵，嗵的一声放进垸前的那口水塘里，转回来又吆喝狗儿他们快挖、快挖，今天晚上就要派大用场。

发生这些事，卜祥依然睡猪一样歪在躺椅上懒得睁眼看看。

不知怎的狗儿他们莫名其妙地无精打采起来，洞底折腾了好久也没弄出几捧土。九伯骂起来，说小子们没吃盐么，这样没劲，怎么和女人睡觉，不怕她去外面偷人么？狗儿和水生从洞底爬上来，换了文革和跃进下去，没听见挖土声，却先听到不知谁说，可惜一锅好龟汤让扔进了臭水塘。

九伯欲骂却没有骂，他听到卜祥好长好沉地叹了一声，像是与谁打招呼时心里不痛快，再细听果然听到一尺高的石门槛外，有什么东西哼哧哼哧的阵阵作响。

九伯不看则罢，一眼看过去：湿漉漉的铜锣大的乌龟正趴在门前，伸着黑亮黑亮的头把一对乌突突的眼睛瞪着他。九伯惊呆了。刚刚饿鬼般想将它熬汤的狗儿他们，也脸色苍白看着乌龟就要爬过门槛而不敢动弹。

事情过后，上河下河山里山外到外传说，乌龟就要爬过门槛时，卜祥冲它说声你走吧。乌龟在地上打了几滚，流了几淌泪，见卜祥仍不留它，才伤心地爬回水塘里。塘水咚的一声溅响，九伯和狗儿他们才像脱了绑住手脚的绳子能够动弹了。

乌龟退走之后，九伯突然粗暴得每分钟都在骂骂咧咧，都在用竹杖击打地面，要狗儿他们快挖洞，洞挖得越深越好。地洞总算有狗儿头顶深了，九伯又吆喝他们回家挑桶来，往洞里灌三尺深的水。这事并不难办，五个人分摊起来。每人挑两担就足够了，只是不明情由，干起来心里不痛快。

哗哗啦啦！哗哗啦啦！

水不再响了时，九伯恭敬起来。

“卜祥，醒醒。”

“醒醒，卜祥。”

叫了几遍，卜祥才睁开眼，他一打量：“好了？”

“一切就绪了，就等你！”九伯有点像在巴结谁。

“问了好多次，娘娘一直不回话。”

“不回话就是默认吧。”

“平时要钱娘娘不是这么暧昧呀！”

“那是——可菩萨的心肠深奥着呢！”

“若是没同意，又误了送钱去的时辰，得罪了娘娘，降罪下来怎么办？”

“从没见娘娘菩萨降罪过谁。还是走一步看一步，试试再说吧。”

卜祥终于动步了，进屋里时身子一晃险些摔倒，才知天已全黑了。听到电灯叭地亮了，把眼找寻时却不见了卜祥的人影，只有楼板在掉粉尘。

再见到卜祥时，他抱着一只柳木箱子像搂着一座小山，沉重得挪不动脚，仍不让狗儿他们帮忙，挣扎着终于到了洞口。

“六万。全在这儿。”卜祥说。

“什么六万？又不是打麻将。”狗儿说。

“开开眼界吧。看看我这半生积蓄。”卜祥说。

撩开箱盖，哗啦一声黑洞洞屋里跳出满眼钱来后，顿时亮了几分。

真亏他做得出年三十喝粥咽臭腌菜大雪天盖的破絮像猪油渣放着这么多钱——

建庙修谱请客送礼他总是一毛不拔地叫穷叫得逢这些事都免了他的份子放着这么多钱——

人人心里都有想法。狗儿禁不住伸手去摸。

“别动！”九伯一声吼。

“把箱子盖上。”九伯又一声吼。

“放进洞里去。”九伯再吼一声。

卜祥拖来一合门板盖在洞口上后就去一旁打坐。狗儿仿佛懂了其中机关道数，招呼其他几个出门去，待一会儿嗨嗨地抬回一块青石板，挪开门板后，覆上青石前，红光漆亮的柳木箱子在洞中水面上一动不动漂浮着。遮严了洞口，狗儿抠出裆里黑不溜秋的一坨肉，呼哧呼哧地放了一通臊水在青石上，还念经般振振有词地说：

“娘娘菩萨别怪我们穷极了，有真本事这钱你拿得去就归你。拿不出去我们就留下自己享用了。”

爱管事的九伯这次竟没管。

河东垸会找事的人都来了，九伯不准他们进屋，就在门外稻场上黑压压站成一片，来看菩萨如何显灵的人和来看娘娘如何取钱的人，不时交换着警惕的目光，并鄙视对方小心眼，生怕娘娘取不走钱大家分摊时少了自己似的。这种时机总不会缺少细福儿，人缝里钻来溜去，不时有只脚憎恨地踢准了他，却阻止不了他，因此稻场上不时有阵小小的骚动。屋里静了两个时辰后仍没有一点动静，肚子里的脏货要出来，闹得九伯都快憋不住了，看看卜祥那模样心里猜说不定还要待上两个时辰，才说先方便再说。

卜祥突然一动，两眼铮地一亮。

“来了！”

声音很小，却很响。

稻场上靠近门口的人听清了，后边的只知道卜祥一夜没说话这时说话了，也想听清，所有的脚一齐向前挪。细福儿受不了这压迫哇地哭了起来。

就这样，一声福音自天而降。

“我来了！”

慈祥！哀怜！除了苏母娘娘还能是谁？

心诚性急的等不及见到佛面，便顶礼膜拜。

笨一些的正待效法，却看到细福儿的亲娘急匆匆跑来，一把搂过儿子连连抚慰。

“我来了！娘的儿！娘的心肝！别怕！”

本是心诚所累，偏要骂。

正要骂。又不骂。

屋里一声叫得响亮，再大一点儿里外的河西垸人也能听见。

“娘娘取走钱了！”

……那一夜，那一声呼叫过后，闻所未闻的奇香随着一缕缕青烟穿过青石板弥漫了整个河东垸，三天三夜才散尽。狗儿、水生、文革、跃进和卜顺五个猫捕老鼠般地守着洞口，第一丝香，第一缕烟升腾起来的时候，他们便泥人般地僵死过去，直到九伯喊快给娘娘磕头，才回过魂来，屁股朝天，一阵响头磕得青石板上留下斑斑血迹。

三天三夜过后，九伯望着黑乎乎的一洞纸灰：

“都说菩萨心善，这次算看透了。天啦，六万啦，一个钱也不给留下，全都拿走了。有这六万就不怕，没人进贡了，光利息月月都用不完。”

卜祥倒轻松了：“我想走，换个风水。在这儿连菩萨都欺负我这姓假程的。”

九伯眼珠转得辘辘地响：“走也好，去哪儿？”

卜祥说：“先一人出去闯闯，等找到落脚点，再把妻子和孩子接去。”

九伯说：“你什么时间走？”

卜祥说：“正想请您择个吉日良辰呢。”

九伯掐指一算：“后天寅时。”

“谢九伯，我不在家，一个女人带着孩子好为难，有什么事，还望九伯在全垸人面前帮忙维持一下。”卜祥好诚恳。

“这还需你说二话么！”九伯更诚恳。

九伯他们一走，卜祥就去细福儿家。

“你怎么来了？”细福儿的继父见素无往来的卜祥走进屋来不胜惊奇，“也想做鞭炮生意？”

“有笔生意，但不是鞭炮。”

“说吧，我正有兴趣。”

“来拖鞭炮的货车什么时间走？”

“明天上午八点。”

“能改在今天夜里一点么？”

“当然行。不过作为交换，你得告诉我那天娘娘取钱到底是怎么回事。”

“想听这？不如听我忠告：再退十年我那股硬劲想来绝对不会输给你。就这十年，变化大得很，到那时你会一懂百懂的。”

“不说那就不行。”

“我把杂货店、房舍和一切家产全送给你。这是字据，决不翻悔。”

“为什么这样，你？”

“现在说不清，有兴趣今晚你就睡在我家，明早扮着我，出门顺着西河走上五里，就会明白的。”

半夜里货车启动后，细福儿的继父不甘心再次追问那谜底，也就是娘娘取钱、地洞起火的奥秘。卜祥躲不了纠缠，就说你将这些年看过的侦破电影仔细回忆一下也许就会明白。货车走后他果然忍不住好奇偷偷溜进卜祥家里，谁知竟一头睡过了时辰，直到九伯在外面撞门才醒。开门出来，九伯杀气腾腾地揪住他。

“卜祥呢？”

“夜里坐车走了。”

“你怎么在这儿，睡了他的女人？”

“屁。母猪也没一只，全家人都一车拖走了。”

细福儿的继父没听清九伯说了句什么，肚子里咕哝响，像是在骂人。回家后，妻子正抱着一条血肉模糊的腿躺在床上哼个不停。问起来才知道，妻子早上醒来不见丈夫，连忙四处寻找，走到河边时，朦胧中看到一个蒙面人拿着刀扑过来，慌乱时摔伤了腿，痛得哭叫起来，蒙面人已扑拢来，不觉一怔，退后几步不见了。

这次是细福儿的继父怔了怔，他想起帮工的钟华走前说过卜祥是西河上河最聪明的人。

倏地，被西河水涨得如今才醒过神来的桂儿，疯疯癫癫地从九伯屋里跑出来，成群的小孩跟在身后乱咋呼。他还当出了什么大事，抽回在妻子身上轻轻抚摸的手，站到门外去观望。桂儿见面前出现一个穿军装的人，跪下去抱住他的双脚哭喊：“阿波罗，我偷了你的性命钱，没什么还给你了，给你当妻子行么？”

河东垸几十年没这般快活，哄的一声笑破天。

（本篇为系列小说《大别山之迷》之九）

一九八八年十月于英山县文化馆

天　雷

脚肚子上的青紫仍未褪尽。疯子桂儿的双手像把铁钳子，那天箍得那个紧法，狗儿他们几个男人下手用力也没掰开。多亏九伯拢来，叹口气，不情愿似的伸出褶皱哆嗦的手，向那圆鼓鼓的乳根轻轻搔了几下，程毛头便感到脚上的铁箍悠悠地舒松了。于是，好几天他都懒得去做鞭炮，只想好好歇歇，同时，初次料理陈卜祥留给他的这杂货店也有颇多新鲜感。赶上这大热天，店堂里不时有几阵凉风旋过，实在比汗流浃背、提心吊胆地守着大锅炒火药要舒服九十九倍。

那只大乌龟从塘里浮起来探头探脑张望时，狗儿他们也探头探脑地进屋来，程毛头知道是来赊香烟的，天热鸡不下蛋，没什么换了。

“怎么样，这香烟就算是请客的，新盖的厕所都能香三天咧！”

狗儿抽着香烟时，话一点也不见少，不知是怎样提起来，又有人羡慕陈卜祥，说他是聪明绝顶的人。

狗儿马上义正词严起来。

“放黑狗屁！西河最聪明的人是我们程家舅爷闻小七，姓假程的算什么东西！说一件事：当年他和安徽太湖的王大吹约住到一家饭店赛聪明，比了三天三夜，双方你来我往赛了个平手，七舅爹穷没钱了想就此打住，王大吹人富非要比出个高低。七舅爹一急，瞅着王大吹穿戴一身新就心生一计。两个人睡在一间屋里，到早上起床时，七舅爹跑到对面床上拿起王大吹的新裤子穿到身上。王大吹醒了就骂着过来抢，七舅爹不给，二人就闹到县衙里。县官升堂后王大吹抢先将七舅爹给告了，说七舅爹偷他的裤子，他的裤子是怎样的颜色、怎样的式子、怎样的地方叫烟灰烧了怎样形状的一个窟窿。县官一查后，认定王大吹有理，喝令将七舅爹身上的裤子扒下来还给王大吹。衙役刚一动手就停下来，说只这条裤子趴下来就成光屁股了。七舅爷这时才开口，说自己人虽穷但不会光屁股出门，读孔圣人的书这点斯文还会，但既然县太爷将裤子判给王大吹，我就脱给他。说着撩起长袍马褂，解开裤带后光着屁股将裤子呈给县官。县官见状派人到店里搜查七舅爹是否另有裤子，回报说只有褂子没有裤子，于是改判王大吹诬陷好人杖责三十，衙役放倒了王大吹要打时，七舅爹忙将裤子垫到王大吹屁股上，说不忍心看到皮肉开花。七舅爹在裤子里放了一块板，王大吹没伤着皮肉，只是裤子打烂了。回到店里七舅爹还过那件新破裤子，说还是各穿各的。你们猜七舅爹的裤子在哪儿？那裤子裆里破了个大窟窿，被他当褂子在上身穿着。”

这会儿九伯没来，听狗儿说话却感到九伯就在跟前。大家心里怦地感觉到，狗儿是不是已被九伯选为家谱传人了。

于是，就有人和狗儿过不去。

“闻小七是古人。这次说的是今人！”

“对对。往后说话干净点，骂人犯法损人坐牢。”

狗儿气恼了：“你们连县长都没见过，和我打什么官腔！”

不怕狗儿的人多得很，有人故意往远处说：“有一说一，这西河上河下河一百几十里，最聪明的还数下河一个叫细茗的，听去过细茗家里的人说，就因为细茗太聪明了，国家为他在省城里盖了一座小洋楼，门口有四个站哨的了，省长来访也得下车搜身看带着破坏他的聪明劲的家伙没有。去年他一下子就给老家弄回四十万元钱，那垸还没我们人多，就算也是三十户，一户就能分到一万三还有余的——唉！狗卵子，程家怎么就没生出一个细茗来呢！”

“你别恨。那是贷款，要还的！”

“政府的钱，不还它能咬你的卵子！一九五几年我爹借的贷款，至今没还呢！”

“听说是那细茗自己说出来的，这全是他家祖坟葬得好，所以他每年清明扫墓都要放一万响鞭炮。”

“是八千响。”这回狗儿给驳斥了，“九伯说的。九伯打过土豪，大炮炸弹都能听清次数，鞭炮响算什么！”

“你们个数个地数了？”

“若要发不离八。”

冷不丁地，九伯说话了。

九伯幽灵般显现，让一伙人吓了一跳。

狗儿也要跟着大家走，程毛头在身后喊起来。

“你在这儿签个字再走。”

“狗屁字，我这鸡爪手不会签。”

“你赊的香烟。免得时间一长，你忘我忘都记不清时又扯皮打嘴仗！”

“卜祥手上谁没赊欠过，他从没这么不相信人——好像我们会赖账似的！”

“他是他，我是我。”

“你怎么了？未必你的卵子比人的大一圈！”

狗儿一急一闹，就将细福儿继父的名字给叫唤出来。

这名字在其主人出世前半年就有了。

细福儿继父的父亲当时只剩下最后一口气了。

他指着妻子凸起的腹部说：“若生个男的就叫——程泽东。”

“若是女的呢？”妻子问时不见回答，再看时人已经死了。

日后这男孩大了明了事理时，也不明白父亲为什么要犯那个忌，要给自己留下这么个世人也不敢出口叫的名字。从报户口起，接下来上小学、上中学、参军到部队、转业回来申请做鞭炮的执照和领结婚证书时，听到他的名字没有不像碰见毒蛇那样惊落了手中笔的，都抬头打量吃了豹子胆的人是什么模样，都劝他改个名字。其中启蒙上小学一年级时，学生们写大字报、开批判会，要他低头认罪，他却咬定名字是别人取的，不是自己为自己取的。他执意不肯改，说别人叫得我为什么叫不得，不让叫就偏要叫。逢这时总有人转弯说暂时先用小名吧。于是，他就成了程毛头。并且一暂时暂了二十几年。直到当兵转业回来逢人叫程毛头时他就骂，骂了一年多后，程毛头没人敢叫了，但他那大名也没人敢呼。

有人断言：程毛头，将来若不是前程无量，其下场便是暴尸菜市口。问菜市口在哪地哪方，说的人不肯言明，只是认定待来日见证就是，且又自叹说极大可能是前者，因为帝星在位时，尚无意降罪，如今……又不肯说下去了。

不料程毛头火更盛："不让打欠条就算圆了你的面子。不管谁，就是九伯来赊也得记账签字。"

"放——"屁字将出又被九伯咽回肚里，"放开些，亲兄弟，明算账嘛！"

心里搁着最重要的事，九伯当然知道不能因小失大。万分委屈的狗儿终于被强迫画押似的签完自己那歪腿斜胯的名字，见这模样九伯自然想起当年闹红军之前卖妻儿田地屋的情景，特别是不会写字而按了一个血红血红指押的卜顺，把那血红血红的指头往光赤的脚背上擦时，他决定取消第一件事而且永远不来赊香烟了。这样就只剩下第二件事这一件事了。

“细苕家的祖坟葬得好，但细苕家有自己的菩萨么？”九伯说。

“对对，程家有私人菩萨，有苏母娘娘。”狗儿说。

“是不是娘娘菩萨不灵了，该换一位敬敬？”卜顺说。

“闭嘴！当心菩萨托梦割你的舌头。”九伯厉声斥责，“大家想想看，方圆几百里大小菩萨十几尊，哪一个住处不比娘娘菩萨的好，寒碜一点的也胜三分有余。”

九伯话音突然打住，晒背的乌龟不知什么时候爬上塘边洗衣刷桶用的石板，要洗衣要刷桶的女人，敬畏地不敢上去撵它。九伯咽了一口口水，也咽下多吃龟肉长寿的念头。

九伯接着说：“所以请大家体谅娘娘菩萨的难处。像我，这一把老骨头如果大家不把我的吃住穿料理好，我能替垸里管事么！说一千，道一万，落到一点，重修娘娘庙的砖瓦石木都已凑足了，这些都没经过你，老历十五动土时你就只负责办十桌酒席，这也是明摆着的，垸里就你手上活动点。怎样？”

“你这和谁说话呀！”别人都明白就程毛头一人不明白。

“在这屋里不说你，还能和别人说吗？”九伯说。

“你这比为工作组派饭还狠。”程毛头说。

“这是替菩萨办事。”九伯说的话被狗儿抢先说出来。

“办十桌酒席喂狗么？”程毛头说。

“牛东西，别犟颈，当初这店里姓假程的人，就应允了这件事。”九伯不高兴了。

“他是他，我是我。”程毛头又说了这话。

“你是你又如何，仍归娘娘菩萨管。”狗儿最听不得这话。

“父亡母死，他们不管，别的谁也管不了！我归自己管。”程毛头说。

“就一句话。你明说：修庙的事你认不认捐？”九伯冷冷地说。

“不认。我顾不了菩萨，菩萨也管不了我。”程毛头说这话时想也不想。

“你就不想到哪一天，菩萨会把你贬到十八层地狱去。”卜顺惊恐万分地说。

程毛头一笑：“是楼上十八层还是楼下十八层？”

这番气恼，九伯今生今世还是第一次遭遇到。一步三颠、三步九抖地出店门时，九伯怒气冲冲地说：“我要让程家的人永远不进这店门！”

程毛头笑着说：“好多男人都欠着香烟钱，好多女人都欠着盐钱，真敢不上门还债，我会请法官逼他们送来。”

九伯一怄一怒，狗儿就说他最少损了三年寿数。

九伯生气地打了狗儿一嘴巴。赶上这天由狗儿奉养九伯，狗儿妻子便往洗脸水里撒了一撮盐又撒了一撮辣椒粉，将九伯折腾得一夜不能眨眼。睡不着时九伯倒想起狗儿平日的许多好处。就在上床之前，狗儿还愣愣地冒出个主意，说是干脆将程毛头开除掉，把那吃炸药长大的家伙从家谱上划掉。

九伯不爱听别人说家谱，没有家谱就没有他九伯，家谱在谁手里谁就是族主。狗儿一定也明白这一点，说到家谱的次数比任何人都多。九伯不同意开除程毛头。狗儿不知九伯有更深的心思，以为九伯当年被红军开除出共产党，参加白军后又被开除出国民党，是被开除怕了而恨“开除”两个字。

第二天坐到这店堂里时，程毛头以为至少今天不会有人来买货了，就在店堂里比画设计若将做鞭炮的器械搬来该如何放置。这时，塘里的乌龟又开始露头晒背了，跟着门外就响起一阵拖沓的脚步声。

“九伯？”程毛头抬头扫了一眼，有点不相信。

“嗯。”九伯似乎很紧张。

“又是那事？”程毛头问。

“嗯！”九伯心不在焉地应了一声。

程毛头从柜台后面提出一只铁桶，咚地一放：“活人给钱死人花，我的政策上没这一条。真逼着要，等那庙修完了，就送你们这一桶火药，外加一根火柴——我一炮轰了那尊臭泥巴坨子！”

九伯盯着铁桶似不明白，许久不说话。

饿狼一样的程毛头抓了一把火药堆在柜台上，退后几步划了根火柴远远地投过去，惊天动地一声，震得房顶黑瓦哗哗响，晒背的乌龟吓得从石板上翻落塘底。

“就这样，知道吗，逼急了我就将那破庙弄个底朝天。”程毛头恶狠狠地说。

“不说这事了。”九伯咳得眼看就没气了时才转过弯来，回过神来才说，“你妻子说你要去告状？”

“告状？没这事。”程毛头不解地说。

“别瞒我。是为你妻子腿伤之事么？”九伯问。

“不是告状，是去报案。”程毛头明白过来。

“就依我，算了。”九伯说。

“不成，蒙面劫路这是何等了得的大事。”程毛头说。

“我说算了就算了，不定是垸里人和你妻子闹着玩的。我查一查，查出来让他赔你家的药费损失就是。”九伯说。

程毛头刚一迟疑，九伯就转身走了。

隔了一夜。程毛头正在床上和妻子逗乐，门被敲响了。

程毛头扫兴地吆喝着让细福儿起床开门后，狗儿在前，九伯押后地进屋来。

“兄弟，千错万错就错这一回，你可得饶我呀！”狗儿说着要下跪，眼里却盼着人来拦，左右盼不来人拦，只好完成那个动作。

九伯在一旁说：“蒙面强盗就在面前了，随你发落吧！”

程毛头没有一见求情就心软：“你干吗要劫路？”

“我是闹着玩的。弟媳是山东人，都说北方侉子胆特别大，我不信，就试试。”狗儿背书般说道。

程毛头冷笑一阵：“当时你说了些什么？”

“我说，是男的留下钱袋袋，是女的留下肉洞洞！”狗儿也笑，是苦笑。

程毛头仍冷笑："当时她怎么样了？"

"弟媳一见路旁跳出一个强人来，吓得娘也不及叫一声就魂飞魄散倒在地上做了一摊泥！"狗儿仍笑，仍是苦笑。

"你是几点钟出的门？"程毛头不再笑了。

"没表没钟。公鸡也叫请客送礼吃光了，我哪知道。"狗儿叫了起来。

"你不知道我知道。你弟媳四点零十分出门时，见到你偷偷地钻进疯子桂儿睡的草棚里去了。"程毛头一字一顿地说。

"你嗝卵子气！"狗儿低声反驳。

"不然，疯子这几天怎么老追你找你。瞧，桂儿又来了。"程毛头想讹狗儿。

狗儿欲躲时，九伯骂了一句："没用的东西。我看这事就这么了了，狗儿供出来了，又认了错，又没造成多大后果。从今以后你们还是程家亲兄弟。"

谁知程毛头竟不知足："不行，这里有诈，狗儿说的牛头不对马嘴，是从说书人那里剽来的词儿。那蒙面人是有目的的，想抢陈卜祥在这儿开店攒下的六万元血汗钱。只是没想到陈卜祥放风说早晨走，却半夜里偷着溜了，细福儿他妈说，那蒙面人的行形动静看上去像是老年人。"

九伯勃然大怒。"老年人？叫你那侉子婆儿出来认认，是我不是！"

程毛头又冷笑起来："卜祥来求我，让拖鞭炮的汽车捎上他全家半夜里走，他就将铺子白送给我时和我说过有人想拦路打劫。”

程毛头又是冷笑，又是死盯，九伯有些心慌意乱：“你这贼种，不敬菩萨又犯上，当心哪一天叫雷劈了。”

“有人一会儿打土豪，一会儿当强盗，就算我遭雷劈也会有人先替我垫背。”

程毛头这么一咒，天上就开始有了乌云，到天将黑时，头顶上的乌云厚得快要掉在稻田里，就这样四周的云仍在往中间滚。九伯这天晚上不肯吃饭，狗儿闻讯一边骂今日奉养九伯的卜顺小气，一边让妻子做两个荷包蛋。妻子不肯，他就开导说九伯若将那本家谱传给我，我就是程姓当家的，那时就有长年喝不尽的油水，你没见过前年从台湾回来的十七爹。他辈分比九伯高，可见了拿家谱的九伯连忙趴下去行大礼，传闻走前还拿出一件金货送给九伯。有此奢望，荷包蛋很快就到了九伯屋里。九伯仍不吃，劝不动，狗儿端着碗回家时，黄豆大的几只雨珠子砸进脖子里，以为大雨将至，赶紧跑几步，一进家门雨却停了。上半夜闪电不停地在窗口嬉闹，狗儿迷糊中闻到一阵异香，睁开眼皮时响起了第一串雷声。他使劲闻了闻，鼻窟窿抽得嗡嗡响，还是分不清是猪肉、是狗肉、是牛肉，还是鸡肉香，馋劲上来了，他弄醒妻子让她辨辨。妻子骂他是想酒肉想入了魔，这时节谁家舍得吃肉，一定是程毛头家在炒火药，妻子转眼又睡着了。他还是睡不着，程毛头家肯定没炒火药，刚醒时还听见他那侉子婆儿的鼾声。干蛮活的人从不知什么叫失眠，过了一阵狗儿就将那股异香抛到脑后去了。

下半夜，山摇地动的一声巨雷，震得河东垸大大小小黑洞洞的窗户一齐哭闹起来，大雨也倾将下来，乱七八糟的声音折腾好久，怎么也静不下来。直到后来才分清楚，大雨声中，长久不衰的号啕是程毛头的妻子在哭。狗儿他们不得不服气了，这大的雨，换了她谁的哭声能盖住雨声。狗儿与妻子说着话，正要接着睡，又觉得有些不对劲，那程毛头妻子的那种哭法，若非死了亲人是绝不会有的。

仇归仇，恨归恨，落难时同情归同情。狗儿和妻子正说要去看看，卜顺在外面敲门，大叫不好不好出大事了，程毛头叫天雷收去了。

狗儿心里一愣，九伯的话这么快就应验了？

待狗儿亲眼看见后，不信也得信。程毛头的五大三粗的妻子瘫坐在地上，搂着细福儿哭得满脸是鼻涕口水。有先到的人对后来的人说，那声炸雷好凶，心都震落下两三寸，程毛头的妻子吓得习惯地往丈夫怀里偎，都挪到床边了还没碰着男人的身子，就伸手捏开了床头开关，电灯一亮，屋里哪有丈夫的影子毛。这时，天上又响了一声雷，刷刷的电光中，程毛头的妻子猛地看到窗户上有张雷公脸，她更怕了，斗胆起来去关窗门时，发现程毛头睡前脱下的拖鞋、衬衣和汗衫都在原处放着，再看门，也是如睡前那样闩得好好的，但是，活生生一个大男人却飞也似的无影无踪了。程毛头的妻子想起九伯的咒语，就哭成现在这个样子。细心人记得昨晚乘凉时程毛头穿的衣物，床前床后去察看了一番，遗下的正是那些。

第二天下午派出所梅所长来勘验时，也说屋里没有一点异样异常之处。

在一片乱糟糟当中只有狗儿记得，发生这样的事须得请九伯来。就摸黑冒着大雨去敲九伯家的门，闹了半夜，喊了半夜，屋里不见有人应声，慌得狗儿回头喊来几个人，正商定破门而入室时，门缝里咳了一声。

"九伯，出大事了，程毛头叫天雷收去了。"狗儿对着门缝叫时喉咙发颤。

隔了半天，以为九伯没听清，狗儿又要叫时，门缝里九伯咳了一声。

"知道，我都知道！该怎样，是怎样，天命难违。都回去歇着！天亮后再说吧！"

等天亮，天就亮了。

天亮后，九伯走过众人面前时，都发现九伯像是喝了神仙汤，吃了菩萨肉，一夜之隔竟红光满面精神得让垸里两个守节多年的寡妇起了邪念。夜里的雨来得猛去得急，才吃过早饭，山上山下便处处烈日炎炎了。看过程毛头的妻子端过来的遗物，九伯沉默了半天，沉默时将目光浑浊的眼睛狠狠盯住这山东女人那双又厚又宽的巴掌。狗儿看出九伯心里有所怀疑，就悄悄问，是不是请公安的人来看看。九伯不语。

狗儿不敢擅自做主。

派出所梅所长是自己闻讯赶来了，查了半天也查不出什么来，又请来县里的侦察员和地区的警犬，结果都是学着九伯瞅着那双比男人巴掌还大一圈的女人手，满心疑问一无所获地离开河东垸。

到这时，九伯才开腔。

“多烧几炷香吧！”

程毛头的妻子这时已哭哑了嗓子哭呆了神，搂着细福儿不点头，也不摇头，不吃饭，也不喝水。

天又黑了时，九伯门前热闹起来。

不断有人坚决地敲门，九伯却坚决不开门。

九伯是不会动摇的，直到敲门的人哀求说，老天爷打雷，收了程毛头的事将人吓怕了才特地来讨教的。这样说话，等于表明自己做了亏心事，害怕也会遭雷劈，才来求九伯别诅咒了。

隔着门，九伯还是说相同的话。

“多烧几炷香吧！”

“多烧几炷香吧！”

这话说得九伯都不想再重复了，还是有人来。

这次来的人是狗儿。

狗儿轻轻说了几句，门便开了，但也没让进屋。

九伯在门槛里蹲着，狗儿在门槛外站着，两个人影悄声说到鸡鸣初更时才分手。

天刚亮狗儿的妻子就去程毛头家。

程毛头的妻子一夜没合眼，仍坐在昨天开始坐的那椅子上。

狗儿的妻子说了几句安慰话，便开口说想赊点东西，一到了店里，就手忙脚乱将肥皂、香烟、白酒、牙膏，还有盐和糖塞了一大菜篮。程毛头的妻子要狗儿的妻子记账时，狗儿的妻子说等丈夫来吧我不识字，出了门便遮遮盖盖地往家里去。狗儿的妻子怕人看见偏让人看见。有人问她干什么时，她支吾地不想说，又不能不说。程毛头的妻子正跟在身后走，就说赊了点盐。可那么满满一篮子东西仅是一点盐么？这人一下子就明白了，连忙出动全家人去赊货。

很快全垸人都知道奥秘了，程毛头的妻子从家里出来往店里走，全垸人都跟在身后。

“这是干吗？”程毛头的妻子问。

“赊点货。”全垸人说。

“干吗都是全家出动？”程毛头的妻子问。

“各人赊各人的。”全垸人都是这么想的。

这时疯子桂儿手指头旋着一只红色瓶盖，嘴里呜呜地学着警笛声，从草棚里钻出来迎着大家走去，黑压压的人群立即闪开了一条缝，程毛头的妻子跟在疯子桂儿后面穿过人群，冷冰冰地甩了一句。

“不赊了。”

看着程毛头的妻子回了家。人群沉寂了片刻，然后谁低声说了句什么。人群便像被马蜂蜇了的黄牯一样，轰隆隆地朝消失了程毛头家冲去。头里的几个人冲进去快，跳出来更快，跟着程毛头的妻子拿着一把菜刀站定在门槛上。

大家正在发愣，狗儿在一旁叫九伯来了。

九伯喝了声把刀放下，程毛头的妻子手里的菜刀便应声坠地。

九伯说："大家别性急乱来，程毛头叫天雷收去了，这是他的福分也是他的下场。他的一应房屋财产都是我们程家人的，别人休想拿走一根稻草，有我程九伯主持公道，保证分得平均。"

趁九伯喘气时狗儿说："所有东西现在先点数上封条，再过几天是九伯的八十岁大寿，等给九伯做完寿后，再开封均分。"

"程毛头不在了，还有他妻子，还有他儿子呢，你们要这样，我就拼了！"程毛头的妻子又拿起了菜刀。

"你不够资格，是二手货。"狗儿退一步说。

"细福儿够，细福儿是他亲儿子！"程毛头的妻子说，"他当兵第一年就和我好上了，第二年就生了细福儿。前头的男人不中用，是个见花谢。"

"以前怎么不承认？"狗儿问。

"怕说出来影响他爸的前程。"程毛头的妻子说。

"说是说，谁做证呢？"九伯问。

九伯一问就将程毛头的妻子问住了。

狗儿趁势推着九伯往屋里走。九伯不能退也退不了，只好在心里诅咒狗儿。幸好程毛头的妻子叫了一声命苦，手里的菜刀又坠地了。像地陷一样的门洞将一片人潮呼地吸了进去。点数点出了几十万响鞭炮，狗儿说这东西不用分，等给九伯做寿时放它个日落西山，显显河东垸的气派。再点出一柜子书时，狗儿说分给各人拿去卷烟抽。这次九伯不再笑眯眯乐了，阴沉下脸骂声没远见，然后让人多上两道封条，说将来谁家有人考上大学就分给谁，一百年没人考上大学一百年不许动。

挤挤闹闹点完了数，离去时，狗儿见人人怀里像揣着什么，心想让九伯制止一下，低头时见自己腋下鼓鼓囊囊总也遮不住，就赶紧挤到前头出门去了。

河东垸人开始争着给九伯送礼。狗儿想的比别人深一层，想到那家谱传承之事，就好说歹劝让妻子找在信用社的表叔借了五十元贷款，请人做了河东垸有史以来头一份贵重的寿匾。当这幅刻写着“龟寿”两个斗大漆字的寿匾，在垸里招摇而过时，人们才想起好几天不见乌龟晒背了。狗儿记起那夜的异香，便猜疑乌龟是不是让程毛头给煮吃了，所以上天震怒派雷公电母来收他。狗儿与九伯说这事时，九伯狠狠瞪了他一眼，半天才说：龟有龟路、蛇有蛇路、人有人路。这话来得莫名其妙。别人听不出道理，见九伯镇定自若，大家也就不再惊慌。

不再惊慌是因为他们肉眼凡胎料不准日后。

九伯的寿礼就一家没有送。狗儿去催时，程毛头的妻子反问："你不是说我们别想沾程家的边儿么？"细福儿也说："我父说了，凡是请客送礼敬神贡菩萨的事，谁也别想抠一文钱去，有钱宁肯拿去烂粪肥田。"

狗儿想不出话来只好翻了个白眼走了。

那天九伯的寿酒把河东垸灌得醉醺醺，几十万响鞭炮炸了几乎一整天。

黄昏时一个人刚走到垸边就叫起来。

"嗬，好热闹哇！"

这一声叫比那夜的巨雷还叫人心惊胆战。

九伯也苕了，未必雷收去的人也能还魂再世么？

活生生、洒脱脱的程毛头西装革履地冲着他们走来。阳光还照着瓦背，垸里却比三更还静，西装革履的程毛头大惑不解，就勉强笑了几下。

"鬼笑要捉人！"

一人惊叫，片刻间就变成满垸惊叫。

摆在稻场上的几十桌酒席，转眼间就只剩下九伯和狗儿两个，九伯想逃，腿软动不了。狗儿想逃腿并不软，却被九伯死死揪住了。

"这是怎么啦？"程毛头问。

"侄儿，一死百了，你别再来吓我们！"九伯说。

"你这是说的哪里话呀，我不就是出了趟门么！"程毛头说。

“连你的丧事都办了，你别赖账。”狗儿说。

“太阳还没落山。真做了鬼，也不能大白天里回来呀。我上武汉去了。”程毛头说。

“那你是不是将程家的神龟卖给武汉佬了？”狗儿说。

“别胡扯。那夜正要落雨时，一阵警笛把我吵醒，还当是公安局的来捉人，听到敲门声心里直发慌，开开门后，当兵时连里的卫生员便闯进门来，就是去年到垸里来搞地方病普查的那个矮胖子，他转业后在同济医院工作。他二话不说拉起我的手便向外拖。我问要干什么，他说人命关天你快随我走一趟。到救护车上坐定后他才告诉我，有个个体户被抢他货物的歹徒捅了十几刀，生命垂危，急需输血抢救，可这人偏偏是那种古怪的血型我记不清，反正是几百万人当中才有一个，找遍全市医院也只弄到一丁点，碰巧我那战友在场，还记得我也是那几百万分之一的之一，就派了个专车跑几百里来接我去为那人输血。到和这快死过心的个体户见面时那才更奇，他就是悄悄从这儿溜走的卜祥老兄。他在汉口买了一座小洋楼，不说他的两个儿子，就连往日土到了底的妻子，也打扮得像个次品华侨。我不怄气也不眼红，就是不明白卜祥那么滑溜刁钻，怎么会和我是一样的血型呢！”

程毛头说了半天没人吭声。

九伯这时不再盯着他了，低下头去拼命地抽起烟来，露出半遮半掩躲在老人身后脱衣服的狗儿。程毛头细看时不禁起了疑心，刚想狗儿什么时候弄到这身军装，马上又想这不是自己舍不得穿的那套军装么？怎么到这二混子手上了？

程毛头正想开口问，九伯说话了。

“不管怎样，你这也算是经过生死一轮回了，有想不到的事应该想得开。”

程毛头听不懂，想开口时，垸那头爆发了女人的哭声。

“死就死，活就活，你这样又死又活的怎么叫人受得了哇——”

程毛头听见妻子在哭，只好丢下眼前疑问，从桌椅板凳的缝隙里穿行而去。等待他的是更大的疑问：妻子瘦成一副骨架，一张张封条贴在满屋的家具上。

程毛头一问，妻子哭得更伤心。

程毛头二问，妻子哭得更起劲。

再问时，妻子竟扑过来给了程毛头一顿拳足。放学回来的细福儿蔫巴巴进屋后，见到程毛头时竟吓得一头钻进妈妈怀里。这样，程毛头不能不发火，要摔东西却找不到可摔的，杯子、水瓶和碗都不见了，只好掀翻光秃秃的桌子。妻子不哭却也不回答，反问他这几天上哪儿去赌去嫖了。

程毛头说：“发黑狗屁，不是和你说了我去武汉有件急事。车子在公路上等着！”

妻子说：“我不聋不苕，什么时候听你说过？”

程毛头就回忆说：“那几天天气要变，你脚疼得几天没睡好觉，那夜吃了几片安定睡得好些就没叫醒你，就写了张字条留给你，还是从这笔记本中撕的纸。”

程毛头拿出笔记本给妻子看时，才发现匆忙中那页纸根本就没有撕下来，原封未动地还在笔记本上。

程毛头马上又说：“可细福儿知道，我走时叫醒他起来闩门！”

程毛头问细福儿记不记得。

细福儿哪里记得，人小睡糊涂了，这时只把一对小眼骨碌碌地打量着门闩。

家里的事一说就明白了。程毛头爽朗地大笑一场，然后让妻子跑十里路到镇上买了猪肉回，一边笑嘻嘻在门口乘凉，一边美餐一顿，到起凉风时就回房里和妻子亲热得半个河东垸都能听见。

笑声，吃喝声，亲热声，男人听见后说这可好了，程毛头想开了没事了，女人听见后却知道怕、要命地怕。全垸人迷糊到天明，照例是卜顺起得最早，他一开门，头顶叭地炸响了什么，惊魂初定时看到门上挂着一只响过的鞭炮。是一拉就响的那种，正是程毛头家做的。门上还贴着一张纸，他扯下来等着认识字的人起床看过，才知是程毛头写的，叫他告诉全垸人今天谁也不许外出。

不见程毛头，又不见他妻子，只有七岁的细福儿学着七十岁样子，倒叉着手在垸子里走过来走过去，小眼睛对九伯都敢使劲瞪。

满垸的烦躁不安，满垸的无可奈何。

正午过后，两辆吉普车风一般地开到垸中间稻场打起旋来，几个穿橄榄绿制服的警察不待车停稳就跳了下来，等到程毛头和妻子也从车里钻出来时，全垸人才明白他们被人告了状了。

后来，程毛头家门前排起了长队，拿着碗、拿着勺、拿着水瓶、拿着水桶、拿着镜子、拿着梳子、拿着毛巾、拿着衣服、拿着鞋和肥皂牙膏的，在等着进屋接受登记和审问。

“就像当年还乡团还乡时一个样。”九伯在嘟哝。

程毛头没作声，警察帮他说，这是强盗行径，犯了抢劫罪。

九伯没排队，就他什么也没拿。

程毛头没作声，警察帮他问，谁是主谋？

所有人都说是狗儿。

狗儿叫屈，说这全是——全是——支吾半天才小声说：“全是九伯的主意。特别是放鞭炮的事。”狗儿还郑重一句。

“九伯是打过土豪的人，你们不能抓他！”狗儿最后叫一声，听得出是在讨好九伯。

程毛头走到九伯门口大声吼道：“你这强盗头儿，公安局的请你去做客呢！”

九伯在屋里面说：“侄儿，你做事太绝了，将来不会有好结果的。这百把年来哪个靠政府靠稳了，就说下河郑家垸的那个独臂佬，当红军时他是我们的副营长，现在他儿子当了县长又当政协主席，可他还不是在前些时，被死对头当过国民党师长的武瞎子揪着一起淹死在西河里，万事得靠本家本族人支持。”

程毛头在屋外说：“那两河口的长乐爷呢，他靠着本家人，却落得个喂鳡鱼的下场。”

九伯说：“程家和他家不一样，再说长乐他这么死法是去赎罪，他是红军的逃兵。”

“喝了程家茶水的人都要跟着霉三年才出得了头。”程毛头说完还唾了一下。

“那你怎么不学那姓假程的人——走？”九伯反问他。

“我生就了与你是个对头，想我走偏不走。”

“你干吗与我作对？你父亲死得早，是——”

“你是个骗子。你骗了全垸人。卜祥说苏母娘娘放地火收贡钱的事是假的，其中秘密作法你全知道，他告诉你了。”

“你这是信了他的主意来催我的命是不是？”

屋里说话声突然提高一些，然后就不见音响。公安局那些人耐不住程毛头的絮语，撇开他提着亮铮铮的手铐闯进屋去。九伯不语只把眼睛盯着他们。更性急的走近床前就拖，搭在身上的被单一溜，一股恶臭腾空而起。

九伯中风了。

这时屋外有人吵架了。狗儿和妻子站在一起时，疯子桂儿硬挤到他俩中间，望着狗儿笑，还要往狗儿怀里靠。惹得狗儿妻子醋性发作，破口大骂起来。吵骂中，公安局那些人有些扫兴地出来了。

桂儿一见领头的派出所梅所长，连忙双膝一跪。

“我偷了你儿子阿波罗的性命钱。我没有什么还你。我给你做妻子行吗？”

这次，河东垸人没笑，是没劲，也没心思。大家呆呆地看着狗儿被铐走了。

恨程毛头，怕程毛头，河东垸人最后不得不去求程毛头。

九伯奄奄一息拖了好多天了，可那游丝似的一口气断不了。九伯这是在等谁呢，连过路人在垸里歇脚讨茶喝时都会说，还能等谁呢？一定是等狗儿呢！

九伯一直在等的狗儿，顶着一只光头从拘留所里放出来，就去了九伯那儿。狗儿贴着耳朵问九伯：“是不是想将家谱托付给我？是不是我们程家还有哪处藏宝的地方？”见九伯没有反应，以为老人已经死了，狗儿伸手试试，那丝气息还在。

这么说，不是等狗儿！

不等狗儿还有谁可等？

“细福儿！你死到哪个地方去了，还不回来睡觉，明天不想随你父去武汉玩么——！”

程毛头的妻子一叫喊，有人就想起，还有程毛头呢，他一直没来看看九伯。于是便商量去两个人说说看。因为谁都也不愿充这两个人数，只好拈纸巴儿。拈到“去”的两个人去了，想好的一堆话只开了个头，程毛头就连忙进了九伯的屋。而九伯竟然开口说话了。

“侄儿，你把我忘了。”

“我忙呢，九伯。”

“可我从没忘过你。”

“那是因为你讨厌我。”

“侄儿，我心里喜欢你呢！”

“我一点也没觉察到。”

“你太嫩。难道卜祥没和你说过？”

“没来得及。正打算明日去武汉再上他家去坐坐。”

“那家伙是人精。你将那箱子打开。”

“怎么乌龟跑到箱子来了？”

“这是乌龟壳。”

“那肉呢？谁吃的？你么？”

“不是它我能撑到今天？乌龟壳里面包的就是家谱，我把它传给你了。”

“那么狗儿呢？怎么不传给他？”

“程家要发旺。只有靠你操持了！”

“还是让狗儿吧——”

“你当八十岁就那么容易活？别说狗儿，就是连卜祥那人精我也看得见了底，他玩的那套把戏我都明白。”

“那干吗还要让他耍？”

“能不让他耍么，我们程家人有谁能斗得过他？只好将鬼打鬼！程家的能人在战乱时都死光了，你杀过来我杀过去，杀的都是能干的领头人，剩下些蠢种养的苕货，只知吃饭拖犁睡女人，不然起码也不致受姓假程的人欺负。”

“我就没怕过他。”

“怕不怕是一回事，斗不斗得赢是另一回事。我说了，你太嫩。”

“那就教教我吧！”

“一计不可二用。我这一套到公安局捉人的那天就过时了，卜祥那一套也用不上几天了，你得想你的绝招儿。”

程毛头再问时，不见回答，仔细一看，九伯已合上双眼，一脸的轻松，像是卸下了背得过久的重负。望望过世的九伯，又望望藏着家谱的乌龟壳，程毛头猛地感到浑身沉重而不堪重负。

程毛头禁不住手一抖，乌龟壳掉在地上打个滚，摔出两本毛边纸订成的本本来。一本上记着程家在红白两军里当司令和军师旅团营长的死者，一本收录在国共双方中当省长县长教授博士律师工程师的亡魂。他突然明白，难怪台湾回来的十七爹会在晚一辈的九伯面前行大礼。无论本本上的谁只要能活到今天，程家远不会像如今这般死不像死活不像活的模样，也不会去夸别人家的细苕了。

程毛头走出来宣布了九伯的死。

在给九伯守灵的最后一天，疯子桂儿在垸中间来回晃荡之际，程毛头忽然说：“那次我去下河的细苕家了，哪有什么专门盖的小洋楼，两室一厅三间正室住着两家，厨房厕所都得共着用，开始我还以为他们是一家呢！”

狗儿着急起来：“这怎么行。若是这家男的那家女的出远门了，剩下的男人女人怎么过日子？”

“狗儿，往后你得学着点，服着点，别尽想歪门邪道，给程家丢脸。”

看看又在那里冲着狗儿将自己脱得赤条条的疯子桂儿，人都责骂狗儿，巴结程毛头。程毛头却换了思绪，对着天空嘟哝，这哪是什么家谱，是会计办移交的清单。

（本篇为系列小说《大别山之谜》之十）

一九八八年十月于英山县文化馆

小小无锡景

很显然，这个“色织工艺培训班”，不同于同住在太湖饭店的另外几个培训班。那架势：小考、中考连大考，直考得饭店服务员找经理扯皮，经理则每逢见到培训班负责人总要问上一句：“你们什么时候结束？”

别的什么班，到一起聚聚、游游太湖、再聚聚，三五天就散，走的时候纪念品成堆地抱在怀里。这个培训班，若不是开学三个月后逢上“五一节”，恐怕还得等三个月散伙时，才能光顾那近在咫尺的太湖风光了。

难怪最后一个来报到的伍淑姣会如此惊呼。

“俺那二闺女读高三，学校抓得也没这里紧。”

在伍淑姣来之前，培训班上只有三个女的。

伍淑姣来之后5033房间的四张铺就满员了。伍淑姣来后的某天晚上，四个女人同时脱光了下身蹲在脸盆上擦洗时，突然有人叫起来：“妈呀，怎么进来一个男人！”戚亚萍、易湘和陆莉吓得拿起湿淋淋的毛巾向最怕见人的地方遮。剩下伍淑姣坐在脸盆上像观音坐在莲花上那么稳，并拍打着凸起的肚皮说：“别怕，是俺的小儿子，他在叫俺快点放他出来呢！”这样实际上不只四人而是五人，四女一男，伍淑姣天天这么说。

伍淑姣实岁四十七，她来报到时，服务台周围的姑娘小姐同志先生们，齐整整地把目光投向她。她便咬牙减去五岁说：“俺虚岁四十二了！”话一出口，便羞红了脸，一是因自己说了谎，二是因周围的人哄地笑了。也难怪，别说这开化到了顶的无锡城，在她乡下老家，早几年就见不到像她这种年纪还挺着大肚子的女人了。

来的那天，伍淑姣钻进5033房间，就挑整理得最漂亮的那张床躺下，眯了一会儿才发觉背上不舒服，伸手一摸竟从枕在背上的被窝里掏出一架袖珍录音机来。为了那天出门时没捎上丈夫的录音机，她一直后悔了整整三个月，所以这时她不管三七二十一，一按播放键就将立体声耳机架在高高的腹部上。

陆莉她们游了太湖转回时，伍淑姣的胎教还没结束。

“你——怎么这无礼？”陆莉见有陌生人四脚朝天地躺在自己床上，扑上去抢过录音机，并顺势把伍淑姣狠狠推了一下。

还在门边站立的易湘、戚亚萍马上叫唤起服务员。

“俺也是来学习的。”伍淑姣怕她们误认自己为坏人连忙说。

“你也来学习？”服务员可不是三两遍就能叫得应的，还得她们自己查问，“怎么才来？都迟了三个月。”

“前三个月俺去杭州那里培训班了，那里一结束，连家都没回就来这儿了。”

易湘、陆莉各自厂里也派人去了杭州那里培训班，便问了那几个人的情况，伍淑姣答准了，就转过脸主动问戚亚萍：“杭州那班上你有熟人么？”

戚亚萍正忧伤地盯着伍淑姣的大肚子出神，听到问自己便冷淡地一笑，笑过之后，又独自出神。陆莉见她那副模样，便突然冲着她的耳朵大声叫道：

“狗不理包子！”

“爱情特区！”回过神来的戚亚萍回敬一句。

“爱情特区”的陆莉理所当然是汕头人，“狗不理包子”的戚亚萍不会不是天津人，易湘是湖北人，一口一个俺的伍淑姣是河南人。

“五一节”晚上，也许是因为初来乍到的伍淑姣的那只大肚子的吸引，5033房间没人外出。

戚亚萍问伍淑姣：“你今年五十岁不到吧？”

“虚岁四十二。”伍淑姣曾闪过再减五岁的念头，终因瞧见镜子里自己那张老脸，不好意思回到三十七岁，并补充说，“俺那儿水土不好，人不经老。”

“四十几的人怎么还怀孩子？”

“俺不知咋回事，年轻时拼命地想怀孩子，回回累死了，可肚皮上水泡泡也没起一个。现在懒得想了时，它倒胀得像个猪八戒。”伍淑姣一边说一边巴巴眨着眼睛。

“你这才是头胎呀？”易湘惊讶起来。

“嗯。”伍淑姣幸福地点点头。

陆莉不太相信，插进来问：“你这喂奶的东西怎么瘪了？有本小说上也写了一个四十几岁没怀孩子的寡妇，说仍同成熟了的姑娘的一个样。”

伍淑姣答不上时，戚亚萍替她圆了过来：“书上说的就是真的？易湘的爱人就是作家。你问问她就知道小说是怎么编出来的。你呀，二十岁的大姑娘，一天到晚不是跳舞就是到黑市去找禁书看。”

陆莉顾不了反驳，一转脸找上易湘：“你找了个作家做丈夫，怎么不先告诉我？都把我羡慕死了。”

“告诉了你，不出三天连太湖边上的石乌龟也会知道的。”

“你别得意，易湘，若是有机会相中了你丈夫，我可不在乎人家说什么第三者不第三者。”

易湘揪了一下陆莉的耳朵：“难怪人家叫你‘爱情特区’。”

这边一静，戚亚萍那边又说起来。

“你怀上孩子这般不容易，怎么不在家好生调养？不管改什么革，女人生孩子总改不了革不掉。”

“俺自己要来。男人在厂里当厂长——”

陆莉一蹦老高："我爷爷当厂长，戚亚萍的爸爸当厂长，现在又钻出你丈夫当厂长，易湘是'党的人'没得说的，我们三个就全是动机不纯者了。"

"他才当两年厂长。"伍淑姣接着说，"以前在厂里老受另一帮人排挤，这回说是拼命要在四年任期内干出个样子来。别的不为，也要为自己争口气。厂内厂外的事哪一桩没过问就有人捣鬼，家里的事他连问都懒得问。按理说俺不当出门学习，出门在外，穿洗都不便，哪有在家里好，可你们不知道俺家的情况。四世同堂，想给胎儿增加点营养，上有公爷公奶、公爹公娘，下有大闺女小闺女，这物价一行比一行地较着劲往上涨，买多了吃不起，买少了俺又吃不下——巧了来通知让厂里派人来学习，俺就开窍了：江南气温好、水土好、对胎儿发育肯定有利。又可以不上班不做家务，外加每天几元钱的补助，这样休息得好，吃得也好，杭州住三个月，无锡住三个月，一个又白又胖的儿子就会顺顺当当地生下来。"

"若是有什么意外怎么办？来无锡时火车驶出合肥不远，就有一个女的将孩子生在厕所里。"易湘说。

"俺不怕，俺有经验。"伍淑姣有把握地说。

"你刚才说你有两个闺女？"陆莉问。

"嗯。"伍淑姣一愣，"是俺领养的。"

多时没有作声的戚亚萍这时吁了一口气，像要说话又忍了回去。

“你多大了？”伍淑姣察觉了主动引她说话。

“属兔，三十七了。”戚亚萍又是一声轻叹。

“啥？俺当你才二十五呢！”伍淑姣确实在吃惊。

“我也没生过孩子。”

“你这腰又宽又扁咋不会生孩子，你男人干什么去了？”伍淑姣有些气愤了。

“男人？出门时他还是我的男人，现在不知和谁结婚了。”

伍淑姣的“咋了”没出口，陆莉和易湘几乎同时抢先追问起来。

“我在离婚申请书上签了字后，又不愿看到这种人家说的好说好散的情形，就来这儿了。其实我来也无益，这里教的我上大学时全学过了。爸爸和他都劝我来，说可以到太湖散散心。”

“为什么要离婚？他有外心了？”

戚亚萍摇摇头。

“感情不和？”

还在摇头。

“无缘无故，好好一对鸳鸯怎么会散？”伍淑姣急了。

沉默了一阵，戚亚萍才低声说：“也不知道什么原因，恋爱时一切都是好好的，但从结婚那晚上起，只要他一碰我的身子我就开始抽筋，什么药也没效，非得等到天亮才自动好。”

“怪。你没找医生看一看，诊一诊？”

“这种病不好找医生，连妈妈也是在我俩决定离婚时才知道的。她托人打听，都说没人能治这病。”

“你快写信回家，叫他等着你。”陆莉激动起来，“《安徽文学》上有篇报告文学介绍了一位专治这种病的医生，他在合肥开了一家医院。”

易湘也说她偶然在丈夫的书房里看到过这篇文章。她说偶然时语气很重。陆莉再补充说那文章叫《性医学备忘录》。

苦笑着的戚亚萍说：“我虽然是戴着工农兵帽子的大学生，但读的书不比没戴帽子的少。你别见怪——如今作家写的文章里真货不多。”

尽管有“别见怪”在先，易湘经常挂在嘴角与眼角处的微笑不见了，导致四个女人的空间里一片沉寂。刚巧电视机里的联欢晚会结束了，一片开门声、一片脚步声和一片咳嗽唾痰与跺脚歌唱声冲淡了这沉默中的不快。

“讨厌！鬼哭狼嚎！”陆莉骂了一句，再续上刚才的话题，“本来，家里那群把我养大的人都不让我来，说我连挡车都还没熟练，学了工艺也是纸上谈兵。我可不愿错过这么好的公费旅游机会，就天天半夜三更爬起来，将家里的立体声开得大大的，一遍又一遍地专放那奚秀兰唱的——小小无锡景，太湖鱼米乡。直唱得邻居上派出所提意见。因为我小时患过癫痫，家里人别说打骂，连话都不敢对我说重点，害怕刺激我的神经。那天夜里我刚起床，奶奶就在隔壁说，别闹了，爷爷说你要去就去。”

陆莉说完后，当然该易湘了。

看看她根本没有想开口的意思，伍淑姣忍不住问：“你也给俺们说说，咋个来无锡的？”

“别听她的，她是‘党的人’，说梦话都带着共产主义气味。”陆莉边说边做着鬼脸。

“总比你满身狐狸臊好。我说的也是实话嘛，厂里挑了几十个人考试，我考了头一名，就来了。”易湘说。

“听听！我说的没假吧。一个个字都是照着党报头条新闻背下来的。”陆莉说。

“比你背《新婚卫生必读》好！”

戚亚萍帮了一句，易湘脸上的微笑就重新出现了。

夏令时间晚上十点刚过，陆莉就没精打采地回了饭店。

易湘遗憾地搁下学习笔记。

戚亚萍则相反，高兴地放下一本什么小说。

“这么快就回了，还没到十二点呢！”

“这舞跳得乏味得很。唉！”

“怎么，小王老师也没潜力么？”

“屁。还是硕士呢，货真价实的书呆子。”

“拜拜么？”

“你当我会犹豫？基本原则：半月之内没有潜力可挖了的坚决拜拜！”

戚亚萍和陆莉轮番说着，伍淑姣不好意思开口。她每次趁陆莉去跳舞的空隙用录音机进行胎教，想不到陆莉今天回来得这样早，虽然陆莉装作没看见，她仍感到很尴尬。

“唉！只有北方组的钢嘎像个男人，可他回蒙古都快一个月了，怎么还没信来！”陆莉一边叹气一边说。

“你不是当面奚落他浑身马奶酸味么，他给你写信干吗！”

“也是。喂，戚姐你明天到培训班领导那儿帮忙问一下钢嘎的情况，回头我给帮个大忙。我说话算数。”

“有你这声甜姐，不还价我也帮这个忙。”

易湘难得开次玩笑：“陆莉，培训班上和你玩了朋友的有几个？”

“就他俩！”

“才不信，你和男人照的相有一大摞。”

“嗨！你真是个乡巴佬。那么好的风光一个女人孤零零的多没意思。再说，和男性一起更能衬出女性的风姿来。”

两个听了，都笑了。之后稍怔了一会儿，易湘补了一句：“鬼心眼。”

而戚亚萍则认真地发起愣来。

伍淑姣却相反，她是先怔后笑，并且一笑而不可收拾，那种局促不安的神情全给笑掉了。

易湘说：“小心笑出毛病来，明天考试要吃鸭蛋。”

伍淑姣说：“怕啥，吃鸭蛋可以给俺这小宝贝增加营养。”

第二天上午考试时，当然不会有人吃鸭蛋，学生吃了鸭蛋老师的奖金就有可能变成鸭子。但是倒数前四名 5033 房间就占了两个。

小王老师昨夜失眠了，换了副变色近视眼镜戴上，也能见到眼窝里的黑晕。他在黑板上写了试卷上的一道题，转身点名让伍淑姣上去再演算一遍。

伍淑姣离开课桌走了两步又站住了。

催时，伍淑姣先是小声说："不会。"

再催时，伍淑姣索性大声说："俺没潜力了！"

满教室的人都捂起嘴来笑，还有不少人将眼光在陆莉和小王老师身上扫来扫去。

"不会就上来站着，让会的教你。"

"咋？俺在厂里上班还讲究妇女四期照顾呢。"

"那好，结业时可别怪档案上写差了。"

小王老师的眼光在搜寻下个对象。

陆莉猜着小王老师要点自己了，就接着刚才的话题说："你写别的没用，只有写她在这儿和别人谈情说爱，因为她丈夫是厂长。"

在一片哄笑中，小王老师摔碎了粉笔盒，临出门时丢下一句："这课用不着我上了。不是厂长的孙女，就是厂长的夫人，靠走后门过一辈子吧！"

再回教室时，小王老师由负责培训班的黄总陪着。

黄总情知天南海北的男女老少在一起，能搞成这样已属百里挑一了，所以对伍淑姣好言相劝："你这种身体在这儿学习恐怕吃不消，不如先回去，等办下一期时再来。"

伍淑姣连忙说："那不中，俺厂里改了革，等着要人才呢！"

僵持不下时，易湘出面说："她来得迟，以后每天晚上我帮她补补课。"

黄总将桌子拍出一声响，就这么定了下来。

下课后，陆莉埋怨易湘不该露脸，否则看那小气鬼怎么下台。

正说着，她们发现小王老师跟在身后。

陆莉猛地提高声调说："想报复人可得戴上一打眼镜找准个好欺负的！"

陆莉还说，在汕头时有人拿刀子逼她，她唾了那人一脸痰后照样拜拜了。

吃了晚饭，陆莉见易湘还坐在房间里，便说："你怎么不去开会？"

"什么会？"

"你没听到下课时组长喊，南方组的党员六点一刻到他房间开生活会。"

"党员开会，与我何干？"易湘一笑。

"你不是党员——骗人！大概是组织关系没转来吧！"

"骗人干吗，这儿又不是'敌占区'！"

易湘怎么解释，陆莉也不相信："一见面我就看出你是党的人。"

"党员未必还有什么特征？"

"当然，我们厂的女党员都像你这样：说话留三分余地，做事带三分谨慎，唱歌专唱《党啊，亲爱的妈妈》，跳舞只跳慢三慢四——哎哟，六点半了。"陆莉匆匆擦把脸，打开化妆盒细细地化起妆来。

"晚上又去跳舞？"

"嗯。"

"又有舞伴了？"

"你想不到的——钢嘎来了。"

"我怎么没看见？"

"要是你的那位作家来了，不用眼睛看，一下火车你这鼻子就能闻出来。"

一阵温柔的风刮走了陆莉后，伍淑姣照例搬出录音机摆弄起来。

易湘对她说："该补课了，说不定星期一还要提问的。"

"俺不怕，大不了一问三摆头呗！"

"你回厂后不打算工作呀？"

"工作个啥，等孩子生下来我就请三年保育假，接着就到了五十岁，就退休，吃他爸的，喝他爸的，穿他爸的。女人这命说好就好，说坏就坏，全看自己在乎不在乎。"

戚亚萍不知忙什么去了，直到十点多钟才满头大汗地回来。

而陆莉回饭店时已近凌晨一点了。为了不再发生使伍淑姣难堪的局面，从那次和小王老师拜拜了的第二天起，不管多晚回来总是先在门外学伍淑姣的叫门声。所以，尽管人都睡熟了，她仍在门外叫一声。

“俺回来了！”

一向高喊“星期天早晨万岁”的陆莉，破天荒起了个绝早。

戚亚萍轻轻地唤了她一声，她就猴子般从蚊帐里钻出来。洗漱时两个人叽叽咕咕地说着悄悄话，然后掩好门走了。

这么鬼鬼祟祟地易湘当然没觉察到。

天亮前她听到陆莉叫她：“易湘，我睡不着怎么办？”

“你这人就这么喜欢自找烦恼。”

“你不知道，昨晚他说出完这趟差，就回去结婚。”

“和谁？”

“他厂里的一位姑娘，也是蒙古人。我一听到他要和别人结婚，就发疯似的拉着他跳。唉，早知他潜力这么大，真可以踏平这儿所有的舞场。”

“你还小，把人生设计得太浪漫了。”

“像你这样实在我可受不了。你那作家丈夫一个月能写十几万字的小说，快四个月了却连信也不给你回一封。我就是想活得浪漫些，不过，我这辈子的舞恐怕再也跳不了昨晚那样好，那样叫人忘不了。”

往后还说了些什么易湘一句也没听见。醒来时，屋里只有她一人，陆莉她俩走后，伍淑姣也起来增加营养去了。等到易湘也要出门时，陆莉回来了。

陆莉手里晃着三封信：“就缺你的。”

“他忙。来之前，家里就有几份通知，几家刊物请他去参加笔会。”

陆莉又要往外走时，戚亚萍头发蓬乱地闯进门，扑在床上哇地哭起来。

“戚姐，你怎么啦？”陆莉慌张地摇着她。

“都是你的馊主意！”戚亚萍哭喊着，“叫你陪着我别走，你偏要走。”

“医生让我走的。”

“那不是医生，是流氓！”

“妈的！”陆莉骂了一句，“老子找他算账去。”

听了半天易湘才弄明白。前几天，陆莉在街上看到一张游医广告，写着专治男女性病。她早就在打主意、找门路替戚亚萍治病，回来后就竭力劝她去诊一诊。今天早些去，本意是免得碰见别人，那医生叫陆莉到外面去等，陆莉自己也想再会会钢嘎，却不料竟使戚亚萍受了侮辱。

“吃亏了没有？”这时伍淑姣也回屋了。

“被我挣脱了，就只内衣撕破了。”

“你也是，这样的事也该和我们说说，大家都去也可助助威。”易湘责怪陆莉。

“是嘛，在家靠父母，出门靠朋友。亚萍今天没吃大亏算是万幸。”伍淑姣说。

“一人做事一人当，我找警察去。”

“别去！”戚亚萍又叫起来。

伍淑姣也挺着大肚子拦在门口：“见了警察咋说？”

“让他们去逮流氓呀！”

“逮流氓总得有个理由，你若把亚萍的事都说了出去，那她以后怎么做人？”

陆莉跺着脚说：“天下的流氓就是看准了你们的弱点才下手的。”

合计来，合计去，最后还是由着戚亚萍本人的意思，不找警察，就当这事从未发生过。

然而，陆莉却一直如刺在喉，老认为对不起，老想再替戚亚萍做件好事，下个周末和钢嘎跳舞时，没精打采得使钢嘎用劲带也飞不起来。

喝咖啡时，钢嗄问：“你怎么啦？”

“头疼。”

“我替你治，五分钟包好。”说着要陆莉转过身去，不管身上有什么感觉都别惊慌。

陆莉按他说的坐好，不一会儿就感到一股凉气顺着脊背缓缓上到头顶，盘旋一阵后又像汩汩小溪一样从前额流至小腹不见了。钢嗄叫了一声好后，她真的不觉得头疼了。

“气功？”听完解释陆莉好惊奇，“什么门派？”

“家传的，说是成吉思汗所创。”钢嗄说。

“你得帮我一忙。”陆莉在钢嘎面前说起戚亚萍的病时，终于有了姑娘的羞涩，支吾半天才让人听明白。

钢嘎犹豫一阵说：“只此一回，千万别声张，我悟性不佳，功力浅了，不敢在人前显露。”

陆莉高兴不了几分钟又愁眉苦脸起来：“戚亚萍她肯定不好意思让你治。你能不能躲在另一间屋里替她治呢？”

钢嗄叹息说：“我爷爷能，我不能。再说她这病外气只能通通脉络，还得教她一套功法练内气。”

说话时陆莉又乐了：“明天你就扮成你爷爷，准保骗得过她。”

回饭店后，陆莉悄悄地唤醒伍淑姣和易湘，三个人在走廊上一边合计一边哧哧地笑。

第二天早上，最先起床的陆莉发现门底塞进一张便条，拾起来一看是钢嗄写的，没待看完她就骂起来：“男人没一个是好东西。”跟着眼中的泪水和手上的纸条一起掉到地上。

易湘、伍淑姣正看纸条，戚亚萍问：“是谁没潜力了？”

戚亚萍后来也看了那纸条，上面写着——陆莉：厂里来电报了，未婚妻被布机轧伤，我得赶凌晨三点那趟火车，失约了，真对不起……

戚亚萍拿着纸条大声说："他还写着永远也忘不了你呢！"

陆莉恨恨地叫道："我已经忘记他了。"

伍淑姣懊丧地嘟哝："俺还以为能长长见识，开开眼界，不定是钢嘎吹了牛又怕露馅，就一溜九里坡了。"

"长什么见识？吹什么牛？"戚亚萍不知根由地问。

易湘差点道出真相，陆莉一脚踢翻戚亚萍的洗脸水，一阵忙乱过后，嘴边上的话变成："钢嘎说他在市二医院有熟人，答应带伍姐去查查B超，看看胎儿是男是女。"

"是男，不是女！"伍淑姣竟不容半点怀疑，"你们咋没见到俺进门时总是跨的左脚，吃东西专吃酸的！"

"双保险不更好！"陆莉见情形不妙，只好真的忘记钢嘎而出面救急了。

这么一来，五月的太湖竟索然无味了。

5033房间里各人的计划全乱了套。

看看陆莉始终没有丝毫要出门的迹象，绝望了的伍淑姣闷得住，但腹中胎儿闷不住，她说不尽委屈地看了戴着立体声耳机的陆莉一眼，朝外走时心里说：大姑娘咋这模样，活像电影里发电报的女特务！

片刻后伍淑姣回屋时却咋呼起来。

"气功师来了，真气功师来了！"伍淑姣将声音控制在既不惊动胎儿又能表现激动的范围。

几个人一齐挤到门口，并没有人影。

“叫快点你们要愣，都上九楼去了。”

“你怎么知道？”

“俺在门口碰上的。”

来到门口，果然如她所说，大门旁边的宣传牌上写着“热烈欢迎著名气功师洪高琪先生来我市指导工作”。在伍淑姣“俺俺俺”“咋咋咋”地叙述那气功师胡须怎么长，头发怎么白，脸色如何红润，走路如何轻快时，陆莉决定一不做二不休，将真情和盘托出。并破釜沉舟般表示，戚姐的病治不治得好全在此一举了。

戚亚萍开始还说再也不在人前出丑了，但经不住三个连说带劝、连推带拖，等上到九楼后知道身不由己了，才勉强答应试试看。

一定是武打电影、功夫电影、武侠小说看太多了，陆莉进屋后也不管人多人少，走到伍淑姣在门缝里指给她看的那个老人面前，双膝一跪，嘴里说道：“拜见洪老前辈！”事后她说，功夫越深的人脾气越古怪，不想法见面就把自己强加于他，说不定三言两语后就要送客了。她说自己也是急中生智。这一招真的将满屋人镇住了，老人赶紧拱手叫请坐，三五个那身份就是陆莉爷爷的上司见了也要恭恭敬敬地负责接待的干部，也赶忙沏了茶来。

自然，陆莉比仍猫在门外的戚亚萍更急，没待坐定，就连说带比画地说清来意。

老人鹤发童颜，早就发现了在门缝里张望的伍淑姣："姑娘，你不该取笑老朽了，既然如你所说，那她怎么会怀孕？"

陆莉的连环计果然有效，她朝门外喊："戚姐，你进来吧！"

伍淑姣在前面扯，易湘在后面推，四个女人这才全露面。到了这一步，老人想推却也推却不成了。

他问："你这病从什么时候起的？"

戚亚萍说："结婚那年。"

"哪年结婚。"

"一九八二年。"

"不对，看你这面容，病根有十几年了。"

戚亚萍惊愕地抬头看了一眼，随后又垂得更低了些。

老人回头让那几个男人到走廊里去转转，回避一下。

几个人不乐意地走了后，老人又说："讲吧，怎么起的病。"

看看沉默了半天还不开口，三个女人都劝戚亚萍。

"病都上身了还在乎说不说。"陆莉说。

"是呀，病莫讳医嘛！"易湘说。

"俺都替你急。诊好病就能复婚呀！"伍淑姣说。

老人说："君子坦荡荡，小人长戚戚——"

"要死要活全是命，我不诊了。"戚亚萍打断老人的话转身往外跑。

"叭！"戚亚萍刚抬脚脸上就挨了一耳光。

“怎么打人？”陆莉正要去护，也被推了一掌。

老人生气地说：“我九十八岁了，都可以做你的太爷爷，你有什么话不可在我面前说？”

戚亚萍看老人，几分钟后才说：“你让她们也出去。”

“不行！”老人拦住易湘她们，“心胸宽阔坦荡，百病自愈。你有在众人面前说出自己患病的真情，就有勇气战胜病魔。”

不知是一耳光打清醒了，还是打晕了，戚亚萍低声说了几个字。

“啥？你手咋啦？”伍淑姣没听清。

而陆莉双手捂着耳朵叫道：“别问了！别说了！”

“有手淫习惯。”老人重复一句，“这就对了，说出病由才知病根。”

“一九七二年，我从插队的地方推荐上大学后不久，便和班里的一位男同学偷偷地恋爱了。不知谁告到军代表那里，结果全系师生都来批判我，写我的大字报，因为是我先写信给他的。这恶习就是那时开始的。”

老人说：“以后还受过惊吓吧？”

戚亚萍愕然了：“大学毕业时，为了照顾父亲，我要求到父亲下放劳动的那个厂。上班才几天就被厂里一个造反派头头缠住，我以为跟上这人，父亲的处境会好一些，就答应了他。结婚后才发现天下坏蛋的种种丑行都与他沾了边，就和他分居了。后来，我爱上本厂的一名技术员，并且……后来，在他屋子里，被那头头捉住，要我们光着身子游街，我吓呆了……后来，‘四人帮’倒台，那家伙进了监狱，我们就结婚……”

一声长叹中，老人紧闭的眼窝里滚出两颗泪珠。过了片刻，才发外气给戚亚萍治病，随后又教了一套功法让她每天子时、寅时、午时各练一遍，说百日之内必有奇效。

这时陆莉当然不再五体投地了，敬重地道了谢后欲走，老人唤住她们，并让陆莉也愕然了：“这位姑娘小时大概患过癫痫吧，我也教你一套简单的功法，可免其复发。”教了陆莉后老人对戚亚萍说：“到了我这种年纪是不能发外气的。但看到你年轻轻地受着难言的折磨，我这身老骨头就算再活九十八岁又有什么意思呢？”

说过告辞后，老人又唤住戚亚萍。

“我那孙女和你的遭遇一个样，只是她让人活活羞辱死了。”

说完门就关上了，戚亚萍听到屋里有老泪纵横的声音。

又没有易湘的信。别人都有。

为了使自己能够容忍戚亚萍手淫的事实，陆莉不去上课、不去跳舞、咬牙切齿地逼迫自己用两天两夜的时间啃完弗洛伊德的《爱情心理学》和《梦的解析》，但仍不能使自己同戚亚萍的关系达到最佳状况，只不过勉强控制使自己再见到她将食指伸到嘴里剔菜渣时不再恶心。

易湘表面上看仍是那样平静，仿佛丈夫不回信是很正常的事。

愁眉苦脸过了两天的伍淑姣又喜笑颜开了，她正担心口袋里拿不出什么去增加营养，丈夫就汇来了两百元生活费，还问她学习得怎么样。她回信说学习大有长进，这实际上是说未出世的孩子有长进，从大前天开始，她一胎教，就感到胎儿在有节奏地蠕动。

“像跳舞似的。”她对同伴说时好得意。

“是快三还是慢四？”陆莉问。

伍淑姣咧着嘴笑：“和钢嘎跳的舞一个样。”这么说本是想讨好陆莉，并表示对录音机主人的谢意。

谁知陆莉不领情：“钢嘎个屁！我看你准生个女儿。”

伍淑姣顿时大惊失色：“咋的？”

“你有意时进门是跨的左脚，可无意时进门全是跨的右脚。”

一句话说傻了伍淑姣：“俺哪一世作了孽，怎么这辈子还没有生儿子的福哇。是哪路神仙投错了胎，俺这就上医院送你回去。”

陆莉连连解释：“这是说着玩的。”

伍淑姣摇着头：“俺知道，无心说的真心话，无意做的有意事。”

“你这么大年纪才怀头一胎，管它是男是女，反正都是亲骨肉。”

大家七劝八劝之后，伍淑姣叹气少了，却非要将这女胎打掉。

无可奈何中易湘出个主意：“那天哄戚姐时不是说过带你去查B超，不如真去查查看。不然如果打胎打下的是男孩后悔也来不及了。”

伍淑姣终于有了些笑意：“中倒中，就不知这儿像不像俺那儿，不给查男查女。”

陆莉说：“天无绝人之路，三个臭皮匠一齐去，总能想出办法来。”

于是在数不清多少好奇的目光中，四个女人一道去医院，总算到B超诊断室门口，一副铁面的护士放伍淑姣进去后就要关门，陆莉说她是俺姐，一侧身挤了进去。跟在后面的两个还没反应过来，门就砰地关死了。

在门外等了半个小时后门猛地开了，气急败坏的陆莉跳出来。

“虚伪！骗子！都是一路货！”

易湘指了指钉在墙上的“喧哗者罚款”的牌牌：“冷静些。发生什么事了？”

“我一进去，那医生正问查什么。伍淑姣‘俺’了半天才说清，医生却干脆地一挥手要我们走，说是有规定不准做胎儿性别检查，我就添枝加叶地说伍淑姣如何可怜，四十多岁才怀头胎，最后总算说动了，哪知医生解开她的衣服提起探头准备检查时，又突然变脸不给查了不说，还臭骂我一顿，说光看她腹部上的孕沟，最少生育过两胎，还骂我是女骗子，行骗找错了门。”

这时伍淑姣一边整理着衣服一边走出来。

“走哇，还想等着受骗么！”

陆莉说着扭头就走。

易湘想拦没拦住，就跟了上去。

戚亚萍和伍淑姣相看了几眼说：“我们也走吧！”

“不给检查，也该退钱给俺！”

“算了吧，反正回厂后能报销。”

在路上，伍淑姣对戚亚萍说，她是怕人给厂里透风才说谎的。她已经生了两个闺女，大的去年高考落选后在家里待业，小的正在读高三。丈夫当厂长后，学着步鑫生搞改革，厂内厂外得罪的人数都数不清。这些人天天生出法来捣丈夫的鬼，别的她计较不了也就懒得计较，最气恼的是这些人常常当面骂他绝子绝孙。于是，她下决心要替丈夫争口气，为他生个儿子。后来真的怀孕了，就想着如何瞒过众人到这里来生。

“你丈夫知道怀孕的事么？”易湘知道事情的始末后问。

“俺到现在还瞒着他。不然他说什么也要我去打胎的。”

“如果被发现了，不怕受处罚？”戚亚萍问。

“怕啥，大不了是罚款、撤职、降薪，到顶的也不过是双开除。只要生个儿子，坐牢俺也不在乎。”

半夜时，戚亚萍正要起床练功，听到伍淑姣正苦苦呻吟，她问了几句就急忙唤醒易湘和陆莉。

没等救护车赶到，一个小生命就提前一个月匆匆来到了人间。

“男的么？”伍淑姣问。

“女的！”陆莉又要开玩笑。

“男的！”易湘一声断喝后，将婴儿举到伍淑姣眼前。

陆莉忘了书上说的产妇最忌讳精神刺激，易湘则还记得自己那次分娩后不多时，另一名产妇被护士的这种玩笑惊成了产癫疯。

还是没有易湘的信。

这次易湘笑得同以往不一般。晚上她破例没有复习，拿出一堆的棒针线摆弄起来。

“给谁织？”戚亚萍问。

“儿子。”易湘说。

“五岁小孩怎么要得了这多线！”

“给他也织一件。”

陆莉来兴趣了：“易湘平时老说儿子第一、丈夫第二，这回我可要看看你到底先给谁织！”

“这些事你没体验就少多嘴。”戚亚萍说，“我给你织一件吧，一边织织毛线一边养养气，两不误。”

“那就先谢你了，你织他的这件吧！”

“戚姐真苕，不是妻子亲手织的穿着不舒服。”

“等你找准了谁当先生，大概连三角裤头都要亲手织吧！”戚亚萍说。

打打闹闹，说说笑笑，本是平安无事地上床睡觉的，但到夜深人静的时候，却有人在被窝里悄悄地哭起来了。

朦胧中陆莉以为是易湘：“你就知道自己怄气，干吗不放硬气些？他不给你写信，你也别给他写信。别以为作家了不得，还不如有钱的个体户吃香！”

等发现弄错了以后，易湘也披着衣服起来，开灯后，都有些愣：戚亚萍满脸泪珠，满脸欣喜。

“是不是病好了？”易湘问。

戚亚萍点点头。

“有冲动了？”

戚亚萍又点点头。

陆莉上去搂住她：“我真想此时此刻是个男人！”

戚亚萍却推开她，看看表后，跳下床满屋里收拾起东西来。

“干什么？”易湘问。

“四点钟有趟火车。”戚亚萍说。

“问你干什么去！”陆莉补一句。

“回家！”说的时候戚亚萍头也来不及抬。

三下五除二，戚亚萍拖着行李包就走了。

……刚好一个星期后，陆莉正独自在灯下复习功课而憋得满头大汗时，忽然响起了敲门声，她头也不回地说：“没见到门上的纸条么？我戒舞了。”

“是我哇，我是戚亚萍！”

开开门，喜气洋洋的戚亚萍站在眼前。

“你怎么又来了？”

“来好好谢谢你们啦！怎么就你一个？”

“你走的第二天伍淑姣就出院回河南了，第三天易湘也回湖北去了。”

“离结业还有一个多月，她怎么也不安心了？”

“不知道。那天她厂里的汽车路过这儿，她和司机在走廊里说了一会儿，再进屋时，心慌意乱地拿起她的东西就坐那货车回家了。比你走得还急，你还没忘记让我和黄总说一声，她连半句话也没留下。在我再三追问下说：学得再多有什么意义。”

“你不是说过等将太湖玩遍了就提前走。”

“家里来信，说厂里搞信任投票，爷爷得票率不到十分之二，就辞职退休了，问我何去何从。我想来想去觉得还是认认真真学点本事再回，免得将来哪天年轻轻地被人炒了。”

戚亚萍还在从皮包里往外掏东西：“原说来还人情债，为伍淑姣的儿子买点礼物，再将答应易湘的毛衣织完，哪知变化这快。”

“回去后怎样，称心如意么？”陆莉问。

“大姑娘家的别乱问！来，吃糖，她两个的你也代吃了。”

“你呢，打算怎样？”

“也学伍淑姣，先为他生个白胖儿子再说。”

“我问这培训班的事。”看见戚亚萍仍在迟疑，陆莉说，“你就住下来，帮我补补前面的课程吧！”

戚亚萍想想说：“明天我打电话和他商量一下。”

边说话，边吃糖果，她们一点也不知道包糖果的那张报纸上有条消息说，气功大师洪高琪先生的追悼会昨日在他的家乡举行。她俩和走了的那二位都没有看报纸的习惯。所以，当陆莉提醒戚亚萍别忘了那位气功老人时，戚亚萍还动情地说，等有了孩子以后，再和丈夫一起去登门拜谢。

屋里再没人说话时，戚亚萍还在想自己刚才说的：女人真有意思！

陆莉却抵不住连日挑灯的困乏伏在桌面上睡着了。

一九八九年一月于英山文化馆

眩晕

舒书记突然想起一件事，下意识地从沙发上蹦起来时，一阵金星伴着无数旋转的物体砸过来，他本能地抓住了一件什么东西支撑着发福的躯体。

眩晕！每日光顾几次的眩晕。不久前，县里一位写诗的青年在文化馆举办外国现代派诗歌专题讲座时，他偶尔撞进去，并记住了其中一句诗：在中心一个伟大的意志眩晕。它是什么意思，青年诗人当时的解释他早已忘却干净，只记得眩晕也有伟大与卑贱之分。那次，他和那位老苏师傅住在一间病房里，一样的眩晕症，在许多人眼里有别于天壤。老苏师傅本是他让护士从走廊病床上搬进来的，两天没到头，老苏师傅执意要回到走廊上去。问原因，老苏师傅说："住在你这屋里整天不敢打开眼睛。"

县委办公室主任大庞蹑手蹑脚走过来。

"舒书记，整党动员大会的总结报告已经定稿，您再审阅一下，看还有什么不妥之处。"

东南风吹进屋里，撩起几叶纸片。

大庞那声音舒书记是听惯了的，很悦耳，他已经推荐大庞作为县委副书记的候选人了，当然，大庞自己还不知道。

“舒书记！”

舒书记有些不满了，自己不是答应过了么——似乎是那么随口“嗯”的一声嘛。但那是眩晕发作之前，大庞说的是眩晕之后的另一件事。

“余司令让您马上去一趟。车子我已经准备好了。”

窗外在下着暴雨。

雨已经很小了。泥泞，沟壑、陡坡、急弯。北京吉普沉闷地哼了一阵终于打横了。没翻车算万幸！车上的人慌忙跳出来。窄窄的路面刚刚容下横过来的吉普车，崭新的车身溅满了污水，活像一头在泥田中耕耘的老牛。舒书记不由得艾怨，这位退役的老将军，三番五次主动去拜访都借故不见，却偏偏在这种时候要自己去，也不知那把葫芦里要卖什么药。

围观者片刻就聚了百余，大概是附近能来的都来了，可就是没有谁肯挨近车子帮一帮，甚至看到司机绕着车身搔头皮也没谁肯开口出出主意，黑压压的一片人头，出奇地安静，仿佛一幕大戏正演到精彩处。

“大家给帮帮忙吧！”看着人群中没有反应，大庞补了一句，“这是县委舒书记，他去见余司令，回头还要开一个重要会议。”

话音刚落，人群中响起了几句轻飘飘的声音：“县委书记又怎样？若是说看他头上那些白发，你求求我们还差不多，别的，干脆莫吭声，省下半斤力自己扛车去。”

“你，你这话是什么意思？你叫什么名字？哪个单位的？给我站出来！”大庞怒目圆睁了。

“出来怎么样？如今抓人可得先有逮捕证！我叫明山，二十六岁，阀门厂翻砂工的干活！还有什么要补充的吗？”叫明山的年轻人，故意学电影中日本鬼子说话的腔调。

大庞被戗得半天无话。

明山的话使得人群骚动起来。

“我说嘛，未必这鬼路就只坑咱们这些拉车和拖车的人，天底下到底还有一尊公正的菩萨！”

“五十岁的人，走了四十八年怄气路。”

“什么时候再叫县长、交通局长来试试滋味。”

大庞无可奈何地嘟哝：“舒书记，你看——过去无‘法’，我们还有法，现在有‘法’，我们却无法了！”

舒书记扫了一眼人群，默默地伏下带着各个历史时期特征伤痕的身子，一双手在车轮前后掏着、扒着，烂泥中混合着煤渣、铁屑，刺痛了手指，他强忍着不让痛苦流露出来。

不知什么时候，一个苍老的声音在身后响起来！

“舒书记，你歇着，让我来！”

舒书记慢慢直起腰，熬过一阵眩晕后才看清，病友老苏师傅，拿着一张铁锹在他刚才俯身的地方使劲地铲着烂泥。

半截宝塔似的明山用愤懑取代了先前的玩世不恭：“苏

师傅，这路上你修修补补干了几十年，这会儿该是当官的下来体恤民情，你还不走一边去，要不，县里的马屁精就写不成花边新闻了。"

老苏师傅放下铁锹招呼一声："你呀，发牢骚也不看个时辰，快过来帮忙把车子抬一下。"

十来个小伙子迟疑了一下才围过来，一声吆喝，吉普车就正过身来。

大庞挨个儿握手道谢，轮到明山时，明山右手一缩："免了吧！又脏又黑有啥了不起，弄脏了手可没有现成的水和香皂。"

大庞收回自己的右手时，明山伸出左手在大庞的肩膀上拍了拍，那件从公安局弄来的白警服上，立即多了几只巴掌印。

大庞强忍着，一面继续朝明山挤着微笑，一面拉开了车门。

"舒书记。上车吧！"

舒书记怔在一旁，没有吱声，望着老苏师傅满头大汗地修整着路面，他忽然走过去抓住那骨节肥大的手："一起住医院时，忘了问，你是党员么？"

老苏师傅有些愕然。

"是——一九七六年春上入的。"像是做了亏心事，苏师傅说话时有点气虚。

"去年开始，就有人说他是'四人帮'培养的三种人。"

没人反驳明山的话。

在舒书记的面前，那张风化石一般的脸上的皱纹渐渐被阴影填满了。舒书记凝视了许久后，一句话没说转身钻进车里。车子前驶时，如果他回头看一眼，肯定会发现车轮激起的泥水喷了老苏傅一身，但是，舒书记没回头，没能看到，车速八十码，耳边呼呼有声，心脏像擂鼓般跳荡。

“开慢点！”

大庞在吩咐。

舒书记是做好充分准备退休的，连他自己也不明白在那堂而皇之的“官腔”后面的真正缘由，反正像他这种年龄保住了“爵禄”的全省独此一份。半个月前，在省里开县委书记会时，先是被宾馆服务员错领进了厅局级领导的客房，后又被司机调度员错领上了红旗轿车，最后是接受了除少数几个邻县熟人外的全部与会县委书记的成分复杂的注目礼。直到该上主席台的人鱼贯走上主席台，舒书记才悟了过来，自己的花白头发，只有主席台上的人才有相似的。回县里后，他没有将此“美谈”对任何人讲，只在独自一人时，发几声苦笑。

外面阴了些，一朵云掩住了太阳，小外孙不知与谁在吵闹。

苦笑过了，舒书记站起来，拈起桌上那份总结报告，放进公文包。

院门旁露出小外孙的半个身子。

“呜呜，你敢打我，我就喊爷爷去！”

“我不怕，我爸爸比你爷爷狠！”

“我爷爷是一把手，你爸爸是秘书，开大会做报告你爸爸得给我爷爷倒茶。”

“你爷爷的报告是我爸爸写，我爸爸写的报告你爷爷还经常念错！”

“爷爷，他——”

“滚，你们这些小屁孩！”

舒书记发怒了，一根根白发在猛烈地震颤着。报告！什么报告！都见鬼去吧！抄报纸，摘文件，炒剩饭，拾牙慧。如果每个有责任的人都像老苏师傅那样认认真真地解决一个问题，谁还愿意去听那些没有旋律的催眠曲！

舒书记突然感到不胜悲伤，当他走上主席台时，几乎怆然泪下了。几十年来，在这座主席台上人们看着他从气血强盛的英俊青年，衰变成心力交瘁的老头子。那天，他偶尔翻弄一本杂志，其中一份统计资料说：干部们十分之二的时间花在做报告发表讲话上。他一推算，自己这一生中岂不因此而耗费近八年时光！此时此刻，舒书记骤然感到自己是这般苍老，这般虚弱。

舒书记打定主意，撂开大庞起草的那份总结报告，信口讲开了：“这个……这个……”

台下有几个人低头哂笑。讲乱套了么？

舒书记习惯地摘下老花眼镜瞧了瞧再重新戴上，这些年来他第一次不是作为秘书的代言人，他讲出了自己真正想要讲出来的话：“是共产党员的请把手举起来！”全场愕然。整党会议的参加者能不是党员么？他只好再讲一遍。一只——两只——三只，经过短暂的犹豫以后，偌大的礼堂满是高举的手臂。“请各自对照自己入党时的誓词，认为自己做到了一个共产党员应该做的，是一个合格的共产党员的人，请举起手来！”礼堂鸦雀无声，三分钟后，还见不到一只高举的手臂。“那么，认为自己不够一个共产党员标准的人，请举起手来！”依然如故。又过了三分钟，只是寂静的程度更深了许多。“既不是合格的，又不是不合格的，那是什么呢？难道你们就不曾有过关于自己的思考么？”

没有骚动。没有睡眼。也没有掌声，对于台下那一大片由基层单位负责人组成的“职业听众”，这样的场合鼓掌通常是一种条件反射和职业习惯。舒书记当然明白了这一点，他深深地记住了这千百回报告中最奇特的一次，并有点像青年时代那样，为某件哗众取宠的即兴之作而自鸣得意。

舒书记没料到某个时刻里冒出一个人物来。

“请问台上做报告的那位，你对自己的感觉如何呢？”

“是阀门厂那个叫明山的——！”大庞在舒书记身后小声提醒。

大庞的意思是让舒书记放心，明山只是一个不起眼的铸造工人。

该不该回答？怎么回答？一阵冲动之下，舒书记感到身子晃了几晃，顿时台上一片手忙脚乱，尽管有所坚持，舒书记还是被人扶进了休息室。

大庞趁空走到台前咋呼：“阀门厂的支部书记来了没有？怎么允许一个非党群众来参加这么重要的会议？……不知道？不知道就更成问题，你这书记是怎么当的，咹？”

舒书记神智还是很清楚的，听到这话连忙让人阻止大庞继续说下去，并请明山到休息室来。

几分钟后，半掩着的门被“哐”地推开。

明山一脸铁青地挺立在门口。

“你，请坐。”

明山整个身子猛地沉沉地压向沙发。

“愿意和我谈谈么？”

“眼下没空。”

“有急事？”

“老苏师傅，死了！”明山红着眼眶说。

“啊！”舒书记眼前阵阵发黑。

“昨天下午，他在车间开冲床，昏倒了，被冲头——”明山说不下去了。

这时候，被舒书记撂到一边的总结报告，正由县长代为宣读。

“追悼会几时开？”说这话时舒书记心里略松了一些。

明山猛地跳起来：“我就是为这事才来闯会场的。厂里做事太混账，说什么要大战红五月，向整党运动的献礼，还说老苏师傅是违章操作致死的。”

“叭！”舒书记手里的老花眼镜被折断了。

“舒书记，遇事怕比，一比就叫人心寒。月初厂妇联主任病逝，百多号人停产两天，花圈、挽联放了两卡车，她为厂里做了些什么？从乡政府调到厂里，三年中，二十九个月是在医院病房里。可现在，他们这样对待老苏师傅，还有没有天理良心？什么违章操作，那部冲床定岗定给了厂长的小舅子，那小子嫌工种不好躺倒不干，一大堆零件等着加工，没奈何老苏师傅只好加班干，何况这部冲床他修理、安装、调试都干了好几遍——嗨，实话跟你说吧，工人们都憋足了气，不管什么屁书记、尿厂长，下午两点半钟汽笛一响，追悼会我们自己主持开。老苏师傅你是认识的，大家派我来同你说话，免得到头来说我们对抗领导，闹罢工，搞尸谏。”

休息室墙上的挂钟秒针，在响亮地转动着。

舒书记想说什么，喉咙里那一口气总也上不来。

明山不想再待了：“好啦，我该走了，上午还可以干一个多钟头。”

“你等一下！”舒书记终于说出话来，“追悼会在什么地方开？”

明山眉头一扬：“就在厂俱乐部外面的操场上，怎么样，你不会派警察来弹压吧？”

舒书记说：“如果你们不反对的话，由我来致悼词。”

明山不相信自己听到的。这太稀奇，县委书记为一名普通工人致悼词，这合乎常规么？四十年前的延安，一个普通烧炭战士牺牲时，是谁在那次追悼会上发表了至今仍然有口皆碑的讲话！胜利了，受压迫的人成了执政者，那些往事，那些本不应该忘却的范例，在日复一日的淡漠中被置之脑后，束之高阁，并终于被忘却了。若是人们仍记着这些，那么，明山在辞别县委书记时，就不会溢出那几颗泪珠。

大庞得知舒书记的决定后不胜惊诧。

舒书记瞅着大庞递过来的那份名单，半天说不出话来。

大庞赶紧打电话到阀门厂，撤回县委书记一个钟头前的决定，理由不会不动人的，舒书记这段时间确实够忙的。舒书记让大庞到各相关部门去查有关材料，得到的答复一个样，有关“清除‘四人帮’及其三种人”的材料还缺三分之二，那个老苏也在其数之内。

下午两点半钟，西山脚下的一声汽笛震彻整个县城。

舒书记放下手中的文件，情不自禁地站起来。

“我作为一个普通人去看看不行么？”他问大庞。

“真的这样当然可以，不过你这么做，大家不一定这么看。”大庞小心翼翼地回答，“你不是说不要直接插手基层，那样会使基层领导认为上层不信任他们么？”

舒书记有一阵没作声。

“你说苏老师傅像跟着‘四人帮’跑的‘三种人’么？”

“用像与不像恐怕不恰当，主要得看事实。”

“如此看来我还是可以去的。”

“这——这，舒书记你的政策水平高，我不好瞎参谋。但眼下对‘三种人’的问题相当敏感——”

“那好，我去了。”

舒书记打断了大庞的话，急急忙忙往阀门厂赶去。

显然是大庞又给厂里打了电话，不然，那群大小头目会这么凑巧一齐恭候在厂门前。舒书记拒绝了诚惶诚恐的人给他预备的席位，默默地挤进一堆满脸岁月风霜印痕的工人中，寻了一块地皮蹬下来。

不知是无心还是有意，人们马上与舒书记挪开几尺远的间隙，如此形成小圈圈让他感到非常不自在，还有那孤独的惆怅。昔日刀枪相见、不共戴天的仇敌——日本鬼子、美国佬都成了舒臂迎接，拱手相送的宾朋，怎么曾经生死与共的人们倒变得这么陌生了？

追悼会开始了！该致悼词了！

舒书记许诺过，这事他来做，因而让明山这么一条硬汉大受感动。他不敢抬头去看由于自己的毁约，谁来顶缺。他怕看到黑纱缠绕的老苏师傅那凝固了的目光，也怕遇上那双喷着两团火焰的眼睛。

一个声音在头顶上方炸响：

“每一个共产党员都应该像老苏师傅那样，去寻找一件细微的事情去做。干革命，搞社会主义固然需要运筹帷幄、挑灯指路的大人物，更千万倍地需要知道人们冷暖的过河小卒。不要迷信那些狗卵子当官的，只有像老苏师傅那样的人才是我们党、我们民族、我们国家的脊梁！只有像他那样去做，我们的事业才不至于半途而废……”

舒书记正想鼓掌又陡然止住了。一抬头才看到说话的是那位退休回乡的余司令。那天余司令叫舒书记去家里，舒书记去后，又关着门不让进屋。舒书记在心里猜测，余司令是特意让他冒雨走一走那让老百姓骂了几十年的烂泥路。余司令的话像炸弹爆炸一样，带着巨大的冲击波袭过来，舒书记的心理平衡被打破了，不知什么时候，身子也失去了平衡。

舒书记最后一次睁开眼睛时，看到床边的小桌上放着一只纸包，纸包上有五条粗黑的手指印，同那次印在大庞衣服上的指印一模一样，他没有注意到纸包后面成堆的高级礼品，反复想着纸包里若是糖，一定是最甜的。

舒书记唤过守在床边的大庞，还有老伴和儿子，无力地吩咐：“我死后，追悼会放在那条烂泥路上开，请你们让阀门厂的明山同志为我致悼词，悼词也由明山同志自己写！”

大庞的惊诧声掩过老伴的抽泣声。

这一次舒书记眼皮合上以后，就再也没有睁开过，他抗不住那巨大的引力。他本想告诉别人，说自己终于明白了那句莫名其妙的外国诗：在中心一个伟大的意志眩晕——是何等精辟！只是生命和生活都没容允他这么做！

（附记：县委书记老舒病逝后，追悼会一直没能开。那遗嘱不能不顾，但这么做了的后果也不能不考虑。于是县委申报到地委，地委申报到省委。关于这事的处理，大庞表现出最大的聪明才智，使前任县委书记的遗嘱没有扩散到民间。因此，上面觉得前任对其人的使用没有表现出革命者应有的胆识，于是大庞顺理成章地成了新任县委书记。他上任的第一天就被前任的老伴缠住了，那老婆子说，等到她觉得追悼会非开不可的时候，她就去找明山他们。）

一九八九年六月于黄州赤壁

山那边

如果没有两排古老的房屋，它更像一条森林中的小路。如果没有树荫下迪斯科的舞步声，它更像是被整修过的中世纪村落遗址。这就是祖先们的、而今成了我们的小镇。无聊时，我们站在十字街心吹牛说：一只“二踢脚”就能蹦到镇外。幸亏街口那个孤老头死得及时，腾出三间房子办了座文化站，我们可以挤在弟妹们中间，整天看着娃娃书，否则，真不知如何打发由于年轻而显得格外难熬的时光。

那时，望北总在阅览室刚一开放就将那套《百万富翁自述》借到手，直到关门前几分钟才归还。于是，我们几个不顺眼了，学着他的样子一天又一天地将它据为己有，并且有意放在桌角上不去碰它一下。我们等着他来乞求，但是，望北没有就范。

后来，望北破例没来。

每个星期阅览室都要关一天门，以给管理阅览室的女孩南奚放一天假。

那天，我们几个照例在小街上闲逛，消磨这可恶的星期四。

狗子眼尖："看，望北！"

"真的，百万富翁怎当起泥水匠了？"

"那书就像是砖块，想是来过瘾的吧！"

我有意提高嗓门。对他人的攻击仿佛成了我们快乐的源泉。

然而，星期五我们刚在阅览室坐定，望北就径直走了过来。他从挎包里掏出一套崭新的《百万富翁自述》，朝桌面重重一放，一声不吭地坐在我的对面。

这一整天，我们没有大声说过一句话。

那时，南奚对我们的了解仅仅是名字和面孔。在我们的印象中，这位阅览室至高无上的"女皇"好像永远只有两件事：没有读者可接待时，就去摆弄着放在文化站后院石凳上那盆不为我们所知名的野花，或者隔窗望着那在阳光下摇晃的纤弱的小花出神。

有一天，我悄悄地溜出阅览室后门，掐了一只花朵："瞧；这花真稀罕，怎么是淡绿色的？"

不一会儿，有人偷偷采回几片叶子。

过了片刻，又有人手中出现一截草茎。

三只手在桌底下凑成一株鲜嫩的花草，窗外那奶黄色的花盆里，却只剩下稻茬般半截残株。

"瞧她那臭美样子，好像天下人全是丑八怪，就她鼻子两边生得好。女人越是这样，肚子里越脏。”

“一点不错，狐狸精没有不害人的。”

“我看她活像只小白鼠。”

我突然想出一句语出惊人的话。

忽然，我们紧张起来。她起身了，该不是去看她的花儿吧？啊，不好，她捧起花盆哭了，我们这群一分钟前的壮士不约而同地垂下头来。

那时，奶黄色花盆里的野花终于复活了。由于鬼使神差，这么一些人竟从此开始紧密团结在南奚周围了。若不是望北和南奚的关系迅速升格，我那指腹为媒的未婚妻桂花，又会把我迟迟不肯同她结婚的原因追究到南奚身上。

冬去春来，成天整日泡在阅览室里同小朋友们抢娃娃书看的日子，也开始了某种异样的萌动。

这天黄昏，南奚指着某个方向问：

“山那边是什么？”

被森林席卷而去的褪了色的晚霞，远远地，勉强地烘托着几柱灰蓝色的炊烟。没有人回答，就在这一刻里，我们突然感到了这个问题的严重性。那奇峰突兀、群山逶迤、浮云飘飘、绿野苍苍的大山的另一面是如何一种景象呢？除了古洪泽湖沧海桑田的变迁，以及有着白云黄鹤传说的江城外，我们几乎一无所知了。

“大概到处都开着你养的那种花。”

“天外天，山外山嘛！”

见到南奚对狗子的话露出轻蔑的神情，我搭上了腔。

南奚望了望我没做什么表示。我还想开口却被她堵住了。

“你们不会知道的。”南奚顿了顿，面色骤然忧郁许多，“还是不知道好，有些事真让人越想越糊涂。”南奚四下望了望，“幸亏我们还有这首永恒的——田园诗。”

“不！”隔了一会儿，从晚风送来的香雾中醒过来的望北说，“我们会知道的，也会弄明白的。爸爸已经答应了，让我后天出山去，现在叫摸摸行情，等将来联合公司成立以后，就该叫考察了。”

联合公司！这个名词从前似乎就听过，可是直到前几天，我才偶然从电视新闻里面正式接受了它。

“当然，像新闻中说的美国人那样，做一个白手起家的实业家。”

“你是炎黄子孙，干吗要像美国人呢？”南奚绯红着脸，“古杰，你们将来干什么？”

“望北干什么，我们就干什么，朋友嘛！”我不假思索脱口而出。

“瞧你说话这股酸劲，哪有点男子汉味，也是桂花姐瞎了眼，这么死赖着你。”南奚嘲笑着说。

“得了，南奚，我看你是担心我们夺了望北的行市，耽误了他的财源。”

望北真的搭乘那辆红白两色的大客车走出了。刚好一个星期，我们在十字街头看见他从一辆喷着“运输个体户”字样的卡车驾驶室里钻出来，并随手扔了一包三五牌香烟给司机。卡车轰轰烈烈开走了，几块碎纸片跟在车后打着旋。

望北转过身来冲我们一笑。

“这趟路没白跑，找着财神了。有笔生意你们干不干？”

“只要你牵头，怎么不干。”狗子有些急不可待。

“行！每人出一百元本金，其余的都由我去办，十天后，保证翻一翻外带拐个弯。”

“一百元！”我差不多惊叫起来，“娘老子每月就给三五元零花钱，这么大一笔现款，上哪儿去弄。”

“我只是想拉一把，帮你们开开眼界，长长见识，不然的话，我可就一个人干了！”望北的眼睛里闪烁着从前不曾有过的光泽。

“古杰，我还有两百元抚恤费，”狗子说，“你要是参加，我就借你一百，要是你不参加，那我也懒得参加。”

望北又走了。说是收购一批废轮胎，运到山那边去卖。那些天，我们日夜提心吊胆地，老是担忧，如果望北突然发生什么意外，那可就将我们害苦了。望北终于按期回来了，满面春风地走到我们面前，哗哗哗地将一沓钞票数给我和狗子。我还清狗子那一百元借账后，居然难以置信地还有一百五十多元。

“这是我的？”

“还问！放心，这不是高利贷，一分一毫都跟你姓古。”望北说着扭头往文化站走，那装在纸盒里的什么“幸子衫”，在他手上不安地晃动着。我们都知道，这是带给南奚的礼物。

父亲虽然当了三十几年工人，可这一生中一次有这么多的进项，也很难数出几回。他掂着那沓钞票反复问了几遍，结果，对于它的来历还是有些放心不下。

有了这些钱作本，我们也开始做些转手买卖。搞什么项目用不着担心，反正望北离我家只有几步远，低头不见抬头见，一切都瞒不过我们。望北贩黑木耳，我们也贩黑木耳。望北卖白木耳，我们也卖白木耳。望北转手弄了一批桔梗籽，我们也毫不迟疑地变换生意经。除了吃饭睡觉谈恋爱，一切能现成学的我们都学着望北。虽然本小利微，可好歹凑合着不用父母养了。

中秋节前，望北出门去邻县。他是悄悄走的，没让我们知道。我早就听他父亲指桑骂槐地说我们抢了他家的生意，开始望北没有理会他父亲的责骂，有消息时多少给我们透露一点，后来，他也变了，从那次卖人造肉时开始，他就有意避开我们了。我和狗子一合计，今年板栗扬花时起了一场风暴，县内收成很少，望北八成是去做这买卖的。于是，我们不失时机地跑到邻县，一家伙搞了三吨板栗回来。三辆拖拉机刚开进街口，就见望北家开的杂货店被人挤得水泄不通．我跳下拖拉机跑近一看，顿时就散了神：望北搞回的是货真价实的新产品——糖水板栗罐头。

望北送给南奚的“幸子衫”，不知怎的吊在杂货铺上等待买主已有几个月了。这会儿糖水板栗罐头卖光了。顾客也走空了，街这边，我和狗子守着小山一样的板栗，偶尔有几个男孩女孩拿着几枚硬币买得三五颗板栗后，转身拐过旁边的墙角就不见人影了。街那边，尽管同样难有大主顾光顾，那“幸子衫”却仍在微风里炫耀般翩翩起舞。那回，父亲怨恨地说：连老本都赔进了大部分。如果不是连降价带赊欠地撒了一部分，非得全烂光不可。

打落牙齿往肚里吞。怪谁呢，只怨自己没有人家精明。我们又回到娃娃的天地之间，从前那种狂放不羁的行止已被销蚀，而代之以深重的沉默。南奚到县文化馆培训半年，眼下才一个月不到，我们的沉默更增加了一股难以承受的分量。望北在山里山外间来往的次数越来越频繁，过去是独自一个，而今，总是同几个从山外来的油腔滑调的人一道，出入旅店酒楼，一天到晚忙得不亦乐乎。仿佛每一分钟里都有一大堆钞票等着他去收拾。偶尔来阅览室坐坐也无心看书了，说起山那边的一些事简直比悬赏捉拿二王、里根总统遇刺还使人惊讶不已。

现在，望北家养的日本红蚯蚓成熟了，一条条壮得像鳝鱼。当初，我们同望北打过招呼，待他闯出路子后，大家一起来搞这个。如果不是父亲逼着我结婚，我本不想再同望北打交道。我知道父亲的意思，成家立业是连在一起的，到那时，与父母分家自己过日子，哪怕是补鞋、爆米花总须得找个挣钱的事做做。父亲是想甩包袱，姊妹六个，我是老大，甩一个轻松一个。如果我能养活自己或者还能补贴家里，他还不是由着我来。

我再次打定主意不同桂花结婚后，心里开始焦急地盼着望北早点归来。

过了一天又一天。

这天，当黄昏的风从林子里钻出来时，望北紧随着它闯进小镇北边的这条小街，空寂的树荫在我的呼唤声中忽然喧闹起来。

“经理先生，跑这趟上海才给七十元差旅费，这苦差事我可再也不干了。”望北家里，妹妹正冲着哥哥怨气冲天地说。

“这已经绰绰有余了，你要再抬杠，下次我连化妆费都要扣下来。”看到我和狗子，望北正好转移话题，“古杰，吃饭没有，你好像有心事！要结婚了是不是？”

“不过，他没答应。”狗子急忙替我回答。

“不说这个。望北，你不是答应匀些蚯蚓种给我们，请帮帮忙。”

“你们找得到销路？”望北略一沉吟。

“能！”望北狡黠的样子，真叫人气恼。这唯恐别人占了便宜的“小市民”，明摆着的还卖什么关子，你能送去卖的地方，我们去卖人家就不收购？

“那好，爸爸，古杰他们要多少给多少，价格优惠。”

事情出乎意料地利索，原先我还准备那老头会从中阻拦，谁知他竟有点喜形于色，我心里有些纳闷。推开家门，桂花正张开两片肥大的嘴唇同母亲说着话，我勉强打了个招呼，转身就往外走。

夜幕早已垂下来，小街又黑又长，我漫无目标地走着，心中老在想：谁叫自己摊上失业呢！不然，我早就同那封建婚姻一刀两断了！我这堂堂五尺大汉还得靠父母吃穿，家中来了客人从不敢大声说话。瞧人家望北，说话办事连老子也敬服三分。可是，我总认为他身上有一种令人恐惧和担忧的变化。

还是贩黑木耳那回，我同他开玩笑："挣钱挣得太猛了吧，人家说你就像过去的奸商！"

"无商不奸嘛，这有什么不好。我是在努力换取货币。说实在话，过去我也恨那种唯利是图的人，现在不一样了，我真想成为像王光英那样的红色资本家。"他一本正经地回答。

山那边！山那边到底是什么样的世界，怎么一下子就将望北变换成这等模样。就像小镇周围的大山由黑褐色一下子变成翠绿，由赤黄色一下子变成银白，小街里看惯了清高、直率的望北，变得这么贪婪、奸诈，真让人感慨万千。

蓦地，耳边有一个人发问："你要的蚯蚓种他给了么？"

"给了，还免费赠送了三斤。"

我下意识地回答后再回头，发现南奚的妹妹站在身后。

"那他为什么单单不肯给我家？"

"不会吧，要不就是你姐姐把他甩了！"

“瞎扯！”

“那他一定另有新欢！”

“放屁！”

“你别骂，我这是帮忙找问题。我猜准是怕钱多了会咬你姐姐的手，疙瘩疤痢的，手挽手逛马路时不好看！”我嘴里嬉笑着心里却在骂：狗东西，钱赚够了，还在漂亮女人面前摆出一副道貌岸然模样。

很快，各家的小养殖场里，条条蚯蚓都是膘肥体壮了。那一天，我和狗子他们欢天喜地地坐上公共汽车，将满满的几担蚯蚓送到五十里外的山区资源开发中心，却吃了闭门羹。那扇大门上贴着告示，半年前，差不多是望北卖蚯蚓给我们的同时，就不收购蚯蚓了，我们像十冬腊月怀里揣着一兜冻萝卜，一个个面色如灰，垂头丧气，以致错过了客车路过此地的时间，挑着担子没精打采地拖着沉重的步子，直到第二天早饭过后，才回到我们的小镇。

刚从县城学习归来，站在文化站门口的南奚见此状大吃一惊。

“这是怎么啦？”

“遇上强盗了！”狗子气愤愤地说。

“蚯蚓没有地方收了。”老半天我才回答。

这时，我忽然想起，那天望北的父亲在邻居家喝喜酒时醉醺醺地吹嘘：他家望北有眼光，有能耐，虽然不能料事如神，万无一失，但遇事能逢凶化吉。

我明白自己这是被人耍了，突然提高嗓门：“这杂种养的市侩，老子非找你算清这笔账。”

“古杰，你疯了，我们再找找门路看看！”

门在哪里？路在哪里？我们爬了许多架大山！我们越过了许多条河流！我们踏遍了许多座城镇，蚯蚓那鳞光闪闪的身子还在迅速地膨胀，而我们却越来越绝望了。从前天开始，我们就不再枉费脚力，依旧百般无聊地聚到文化站里，阅览室书架上添了几本爱情小说，我们无心去读，一个个懒散地坐在那里发呆。

南奚终于违犯了不在阅览室里和别人闲谈的戒律。

“别老瞒着我，说吧，古杰！”

我骤然产生使她和望北分手的报复念头。

“望北骗了我们，他早知道蚯蚓没人要，却劝着我们买。不过他对你还是真心实意，他怕你跟着我们吃亏，所以坚决不卖蚯蚓给你家。”

“我们这些穷哥们，这次该卖裤子还债了。”有人叹气地附和。

“妈妈死后，就给我留下这笔抚恤金，这下子完了。”狗子说着都快哭出声来。

“望北的事报纸上还表扬过，还说要大力提倡——提倡个屁，连朋友之间都是尔虞我诈，呸！”

听着听着，南奚的脸色由红变白，又由白转黄，她紧抿着嘴，一下一下地将手上的一本连环画撕得粉碎。

文化站里越待越闷，我们只好在各自家中。我傻乎乎地看着一堆堆蚯蚓在眼前纷纷扭动着，忽然觉得自己的命运就像这蚯蚓一样可怜，心中不由得冒出一股空前的恐怖感。父亲弄回的一桶汽油在墙角里放着，我真想将它浇在蚯蚓上，让由此产生的一切全都化为灰烬。

“你不是说要同他算账么？”

“嗯？”

“望北回来了。”

“在哪？”我霍地站起来。

“已经到了街口！”南溪冷冷地说。

我推开他们，几步蹦到街心。

果然，望北背着一大包东西风尘仆仆地迎面而来。

“古杰，我弄回了一批非洲蜗牛种，养这东西那才真赚——”他敏感到情况有点不对头，“你们想干什么？南溪，站长在找你，阅览室里有人偷书。”

我跨上一大步，一把揪住他的衣领。

“狗杂种，你害得我们好苦哇！”

“你们还愣着干吗，把蚯蚓都还给他呀！”

刹那间，数不清的蚯蚓铺天盖地朝着望北飞去，头发、颈项、荷包、挎包里爬满了这湿乎乎的东西。他由惊愕转为愤怒，其后又变为沉静，他一动不动地置身小街中央，听任蚯蚓在眼前翻飞、堆积着，听任叫骂声不绝于耳。我从院子里铲起一锹蚯蚓连带沙土一起扔向望北，正准备来第二下，突然看到南奚拿着一只畚箕朝望北走去。

“你不是说过这东西营养价值高么，我免费送给你尝尝！”

小街静下来了。望北不解地盯了南奚一阵，猛地抓住南奚的双手，一声不吭地俯下身子。待他抬起头来时，嘴角吊着几条仍在蠕动着的蚯蚓，双唇沾满一种土黄色的黏液。

满街的人都愣住了！

南奚全身在颤抖着，满街的一切也同时在悸动。

后来，南奚挣脱双手，一边呕吐，一边踉踉跄跄地向街口跑去。

不知过了多久，望北慢慢地抬起头来左右环顾几番后，缓缓地向我逼近。

“来呀，有种的上来呀！还有多少统统朝我这儿甩呀，老子可没时间久陪了！”

我不肯示弱，但又不敢迎着他那咄咄逼人的眼光。

正在这时，望北的父亲破口大骂地从街尾跑过来。

“你们竞争不过还想动武，老子非要上法院告你们不可。”

风又起了，人们早已散去。我漠然地在小街上走着，爬满花岗石街面的蚯蚓在脚下踩得叽叽响。一片衰落的梧桐叶在前面打着旋，我随着它漫无目标地迈动着沉重的双腿。

树叶飘进一所有点眼熟的小院。

“哟，古杰，爸妈不在家，我正准备去请你来陪陪我呢！”

桂花将我让进屋里。

“别和他们一般见识，遇事超脱点。别人爱怎么闹都由他去，有些事要看到二十年后。”

我又有一种忍受不了的感觉。我要报复。我发疯地朝她扑去。我的身子撞到一只柔软的、暖烘烘的棉花包一样的东西上……

像是大梦初醒，我撩开那白花花的手臂，从桂花的床上蹦起来。

“别动，派出所的正在到处找你呢！”桂花半睁着杏眼，娇嗔地说。

我又陷入梦境。

第二天下午我一到家，父亲就冲着我嚷：“这一天一夜你到哪儿鬼混去了？街上来了个收蚯蚓的，需要数量又不大，找遍全镇也不见你的影子，我这老命差点没让那两担蚯蚓给压瘫——”

父亲还说，狗子在街上拣那些蚯蚓时，和上街头的那个哑巴打了起来，额角打破了，缝了六针还没止住血。

我不想再听父亲后面的话。蚯蚓是卖出去了，今后我该怎么办呢？父亲余下的日子不会太久了，而真正的生活对于我却仅仅是刚开始。

“还像呆神似的，缸里没水了，快去挑！”

我朝街口那只水龙头走去，路过文化站时，南奚的叫声从门口传出来。

“滚！你给我滚出去！”

我拿起扁担冲进屋里，望北却端坐在南奚对面。

“我还有话，你们记得达尔文的自然淘汰法则么？”

“滚！你身上的铜臭味叫人恶心。”

“别以为我就那么爱钱如命，我只是不想过早地被淘汰。大概你也和一些善良的老天真一样，把竞争分为不择手段和选择手段的两种，以前我也同意这种说法，直到昨晚，我躺在床上咀嚼着蚯蚓的滋味才恍然大悟，原来选择手段只是竞争的初级阶段，而不择手段才是竞争的最佳和最终方式。弱肉强食也好，尔虞我诈也好，归根到底谁高明谁就能生活得好一些，生存得久一些。”

“滚！你给我——走吧！”南奚拖起一块钉着几本娃娃书的木板向望北掷来。

“嗬。真热闹！”桂花不知何时候大咧咧地进屋来了。“我说望北你高明得过头了，当初你嫁祸他人，这会儿你又花钱请人扮成收购蚯蚓的，你快回家看看去吧，你倒在厕所里的蚯蚓全爬上岸来了，‘五四三’办公室的人正在你家收罚款呢！”

望北匆匆忙忙往家里赶去。

我和南奚都不相信自己的耳朵。

桂花重复一遍后，不得不重复第二遍！

一九八六年四月于英山文化馆

戒指

她拿起香烟长长地一吸后，烟灰纷纷扬扬地飘起来。

随之，四周投来许多诧异的目光。

常常这样。一到星期六傍晚，她就泡在这里，静静听着各色人物海阔天空的议论，然后根据其间透露的自己最感兴趣的消息，来安排星期天的活动。上次惹出她许多烦恼的那本书，就是在这家小酒馆里，呷着香槟，听到几个大概是正在怀着作家梦的青年，起劲地争论某篇小说后，她才挤上二路、一路电车和十四路公共汽车，共跑了十六站路、三家书店，最后在一个书摊上买到的。

那一次，她被一种旋律吓坏了，像意识到自己错将魔瓶打开一样赶紧合上那本书。然而，那种给她以痛苦、愁闷和忧郁的诗行从此卡在心扉上。

他去打猎，一去不回家。

把我年轻轻的一个人丢下……

……把我年轻轻的一个人丢下！丢下。丢下——你什么时候丢下我的？她揉了一把眼窝，手背凉飕飕，湿漉漉的。面对着已经攻到四楼的“保皇派”，你率先举着红宝书，从高高的五楼窗口飞翔而去，那时，你十七岁。后来，你又壮烈地飞翔了十七年，同时也在一个姑娘心中痛苦地囚禁了十七个春秋！而后来——后来，你又在什么地方丢下我的？我们去苏杭度蜜月，回来时，红轮船在古城安庆靠岸。一见到堵在客舱门口的几名荷枪实弹的警察，你便脱口喊出：我没有犯罪！你怎么会残害过那位将军和他的妻儿老小呢？你这戴着一千三百度近视眼镜的文弱书生，连拥抱你的妻子也要喘气的二等男子汉，哪有一点能让人颔首的“二月逆流”中弄潮儿的形象？还有低能的青烟竟然能载起你这高能物理专业高才生的灵魂！那时，我二十三岁，现在而立之年已过去了，你们仍然那么年轻：一个十七，一个二十四。曾经得到的青春与爱情和你们一起，共享着永恒。而我呢，一个形单影只的、常常得到廉价怜悯的女人，就是人参鹿茸精也无法将躲进皱纹里的青春和爱情引诱出来。

突然，她感觉到有人在盯着自己。

“这儿有人么？”

她不置可否地晃了晃头。

一个穿着西装却没有结领带的男人与她面对面坐下来后，几个指头在桌面有节奏地轮番敲起来。

“常来这儿度周末？”

“不。不是。”

她本不想回答，过了些日子她才意识到，他那嗓音有一种诱人开口的魅力。

“我可不想说你这是谎话。一个没有家的女人，再加上不爱交际，通常是不肯对陌生男人说实话的。”

“我有家：两室一厅，还有厨房，卫生间。”

她炫耀地辩解。

他低下头，仔细看那指甲在相互挑剔。

“归元寺的和尚房子够多的，可他还叫出家人。你理解错了，应该是家庭，就是说，当一个人在厨房里将饭菜做好以后，还得喊另一个正在卫生间洗澡的人快些出来吃。而不像你我这样，钻进酒馆里消磨时光。”

“既然这样，那就随你怎么想吧！”

“谢谢你的宽宏大量，请问芳名？”

“大概没有这个必要吧！”

“再见面时，总不能还是喂呀喂——”

“你倒很懂礼貌。那就叫我——徐晓吧！”

“太俗气了，这名字配不上你。徐晓，明天打算怎么过，文化宫新买了二十部碰碰车，去玩玩么？”

“和谁碰？你么？”

她忍不住站起来。

“对不起，再见。”

又是一个难熬的不眠之夜。她似乎刚刚发觉，自己的这个家的确缺少某种主要的东西。前次，使她失去一夜美梦的那本杂志，依旧在桌面上放着。她吹掉封面上背叉着手，有着天鹅绒眼睛姑娘身上的烟灰，凝望着，心里反复翻搅着——我年轻的时候。

天刚亮就有人敲门。

“方大姐，几时回来的？”

“昨晚上。真不好意思，又来借煤气了……”

“你拿吧，反正我也难得用它一次。”

“你还没吃早饭？”

“哦，我这就准备煮方便面。”

但是，她没吃早饭就下楼去了。在文化宫前下车时，她差不多是被十几只手推下来的。如果不是两只有力的胳膊搀住她，这一跤不但非摔不可，而且身上肯定要受到某种损伤。

“谢谢——是你？”

她有点慌乱。这是昨天碰到的那个男人。

“没想到？我可是料到了，女人在约会时总是赶早躲在一边，等到对方在那儿焦躁不安，再装作羞答答地迎上去。”

“约会？哼，想得倒美！”她甩开他的手。

“是啊，你打扮得比我设想的还要美，可我还是昨天那一身衣服，看来我应该系条领带，再揣只白手帕。怎么样，进去吧，门票已经买好了。”

“你真的这么乐意当东道？”

他故作潇洒地点了点头。

“我要是能戴上对门那商店里卖的14K金戒指。可能还要——美一点！”

说着她头也不回地跨进文化宫大门，然后回头挑逗地撩了他一眼。

“没问题。现在的青年人最时髦这种订婚信物……”他一边说一边追上来。

她被眼前展现的一片充满生命活力的景象迷住了，没有听见他后来说些什么。几十辆五颜十色的小车里坐着的男女老少，在不分对象地追逐、盘旋、碰撞。当看到一位老太婆咧着光秃秃的肉色牙床、驾着车追赶在前面呼叫着的孙子时，她情不自禁地笑了。这些年你都怎么生活过来的？她突然怀疑起自己来。你瞧，生活原来应该是这么多姿多彩，她有些感激他为自己提出这么美妙的一条建议。

他将挽在手上的风衣塞到她的怀里：“你站在这儿别动！”说完，钻进人群不见了。

她措手不及，举目四处搜寻着。

“徐晓！”有人在喊，她没在意。

这个声音再次响起的时候，她忽然明白这是在喊自己。他将一辆碰碰车开到场边停下，径直向她走来。“快，快上去！”

“对不起！”她将风衣一扔转身要走。

“为什么？”他抢到面前拦住。

“我有心脏病。”

“请您帮帮忙！”

“还有高血压。”

“请您——”他弯腰将她抱住，几乎是扔进车内，“——帮帮忙！”

枯黄色的小车挤进欢乐的旋流。

十多年来，第一次有位男人这么粗鲁地对待她，她心里涌出一种从没有过但并非十分难忍难受的感觉。她板着身子不想笑也不愿骂，后来，当那个老太婆开着车竟朝他们碰来时，她终于憋不住笑了，并且直到下车后，还无法收敛两腮的笑意。但是，在他们玩到最痛快的时候，他却不知为什么突然靠边停车，一声不吭地跳下来，头也不回地朝大门走去。

她抓住他丢在车内的风衣跟在后面追起来。

后来，她站在文化宫门前，看着那条身影在电车门上一晃不见了。

又是星期六了，越临近下班，她心里越慌。

忽然有人喊她接电话。

“喂，谁呀？”

“李瑶工程师！你忘没忘记徐晓的来历？”

她心里一震。是他，是那个男人。

“你怎么不说话？上星期六我不辞而别，你生气了？”

“别啰嗦，有什么话就快讲！”

她刚打完电话，下班的铃声响了。

“我真怕你不肯赏脸！”

她一进酒馆，他就从上次坐过的那个座位上站起来。

“你们厂传达室那老头真是好人。他听到我绘形绘色一讲，就认定是你。”

“找我来，有事么？”

“有：吃、喝。服务员，上菜！”

“若是光这个，你可以在街上唤个要饭的。告诉你，别以为我还会去碰碰撞撞的了。给，这是你的衣服。”

“瞧你，还算个女人？衣服放了整六天，也不给人洗一洗。”

“你不怕有人醋意大发？这个你要不要？”她递过一张照片，“是你的女儿？”

他用照片蒙住眼睛。

“是也好，不是也好，女儿迟早是别人的人。”

“你花言巧语骗我，就是为了在他们面前炫耀？不过，我并不比她漂亮。”

“你坐下吧！”

他好久没说话。

“说正经的，李瑶，其实——干吗要用彼此嘲弄和玩世不恭来掩盖自身生活的空虚呢，我们是可以谈拢的。”

“谈什么呢，前后一周，第三次见面才刚开始，除了碰碰车、就是车车碰。”

“这难道还算短么？我和她一起生活了十多年，到头来仍如同陌路人。唉，今天喜事盈门，不说这些。来，干一杯！”

她端坐着没动：“干杯？为了什么？”

“为我第一次完成生产定额干杯！”

“第一次？这么说，你肯定是条懒虫。”

“我当工人才三个月。”

“从前呢，当扒手去了？”

“正好说颠倒了，这以前，我是刑警队长。”

“什么？你说什么？”她只差没跳起来，“那你怎么会在快四十岁时去当学徒工？”

“谁叫我满腔热血的青春，赶上那个荒唐的年代呢！不过下车间当工人是自己要求的。”

“就为了这个，她离开了你？”

“同床异梦，是梦醒了，不是离开。”

他们默默地碰了一杯，一杯，又一杯。

好像都有了一丝醉意。

“李瑶，你不是说要金戒指吗？我给你弄了一只。”

“一句玩笑话，你就当真！”

他从口袋里掏出一只黄澄澄的戒指。

李瑶接过去反复玩弄几回，又递回来。

“太贵重了，还是退回去吧！”

“你不收，那我就只好送给街上那捡破烂的。”看见李瑶脸色在变，他一笑，“难道它的确可以乱真么？”

李瑶半信半疑，将那戒指举在灯下看了半天后，又放在嘴里一咬——哎哟！她捂住嘴趴在桌面上。

他哈哈大笑：“其实，就算是真金，你这冰雕般的牙齿也未必咬得动。”

他说他在车间里用废铜制作戒指时，被车间主任看见了，下班后，车间主任撵上来，送给他一枚猫眼绿纽扣，并说这是自己窥伺多时，才从厂部女秘书的衣领尖上偷来的，用它镶在戒指上和真宝石差不多。

他舔了舔那假宝石：“主任说，等我结婚时——”

“别说这个，我们还是去玩碰碰车吧！”

“到公园里去更方便。”

“方便？周末的公园比这酒还醉人，你大概早准备好了在那儿撒野的……好吧，走！”

他带着她来到了公园。

草坪上月光如水，旁边那座喷泉在飞溅着薄薄的水雾，一阵又一阵的轻风送来只有姑娘的皮肤才能感觉到的细小水珠。

“我就常躺在这地方。你摸摸，这里的草要比周围的短一截。”

她伸出手，只觉得他指点的地方，草变得更柔嫩，但她分辨不出长和短。

“你闻到枣花香么！瞧，就在头顶。这些枝杈把天空划成许多不规则的格子。你看牛郎星和织女星，能让它们住在一个格里真困难。你把头伸过来，身子往后倾——”

她听到一股又粗又急的喘气声，立即意识到将要发生什么事。她并没有准备躲开。

她终于看到牛郎织女聚集在一个正规则的十三边形格子里。

本在她预料中的事情却没有发生。

“你以为我会拥抱你？”返回的路上他说。

“别替自己壮胆，我想你是在害怕。”

“像我这种年纪的男人，会怕女人么？我本来打算这么做，一想到明天早上你睁开眼睛，回忆昨晚同一个连名字也不知道的男人在一起时的情形，你就会后悔——所以，我就放弃了自己的决定。”

“你提到后悔我倒要问问，对于过去的一切，你不后悔么？”

他无声地一笑。

“为什么要那样呢！我才三十几岁，离退休，离死还有几十年光景，一切都来得及从头开始。工作，学习，友谊——如果你不拒绝，还有爱情和家庭。”

他冲动的双手紧紧地抓住她的肩头。

“放开我，叶平同志。”

“你知道我的名字？”

“大侦探、刑警队长，你忘了什么叫反间谍么？”

“当然。还有，从前我叫叶红卫。”

“嗬，真够革命！你真的叫叶红卫？”

他点点头。

“在城西区代理过法院院长？”

他仍旧点点头。

她一边问一边退，到了楼梯口，她转过身垂着头，一步一步向上挪去。

叶平愣在那里，看着她的背影。

她又想起了那首俄罗斯民歌。

尽管那本她看了四分之一的书已化成一堆灰烬，然而她怎么也忘不了闪着油墨光亮的几行字——它们本无曲调，在李瑶看来，另有一种像秋季里漫天飘飞的黄叶的那种旋律在时刻困扰着她。

整整一个星期了，你们说我该怎么办？她捧着四周正在发黄的两张照片，从前，我并不认识他，是你告诉了我，就是这个有着叶红卫的名字的人，最先冲进你固守了两个星期的总部。过去，我不愿见到他，也是你告诉了我，就是这个有着叶红卫的名字的人，在万人大会上宣判了你的死刑。星期六又到了，他准会在那家酒馆里等我，你们难道不想惩罚他么！快去呀，时间到了，他一定坐在那老地方，两眼瞪着门外，盼望着我的到来。

……她就这么坐着、这么想着，过了一夜。

天亮后，她去敲邻居的门。

“方大姐，昨晚上我真想杀人。”

“你疯啦，一大早就乱七八糟地胡说！”

“放心，现在没事了。我来拿煤气罐！”

“哟，这——我早饭还没煮好呢！”

“没办法，有客人要来，方便一下吧。”

她说着就将煤气罐拖到门外了。

“客人？谁？”

她正不知怎么回答，楼梯上出现了一位姑娘：“请问，阀门厂李瑶工程师住这儿么？”

“我就是。”

姑娘从口袋里掏出一枚戒指。

“是叶平让我转交给你的。”

方大姐眼明手快一把接过去。

“嗨，小李，这东西是假货！不是真金！”

李瑶看到那姑娘衣服上缺了一枚同戒指上假宝石一模一样的纽扣，笑吟吟地问：“你是厂部秘书？谢谢！他人呢，不敢见我？”

“他死了——昨天，从天车上摔下来……”

李瑶眼前发黑，腿一软，几乎栽倒在地，幸好有一双手紧紧地搂住她。

她抬起头：“你是谁？别，别碰我！”

“李瑶，真对不起，这姑娘非要用你的眼泪来赔偿她失去的纽扣，没办法，只好同你开个玩笑。不过昨天是摔了一下，这儿缝了七针。”

叶平指了指自己的后脑勺。

她呆呆地站在离他只有咫尺的地方。

“瞧，我说过嘛，姑娘！你就是用真宝石也换不来她的一颗泪珠。”

突然，她转过身，大声号啕着跑进自己家。

“喂喂，小李，煤气还要不要？”

方大姐冲着她的背影叫。

他走过去。

“要，我早饭还没吃呢！”

他径直走进她的屋子。屋里噼噼啪啪地响了一阵，过了一会儿，屋里没动静了。一直在关注着的方大姐有点不放心，盘算好一个理由后，悄悄地推门进去。客厅里空荡荡的，只有那只镶着猫眼绿纽扣的铜戒指，静静地躺在卧室门口的地板上。

一九八四年十一月于英山阀门厂

双卡，双卡

他回家来了……她呢？

阳台上那盆石榴是结婚时栽的，竟然也让它枯萎了，而不久前，石榴花虽然有时有些憔悴，却也还楚楚动人。

门半掩着。

厨房里有锅碗瓢盆磕碰声。

几乎两年了，这对一九六七届大学毕业的夫妇，同一天，从同一个人手里接过委任书。于是，妻子当上了棉纺厂厂长，丈夫出任阀门厂厂长。丈夫学的机械制造，正可用武。只可惜了妻子四年里熟识的那些数不清的化学反应方程式，用于棉纱是百分之百无用。

从这开始，这个家越来越变得名存实亡。像现在这样，焦头烂额地回到家后，不用烧火操勺的时候日见少了。他刚进家门一屁股坐在沾满灰尘的沙发上，蓦地响起的电话铃声，将他惊了一下。

“喂，找谁？没有！我这儿只有李文，找李厂长请拨

331。”他捂住送话器，冲着厨房叫道，“李文，电话找！”

随着话音，一团橘黄色的影子在跟前一闪，六岁的女儿伸着一双被锅墨染得漆黑的小手朝他扑过来，像抱着一树春日里的桃花，像接着一轮夏夜里的明月，他那绷得紧紧的心，一下子酥了。

“维维，你怎么回家了，外婆撵你？”

“不！外婆说，我是被爸爸撵到乡下的。”

“啊！上学考试怎么样，没留级吧？”

女儿低下头：“外公说我是留学生！”

“别伤心，就当在县城里上了一年幼儿园，”他抬起头，“李文，快点，人家等着。”

“妈妈不在家，刚才有个脸上长了一只大黑疤的人将她叫走了。妈妈让我在厨房里看着点，等你回！”

若是我有事耽搁了，女儿一人在家怎么办？他猛然挂断电话。可是没容他拿开手，电话铃又响了，而且是受到话务员情绪影响的长途电话的铃声。

“李文没在！”他拿起话筒喊了声，就在他正准备压上时，他听到一个熟悉的声音。

“左厂长！”是信息室的小胡。他出差快半个月了，一直没有音讯，没想到他竟然跑到首都去了。这小子！“我在部里搞到一条消息，全省阀门行业组长正在召开行业会议，他们是有意撇开我们几家外县厂的。”

他心里一紧：“小胡，干得好，我马上派位不速之客去。

待回厂后给你一百元奖金。什么，商标又没通过，这不是故意卡人么？”

他呆呆地有两分钟，没有理会电话里频频的呼叫。

女儿战战兢兢地将一大碗稀饭放在他面前的桌子上。

他一阵冲动：“这也卡人那也卡人，干脆就改为双卡吧！对，双卡牌阀门。拼了，随他们想去。你先不忙回，就在北京把这事办好，另外，再打听一下部里的那些老头子，近来在研究什么。好，再见！”

“别吻这颗痣，我会晕倒的！”那一次在沙市火车站候车室里，挨着他的一位戴着“武汉市第十七中学”校徽的少女，好生生地看着一本小说，忽然刷的一下鸭蛋脸红得像只透熟的桃子，他好奇地探头望了望那本书，从此书中的这句话，无论如何也无法忘掉。如果作者不是那一大串外国人的名字，他一定认为有人曾窥探过他们夫妻生活的秘密。

常常这样，半夜三更一阵急促的电话铃声打破了这个家庭的宁静。

他爬起来后，却是找妻子的。

反过来，有时他装出睡熟的样子，结果，喋喋不休的妻子冲着他的耳门吼起来。

他时常想，怎么这个时代的许多矛盾都是围绕着我们这一类人展开呢！人们说他们是厂长之家、信息之家、改革之家。可这些顶什么用，仅为了各自厂里积压下来顶得上全年生产量的产品，夫妻俩差不多四个月没有同房，有几天忙里偷闲，他们感到就像又度了一次蜜月。他不知道妻子平日里尽吃些什么。反正，自己现在一听到有人提到方便面，胃里就一阵阵痉挛。他没有权利阻止妻子去当厂长——当初他们还为双双受到上级的垂青而激动不已。同样妻子也无法抑制他反复发作的勃然大怒。就是为了这部电话机，翠绿的，像只大青蛙，它是妻子厂里安装的，使用机会却是两相均等。妻子居然据此要求两个厂平均分摊费用，那位挺能招徕男人的女出纳拿着妻子的信都跑了三次。那一次，为了谁先使用电话，妻子又提出这事。他一恼火当即扯断了电话线。结果，邮电局第二天来人交涉，要求赔偿造成自动交换机工作紊乱的损失，他以牙还牙，也提出罚款平均分摊。这件事直到现在还未解决。

他气呼呼地想了半夜，心里真不明白，怎么里里外外就没遇上一件称心如意的事情呢？

……也不知什么时候，他被摇醒了。

“你是活腻了还是怎么的？煤气也不关！”妻子杏眼圆瞪。

“煤气，什么煤气？”他迷迷糊糊地，“是维维关的煤气灶。”

吔！维维呢？他双眼在床上又扫了一遍，空空的。

“如果不是我回来得早，别说维维，就是你这条老命也没有啦！”

他跳下床朝阳台冲去。在那盆枯萎了的石榴下面，女儿正一动不动地躺在冰凉的水门汀上，嫩红的两腮，还能够看出正在消退的苍白。

“如果不是我回来得早——这种时候回来还算早么？”

他本想重重数说几句。家，妻子，母亲，每项内容都有郁积多时的激烈话语，临出口时他又改变了主意。然而，就这么轻描淡写的几句，仍引出一场司空见惯的口角。

争腻了，他闷闷地坐到一边。

吵够了，她默默地倒在床上。

当某个单位的电铃率先拉响以后，他一声不吭地朝门外走去。

晨风扑面而来，他这才感到被煤气熏过以后的痛苦，头，沉甸甸的。太阳穴上就像有对钻子在拼命地钻着，引出一阵阵剧痛。

他们是在毕业典礼上，第一次见到对方那双充满魅力的眼睛的。在军垦农场里，他们编到一个连队里。那年春节，别人都走光了，他们在简陋的兵营式建筑里，开始了他们的蜜月。他第一次感受到了冬天里的温暖。

全身疲乏极了，连钥匙也懒得掏，他相信妻子一定正在屋里逗着女儿，连喊几声也没人应。他失望了，只好自己动手。

屋里空空的，静静的，心都在窒息。

他受不了了！比昨晚煤气中毒还难受。

仍在老地方，桌子正中，一方不锈钢块压着一张字条。

妻子又出差了。女儿又托人送回乡下外婆家了。

他在厨房里转了一圈后又出来了。他早就发过誓，宁肯饿上三天三夜也不去吃那鬼方便面。茶几上还有半杯牛奶，大概是女儿喝剩的，他拿起来呷了一口。

难道人生中的爱情乐章就此结束了？

他又呷了一口。

不能！他那绵绵不息的新的和旧的欲望，仍然在他的身上萌动。他记得一位作家说过：真是难以想象，一个厂长如果不能治理好他的家庭，又如何能治理好一座工厂。他和妻子当年都赞许这种观点。但是，现在他不这样认为，他和妻子在这近两年过程后，谁不说他俩治厂有方！然而，家呢，眼前的这个尘土飞扬、杂乱无章的家呢！

他现在有一百条论据可以和这位作家雄辩几场：一个优秀的厂长，极有可能是最蹩脚的家长。

他甚至趋于决定要补充托夫勒的《第三次浪潮》，因为这个美国佬竟糊涂到忘了家庭及家务劳动也是社会的重要部分。并且，他认为家务劳动也应归入那新兴的第三产业中去。他想，大概托夫勒的夫人很贤淑，所以他忘了这家务主持的极端重要性。

也许这是一场误会，就像童话总是与历史发生冲突那样。

也许这场冲突的根本原因是我们的文明太古老了，特别是这种五千年一贯制的家庭模式。

他再次端起牛奶杯，连同那褐黄色的沉积物一饮而尽。

我守着这座空房干什么？难道我不可以出差么？他在电话机的字盘上依次拨了三二六几个数后，吩咐厂办秘书改变下午的决定，明天他亲自去省城，“杀”进行业会议会场。

他要让妻子知道，守空房的滋味不仅仅是我左宁觉得不好受，对于夫妻说来，一样如此。

新婚的甜蜜，一天一种滋味。

妻子说，她身上除了左耳垂旁那粒小黑痣外，再也没有第二颗。他不信，下了赌注，谁输了，这一生归谁料理家务。

上车。下车。

追车。等车。

到处都是那么匆匆忙忙，到处都是那么熙熙攘攘。

在高速行驶的火车上，他被一群青年压迫在一个只有一条腿能够自由伸屈的角落里，看他们说话那气派无疑是新派大学生。对于他们，他实在没有多少好感可言。听听！那充其量不过十八岁的姑娘说些什么话。

“我原则上赞同马格里特·米德的观点，实行为期十年左右的婚姻契约制度。干部不搞终身制，夫妻也不能搞终身制。”

“盖了！豆腐西施成了伟大的改革家！”

“来吧，签订第一期合同。”乱糟糟的一团手臂推出一位男青年，“奶油小生配豆腐西施，盖了！”

“去去去！看这瘪三样，回北京后到健身房里滚三年再说……”

实行婚姻契约制！

夫妻也不能搞终身制！

他好像遇上了外星人！他好像听到了宇宙语言！

可是，他也突然有了夫妻关系似乎到头了的可怕感觉。

颠簸了近十个小时，走出车厢时，左宁感到眼前的建筑物仍像在车窗里见到的一排排迅速向后倒去。他低着头一边揉着眼睛一边急匆匆朝前赶去。冷不防一辆洒水车从背后驶来，听到喷水声，他本能朝路边一跳，不料竟一头撞进一个女人的怀抱里。在来不及思考的那么一段时间里，为了不至于跌倒，两人几乎同时伸出手将对方搂住。她拎在手里的一篮鲜花和一包早点掉入洒水车留下的泥泞中。

这是在市内的主要街道上，一时间，从那些像碉堡一般围困着百货商场的售货亭中，从那身着彩云般衣裙的姑娘与半敞开大襟布褂的老太婆混杂在一起的行人里，发出了一些不怀好意的笑声。后来，他想道，有什么可以羞怯、迟疑和惶惑呢！连十八岁的女大学生都敢于公开宣布实行婚姻契约制，何况这些早已是当家的“蒙太奇”了。他却仓皇地放开了这仓促而至的拥抱，惊慌失措地拾起掉在地上的东西还给她，然后垂着一双满是泥水的手，看着她一声不吭地迈着零碎的步子急促离去。

他被知青售货亭内掌柜的老太婆的笑声提醒了：我怎么连声对不起也没对人家讲呢！他沿着似乎还留着她身上那淡淡幽香的路追上去，说不上是他跑得快，还是她走得慢，还差两步他们就可以并肩而行了。他怎么也没勇气将距离再缩短些，而更像一个做错事的小孩跟在生气的妈妈后面那样跟着她。她一路没有回头。他故意跺了几下脚。她没有反应。她停了下来，他也站着不动，仍保持等着那一定的距离。隔了一会儿，他用她绝对能够听清的声音，轻轻地咳了几下。这一次他看清楚了，她那充满魅力的肩微微抖了一下。他甚至还清晰地听到，被半透明衬衣和隐约可见的乳罩遮蔽的那颗心脏跳动的声音。可是，她还是不肯回头。

一辆公共汽车停在身旁，她径直走进车门，就在他犹豫的时候，车厢一抖，公共汽车起步了。也就在这时，他碰上了她那回头一瞥。

顿时，他大惑不解：这不正是毕业典礼上见到的那对柔情似水的眼睛么！

后来，他自嘲地笑了笑，乘上另一辆公共汽车。

继而，左宁找了一家离他要去的地方不远不近的宾馆，将行李放进订好的房间后，顾不上喝口水，径直去了行业会议会场。

他回来时，夜幕已经笼罩着整个城市。啤酒喝多了同样可以醉人，躺在停车场旁边的草坪上，他有些昏昏然了，五光十色的灯光涂抹在眼前的大厦上，整个宾馆更像是童话里的宫殿。他并不急于回房休息，在心里颇为自鸣得意地回味不久前的一幕。

对于他的突然出现，正在天高谈阔论的同行们，既感动惊讶，也有几分尴尬。他甚至不需施展周密准备的三套方案中的第二套，就征服了会场。

“对不起，各位，我来迟了！”他特别敬重地朝那位满脸狐疑的组长，也是省内最大的阀门厂厂长欠欠身子，“本来应当按通知的时间来，只是部里的孙老突然——”他对点到为止这类方法的使用非常精妙，“反正迟到了就该受罚，散会后我请客。”

一群同阀门结下生死之缘的厂长，在中楚大酒店聚齐了，而且那位“组长”比谁都到得早，左宁知道，他们感兴趣的是那个阀门鼻祖孙老，席间不断有人公开或婉转地提到他刚进会场时没有说完的那句话，左宁有时开句玩笑，有时装点聋，直到“组长”按捺不住亲自发问时，他才说清楚。

“孙老马上要出国考察，他那侨居旧金山的舅爷子三番五次打电话，一定要他给弄几斤茶叶带去，点名要我县紫苔山的。那山又高又陡又不通汽车，连自行车都上不去，孙老这封信，可苦了我好几天，结果就把会给耽搁了。”

这话本来是一半实一半虚，可在这一条信息就能够决定一家企业存亡的非常时期，没有谁敢大胆怀疑，而宁肯相信信息后面有更多让人眼红的秘密财富。那位一向以老大哥自居，工厂的生产能力超过他们十多倍的厂长，破例叫了一辆出租车，绕道将他送回宾馆，并且还像老朋友一般，叫他提防被他一手提拔起来的享受副厂长待遇的信息员小胡，不然会挨黑枪的。

现在，他此行的所有目的都达到了。他确信无疑地意识到会议的中心在偏移了：他本想哗众取宠，扰乱会议日程，哪知自己那个半夜里坐在火车上即兴创作的，建立“阀门学会”的设想，居然得到了厂长们的欢呼。

也许是他逗留的时间太长，不知从哪儿钻出来的一位园林工出面干涉了，当他交出两元罚款时，他突然明白为什么厂里那位从未迟到过的工人，因早退五分钟被处罚后，竟指着他的鼻尖臭骂一顿后，掏出五元钱扭头就走。

他回到房间里。出去时，空空的桌面上添了一只插着鲜花的花瓶，他不在意地看了一眼，脱下满是汗臭味的衣服，光溜溜地钻进卫生间。莲蓬头洒下的凉水淋在肩头上，就在他肌肉一阵哆嗦的同时，心里也咯噔一动，他顾不上穿衣服，一下子扑到花瓶前，这花瓣薄得像蜻蜓翅膀的黄玫瑰，不正是自己从泥水中捡起的么？瞧，这花蕊里还留着一点小小团泥。

他在房间里不知来回踱了多少遍。

终于，他还是忍不住拿起那束花朝服务台走去。

没见着值班员，他又等了一阵后，忽然觉得，这是干什么呢？那突如其来的勇气和欲望，又突如其来地消逝了。

他开始往回走。情绪低落，六神无主。

这时，他听见有什么东西在相互磕碰。

细听之下，那声音竟是从身边那扇虚掩着的门里传出来的。他鬼使神差般不管三七二十一推门闯了进去。这不是她是谁？那眼睛！那体态！甚至他都重温到她怀抱的舒坦。

隔着写字台与她对峙着一个男子冲着他叫道：

“滚出去，这不关你的事！”

他看到她求助的目光，一点也没愣神，一个平冲拳直取那家伙的眉心。只听到咚的一声，对面那人应声倒在地板上。

“狗东西！老子叫你多管闲事。”好半天才爬起来的那个男子，挽了挽袖子，露出满手臂黑毛来。

“别动手！”她在墙角上叫唤起来。

“你肯依我，我就饶了他。”

“他是公安局的！”

满手黑毛的男子瞅了瞅他，一声没吭地走了出去。

“你没事吧！”他捡起踩烂了的玫瑰花，还想说点什么，一看到她那副模样，没再问下去，转身走了。

他刚回房坐下就听到有人敲门。

“你不该管我们的事！”她站在门口说。

“为什么？”

“我们已经登记了！”

“结婚登记！怎么还吵得这样凶？”

“我反悔了。”

他沉默了片刻。

“什么时候？”

“今天。”

“他很坏么？”

“不！”

她说着随手拉上门。

第二天早晨，他离开宾馆之前，想同她道声别，谁知她已经下班了。接替她的是一位老太婆。他望了望墙上的值班表，才知道他想见到的那位叫张芳。

离开整整一周的家，一点模样也没变。床上还是那么乱七八糟地堆放着被窝、枕头和书刊，只有搁在脸盆的衬衣和袜子变了，变得像维维的外婆用面糊糊浆制的，用来缝制布鞋的布壳。

如果不是厂办秘书闻讯赶来，他自己也不知道这口闷气何时能了！

是他找到了发泄之处？

属下们望着左宁，一个个忐忑不安地揣测着。厂部会议开了整整一夜，他红着眼吼了一个通宵，当黎明爬上会议室的窗玻璃时，他终于感到困倦了。

一切都发生在这短短的一周内。

一切都来得未曾料到的猛烈。

已有十余年供求历史的江汉石化总厂，突然宣布终止执行合同，所述理由正是令他日夜担忧的病根：铸铁件金相组织长期不合标准。他们是卡着这山里小厂的脖子，一笔合同就占其年总产量的五分之二。

并且，铸造车间那座为消除病根而建造的冲天炉，投产不到一个月，被混在炉料里的一枚废炸弹，炸成千疮百孔。

还有，住在厂门旁的那位“皇亲国戚”，将台阶搭在本来就嫌窄了的公路上，四辆黄河十轮卡车，欲进不能，欲退不得，载着几十吨焦炭困了七十二小时仍无计可施。

还有，那伙哥儿们不肯再忍气吞声，闹散了只发生活费的补习班。

还有，因奖金发不均，炊事员怠工，早上六点钟开饭，馒头到七点还未蒸熟。

还有……还有……连老天爷也为虎作伥，雷鸣电闪地从早饭后一直折腾到晚饭后。

罚款。除名。强行拆除……用某些人的话说，这一天他干的全是坏事。唯独临下班时做了件好事：发给信息员胡江奖金一百零二元七角。价格心理再讲上十遍也无济于事，会计们背后都在唠叨他：连拨算盘珠也不想让人轻松几下。

他在食堂里吃过饭后，一路上三步有人挡、五步有人缠，几里路走了两个小时，磨磨蹭蹭回到家，谁知不顺意的事这般层出不穷，暴雨从敞开的窗口灌进屋内，地板上是水，一片片小船似的纸页飘浮其上，他进门第一步踩着的正是那份关于改善铸铁件金相组织结构的方案。

左宁又要奔赴那座明星之城。

客车票是早上五点半的。

可他直到凌晨三点还在同洪水猛兽搏斗。

他屁股一沾客车上的坐垫就睡着了。梦魂随着车轮飞驰了几百里，还是长江上拍着汽渡的风浪与波涛搅醒了他，白茫茫的江水，灰漾漾的迷雾，使人置身于另一种梦幻：江中的那座小孤山像什么呢？在这长江的奶油色的裸体上，它不也是一颗无双的迷人的痣么？

还在离厂前，胡江在电话里提议他去住明星宾馆，虽然他知道从这家宾馆去江汉石化总厂不太方便，他仍答应下来，而且让秘书发了一封电报，预订前不久他住过的那个房间。

现在，他来了。

服务台空无一人，办公桌上放着一只“请稍候”的木板，他再次移动目光时，发现值班表上挂着那只熟悉的名片。

于是，他下意识地提起行李包，像一名时刻渴望出现奇怪的探险者一样，径直朝走廊东头的那个房间走去。

门果然开着，他差不多就要朝那个正在整理床铺的背影叫起来，但是，他失望了，这个比她显得更标致的姑娘，是临时替她顶班的。

“是不是又和她的那位吵架去了？”他装着开玩笑。

“左厂长，真看不出你是从大山沟里出来的人。”那姑娘似乎一眼就看破了他的真底，“莫名其妙，领了结婚证还没三天工夫，又跑去离婚，不是中了鬼邪，就是中了人邪！”

顶班姑娘临出门时还嘟哝一句。

天已经黑了，他在楼下转了一阵，忽然感到浑身一阵酸痛，转身在小卖部里买了两只面包后，回到房间躺下。

“胡江这小子怎么会迟到？明早再不来，就该罚他个三下五除二。”

他又想起上次在火车上碰到的那群大学生，他很同意那个唯一没戴眼镜的男青年的观点，如今的女人的确正在男性化，而男人却在女性化，他倒是没有料到那个要废除夫妻关系终身制的姑娘会说：

“有那么一天，我结婚了——就学山口百惠！”

千头万绪的事情不容他继续想下去，就迷迷糊糊地睡着了。

……也不知过了多久，他突然感到全身像着火一样难受。于是，他在军垦农场龟裂的稻田里拼命爬着，火越烧越旺，舌头都快烤焦了，田野里不仅没水，就是一块湿泥也找不到，他疯狂地跑着，因为他发现了一条河，他正要扑进水中，猛地发觉它竟是流淌着白炽的铁水，啊，冲天炉爆炸了——

“喂，你怎么啦？”

……这不是妻子么？他抓住了那只冰凉的小手，一线甘泉咝咝地流进他的心里。火熄了，铁水退了，他这才感觉到那水里有一股怪味。是妻子的眼泪！她为什么哭，难道我已经死去了？那只小手在挣扎着，跟着离开了他，他急了，从地上一跃而起——

叭！清亮的响声震动了他的灵魂。

“不要紧，烧退了。”

后来，他清醒过来，吃力地抬起像灌了铅一样的头：黄玫瑰，桌子上的花瓶里插着一束娇嫩的黄玫瑰。他不顾一切地爬起来，台灯隐约照亮的墙角里发出一阵轻微的响声，他扭头望去，是她，千真万确，那仅仅见到一次就不能忘记的眼睛正神秘地盯着自己。

也许这就是命运吧！几天以后，当事情出现转机时，他喘了喘气，坐在床沿上默默地看着站在桌子上擦窗玻璃的张芳时，心里默默地说。假如不是偶尔遇上了她？假如不是前次那位同行的殷勤提醒？大概这一趟要白跑了。

那天，他醒来不久天就亮了。清晨的静默对于他们可是太难忍受了。

“你们厂有个叫胡江的人，也在这房间里住过。”她显然是在无话找话。

“是么？”他对张芳的言谈举止总是那么兴趣盎然，“没有记错吧？”

“有件事使我记得很清楚。那一天，我插好花后，上这卫生间——”她顿了顿，“还没完事，他和另一个人进屋来了。我听到他们争吵着什么服务费。他一开口要两万，最后那人答应给九千，并说好在什么化工厂的合同到手后，用现款一次付清。”

“什么合同？”

“阀门厂的人能离得开阀门么？什么厂我可记不太清楚了！”

“江汉石化总厂？”他心血来潮。

“对！是转让石化总厂的合同！”

那时，他一听到这话，气得暴跳如雷，踉跄地跑到邮电局给厂里发了封加急电报：开除胡江厂籍，一秒钟也不许耽误。

现在，他不声不响地倚在床头上，眼睛一刻也没离开那颤动着的背影，像想了许多，又像什么也不曾想过。整栋客房仿佛只有他们。

她使劲擦着，玻璃这一面一点污物也没有了，但另一面几颗像流星尾巴一样的鸟粪，无论如何也依然我行我素，并且使得已经干干净净的这一面，也显得同样龌龊。他想到人生，人生不正是这样——糟糕！

在他开始浮想联翩之际，张芳脚下踩滑了，整个身子向后倒下来。他慌忙一跃而起，紧紧搂住扑面而来的身影。

有那么一段时间，他们都不作声。而她一手抓着去污粉盒，一手攥着抹布。

从她跌下来起，一切都在不声不响中进行，似乎是早有了准备安排。

后来……后来，一阵敲门声惊散了他俩。

“你来干什么？”左宁根本没有估计到进来的人会是胡江。

“人都说左厂长是七窍玲珑星转世——你心里明白。”胡江一屁股坐在零乱的床上。

“我当然明白你干的好事。”

“彼此彼此嘛！”胡江从枕巾上拈起一根长长的头发，用两个指头反复搓着，长发的另一端在连续不断地绕着圈圈。

“请你出去！”

“难道我俩不能达成相互谅解？譬如说，收回你的决定，既然过去我俩曾是珠联璧合，我相信今后的合作一定能做到天衣无缝！”胡江的两眼穿梭般地在他、她，以及掉在地面上的抹布与去污粉盒打转转。

“我算瞎眼了，无耻之徒！”

“我想你不会笨到致使两败俱伤吧！”

“不对，应该是玉石俱焚。”

“我可不愿见到你这百里挑一的改革家，同我一起身败名裂！”

“山高水远，未必吧！请——怎么还想赖在这里！滚！”

左宁几乎是揪着胡江的领子将他扔到门外。他走到一直不敢抬头的张芳面前。

“敢不敢再吻我一下？”

重复就是肯定。

不管怎样，她的身影从跟前离去后，他立即黯然了。

胡江从门缝甩进来的那句话久久地撞击着他："我可不想将这些告诉你的宝贝女儿维维！"

长途电话从半夜一点摇到两点多才算接通，他冲着送话器只和厂办秘书说了一句话：

"电报上的事暂缓执行。"

他强忍住莫名的愤怒和恶心，将胡江调任补习班搞总务。他并不是那种会息事宁人的人，这一次，却不得不如此。

然而，被人揪着尾巴过日子实在太难受了。

"左厂长，没钱花了，上次你答应给的一百元奖金该发给我了吧！"看到他急着出门去办事，胡江横过身子挡在门口。

"等研究研究再说吧！"他话未出口人先低了两分。

"老左，帮个忙如何！我那内弟虽然腿不算方便，安排到厂技术科管管资料还是蛮合适的嘛！"胡江反客为主地坐在左宁的办公椅上盯着无可奈何站在那里的他。

"等研究研究再说吧！"他说话总不那么理直气壮。

"左宁，凭什么将我的副厂长级待遇给撤了？"

"等——"

"你别再藏头缩尾了。依我看，我们的合作关系真得研究研究了！"胡江毫不含糊地打断了他的话。

他气得半天开不了腔。

然后，他到卫生室要了几片安眠药，一口咽了下去，躺在厂部小客厅的长沙发上，美美地睡了二十个小时，醒来后，他亲自拉断了电闸，将三百号人集合到夏日炎炎的操场上。

而宣读电报上的决定只用了半分钟。

幸亏支部大会前次没有通过他的入党申请，否则，又会是空喜一场，自由派人士生活作风自由化些，对于各级头头来说，也只是竭力做到多一事不如少一事。

胡江充分利用他的全方位外交才干，四处状告左宁，终于吵得有关部门有了反应。处分报告送上去了——“下一步，等批复吧！”

左宁虽然不知道报告的内容，仍是胸有成竹：有什么了不起，最多不过是记过吧，弄翻了，老子就辞职。

但是，曾经是相濡以沫的家庭破裂了。

他知道第一个将那桩事告诉妻子的人一定是胡江。那一天，他一进家门，一只开水瓶呼地奔他而来，他来不及躲避，开水瓶碰上他的胸脯后，掉在脚前摔碎了。如果妻子不是用这种形式迎着他，他本会更加束手无策的，当滚烫的开水淋透了他的鞋后，左宁甚至连眉头也没皱一下，扭头顺来路退回。这以后，他再也没进到过去的那个家门，隔了几天，他在妻子写好的离婚申请书上像移动几座山般地签上自己的姓名。

左宁请了五天假。不用说，大家都明白他要去的是什么地方。

谁知竟误假了，直到第七天上他才回，而且是带着新婚妻子张芳一起回来的。严格地说，她的一切都给搬来了。

有一天，新婚妻子小心翼翼地问他："听说李文的厂长给撤了。"

他说："这半年来平均每月亏损近三万，还能再当厂长！不过如今像我们这类人乌纱帽戴上了就丢不脱，摘了这顶换那顶，听说，调李文去计划生育办公室当副主任——不管是县长还是省长，都受不起不尊重知识、尊重人才的指责。"

"别尽说风凉话。没见着离婚后她那丢魂落魄的样子，照料一个女儿好像都老了半截，怎么顾及得那么大一座工厂？早知这样，当初真不该和你……"

"那样也许更——"左宁突然不语了。

"你的那个处分报告到底怎样了？"

"忘了接你时我打的赌？没半年时间定不下来，等到他们准备定时，却又时过境迁，看看这个——"他拍了拍手上的一沓纸，"今天又添了个头衔，省阀门行业学会秘书长，还有，支部书记又催我再写份入党申请书，这就是说，一切——"

他没有接新婚妻子递过来的茶杯，而捏住她的手。

"别这样，门没关。"新婚妻子在他怀里挣扎着。

"说心里话，我真同情李文，人们都说，她从前可不是这个样子。"新婚妻子从他怀中抬起头来，眼睛里噙着泪光。

“可我呢，我从前也不是这个样子——都是你这狐狸精迷的！”

“别咒我了。听别人说，李文那儿一切还照你们没分开时那样摆着，连你用的刮脸刀也仍放在床头柜上。”

……后来——后来，新婚妻子关上电灯把他拉进暖烘烘的被窝，他要续起那个没有完成的记忆，待一摸到新婚妻子那滚圆的腹部，就将它忘了个一干二净，新婚妻子说一定会给他生个儿子，而他却认为，女肖其母，她必须生个女儿才对，如今的女人正在异化，而她的温柔与贤淑是不能够绝迹的。

一九八五年元月于英山阀门厂

谁家姑娘

谁家的姑娘这么大意，这么富有，一夜之间把无数乳白色的小伞，遗在被杜鹃染红的父子岭上？桐子树开花了，那种只有山里人才感觉得到的幽香，被一群群山雀噙到大山的每一处角落。

山梁那边飘起一阵银铃般的笑声，笑声又把一群姑娘引过了山坳，眨眼间，寂静的山谷也为之兴奋起来。

“喂！你们说，灵芝是真病还是假病？”

“是啊，小杨教练一走她就病了——”

“快别说，杏姐不高兴了。”一个姑娘插嘴说，“杏姐，你老实交代，小杨教练的照片是不是你偷去的？别顽固到底啰，你以为我们不知道，那天你一个人翻小杨教练夹在笔记本中的相片，为什么越看脸越红，做贼心虚是不是？”

姑娘笑弯了腰时，杏姐娇嗔地说：“好！等小杨教练回来，我非让他罚你们光着胳膊腿打球不可。”

“得啦！小杨教练才不听你的，他心里装的是灵芝。”姑娘们一齐说。

杏姐又羞又恼，拿起篮球朝她们砸去。篮球掉在一个姑娘的头上蹦起老高，然后咕噜噜朝山下滚去。

“哎呀，球跑啰——”

篮球比下山的兔子滚得还要快，跳过豹子岩上的大松树，咚地掉进岩下的潭水中。杏姐她们满头大汗地跑到潭边，看着在水中漂浮着的篮球，不由得互相埋怨起来。后来不知谁说了一句俏皮话，她们捧起肚子笑了好一阵。笑够后，各自拿起几块石头朝篮球前面扔去，激起一层层的波纹，把篮球缓缓地向岸边荡来，近了，近了！谁知杏姐不小心，一块石头正砸在篮球上面，篮球“咚”的一下，又向潭中央退去。

有人说话了。

“怪不得小杨教练说你是神投手，一砸一个准。”

“这叫准，小杨教练哪次找灵芝没碰上杏姐？那才真叫准咧！”

姑娘们笑着，闹着，没有注意到身后的岩石旁绕出一个小伙子来。

“哟！你们真够闹，篮球刚学会，就玩起水球来。”

杏姐她们一惊，回头一看：是小杨教练。顿时一个个羞得低下了头。

小杨教练脱下外衣露出一身疙疙瘩瘩的肌肉，脚一蹬跃入潭中。捉住球后，他喊了声：“接球！”怎么没人应？小杨教练抹一把脸上的水珠：见鬼！这么大一群姑娘转眼就不见了。他浑身湿淋淋地爬上岸后，才发现她们抱在一起。躲在岩石后面，正低声哧哧地笑着。

小杨教练喊一声："喂，你们怎么啦，叫山鬼迷住了么？"

杏姐和另外两个姑娘刚一抬头，又赶紧埋了下去。

"你们这群小封建！"小杨教练这才明白。他嘴里说着，心里也有些不好意思，走到树林里，穿好衣服才回到姑娘们身边。

"有个好消息——吔！灵芝呢？你们把她丢了。"

杏姐神情中的不高兴非常明显。

"哪能呢，教练的主力中锋，我们连巴结都巴结不上，人家是——"她扫了姑娘们一眼。

姑娘们理解错了，齐声说："病了——！什么病？相——思——病！"

小杨教练闹了个大红脸。

"好！我让你们调皮捣蛋，待会儿非要你们每人单手上篮一百次不可。"

姑娘们咋了咋舌。

"怕？还有啦，今天一定要将你们这身狐狸皮扒下来。你们先去吧，我去看看灵芝，马上就来。"

姑娘们朝杏姐挤了挤眉眼，一个个捂着嘴在小路上跑开了。

人都说，父子岭这两年肥得连石头都在往外淌油，像怕烫手似的将钱大把大把地往外撒。过去花三角钱买个笔记本都要憋出一身汗，去年秋天，他们竟花费五千元，建成一座连县体委主任都羡慕不已的篮球场，还花钱从城里请来了小杨教练，专门教这里的姑娘打球。那些从前连拳头大小的皮球也没玩过的大姑娘，乐得抱着队里发给她们的运动服，唱了一整夜的山歌。

这会儿，灵芝正无可奈何地躺在床上，同不许她出门的奶奶顶嘴。

“奶奶，让我去吧，杏姐她们正等我呢？”

“听话，灵芝！快找婆家的姑娘了，在人多广众的场合下冲冲打打，人家会骂我们做长辈的没教养。”

“小杨教练说，山外的姑娘还敢出国打球呢！”

“灵芝！如今有吃有穿的还不行吗？人家出国让人家去，那些洋人青面獠牙没一个好东西，同他们来往要吃亏的，奶奶这辈子没打球，还不是活了七十多岁！”

“哪个愿学你，三寸长的脚，连火车都没见过！没事就知道打瞌睡，让人看了都心烦。”

“你——灵芝，现在病了，总该歇歇！”

“全怪你！人家小杨教练再三吩咐，出了汗要赶紧洗澡，可你非要到半夜才让洗，那还不着凉？”

“你开口一个小杨，闭口一个教练，都是鬼城里人把你带坏了。奶奶跟你说过多少回，有光亮时洗澡，让邪东西看见了原身，它们会起邪念的。那一年，你大姑姑不听我的——”

“灵芝！”门外有人喊。

灵芝一听，从被窝里赶紧爬了起来。

“小杨教练来了，奶奶。小杨教练，我在这哪！”

门口一暗，小杨教练钻进屋来。

“您老好！灵芝好些么？”

“不行啊！她又出冷汗，又发高烧。”灵芝奶奶一边让座一边说。

“您老也要注意自个儿的身体呀！”灵芝在奶奶背后一个劲地摆手，小杨教练会意地笑了笑。

灵芝奶奶含含糊糊地答应着到外屋端茶。

“你真的病了？”小杨教练坐到床边问。

“没事，打了几个喷嚏，奶奶硬要我躺下。”灵芝偷偷地瞅了瞅小杨教练。

“骗人！来，我给你摸摸脉。”

“不。你懂么？”灵芝嘴上说着手却伸了过来。

小杨教练刚一碰灵芝的手，灵芝的心就怦怦地跳起来。

灵芝奶奶端起茶壶进来后，没见到人影，连忙从敞开的后门追了出来。

灵芝和小杨教练像一对小鹿，早已跳过了垸前的小溪。她不敢和小杨教练并肩走着，倒不是因为小路太窄，十八九岁的姑娘谁个不多份心眼。这些时，她心里没安宁过，胸膛像揣着一只小兔子，成天蹦个不停。灵芝拉开几步跟在小杨教练后边走着，心里想问他，说好回家看看，过四天再来，为什么昨天下山今天又进山了。灵芝不敢问，上次也是这样，杏姐问他，他当时笑眯眯说：舍不得扔下你们啦！惹得杏姐害了好几天心病。奶奶常说，灵芝是父子岭最聪明、最美丽的姑娘。灵芝心里明白，小杨教练舍不得的一定是她，现在只有他俩一起，问起来，他一定会说：舍不得扔下你呀！她又盼又怕，想问又不敢问，一路上默默地像个哑巴姑娘。

爬上一道山梁，小杨教练一屁股坐在地上。

“歇歇吧，我给你看样东西。”

灵芝走了几步，隔着一棵松树坐下来。小杨教练从挎包里拿出一本书。

“画报！快给我！”灵芝跳起来。

“等一等。”小杨教练把书藏到背后，“看我的书可得答应一件事。”

“别胡说，我不爱听！”灵芝把耳朵捂起来，十个指头又悄悄地留了八条缝。

“这里面可有女排的‘铁榔头’、中国的‘跳水女皇’。”小杨教练把五彩缤纷的画报扬了扬。

“那——你说吧！”灵芝放开手却低了头。

“明天，县缫丝厂的姑娘要来和你们比赛！”

“真的？太好了！”

“可你得带个头——”小杨教练边说边打量灵芝。

“这，小杨教练！”灵芝心里明白，她犹豫不决地说，“保证不给你丢脸，穿长衣服也要打赢她们。”

“不一定。就算能赢球吧，你这儿却输给了人家。”小杨教练指了指脑袋。

对于灵芝她们，这的确是一件难办的事。比让她们一人放三十头牛还要困难。那些年，山里人日子过得真艰辛。姑娘出嫁时做的衣服，一直到自己的女儿出嫁后，仍穿在身上。就这样没嫁到婆家的姑娘，仍不敢显胳膊露腿，再旧再破的衣服也要用各式各样的零碎布补得严严实实的。在灵芝她们的心中，不但别人，就是看到自己偶尔袒露出来的丰腴腰肢，也是一件羞耻的事情。

去年秋天，球队刚成立，小杨教练带她们去城里看了一场女子篮球赛。裁判的哨声响过，城里的姑娘像男人一样，一个个穿着背心裤头跑上球场，灵芝、杏姐她们连忙用手蒙住了眼睛。回家的路上，小杨教练说，今后训练比赛也要学城里的姑娘的样子。谁知一连两天，篮球场上见不到一个姑娘的影子。到了第三天，灵芝一个人怯生生地来了，羞羞答答，笨手笨脚地把球往篮板上扔，累得满头大汗还不肯解开领口上的扣子。第四天，小杨教练早起开门，看见一溜十个姑娘站在球场的中线上，按他排定的次序，中锋队长灵芝排头，后卫副队长杏姐压阵，低着头一齐喊了声：“小杨教练早！”

小杨教练一听，决不让步的念头软化了。

过去，摘春茶时，男男女女成双成对地围着茶树，一边采着嫩芽，一边唱着山歌，是她们一年一度的快乐日子。现在她们被圆圆的篮球迷住了，全大队最讨人喜欢的松柏哥在球场上边的山坡上一连唱了两天，也不见有人回应一声，只好垂头丧气地埋头摘茶去了。

姑娘们心里明白，灵芝更明白：她们不只是单单爱着那只皮球。那时，小杨教练刚来，有一天休息时，杏姐一杯茶没喝完，灵芝就偷偷地看了他十二次，为这事杏姐憋着气，两天没理灵芝。

小杨教练带着许多令山里小伙子妒忌的东西，闯进这有些古老的生活。

灵芝心里发愣，难道不穿短衣裤就不能打球？古人们穿那么长的衣服还不是照样做事。

灵芝心想，若不是小杨教练，换上别人，才不理会呢！

灵芝不时用眼光扫扫小杨教练手中的画报，实在有些忍不住了，趁他没留神，一下子抢了过来。她一页页地翻着，那上面有自己从未见过的怪模怪样的高楼和机器，她又继续往下看——哎呀！像被蛇咬了。画报一下子从灵芝手里掉在地上。山风吹在她烧得发烫的脸上，她爬起来向山下跑去。小杨教练望了望画报上那几组健美比赛中女运动员矫健的身影，苦笑了一阵，才跟了上去。

杏姐她们看着神情异样的灵芝，心里犯猜疑了，正要开口问问，小杨教练已经赶到。姑娘们赶紧排好队。

小杨教练严肃地对大家说："为了明天迎战县缫丝厂队，现在宣布一条规定。灵芝，你怎么啦？"

灵芝想着画报上那几个几乎一丝未挂的姑娘，露着乳沟、肚脐和光溜溜的大腿，隆起的胸脯把小得不能再小的乳罩撑得像电影里的坏女人。灵芝在吃惊：国家办的画报怎么也登这样的东西？

小杨教练把说过的话重复了一遍。

“今天训练时，一定要穿队里发给你们的短运动衣，谁不愿穿，明天就不准上场，若是你们全都不愿穿，那我就辞职。现在大家都去准备，三分钟后集合。解散！”

姑娘们全躲进球场角落的屋子里去了，把小杨教练孤零零地扔在球场上。他看看表，三分钟一到就将哨子含在嘴里。

哨声响后，门里闪进一个人影。

是杏姐，还是那副打扮。

“小杨教练，把那画报借给我们看看？”

“什么画报不画报的，你们还想不想打球？”小杨教练对这种过分的忸怩有些恼火了。

“就是你给灵芝看的那本——”杏姐有些委屈，两眼微微发红了。

小杨教练心里一动，从挎包里拿出画报递到杏姐手上。

杏姐后退几步，随手将门掩上。

又过了十分钟，门开了。又是杏姐，她脸上红得像熟透了的樱桃，跟在她后面的姑娘们鱼贯而出，一个个死死盯着自己的脚尖。雪白的短裤配上玫瑰红的背心，如果不是过于羞涩，同画报上的那些女运动员简直无异。小杨教练有些激动。

本应领头的灵芝却缩在最后。

“你怎么不换，嗯？灵芝！”

“我身上不舒服，明天一定换。”灵芝几乎是乞怜地望着小杨教练，哀求地说。

小杨教练没有再说什么，回头吩咐训练时要注意的事项。

“明天不论谁上场，”他瞟了一眼灵芝，“都不要慌，你们不是牛犊子，城里的姑娘也不是母老虎！”

满场的人都笑了起来，只有灵芝没笑。从球队成立的第一天起，灵芝就知道杏姐暗地里同她比着、争着。灵芝喜欢杏姐，可也有讨厌杏姐的时候。灵芝练定点投篮时，看见小杨教练手把手地教杏姐练滑步，练抢断球，心里就燥得慌，出手的球不是重了越过篮板顶，就是轻了擦着球网掉下来。灵芝也知道杏姐比不过自己。在同伴中，她轻声细语地说话，大家都会竖着耳朵听。杏姐常常放开嗓门嚷，反受到同伴们的取笑。过去，她说坏的事情，姑娘们没有一个再说它好，她说不能做的事情，就没有哪一位姑娘去动手。可是今天灵芝感到很失望！听小杨教练的话她一点不怄气，可恼的是杏姐一开始换衣服，大家马上一齐动手学杏姐的样子，连背心下半截是塞进短裤里面，还是留在外面，也都听杏姐的。她们一边脱衣服，一边嬉笑着打打闹闹，好像自己就是画报上的篮球明星，再也不怕人家骂自己不知羞耻，不怕狐狸精，不怕槐树怪了。

灵芝后悔，真不该将画报的事告诉杏姐。

灵芝回到家里闩上房门用被子蒙着头流了一通眼泪之后，爬起来，将心一横，闭着眼睛换上了运动衣。后来，她悄悄地睁开眼睛，胆怯地走向镜子。灵芝忘了奶奶那些话，镜子里那柔美的曲线，使她一遍又一遍地怎么也看不够。她从抽屉底下翻出隔年剩下的痱子粉，拂在肩头那块不大的红色斑点上，心里恨恨地说：明天我非得气死你们这群死鬼婆不可。

这时，外面有人在试探地敲门。奶奶去溪边洗菜去了，这是谁呢？灵芝一边想一边将门拉开一条缝，伸头一看，竟是小杨教练。

灵芝有些慌乱，连忙将门合上。

小杨教练在门外叫道："灵芝！灵芝！"

灵芝愣了一会儿后，突然拉开门，挑战般地望着小杨教练。

小杨教练惊讶地打量着只穿着运动衣的灵芝，有点手足失措。

过了片刻，他微笑着对灵芝点点头说："灵芝，你比深圳那几个比基尼姑娘还美三分哩！"

灵芝忘了请小杨教练坐，待他说声再见，转身走后，才懊丧地想起来，自己这副模样哪像个温顺的姑娘，完完全全是个粗鲁的野小子。小杨教练哪次来没坐会儿？这一次，却被自己中了魔似的神情给吓跑了。想着想着，灵芝又淌下泪来，取过镜子一照，脸上却挂着微笑。

比基尼！比基尼是什么呢？灵芝问自己。

这时，大惊失色的奶奶迈着小脚扑进屋内。

“哎呀，我的心肝肉哇，你疯了！不想要命啦？”奶奶慌慌张张地抓起床上的被子裹在灵芝身上。

灵芝一面推一面笑：“奶奶，你这封建脑瓜真是又臭又硬。杏姐她们上午就穿这衣服了。”

灵芝奶奶变了脸色：“天啦！我早就提醒你，城里来的人都要防着点。哎呀！你们还是上当了。”

这天晚上，尽管月淡风清，可灵芝却怎么也睡不着，天上、地下，山里、山外都想遍了。奶奶也没睡，朦胧夜色中，她在灵芝床前匍匐着，手里拿着件什么东西，嘴里念念有词地祈祷了半夜。

鸡鸣三更后，灵芝才入梦乡，一下子睡到早饭熟后才醒来。她胡乱地扒了几口饭，往锅巴里夹了块腊肉，拿在手中要走，奶奶一旁拉住了她。

“不行，从今天起再也不许你去打球了。你在家待着，跟奶奶学做鞋。”

灵芝挣了一下没挣脱，却将奶奶拉倒在地。她慌忙扶起奶奶。奶奶坐在小板凳上抹了一把老泪，数落起来。灵芝乞求地望着爸妈，他们却装着没看见，放下筷子什么也没说，就出门去了。

守着空房，灵芝心中一阵焦急，忍不住滚下几颗泪珠。

奶奶又是劝又是哄，她半句也没听进去。快十点钟了，灵芝好像听到小杨教练在场边把哨子吹得震天响，杏姐她们也在心如火烧地盼着自己。过了一会儿，她又仿佛看到球赛已经开始了，缫丝厂的姑娘投出的球像长了眼睛，直往网兜里钻，杏姐拼命反击，可篮球像是欺负山里人，一出手就拐弯，不是飞出场外，就是落在对手怀中。灵芝再也坐不住，趁奶奶正眯着眼睛穿针引线的当儿，夺路逃了出来。

半路上她遇见了前来寻找的松柏哥。当灵芝气喘吁吁地跑到球场时，球赛刚开始，双方正处于零比零的僵持局面。

满脸愁云的小杨教练马上笑逐颜开，朝裁判做了个手势后换上了灵芝。山里姑娘顿时如虎添翼，她们占尽天时、地利、人和，一下子把比分拉到了十二比四。

忙里偷闲的农民们拖儿带女从四处的山沟汇集到球场四周。山谷里不时响起一阵阵欢呼声和惋惜声。人们常说，会看的看门道，不会看的看热闹，眼下，山里人好像突然生出了第三只眼睛。他们第一次发觉，山里姑娘也是够美的。那娇而不弱的胳膊腿，那弯弯曲曲的线条，瞧那矫健的身姿，那勇而不野潇洒大方的动作，哪一点比城里姑娘差？灵芝她们越打越来劲，南瓜大的篮球在球场上呼呼地来回飞着。只苦了场外那些“十八岁的哥哥”，他们手掌拍得发红，嗓子喊得沙哑起来，最难的还是一双眼睛不够用，想看人就忘了看球，顾得上看球，又顾不上看人，还要提防自己多情的眼睛被同伴们发现。

上半场比赛结束，城里姑娘输给山里姑娘十几分。

下半场一开始，城里姑娘有些力不从心。比赛不到两分钟就被攻入两球。

就在这时，一声呼喊，灵芝奶奶手持拐杖，跑进场内。灵芝躲在同伴们背后，杏姐上前去拦住灵芝奶奶，不小心屁股上挨了一下，吓得她连忙躲到一边去了。

小杨教练见事态不好，正要出面劝说，却被灵芝奶奶一把逮了个正着。

“你看看，把我孙女儿带成什么样子了！疯疯癫癫的，放着衣服不穿，再往下去就要一丝不挂！你们不知羞耻，我这老脸还知羞耻。你赔我的孙女！你赔，你赔呀！”

灵芝奶奶虽然气得手发抖，可她还明白，那龙头拐杖不能往小杨教练身上落。

灵芝躲得老远的大声喊道：“小杨教练！别怕她，她是老糊涂，老封建！老顽固！”

灵芝奶奶放开小杨教练，又朝灵芝扑去。

扑了几次没捉住，她竟一屁股坐在球场中央，老泪纵横地号啕起来。

那群见过大世面的城里姑娘，对这事的来龙去脉不清楚，也显得不知所措。

小杨教练苦笑了一下，只好换下了灵芝。

球赛继续进行后，灵芝和奶奶隔着球场坐着，一个满面羞红、伤心落泪，一个手持拐杖、怒气冲冲。

灵芝奶奶这一闹，使山里姑娘大伤元气，缫丝厂队一个球一个球地逐渐把比分追了上来，场内外的气氛异常紧张。

小杨教练悄悄地唤过灵芝，嘀咕一阵之后，灵芝慢慢地挪到奶奶旁边坐下。她撒娇似的叫了声奶奶。见奶奶不理会她，又叹了口气：

“唉，父子岭的人要输了！”

奶奶仍不理会她，可眼光不由自主地落到正在球场上驰骋的姑娘身上。

灵芝又叹了口气。

“山里人到底比不过城里人。唉，人家找上门来打，若是输了，父子岭的人可要低人一等啰。奶奶，我们走吧，当年奶奶做事什么时候输过别人，免得看着下辈人不能给你争光，心里憋得慌。”

灵芝奶奶一晃胳膊：“要走你自个儿走。奶奶我活了七十多岁，气死也是自讨的！”

缫丝厂队又一次快攻成功，六十三比六十二，城里姑娘后来居上了。

奶奶转身问灵芝：

“这个球不能算数吧！她们三个打杏儿一个，这不是以强欺弱么？”

灵芝解释道：“人家这叫快速反攻，呱呱叫！硬邦邦！当然，要是我在场上——唉！不说了，免得你又生气！”

奶奶不甘心地追问：“你真的打得过——”

奶奶突然提高声调，指着翻记分簿的孩子喊：“喂，大毛！你这个死苕，球没进，你翻什么？”

人们都友好地笑了。灵芝拉拉她：“奶奶，你的眼睛不好使了，刚才那球的确进了！奶奶，让我上场吧！”

看看奶奶没作声，灵芝又说：“我穿长衣长裤还不行么？”

听见奶奶终于嗯了一声，灵芝连忙跑到小杨教练身边，正要脱下身上的长衣长裤，换上运动衣运动裤，小杨教练却不让她脱。等到往场里一站，她才明白小杨教练的意思：穿着这身又肥又大的春装凑在身手矫健的姑娘群里是多么难看，加上跑起来缠缠绊绊的放不开手脚就更丑了几分。于是，她故意绊了几跤，最后一跤竟跌在奶奶面前。灵芝爬起来时便说自己懒得赛球，输了算了，奶奶也站起来开了口：

“灵芝，我头晕，要去歇歇！”

“我扶你回去！”灵芝慌忙搀住奶奶。

奶奶瞪了她一眼：“奶奶土生土长的，还找不到路？去，你在这儿给我好好待着。”

“灵芝奶奶！”小杨教练走过来，“人都说您老既贤惠又识大体——”

“我老了，要死了！管不了你们年轻人的事。你们爱怎么办就怎么办吧！”奶奶钻进人缝后又回头说，“灵芝，别让山里人在外人面前丢脸！”

在一片震耳欲聋的欢呼声中，灵芝再次出场了，父子岭的姑娘们士气大振，一时间，两队女将你来我往，纵横冲突，或是单刀赴会，或是暗施冷箭，或是于乱军混战之中巧使连环计，或是于阵地攻坚之战强行夺关隘。渐渐地缫丝厂队又失去了主动权。相反，杏姐和灵芝配合默契，投篮命中率高。最后终于以五分之差击败了对手。

山里人第二次这么喜悦。那年搞包干，划分责任田时，他们敲锣打鼓地庆贺了一番。今天虽然没有锣鼓，他们的心里却胜过十面锣、百张鼓。

“看那些人还敢不敢笑话我们，只知道苕挣钱、苕花钱！”

当然，好客的山里人，待缫丝厂那些像蝴蝶一样漂亮的姑娘走了以后，才说这些话的。

小杨教练不知从哪里弄来一架照相机，招呼所有参赛的姑娘来个“城乡合影”，杏姐她们嘴上说怕羞，脚下却在使劲地往前挤。

“你们的中锋呢？”

“对，我觉得少了个人似的，大家看见灵芝没有？”

缫丝厂打中锋的姑娘提醒了小杨教练。

小杨教练放开嗓门喊起灵芝来。

离球场不远的那棵大枫树后面，灵芝正摇晃着奶奶的肩膀。

“我们赢了你怎么还不高兴？”

奶奶抚摸着她那细腻的皮肤，好半天才轻轻吁了一声。

“唉！变了，世道变得真快呀，一眨眼就是一个样。”

“你常说，孙猴子也会七十二变化，就不兴我们也变变么！”灵芝噘着嘴说。

奶奶将褂子披在灵芝身上。

“只要你们喜欢变就去变吧。奶奶这辈子除了变鬼，什么也变不成了！灵芝，晚上你把小杨教练叫到家里来吃点便饭，这孩子，半年来又黑又瘦，都快分不清是不是城里人了！”

灵芝好不高兴，她恨不得马上就告诉小杨教练。但是，她强忍住了，等到晚霞一朵朵地从大山后面升起来后才出门，她怕去早了被人发现，人家会百般笑话的；爱多心的松柏哥会编出许多忧伤的山歌，唱得她吃不下饭，睡不好觉；爱吃醋的杏姐又要三天三夜不理睬她，她上山砍柴没伙，下河洗衣没伴，会寂寞孤独的。

灵芝在路上蹦蹦跳跳地走着将随手采摘的野花掷向空中，晚风把它们吹得很远很远。山坡上飞过一只小鸟，像是叫了声：“比——基——尼！”她想起来了，今天一定要问问小杨教练，比基尼是人还是什么。

过一座山嘴，迎面走来一位姑娘。

“杏姐，你怎么啦？”

杏姐一抹眼泪扑过来，抱住灵芝：“小杨教练他，他——”

“他怎么啦？”

“他有对象了！”

杏姐说着咽咽地哭出声来。

灵芝很自信。

“他不会的！”

“我看得清清楚楚，他们还亲嘴了，在溪边的那片树林子里。”

灵芝有些半信半疑，她匆匆忙忙地向那树林子赶去。老远就看见小杨教练正一个人坐在柳树下。她相信，一定是自作多情的杏姐看错人了。

小杨教练迎着她站起来。

“你跑到哪里去了，赢了球就撇下人家不管么？”

“哪能呢！小杨教练——”灵芝有些羞于启齿。

“嗯！灵芝我要走了！”

“走？你不是说过永远不走么？”

“暂时离开一阵子，因为——我要结婚了！”

小杨教练低声说了最后几个字。

“结婚？你同柳树结婚，也不问问人家，人家会答应吗？”灵芝冲动地用有些放肆的目光盯住小杨教练。

小杨教练避开了她的眼睛。

“我们早就商议好了，就在‘五一节’！”

正说着，从树林里走出一位姑娘，她披着湿淋淋的头发，抱着湿淋淋的衣裳。这不是缫丝厂的中锋么！灵芝脸上骤然变色了。

那姑娘笑吟吟地冲她说：“灵芝，你们这儿的水真好，就是凉了点！”

灵芝本想和她说说话，可喉咙里一阵发酸。灵芝猛地转身跑开了。她现在才知道，杏姐没错，她说的是实话，只怪自己太任性了。灵芝沿着山溪向上游跑去，泪珠滴在沙滩上，洒进泉水中，零乱的脚步声，惊散了在水面嬉闹的鱼群，几只在溪边饮水的麂子，也慌慌张张地逃进山上的密林。前面是一座小瀑布，路被堵住了，她委屈地趴在溪边圆溜溜的石块上放声大哭。她掏出藏在贴身衣兜里的小杨教练的照片，这是她偷来的，为了它，杏姐受了多少冤枉。同伴们笑话杏姐时，她心里难受极了，老觉得对不起杏姐。灵芝狠了狠心，一下子将照片扔进了山溪里。

夕阳在涟漪上洒下粼粼光点。小溪九十九道弯，山路九十九回曲，大山里的一切都蒙着一层神秘的薄纱。照片还在漂泊着，一尾红鲤鱼从水底蹿出来，水面上打一个旋，照片不见了。过了一阵，清幽幽的水中出现一点白亮，照片上的小杨教练依然笑微微地从某块长着水青苔的石头底下，弯弯扭扭地浮出水面。

灵芝没精打采地站起来，一抬眉眼：奇怪，水面怎么有两个人影？

灵芝回头一看见是松柏哥。

灵芝满肚子不高兴。

“你来干什么？”

“我怕你会——我刚才碰上杏姐了！”

“碰上没碰上与我相什么干！”

“她，她说，她问我爱不爱她？”

灵芝心里一惊，脱口问道：

“你答应她了？”

他瞅瞅灵芝：

“我说，我说我——爱你！”

灵芝不语，静了好久才仰着脸说：“小杨教练说我比深圳的比基尼姑娘还美，你知道吗？”

灵芝说话时骄傲得像只小公鸡，弦外之音分明是：你配得过么？

松柏哥低了头，像小学生在严厉的老师面前背书似的说：“去年深圳办了一届健美比赛，有女的参加，她们穿的比赛服装叫比基尼。”

灵芝惊讶起来，她不敢相信，小杨教练知道的东西，松柏哥也懂得。

“你——你是编瞎话哄我！”

“灵芝！”松柏有点伤心地说，“我什么时候哄过你。从小杨教练来了以后，我就拼命地读书，这些都是书上说的。”

“我信，松柏哥。你说比基尼是什么模样？”

“我也不好说，一看就清楚，上次进城时，我买了一本介绍它的书——”

灵芝打断他的话。

“你真小气，怎么不早对我说，走哇，快去拿来我看看！”

“没了，我爸爸把它给烧了。”

“为什么？”

“穿比基尼的姑娘和光着身子差不多。”

“唉！”灵芝万分惋惜地叹了口气，慢慢地往回走着。

小路引着他们走向一片树林，刚刚吐出嫩芽的马尾松把他们掩得严严实实的。

晚霞把天空烧得红彤彤的，小溪里流淌着七色彩带，杜鹃花也变得更加娇艳了。

既藏不下一对野兔，也藏不下两只山鸡的树林一下子变得这般广袤，山雀和野蜂一晃翅膀就可飞完的林中小路忽然变得这样漫长，两分钟的路程，他们用了二十倍的时间才走完。并且就在这四十分钟里，完成了人生的一个转折。

春风依依不舍就把灵芝和松柏从树林里推出来，就像大山拥抱小溪、绿潭依偎着青石，就像柳条垂吻着流泉，蝴蝶吮吸着杜鹃。

他们在山的怀抱里缓缓地行走着，分明是两个人，可夕阳偏偏只肯为他们投映出一只身影。

一九八四年十二月于英山阀门厂